农家乐

春意浓

鱼水情欢

美人图

留春

听泉

吟秋

春

生机盎然

荷韵

江南春早

蝶恋花

秋菊

春光满满

富贵吉祥

采花姑娘

清溪蔓菜

柳叶子 著

河北大学出版社
·保定·

图书在版编目（CIP）数据

清溪梦兰 / 柳叶子著. -- 保定 : 河北大学出版社, 2016.11

ISBN 978-7-5666-1103-1

Ⅰ. ①清… Ⅱ. ①柳… Ⅲ. ①散文集 - 中国 - 当代 Ⅳ. ①I267

中国版本图书馆CIP数据核字(2016)第294162号

封面题字：刘玉芳
责任编辑：李丽华
装帧设计：王占梅
责任印制：靳云飞

出版：河北大学出版社
地址：保定市七一东路2666号
经销：全国新华书店
印制：河北纪元数字印刷有限公司
开本：170mm × 240mm　1/16
字数：351千字
印张：24.25
版次：2016年11月第1版
印次：2018年5月第2次印刷
书号：ISBN 978-7-5666-1103 - 1
定价：56.00元

你终于成了这个“家”，我骄傲！
（代序）

1

清溪梦兰！我相信，乍一听到或看到这个书名的人，脑子里顿时会闪出如此一个念头，以为这大概是一部古典作品。

清溪梦兰！啊！何其文雅、高雅、典雅、古雅！

其实，这是一部现代人写现代事的现代作品。

作者署名“柳叶子”，其实是一个笔名，其真名叫王建新。

就在本人，一位年逾七旬之老翁，为这部书写下以上几句话的今天，小本人两岁、取笔名“柳叶子”、真名叫王建新的作者，其实也可称之为“七旬老太”了。

王建新，女，河北人，生于1947年，退休前任某军事大学系政委，副师职，大校军衔；另外，她还有一个文艺方面自称的头衔——“草根女画家”，尤喜画牡丹。

对于这位王建新女士，早在五十年前，我就了解她的文学才能，并且在我的一生中曾多次想方设法把她强“拉”硬“拽”进文学队伍，但均未成功；直至这部书稿的出现，我才长长地出了一口气：哈哈，王建新，你终于走进文学队伍了！

记得在读完这部作品那天，我去见建新，在开玩笑地祝贺她“现在不仅是一位‘老年’画家了，还成了一位‘少年’作家了”之后，又仿效某个著名小品中那位爱说“我骄傲”的保安的口吻，对她说：“保安不是公安，公安却是保安，我骄傲！我不是你那个‘家’，你却终于还是成了我这个‘家’，我骄傲！”

2

我和王建新同志及其丈夫李瑞林同志相识于1965年8月的重庆。

那年，我们高中毕业并在参加了当年的高考之后，一同被组织上保送同一所军事学校学习。那是一座专门培养国防机要人员的学校，或者换句诗性语言形容，那是专门培养“国防无名英雄”的学校，坐落于山城重庆。我们那届学员共300人，其中高中生40名、初中生260名，是学校历史上少有的一批“不穿军装的解放军”学员。

也就是从那时起，我见识了建新的文学才能，当然也认识了建新其人；因为我们俩都是各自区队的板报主帅。当时，建新是四区队一个班的班长，我为三区队团支部宣传委员，还是全队军人委员会（相当于地方院校之学生会）委员，兼管全队宣传。我们出的板报在全队都是最好的，又总是并排在一起。建新的字，建新的文，都令我惊叹，尤其是她的诗文表现出来的文学才华更叫人钦佩。此外，令我对四区队这位总是出板报的才女刮目相看的还有另外一个重要原因，她是一名高干子女，是我们全体学员中仅有的三名高干子女之一，而且她父亲的官最大，是某城市的市委书记。

至于与后来成为她丈夫的李瑞林同志的认识，似乎比建新还要更早几天，因为瑞林是我们心中的政治进步偶像：他不仅是我们学员中唯一的一名在读高中时因为品学兼优就成为共产党员的学员，而且他的入党故事本身就是非同寻常的——他在中学期间担任学生会主席、校团委副书记，1963年河北特大洪灾，十七岁的他担任学校抗洪救灾突击队队长，成为抗洪抢险的模范，荣立三等功。

1964年，还差一个月才满十八岁的他即被县委批准加入了中国共产党。啊！谁能不认识他！瑞林同志一直是我们战友中出类拔萃的人物，退休前是一所军事大学的教授，技术四级，正军职待遇。

后来，我们这些“不穿军装的解放军”走出校门，分散到祖国的天南地北，但我与建新和瑞林在分散了短暂的一段时间后，又重新走到一起工作，并且由“不穿军装的解放军”成了名副其实的军人，同在一个以做“无名英雄”为人生主旋律的保密单位工作十多个年头，直到1979年秋，我从部队转业，不再做“无名英雄”，但与继续留在部队必须一辈子做“无名英雄”的他们始终保持着密切联系。他们夫妻俩不仅是我的军校老同学、部队老战友，还是我一生中心心相印的好朋友。

也许就是我这种不再做“无名英雄”与王建新那种必须一辈子做“无名英雄”之人生区别，使本人走进了文学队伍，也令建新始终未能圆了她的文学梦；当然，这也是我尽管想方设法却始终未能把她“拉”进文学队伍的最根本原因。直到她在先做普通机要战士，后又成为这条战线一名高校教育工作者，工作到直至退休不再做“无名英雄”，接着又经历了一场大病并彻底打败死神之后，方才气定神凝地郑重执笔，重新圆她的文学梦。哪想这一“圆”刚刚开头，就令人喝起了彩！不信，请到QQ我们那个庞大的“战友群”中看看，看有多少人在为建新的文学作品点赞啊！而这部作品可被称为她的代表作。

3

现在，先从体裁和题材角度谈谈这本书的性质。

我把它定性为自传性长篇散文。

人们可能会奇怪，自传就自传呗，你何必要在“自传”后边加个“性”字呢？

这是因为它确实并非一本真正的自传。它既没有直接写作者自己的人生履历，更没有直接写作者自己随岁月变迁的人生遭际及相伴的心灵的跌宕起伏；它仅仅带有一种“自传”性质，即仅仅是以作者自己的人生轨迹为主线而且是一条伏线，选择性地对自己的一些所历、所见、所闻、所思、所想的记忆性抒写，并且只写到初中毕业。

这个“自传性”若与“自传”相比，如果打比方的话，我取作者在本书前言中形成的比喻，也来打个比喻：“自传性”只是飘在作者自己“人生小溪”上的那片“柳叶子”，对自己从源头降落，在水面上随波逐流而飘荡的一些记忆性抒写，它同“自传”那条被称为“溪”的流水本身，那种穿山越谷、跌宕起伏、湍急舒缓的经历本身，是大不相同的！

但是，若从文学角度看，“自传性”与“自传”的区别其实并不重要。这部取名《清溪梦兰》的长篇散文，由近百篇既可独立成篇，又由作者以自己人生轨迹为主线、伏线，由远及近地串联在一起的长篇散文，其质之高倒真像一串美丽的珍珠项链。

4

写到这里，我再次想到QQ上我们那个“战友群”对建新这部作品的“点赞”。岂止是点赞啊，其中还有不少为这部作品叫好的评论，是“真正文学评论”的评论，相当有水平。

下面我所摘引的这篇评论，其作者就是20世纪60年代后期，我和王建新、李瑞林同志共同的一位老首长，现在已八十六岁高龄的崔国常同志。崔老从作品对读者的“真、善、美”启示对作品进行了详尽地分析评价，把这部作品的水平之高归结为“真的启迪”“善的熏陶”和“美的愉悦”三个方面，令人信服，令人佩服。

关于“真的启迪”——

“真实可信，符合时代的真实和生活的真实。”“作者对主要人物的生活习惯、言行举止、容貌服饰、脾气性格等，描述得栩栩如生、各有特点，好像那个时代的各种人物又来到眼前。比如，偷听私塾学童背书声的穷小子，被老夫子发现收作弟子，却被文盲爷爷詈归田野。又如‘刚烈的母亲’，嫌缠足疼痛难忍，一怒之下将裹脚布扔入火炉。其他如‘狠心的姨奶奶’‘李伯家的保姆’‘倔强的大弟’等，所刻画的人物、环境和事件皆形象、生动、逼真且典型，正面人物品格令人钦慕，反面人物劣迹招人恶心，我看后回味故事中人，或可敬可爱，或可笑可怜，也有的真可憎可恨，都是那个时代和环境确有的其人其事。作者既无关门造车、南辕北辙之嫌，亦无张冠李戴、以假乱真之弊……”

关于“善的熏陶”——

“善良的价值取向，正确的思想导向。”“建新的散文，或描景状物，或叙事写人，或抒发情感，内容形式多种多样，无所拘泥。整册散文好像散而无序，但其‘形散神不散’，自始至终贯穿一条红线，即散文的主心骨，那就是健康向上、惩恶扬善、扶正祛邪的文艺价值取向。作者以重笔浓墨描述情恋故乡旧地的秀美山川、古街老巷，赞美清溪的曲径通幽、玉兰的妩媚飘香，颂扬人际关系的纯朴忠厚、亲情爱情的慈爱忠贞、做人做事的正直善良、好学上进及为官的亲民勤政、清正廉洁。扬善必然惩恶，作者也不乏鞭挞封建落后、自私狭隘的丑陋劣行，从而使泾渭分明。这种价值取向或社会效应的获得……靠作品的潜移默化、熏陶感染，使读者受到精神的净化和心灵的洗礼……”

关于“美的愉悦”——

“文艺性之美。”“散文是巧妙运用语言文字的艺术产品，有些读者之所以热衷于反复欣赏《清溪梦兰》，一见钟情，爱不释手，不仅因其内容真实不虚，导向端正不邪，还尤其看重其艺术性的美轮美奂，即优美细腻、鲜活灵动、潇洒飘逸、含情脉脉的艺术语言和动人心弦、激荡情趣、催人泪下的情节描述。综观其艺术风格特征在于立意健美含蓄，运用形象思维，借景抒情，以物明志。主题着重于身边琐事，精细入微，使读者窥斑见豹，一叶知秋。其文叙事抒情既顺理成章，又婉转回旋、波澜起伏。斟词酌句如心灵走笔，清词丽句似珠落玉盘，章法结构起承转合也颇有讲究。故读此散文往往会感到一种美的艺术享受……”

我完全赞同崔老对这部作品的评价，并且认为如果要问什么才是这部作品高水平之处的话，正如崔老所指出的，是能对读者起一种“真的启迪”“善的熏陶”和“美的愉悦”作用的那种品质！

5

现在，再接前节之开头，说说这部作品的质地。

艺术性和思想性，常常是我们对文学作品质地之优劣进行分析评价的两个重要方面。其实，所谓艺术性和思想性，在具体文学作品中往往是难解难分的；谁敢说哪种作品的艺术性之美中就不包括思想性之美，或者说思想性表达之美中就用不到艺术性之美呢？所以，对这部作品质地的总体评价，我把它总括为如下一段话：

这是一部以我们中国共产党人的核心价值观为灵魂，以一种悦然之美、悠然之美、欣然之美的艺术特色感染读者，充盈着令人鼓舞的强劲正能量的作品。

在这部带有自传性质的长篇散文作品中，尽管在涉及人名时，作者采取了一种“化名”的方式处理，但就其内容讲，其实写的都是实时实地、真人真事，而且其思想灵魂自始至终都坚持的是我们中国共产党人的核心价值观，因此它所蕴含的能量自然就是正能量了。“真”和“正能量”奠定了这部作品的社会认识价值基础。但是，这并不是说只要是“真”的和“正能量”的，理所当然就对读者具有感染力、感召力，文学作品的感染力、感召力还要借助于作品的艺术性，这也是我们为什么总把文学作品的感染力、感召力称为“艺术感染力”的缘故了。

这部作品，如果再从文字的艺术角度看，纯熟老到，恣肆流畅，既富有斑斓色彩感，又富有音乐感，而且许多地方用的都是小说笔法，特别是在她写那些与自己人生、家族相关联的各色人物和故事情节、场景时，文笔更加恣肆多彩、栩栩如生、绘声绘色、真切动人、细腻传神，让读者如临其境，如见其人。这种文字上的功夫不但好，而且令我们前面提到的那种“真”和“正能量”转换成一种作者本人的对生活的艺术感受力。到了读者那里，这种作者本人对生活的艺术感受力就变成了艺术感染力，令读者在享受着作品的悦然之美、悠然之美、欣然之美时，接受着正能量的强劲洗礼。

所以，“真”“正能量”和我以上概括的“三美”，就是这部作品的实际质地。若论作品质地之优劣，如此一部以“真”和“正能量”为魂的“三美”作品，质地怎能不优？

下面我解释一下所谓的“三美”：

悦然之美，既指作品文字之清词丽句角度上的那种纯然技术性的美，也指作品文字在抒情表意角度上的一种出众与超拔等非技术性意义上的美。

悠然之美，指作品中的叙事、抒情，尽管节奏是缓慢的，但无拖沓之感，反倒令人产生一种能平静心律的从容不迫、行云流水、潇洒自如之美。

欣然之美，指作品中处处体现着作者的一种骨气坚韧、秉性刚直的分明爱憎，总能让读者于情不自禁中联想到时代现实，有种欣然喟叹之感。

6

本人一直持如此一种文学观：文学作品说到底是作者本人的人格自传。

为此，本人还著有一部文学理论专著——《作家人格论》。

文学作品，无论是什么体裁和什么题材的，纪实的还是虚构的，都是蕴含着属于作家本人的内在主观世界范畴，能令作家在整个文学创作实践过程中整体调动，协调共用，共同发挥最大作用，并且最终形成优异文学创作成果的那些东西，我把它们称为“文学人格质素”，诸如信念、理想、思想、愿望、抱负、胸襟、视野、喜忧、爱憎、情怀、情趣、联想、想象、知识、胆识、意志、魄力、毅力、性格、气质、智慧、才调、技艺等。由这些人格质素组成的作家人格，其质地的“健”而“全”程度越优，其创作的文学作品的质地就越优。一个在人格“健”而“全”上达到什么程度的作家，就能写出质地达到什么程度的文学作品。

如此看来，这部以“真”和“正能量”为魂、以“三美”为表的长篇散文作品，为何由一个名叫王建新的人写出来，就丝毫不足奇怪了。

本书作者，不仅从文学角度看是一位具有很高文学素养、作家人格质素的“健”而“全”的人，而且从社会角度看是一名非常优秀的社会人：据说，她在师职大校授衔时，不仅是他们学校唯一的一名女大校，也是我军恢复军衔制以后，全军头一批寥寥数名的女大校之一。可见这位军事大学的系政委是何等杰出的人物；同时，她也是一位十八岁入党、至今党龄已愈半个世纪的优秀老共产党员，一位把自己的一生无怨无悔地奉献给了党的事业——一种必须把做“无名英雄”作为人生主旋律并为此必须牺牲个人许多特长和兴趣的事业。因此，当她作为一名作家写出的这部作品就必然蕴含着她“健”而“全”的人格质素，是一部优秀作品。

7

我相信，这本书既会得到老年读者的喜爱，又会受到一些青年读者的青睐。

我为什么敢肯定老年读者会喜欢呢？这是因为我相信六十岁以上的老年读者在读这部作品时，肯定都会产生一种“如写自己”之感。作为同代人，作者的许多经历，我们差不多都经历过，只不过在具体遭际上大同小异而已。人是社会的动物，在同一社会中，个人的命运与遭际总是跟社会的历史变迁分不开。这部书虽然是作者记忆性抒写自己人生的一些所历、所见、所闻、所思、所想，但也是我国现代史不同时期的社会真实，老年读者自然会感同身受。

我为什么认为这是一本一些青少年读者爱读的书呢？注意，我说的是“一些”。这个“一些”主要是指那些尚处在读书阶段的青少年读者，“单纯”这一属于青少年的性格特征，恰好正是在他们身上显得最为鲜明的时候，也是越来越“返老还童”的老人们日益重新鲜明起来的特征。由一位“返老还童”的作家写了一本洋溢着“返老还童”气息的作品，不仅如前所述，具有“真”“正能量”

和“三美”三大特性，还有一个最为显著的特性，那就是“单纯”，思想单纯，文字单纯，气质单纯。中国有句俗话叫“隔代亲”。我相信这种“隔代亲”在读者的阅读上也是明显的，不要从那种“传帮带”性质的大话上讲“隔代亲”了，就是单从“学习写作文”这么个小小角度上看，这部具有“单纯”气质的书也会是“隔代亲”的孩子们倍加喜欢的。

此外，我想再对以上两种读者以外的读者，特别是那些在行政事业单位工作的读者说几句话。我确实不知道你们是否喜欢这样一本书，但我劝你们，如果看到此书，不妨读读。十八大以后，我党在治党方面分外严厉起来，党的纪检治腐工作分外显眼，有的地区的领导层甚至出现了塌方式倒台。习近平同志任总书记以来，对我们党的不变质问题看得分外重要，采取了一系列令党更“接地气”的措施，“三严三实”教育正在切实地开展。此时此刻，如果那些离党的大小权力最近的读者能够读一读这本由一名党龄已愈五十年的优秀老共产党员写的书，看看共和国的一位党员干部和他的家庭是如何工作与生活的，我相信会格外受益！

8

这应该是本文的最后一段文字。

先说阅读这本书的情况：从2015年10月30日开始，到2016年1月15日读毕，我读了整整两个半月；当然，这种读，除指“一次性读”外，也包括一些“反复读”。

再说写这篇小文的情况：从2016年1月15日开始，到今天的此时此刻，即2016年5月3日的此时此刻，也即写这篇文章最后这段文字的此时此刻，断断续续，竟写了三个半月；当然，这种写，除指“一次性写”外，也包括不少“反复写”。

无论读是如何读，写是如何写，有一点都是相同的，那就是进度何其慢矣！

何故？眼，日益失明也；耳，日益失聪也；而脑，日益梗重也！

不过，我此刻依然兴奋不已：这是我休笔多少年来第一次重新执笔且执笔成功也！

感谢建新，写了如此一部好作品！感谢瑞林、建新夫妻热情地邀我写序，用如此好的一部作品帮我进行了一次卓有成效的脑康治疗。

我相信，这是建新的第一本书，但绝不会是她唯一的一本书，“返老还童”作家王建新同志还会有更多更好的作品问世。

不信，请拭目以待！

张不代

2016年1月15日开笔于海南琼海

2016年5月3日脱稿于山西太原

前　　言

1. 柳叶子

记得那年拉练，在数九寒天里翻过了层层大山，沿着羊肠小道走进了一个藏在大山褶皱里的小山村——陈家庄。

一群村姑站在我们驻地门口，想进又不敢进，想问又不敢问，想笑又不敢笑，你挤我，我拉你，掩着嘴笑着，不错眼珠地看着，好像要把我们这群女兵的一举一动都吃进肚子里去。

“进来玩儿吧!”

“你们都叫什么名字呀？……”

我们一边整理内务，一边热情地招呼她们。

她们笑得更欢了，挤得更紧了。

“进来玩儿呀，别害羞，军民一家人嘛……”

话音未落，“咯咯咯！……”，随着一串银铃般的笑声，一个十六七岁的姑娘被推了进来。

“她叫柳叶子!”

“柳叶子?!”

在这“要武”“小兵”“文革”“红卫”……革命名字满天飞的时代，“柳叶子!”这该是多么美丽动听的名字啊!

我们呼的一下围了上来。

“她也想当女兵!”

我们拉着柳叶子的手，看着她那羞红了的脸庞，真美呀！白里透红的脸蛋儿，会说话的眼睛，特别是那两条黑油油的长辫子，在当时真是少见了!

真是深山藏俊鸟哇!

美丽的姑娘，美丽的名字，美丽的辫子——在这远离市井的深山老峪里，在这人们很少路过的美丽的小山村，得到了完美地保存。那含羞的脸庞，那俏丽的身影，特别是那双渴望当兵的大眼睛，牢牢地印在了我——一个女兵的心中。

啊！柳叶子！你还好吗?

你让我记了整整四十多年!

我将心中这份珍贵的“美丽”做了笔名。

2．我是一条欢快的小溪

人生啊，就是这么短暂，转眼就过了六十多年。

少年时，我曾经羡慕过大海，多么宽广，多么浩瀚，浪涛汹涌，无边无际……

中年时，我赞叹过江河，波涛滚滚，川流不息，逢山开道，惠泽万里……

而今老了，却十分欣赏那山间的小溪:

它纯洁，因为每一滴溪水都是来自大山，经过了树的吸收、草的过滤、土的渗透、石的排挤……渗出来了，渗出来了……一滴一滴，汇成水流，合成小溪，欢快地流淌，一刻不停地向前奔去……

它勇敢，以弱小的身躯开山辟地。山，不论多高多险，它都能见缝插针，穿越而过；地，不论多厚多硬，它都能勇往直前，绝不后退……

它灵动，为了达到向前的目的，不怕弯曲。因为它要绕开前面的巨石，绕过去就是胜利。为了达到向前的目的，它不怕埋名隐身钻入地底，因为它知道，身上的大山不可抗拒，但当它重新冒出地面时，会有更宽敞的道路等待着自己……

它欢快，因为它的甘甜带给了沿途无限生机。树儿得到了滋润，草儿更加翠绿，花儿更加美丽，那鸟儿、兽儿、虫儿、鱼儿，或迎风飞舞，或高声欢叫，或水中畅游……奏出世间最美的交响曲。

哦！欢快的小溪，美丽的小溪，清凉的小溪，奔腾的小溪……只要想起你，就像立刻看到了森林、绿地，看到了小石潭、小瀑布，看到了水中的卵石、岸边的兰草，还有那精灵般的小鱼……心中说不出的凉爽惬意。

哦！我心中向往的小溪，你是都市烦躁人群心灵的归宿，你是名利场受伤人群的疗养胜地。你那清凉纯净的溪水，可以洗涤世间的烦尘，可以扑灭人们心中的燥热，可以宁静人的灵魂，可以还给人丢失已久的真、善、美!

我，真想变成这样一条欢快的小溪！

我，已经是这样一条欢快的小溪！

不是吗？我虽然没有大海的胸怀，没有江河的能力，但有小溪的纯洁，有小溪的勇敢，有小溪的灵动，更有小溪的欢快。

六十多年过去了，我从大山一路走来，有过顺境，有过辉煌，有过坎坷，有过失意……不论对与错，回头细看，本心纯洁，本性善良，立志报国，勇往直前，一路欢歌……

我，就是一条欢快的小溪！

3．清溪梦兰

我是一条欢快的小溪，和千千万万条平凡的小溪一样，汇聚着点点水滴，收集着涓涓细流，一路欢歌曼舞，一路披荆斩棘，不屈不挠，勇往直前，流向江河，奔向大海，给江河增添了征服的力量，充实了大海广阔的胸怀。

我这条小溪，从小到大，时深时浅，时徐时急，时南时北，时东时西，弯弯曲曲，弯弯曲曲……流淌了六十多个三百六十五日。

六十多年，与日月星辰相比，只不过是白驹过隙。但是，作为生命个体，它确是一个漫长的过程。回首往事，虽然没有波澜壮阔的史诗，没有跌宕起伏的经历，没有催人泪下的故事，但有人间的酸甜苦辣，有刻骨铭心的悲欢离合。它们就像小溪边随着天意长出的棵棵幽兰，时间越长，长得越茂盛，香气越浓郁。

也许，那些平凡的故事会流露几段民间的历史；也许，那如歌如泣的诉说会展现那个时代的一些风气；也许，那痴人的梦话会给后人带来几丝欢愉和启迪……

哦！偷得半日闲，数数小溪边幽兰有几许？

目　录

第一部　小荷初露

源出太行

父母常说，他们的先辈来自山西洪洞县大槐树底下。

是移民？是难民？是来自山西？陕西？还是更远的地方？什么村？什么店？……都不得而知。只知道先人们拖家带口，肩上挑着担子，背上背着孩子，和千千万万来自山西洪洞县大槐树底下的人们一起，涌向河北，散落在太行山深处，扎根在大山的褶皱里。

听父亲说，先祖顺着一条溪水向山上走，不知转了几道沟，终于在一个有泉眼的地方停了下来。举目望去，山，高高的、青青的；树，粗粗的、绿绿的。泉眼旁开着巴掌大的花，吸引着巴掌大的蝴蝶飞舞；青石上蹦跳着不怕人的松鼠；小溪边的苇田一片一片的，苇叶在清风的吹拂下哗哗响着，好像在欢迎这些来自远方的客人——好美呀！

于是，先祖就在这仙境里安了家。

真的是仙境吗？怎么20世纪80年代，在我离开家乡四十多年后，第一次跟老父亲回老家，看到的却是穷山恶水呢？山上无树，稀疏的灌木丛难以遮住青黄色干巴巴风化严重的山石。沟里的溪水，如果还硬叫它溪水的话，混混浊浊，时断时续……

但我相信，几百年前，这里肯定是仙境！听听这些古老的村名——“龙门”“上港头”“下港头”“苇子沟”“水泉湾”“清风渡”……你就知道当时溪水有多大，山上的树木花草有多茂盛！唐朝诗人韩愈在《山石》这首诗中说：“山红涧碧纷烂漫，时见松枥皆十围。”我读此诗时，曾怀疑是否真有这么粗大的树，会不会是诗人的夸张！可父亲说，他小时候还见过溪边有十几棵几个人都抱不过来的大树呢！

想当年，这里肯定是原始森林遮天蔽日，清澈溪水波光粼粼，先祖们或在岸边辛勤耕耘，或驾小舟捕鱼捞虾，或用取之不尽的苇子编筐织席，一代代繁衍生息直至今日……

人啊，就是这么怪，总爱刨根问底，总想认祖归宗。既然不清楚先祖从哪里来，总该知道是哪族人吧？不是汉族吗？从上小学一年级填写第一张履历表起，父亲就告诉我："咱们是汉族。"虽然我当时并不清楚什么是汉族。

但是，从分别带有高鼻梁、深眼窝、卷头发、络腮胡子特征的堂兄弟及叔伯长辈们身上，我似乎感觉到了不同于汉族的基因。那会是什么人种呢？胡人？夷人？鞑靼人？阿拉伯人？……不知道，不清楚，无人可问，无据可查。反正听说让深山里的老虎叼走吃了半拉的老老太太，头发不但卷曲，而且有点黄。

这位住在太行山山旮旯里的老老太太，就是我的根啊！

生的传奇

现在的女人多幸福啊！自怀孕起，就成了全家重点保护对象，饭来张口、衣来伸手不说，等到了预产期，立刻送医院，除了医生、护士，身边还围着婆婆、母亲、姐妹，甚至七大姑、八大姨……

你们知道我是怎么出生的吗?

生我那年冬天，傅作义将军还没起义，还在听从蒋介石的命令大举进攻解放区。

二十六岁的父亲带领县委机关转移了，因为他是县委书记，肩负着反“扫荡”的重任。

不满十九岁的母亲，送走了县妇联的战友，挺着即将生产的大肚子，在一位小战士的陪同下，骑着小毛驴，沿着山沟一路向山顶走去，那里有一个小山村可以藏身。

山，好高啊！小毛驴踢掉的石子翻滚着下山，就像石头扔进了深渊，无声无息，无影无踪。

村，好小啊！因为那个叫杏花尖的小山村只有一户人家。

更奇特的是，当山上的羊肠小道快延伸到山顶的时候，被一群巨石挡住。那大大小小的巨石，有的坐，有的卧，有的站立，有的斜依山根，有的相互挨挤，有的两头相顶，中间有不大的空隙，好像两个壮汉在摔跤，正在拼死挣个高低……这些巨石是从哪里来的呢？是洪荒时期大水冲来的吗？是什么时候的大地震震得翻滚下来的吗？不知道。只听老百姓说，这巨石阵最窄的地方，牛、马等大牲口过不去，种地的牛得赶着牛犊进去，让它慢慢长大，但也永远别想再出来了。不明就里的人，可能以为路到了尽头，该转身回去。但是，真应了那句古诗——“山重水复疑无路，柳暗花明又一村”，只见小战士牵着小毛驴在巨石阵里转来转去，绕过卧石的脚后跟，扶着站石伸出的手臂，挤过摔跤石的肚皮，眼前突然一亮，原来这山尖竟然和后边的更高的大山相连，两山之间是那么宽广、平坦。看那蓝天下的梯田，一层一层，多么整齐；看那石头块垒起的老屋，房顶的石片被阳光照得熠熠生辉；看那房前屋后的几棵大树，虽然掉光了叶子，但在寒风下抖动着枝杈，仿佛是在迎接着母亲；还有那圈里哼哼叽叽的老母猪、棚里慢慢悠悠吃草的老黄牛、院子里咕咕叫着找食吃的鸡群、早就冲出家门远远望着人们狂吠的黑花狗，那碾子、磨子……谁能想到在这大山顶上、在这巨石阵的后边竟藏着这样一个桃花源呢？哦，不是桃花源，是杏花源！这个一户人家的小村不是叫杏花尖吗？如果是在春季，它该是多么美丽呀！

它那满山的杏树、桃树、梨树、核桃树，分批分期地开着时而浅粉、时而艳红、时而雪白、时而淡黄……的花海，该是多么壮观！俗话说，山有多高，水就有多高。那从山脚石缝中流淌出来的山泉，虽然现在还结着冰坨，到春天肯定会变成欢腾跳跃的溪流和小瀑布呢！

小战士把母亲交给了老乡就去追赶部队了，母亲为了不更多地打扰老乡，坚持不和他们一起住正房，而是住了多年没人住过的厢房。房东大婶心里过意不去，只好把炕烧得热热的，还把家里唯一的老羊皮褥子给母亲铺在光溜溜的炕上。

也许，是母亲一路颠簸劳累；也许，是一夜狂风的惊吓；也许，是母亲对父亲、战友的思念……使我这个本应再过几天才该来到这个世界的孩子提前离开了母亲温暖的身体。

风终于停止了长啸，太阳慢慢从山边露出了笑脸，当房东大婶儿听到了孩子的哭声急急忙忙跑过来的时候，只见母亲早已把我包好抱在了怀里。

“哎呀！我活了这么大岁数，还头一回看到女人给自己接生的呢！你，你——还不满十九岁呀——还是个头生。你怎么不叫我呢？——你，你可真行！”大婶儿又赞叹、又心痛、又埋怨地大声嚷嚷，迎接她的是母亲疲惫而甜蜜的笑容。

母亲是用临上山前卫生队的护士长教给她的方法，从随身带来的包里取出消毒剪刀和棉线给我剪的脐带，使我平安降生。

在那狂风呼啸的长夜，在那呼救没人听见的时刻，母亲是否阵痛得满炕打滚？是否心中充满恐惧和无助？是否更加渴望见到父亲和其他亲人？是否更加痛恨前来剿共的傅作义?！……

更危险的是第二天，筋疲力尽的母亲正合眼沉睡，猛听轰的一声巨响，那年久失修的破厢房因为一夜狂风的摧残，终于支撑不住，塌了半扇墙。“哎呀！我的孩子！”母亲惊出了一身冷汗，在呛鼻的烟尘中伸手去摸孩子，先碰到的却是石头！“完了，完了——”母亲这样想着。这时，不住颤抖的手又碰到了熟睡中的孩子，一把抄起，就势推开纸窗跳到院子里。石块儿离我的小脑袋只有半寸，竟没砸着我，真是奇迹！好险哪！幸亏那厢房没有全塌下来，否则母女俩就都没命了。十几天后，傅作义退了兵，父亲派人把我们接到姥姥家，姥姥抱过我说的第一句话就是：“这闺女，命真大呀！”

狠心的姨奶奶

解放战争的号角吹响了！

父亲和母亲更忙了。父亲忙着领导县里的土地改革，忙着迎来送往路过的解放军大部队、机关、野战医院，筹军粮，组织民兵运送弹药、物资……十天半月也见不着母亲一面。母亲带着我这个吃奶的孩子，还要经常下乡，动员青年参军，协助村妇联筹备军鞋、军粮、被装……经常忙得顾不上喂奶，我也就难免饥一顿、饱一顿。

有一天，母亲到南桥村组织群众大会，会后县妇联主任吴姨又拉她去检查军鞋质量，回来时碰到野战医院的几个小护士要到河边洗绷带。因为母亲和她们常在一起开会、说笑、打闹，非常要好，所以她们非要母亲也去。都是十七八、十八九的小姑娘，谁不爱凑热闹，谁不爱玩呢？于是，母亲高高兴兴地跟她们来到拒马河边，每人找了块石头洗起绷带来。眼前清凌凌的河水哗哗地流着，远处的青山无言地站在岸边，默默地展现着它的翠绿。蓝蓝的天上，朵朵白云在轻轻地游动，不时有几只鸟儿自由自在地飞过来、飞过去。身边的沙土地上长着郁郁葱葱的灌木和一些不知名的花草，野花们好像要和姑娘们争鲜斗艳，十分张扬地盛开着，招惹得花蝴蝶和蜂儿们忙不迭地寻香逐蕊。洗干净的床单、纱布、绷带一块块、一条条晾晒在岸边的石头上、绿树丛上。远远望去，好像从天上摘下一块块、一条条白云撒在岸边，那么轻盈，那么缥缈，那么随风荡漾……

母亲和小姐妹们欢笑着、打闹着，你用水撩我，我用水泼你，嘻嘻哈哈、叽叽嘎嘎的笑声在山间回响，快乐随着波涛翻滚——她，完全忘记了自己是一个母亲。

当夕阳西下，当红霞满天，当肿胀的奶水湿透了母亲的衣襟——“孩子！我的孩子——”母亲终于想起了女儿还在炕上嗷嗷待哺。当母亲丢开小伙伴儿们一溜小跑地赶回驻地，抱起已经哭得快没声的我时，竟发现幼小的女儿双脚后跟鲜血淋漓。怎么回事？原来我哭叫的同时，两只小脚不停地蹬踹没铺褥子的光炕席，结果两个稚嫩的脚后跟竟被粗糙的炕席磨破了皮。愧疚不已的母亲终于和父亲商量，把我送到父亲的老姨家，也就是我的姨奶奶家寄养。

因为姨奶奶家有一个和我一样正吃奶的孩子，我可以分半口奶吃。因为姨奶奶是父亲的亲姨，是我的亲姨奶，总不能让我受委屈吧?！况且，和我一起送过去的还有父亲托人从敌占区买回来的大筒代乳粉和公家配给我的每月一百斤小米。这在当时，对一个农民来说，可是一笔不小的收入。

从此，母亲全身心地投入了革命工作，没日没夜地为解放全中国而努力奋斗。

转眼一个多月过去了，那天和战友们闲聊，说起人性善恶的古老话题。“我可见过人性差的人。”张佳琪阿姨说，“前几天我到红石口村下乡，派饭到一家，看见那家女人在炕上抱着儿子喂奶，屋里地上爬着一个小闺女，无人问，无人管，饿了，渴了，就爬到锅台边，用小手捞泔水盆里的东西往小嘴里塞——看着真可怜！我原以为这小闺女是她的亲闺女，这也太重男轻女了！后来一打听，原来是县上的一个女干部寄养在她家的……”

说者无心，听者有意。

“哪个村？谁家？门前是否有棵大槐树，树下有一盘碾子？”母亲急忙问。

“对呀，你怎么知道？”

“哎呀！那就是我的小闺女呀！”

母亲急忙求人连夜给我姥爷送信，让他无论如何赶紧把我接走。第二天，姥爷和老舅赶了几十里山路，找到这个狠心的姨奶奶家，从地上抱起骨瘦如柴、脖子可以拧绳的我，和那个狠心的姨奶奶大吵了一架。出村时，有邻居悄悄地说，连那代乳粉都不给这孩子喝，除了给她儿子加餐，就让她男人喝，说他得干活儿，需要营养……你们再不来接，这孩子恐怕……”

姥爷和老舅轮换着背着我，走了一路，抹了一路泪水，骂了一路狠心的姨奶奶……

拒马河的传说

我的姥姥家在太行山深处，拒马河边。

沿着拒马河散落着许多美丽的小山村，拒马河就像一条闪着银光的项链，而那些或大或小或在半山腰或在平滩上的小小村庄，就是这条项链上的颗颗珍珠。姥姥家所在的桃花岭村，就是这条项链上较大的一颗珍珠。

拒马河沿着姥姥家的村边蜿蜒而过，清澈的河水翻滚着朵朵浪花。它用这甘甜的河水滋润着这些大大小小的珍珠，滋润着这里的百姓。

然而，这条河为什么叫拒马河呢？

这里有一个美丽的传说。据说西汉末年，刘秀初起，被王莽追得四处逃命。虽然王莽兵强马壮，但是刘秀是真命天子，总是在老天爷的保佑下化险为夷。那天，刘秀带领起义军来到一座小山上，举目四望，未见王莽的追兵，于是下令埋锅造饭。

当饥肠辘辘的士兵们刚刚把蒸好的馒头拿出蒸屉时，只听一声大喊："王莽追过来了！"众人急忙扔下就要到嘴的馒头，抄起兵器就去迎战。奈何兵少将寡，只得再次夺路而逃，眼看着王莽的马头就要碰到刘秀的马尾巴了，急得刘秀把手中的马鞭猛得向后一甩，王莽和刘秀之间立刻出现了一条波涛滚滚的大河。刘秀得救了，王莽只得站在河对岸望河兴叹："天不助我也！"这条河，就是拒马河。

再看刘秀当年埋锅造饭的小山，一个个大馒头到现在还整整齐齐地摆在那里，只可惜全都变成了石头馒头。所以，这里的人们都叫它馒头山。

别看我的老家是深山区，它的一草一木都牵连着历史和传说呢！你看在拒马河畔有秦始皇修长城时留下的韭菜岭、野谷坪；有纪念荆轲的荆轲塔；有太子丹送荆轲出发时，田光自刎而死留下的血山；有刘秀在大东沟找水时留下的马刨泉、饮马槽……甚至还有玉皇大帝巡游时用过的马鞍、王母娘娘的梳妆台、七仙女下凡洗过澡的小瑶池！

这些美丽的传说和古老的故事，祖祖辈辈在田间地头、在井边树下、在冬天的炕头上传颂着、议论着、演绎着，甚至争论着——它像无声的春雨，滋润着人们的心灵，使中华文明、中华历史、中华文化不知不觉地渗入人心；它像无形的带子，把散落在深山的百姓紧紧地联系在一起，自觉、自愿、自豪地认为自己就是那些先人的后人，是燕赵英雄的子孙，是响当当的中国人！

祖先的恩泽，世世代代惠济着他们的子孙。你看秦始皇为了解决修长城的百万民工的吃饭问题而种谷的坪坝、种韭菜的山岭，而今那谷还年年丰收，那韭菜还满山遍野的郁郁葱葱。更奇怪的是，野谷坪上无杂草，韭菜岭上无树木，只有满坡的野谷迎风摇曳，只有翠绿的韭菜铺满山峦。特别是在韭菜开花的季节，从山脚到山腰，从山腰再到山顶，一片雪白，远远望去，好像在盛夏下了一场鹅毛大雪，让人那么惊喜、清凉……

听父亲说，抗日战争时期，为了解决经费不足的问题，县政府曾经组织队伍到几十里外的韭菜岭收韭菜，加工成韭菜花到敌占区出售，解决了抗日队伍的燃眉之急。如果秦始皇地下有知，可能会感到非常欣慰，因为他修长城是为了御敌于国门之外，没想到几千年以后，他又为抵抗外辱出了一把力。

姥爷和老舅就把我背到了这个充满神奇的地方——河北省涞水县桃花岭村，也就是我的姥姥家。

救命的哑奶奶

来到姥姥家，姥姥抱着奄奄一息的我发了愁，这个正在吃奶的孩子可怎么养活呢？不知哪个亲戚说："村东刘深家不是才伤了孩子吗？估计还有奶，要不先抱给她？"

"那个养汉老婆？"姥姥迟疑地说。

"先找奶要紧，别顾那么多啦。"

农村把风流女人叫养汉老婆。听说这个女人疯得很，每天打扮得花枝招展，红袄绿裤绣花鞋，擦粉抹红点胭脂，走起路来屁股一扭一扭的。特别是到了夏天，一身小碎花的裤褂，再配上一双粉白色的秀花软底鞋，走东家，串西家，保媒拉纤打纸牌，招惹得村里的光棍、小伙儿成天围着她转悠。因此，村里人给她起了个外号——"小白鞋"。"小白鞋"和村里不止一个男人有不正当的来往。

真是饥不择食啊！姥姥只好托人说和，把我抱给了她。姥姥不放心，时常穿过村子到她家去探望。先几次，"小白鞋"还笑脸相迎、笑脸相送，去的多了，脸色就不好看了。只见她抬起因为不干活儿而养得粉嫩的手，搔搔刚刚抹了头油、戴着农村少见的不知是哪个"情郎"从城里给她买来的粉色花卡子的头发，怪声怪气、拿腔拿调地说："哟！我说婶子，孩子交给我你还有什么不放心的？你还不知道我，谁不说我是咱村的大善人哪！你看看，你看看，这孩子模样变得好多了吧？这才抱过来几天哪，胖点了，水灵了，也干净了。哼！你要是实在不放心，那就抱回去吧！"

吓得姥姥再也不敢经常到她家看我了。因为我刚到姥姥家那几天，喝着小米糊糊等着在村里和邻村找个合适的奶母，可实在找不到，好不容易——咳！求着人家呢，还能说什么？

过了一阵子后，姥姥实在忍不住，用羊肚手巾包了几个鸡蛋，带上用碎布给我做的小棉帽准备去看我。刚出家门，只见一个老太太抱着个孩子迎面走过来。山风呼呼地刮着，老人急急地走着，一阵狂风吹来，搅得黄沙飞扬，打得人脸生疼。只见那老人连忙低下头去，一边用头抵挡风沙，一边“啊，啊！”地安抚着怀里惊叫的孩子。

这不是“小白鞋”的哑巴婆婆吗？因为公公死了，婆婆是哑巴，丈夫又是一棍子打不出个屁来的老实疙瘩，“小白鞋”才敢这样肆无忌惮啊！姥姥赶紧把哑奶奶让进家里。当姥姥伸手去接她怀里的孩子时，惊讶地发现，原来哑奶奶是把我紧紧地包在她破棉袄的大襟里，让我贴在她那因为没内衣穿而裸露的胸膛上，她是怕我在寒冬腊月冻着了呀！

姥姥万分感激地接过孩子，哑奶奶这才连比画带嚷嚷地告诉姥姥，她那个“小白鞋”媳妇早就没了奶水，每天只喂我几次米粥就不管了。她为了不耽误“串门”，后来索性连粥也不喂了，把我扔给了哑奶奶，是白发苍苍的哑奶奶每天喂我米粥，哄我睡觉，一把屎一把尿地拉扯着我。

姥姥流着眼泪送走了哑奶奶。她临出门时，姥姥一再双手合十表示感谢。舅母抱着留下的我，说：“‘小白鞋’也太坑人了，明明没了奶还瞒着，要不是哑婶送过来，这孩子还不得饿死！——还不是为了那100斤小米，真是的！”

当我刚刚懂事时，姥姥就经常给我讲哑奶奶。当我知道报恩想见见哑奶奶时，她老人家却早已作古。但是，她那白发苍苍善良慈祥的面容从姥姥的多次描述中，永远深深地刻在了我的心里。我经常仿佛看见哑奶奶在亲切地抱我，在笑眯眯地喂我，在不厌其烦地给我擦屎、接尿……甚至紧紧地、紧紧地把我贴在她那温暖的胸膛上。姥姥说，那时，除了哑奶奶，我谁都不找呢！

没有哑奶奶就没有今天的我！

哦！哑奶奶！我会永远、永远把你记在心里！

溃烂的双手

姥姥把我接回家时，我快一岁了。

姥姥决定再也不把这苦命的孩子送给别人养了，留在身边自己养。白天可以喂我各种面熬的稀粥，可晚上怎么办？那时，没有暖瓶、奶瓶，更没有牛奶、奶粉。我半夜饿得哭叫时，姥姥就冒着严寒爬起来点火，在大锅里乱点小米面糊糊喂我。姥姥也是六十多岁的人哪，几天下来就瘦了一圈儿。

后来，姥姥想了一个办法，在热炕头上放晒干的高粱秆芯儿，在炕头边的锅台上放一个大一点的铁勺和一碗炒好的小米面。夜里，当我饿得哭闹时，姥姥在被窝中披上棉袄，点上锅台上的油灯，用勺子从锅里舀点准备好的清水，用火柴点燃干燥的高粱秆芯儿，把勺中的水烧开，抓上一把炒面乱成糊糊喂到我的小嘴里。这样，姥姥就不用冒着严寒起来烧大锅了。姥姥和姥爷就这样辛辛苦苦地把我养活了。

但是，由于几经辗转，几经挫折，我这幼小的生命，不论是肉体上还是心灵上，都受到了极大的伤害，落下了不可弥补的创伤和毛病，比如极度胆小，比如肠胃虚弱。

胆子小，是因为没有安全感。如此幼小的孩子，缺失了母爱，转了一家又一家，谁是我的亲人？谁是我的依靠？又有谁能给我无微不至的关爱？生下我时，父母给我起乳名“春爱”，因为是春节后出生，全家人都很爱我。谁能想到我这一生缺的正是这个“爱”字呢?!

自记事起，我就和姥姥、姥爷寸步不离。小时候，成天腻在他们的怀里，大点了，成天拽着他们的衣襟，他们走到哪里，我就跟到哪里，一会儿不见就吓得号啕大哭。一天中午，姥爷在屋里地下修理农具，姥姥坐在炕头上，盘着腿，靠着被，抱着我，哄我睡午觉。她一边轻轻地摇晃着身子，一边唱着不知传了几百年的催眠曲：

“啊哦！啊哦！睡觉觉，

“狼来了，虎来了。

“老头子背着个鼓来了。

“这边藏，那边藏，

“一下碰到个小儿郎。

“儿郎儿郎你莫哭，

“灶火膛里烧着一个大白猪。

“你一半，我一半，

“吃了别学舌，

“学了舌，

“笤帚疙瘩擀面的棍，

“越打越有劲，

“越打越有劲，

“越打越有劲，

“……”

拍着我的手慢慢轻下来，轻下来，姥姥的儿歌渐渐地离我越来越远，越来越远……我终于进入了梦乡。

一睁眼，我在炕上躺着，姥姥不见了！一骨碌爬起来，姥爷也没了，吓得我大喊：“姥姥！姥爷！……”没人回应。我像丢了魂儿一样，连滚带爬地溜下炕来，一边“吱喽忙慌”（这是姥爷形容我当时的样子）地哭叫着“姥姥！姥爷！……”，一边光着脚丫子跑到了院子里。

这时，只听厕所里的姥爷忙不迭地应着：“在这儿哪！在这儿哪！嗨！嗨！

姥爷这不是上茅子嘛——”姥爷来不及系裤子，提着裤子赶紧跑出来，把哭得差点背过气的我从冰凉的地上抱了起来。从此，姥姥、姥爷再也不敢把我一个人放在家里，我就跟着姥姥做饭、喂猪、推碾子、到拒马河边洗衣服，跟着姥爷串门、讲古、给村剧团拉京胡，甚至跟着姥爷下地收庄稼。

肠胃虚弱，是自小缺奶，饥一顿，饱一顿，甚至吃了幼儿不该吃的食物造成的。肚子疼是经常的，从小就经常让姥姥、姥爷给我揉肚子。姥爷每次给我揉肚子时都念念有词：“肚子疼，肚子疼，请老明。老明拿着个小刀儿，割了爱爱的屎包儿……”逗得我咯咯一笑，肚子也就不怎么疼了。

最要命的是我不想吃东西，见饭就饱。不论姥姥怎么给我变着花样地做吃的，不论姥姥、姥爷如何哄、骗、吓……我就是吃不了几口就不吃了，再让吃就哭，就跑，甚至躺在地上打滚。这可怎么办呢？看着日渐消瘦的我，姥姥、姥爷发了愁。

这时，街上来了一个走乡串村的土郎中。在这大山里求医问药谈何容易！姥爷连忙把这穿着一身白土布裤褂、踿蹬三块瓦式的云鞋、留着花白胡子、有几分仙风道骨的土郎中请到家来，告之我的病情。

这白胡子老头望我再三，捻着胡须沉重地说：“这孩子病得不轻啊！早看就好了，早看，吃我几服药准好。现如今——恐怕——”

姥爷一听这话，惊出了一身冷汗。“现如今又怎样？莫非——”

土郎中不紧不慢地拿眼看看惊慌的姥爷和抱着我直抹眼泪的姥姥，又说：“恐怕得动两刀才行……”

“动刀？”姥爷吓得张口结舌。

“是啊！否则治不好。这孩子得的是积，必须把这积割掉，否则是好不了的……”

“割积”，姥姥村有过这样的孩子，因为不爱吃饭，每个中指被割了一刀。割了积，就能吃饭了？不知道，反正这孩子的两个中指一辈子就别想再伸开了。

“俺们不割！”姥姥果断地说。

“是怕割坏中指吧？我和那些混饭吃的郎中可不一样，我从不割中指，而是割大鱼际，也就是这个地方。”老郎中拽过我的小手，指着大拇指肚说，“我割一个好一个，不信你们到前村后店去打听打听，崖背道后村张树家的小三儿，知道吧？就是我割好的。……就在这儿割个小口，像孩子玩席子条刮了个小口一样，只要把积找到拨出来就大功告成了！能不能找到积，这才是真本事！我割一个好一个！——你们到底割不割？不割，我就要赶路了，杏黄村还有人等着我呢！”说着，他就开始收拾进门时从腰里解下来的白布包。

“别走，别走！咱们再商量商量……再商量商量……”姥爷急忙拦住老郎中，又赶忙从锅里盛了一碗凉开水恭恭敬敬地送到他手中。

姥爷和姥姥商量再三，“既然不伤中指”“既然像被席子条刮个口子几天就好”“既然割一个好一个”……那就割吧！

于是，姥爷把我放在炕上，由姥姥按着。我的双手被姥爷紧紧地压在炕沿上，在没有消毒、没有麻药的情况下，在我杀猪般的哭喊号叫声中，两只手各被割了一刀。据说都找到了几个白色的小颗粒——积。什么积呀！只不过是土郎中使了障眼法，把早已准备好的东西展现给我那老眼昏花的姥姥、姥爷看罢了。

姥姥、姥爷千恩万谢地请老郎中吃了饭，还送上了几张父母留下的金贵的边区票。而我的手，感染了，发炎了，流血了，流脓了，肿得像两个小馒头，疼得我发高烧，满炕打滚，吓得姥姥、姥爷几天都没合眼。后来，两只手连手指头都肿成了小胡萝卜。再后来，两只手都溃烂了，不疼了，但整个手皮都鼓起来，里边都是黄水。姥姥用做活的剪子从我的两只手腕处各剪了一个小口，黄水就顺着胳膊哗哗地流下来。

过了很长时间，我两只手上的死皮才整个脱掉，露出粉红色的新肉皮。总算长好了！姥姥、姥爷可舒了口气。至今，我双手的大鱼际上还各有一个不小的伤疤。

世上哪个父母不心疼儿女？可在新中国诞生的前夕，父母把我和刚刚出生就抱给奶母的大弟放在了脑后，全身心地投入了解放战争，即使他们没有直接上战场。然而，失去母爱的儿女肉体和精神上受到如此巨大的伤害，是否也是一种无谓的牺牲呢？

肉味飘香

姥姥家的房子是土改时分的。顺着石头蛋子铺就的小路，穿过石头垒起的座座房屋中间的小胡同，走到一个山包下的小院，这就是姥姥家了。

三间北房也是石头垒起来的，房顶同样是用石头片做的瓦，窗子的木格子上糊了白窗纸，虽然经风吹雨打有点发黄、发暗，有的地方还有几个破洞，但是过年时姥姥剪的“喜鹊登梅”的窗花还牢牢地贴在窗子中央，透着几分喜兴。

从低矮的屋门进去，左边是一领土炕，炕边上盘着锅台。炕上靠着墙根是一溜卷起来的被褥，光光的土炕上铺着一张高粱皮编的炕席，用的年头长了，席被磨得油光发亮，而且席边上有的地方已经露出了破茬。右边是用山荆条、高粱秸做骨架，抹上泥形成的隔壁。进里间靠墙也是一领土炕，土炕对面放着一个大躺柜，全家的衣物都收在里边。

院子的西边是大山的一角，东边是两间小厢房，厢房里靠墙根立着四口半人高的大缸，一口腌咸菜，一口积酸菜，两口盛粮食。屋里墙上挂着簸箕、笤帚、筛子、锣等杂物。地上堆放着耠子、耧、锄头等农具。靠墙有一个一人多高的柳条编的粮囤，里边放着晒干的玉米穗子。

院子的北边是大门和一座塌了的旧房基，如今这旧房基改成了猪圈和厕所。院子里铺着青石板小路，靠正房的泥地上种着一棵枣树，年年结下红红的枣子。

虽然经过了土改，农民分到了土地，但还远没达到温饱的水平。我和姥姥、姥爷穿的是补了又补的衣服，吃的是玉米、小米等粗粮，甚至是菜饼子、菜粥、瓜干、野菜、榆皮、杨树叶、柳树叶……

虽然养着鸡，下的蛋却不能随便吃，因为这是家里的银行，油、盐、醋、糖……全指着这几个鸡蛋去换。所以，只有家里谁病了，哪天家里来了客，才舍得拿出几个，打个荷包蛋。

虽然养着猪，但不到年底是吃不上猪肉的。因为没有充足的饲料，猪到年根上才能长大，只有过年时才能家家杀猪、户户煮肉。

三四岁时，天天盼着过年，因为过年能穿新衣、新鞋，更重要的是能吃上盼了一年的肉！记得那年那天杀了猪的傍晚，姥姥煮了满满一大锅肉。我坐在姥姥怀里，姥姥盘腿坐在灶前的蒲墩上，不时地把身边的柴火塞进灶膛。灶膛里的火越来越旺，锅里的肉越来越香，我嘴里的口水越来越多……

“姥姥，熟了没有啊?!”

“快了，快了!”

“姥姥，怎么还不熟哇?”

“别急，别急，快了，快了!”

……

姥姥忙着添柴，忙着用烧火棍搅动灶里的柴火，那锅里的肉味一个劲地窜出来、窜出来……被我深深地吸进肚子里……真香啊!

终于，姥姥把我挪开，站起来，用筷子翻着冒着热气的大肉块儿，再用筷子扎扎，说：“还没软呢，再煮一会儿，啊!”

“熟了，熟了！不信让我尝尝……”

“小馋猫！真是个小馋猫！这么会儿就等不得了？好，好，好！我给你挑个小块儿的看软不软。”

说着，姥姥从锅底拣出了花生粒大的一小块肉放在我的嘴里。好香啊！可没等我细品滋味，那肉早已自己滑过了我的嗓子眼儿，溜到了肚子里。

“姥姥，真好吃！姥姥，再给我找一块儿呗，再给我找一块儿呗！……”

“好，好，再给你找一块儿！真是个小馋猫哇!”

姥姥说着又给我夹了一块肉。这下我可得慢慢嚼了，可不能让它再那么快就跑了！那块肉在我嘴里被慢慢地品着、嚼着……不知什么时候，我就在姥姥怀里睡着了。

平时遇到特殊情况，有时还真能吃上一次肉解解馋。什么特殊情况呢？比如，家里的大猫被别人打死了，猫肉就成了全家的盛餐；比如，家里的大公鸡被黄鼠狼叼走了，姥爷顺着血迹找到山上，从草窠子里找到被黄鼠狼吃掉一半的公鸡拿回家，全家又吃上了一顿久违了的鸡肉。但是，这样的特殊情况实在是特殊，一年能碰上几次？再说，也不想碰上几次啊！

于是，我和姥姥、姥爷就过着早晚咸菜，中午南瓜、豆角的清苦日子。过这样的日子是绝对得不了肥胖症、高血压、高血脂的。

我四岁时的一天，姥爷带我在北墙根处玩耍。姥爷靠着墙根抽烟，我在他身边玩玉米棒插席子花。突然，天上直冲下来一个大黑影，抓了一只吓得跟在母鸡后边飞奔的小鸡，又向天上飞去。说时迟，那时快，只见姥爷顺手抄起身边一个笤帚疙瘩，狠狠地向那黑影扔去，准准地砸在了它身上。原来是只老鹰偷袭我家的小鸡娃！

老鹰受此惊吓，一松爪子，小鸡掉在了地上。老鹰打着旋儿飞走了，可怜的小鸡却让老鹰的利爪抓死了。姥爷心痛地摇摇头，说："嗨！要早看见这老鹰就好了，早把它赶走，小鸡就不会死了。"

姥爷把小鸡的绒毛拔了拔，找来我小时候给我做小米糊糊的大铁勺，放了点墙上挂着的过年时熬出来的猪油，把只有一大口那么多的小鸡肉煎了煎，全都喂到了我的嘴里……

这更加特殊、更加惊险的情况，又一次让我尝到了肉的香味儿……

父母的婚事

听姥姥说，父亲如果不和母亲结婚，他就和我是同辈呢！怎么回事呢？

大概是1942年吧，抗日战争正艰苦。一天，当村治安员的大舅领着一位高高瘦瘦的年轻人走进家门，对姥姥说："妈，这是咱们区上的柳治安员，到咱们村下乡，在咱家住一宿，明天就回去。"

姥姥满口答应，收拾好套间，安排住下。只见柳治安员嘴里一个劲儿地说："姥姥，给你添麻烦了，真是不落意（家乡土话，感谢之意）呀！"

晚饭时，姥姥特意从邻居家借了一碗白面，给柳治安员擀了一碗片汤，还打了两个荷包蛋。柳治安员一边双手接过面碗，一边客气地说："姥姥，你太客气了，不落意呀！"

姥姥一边应承着，一边纳闷："这是谁家的孩子呢？怎么叫我姥姥？"

瞅了一个机会，姥姥把大舅叫到一边，问他是怎么回事？大舅笑着说："他是苇子沟柳禄的大孙子，他大妈是你的叔伯侄女，他不叫你姥姥叫什么？"

"哦！"姥姥恍然大悟，又细细看看那放下饭碗就挑水、扫院子的年轻人，又高又瘦，浓眉大眼，说话和气，知书达理……就是黑了点儿。"这孩子不错！"姥姥想。

第三年，柳治安员当了区治安所所长，驻在姥姥村。没到任几天，就有一个十五六岁的小姑娘风风火火地跑到所里，进门就像竹筒倒豆子一样干嘣利落脆地大声嚷嚷起来："柳所长，你给评评这个理，村里的地主范四非让俺们家照去年的样儿交租！现在不是减租减息了吗？怎么能照去年的交呢？抗日政府的号令他能不执行？柳所长，你可要给俺们贫农做主！你要做不了主，我就到区里、县里告状！我就不信没有讲理的地方！……”

“你怎么认识我呀？”柳所长问。

“昨天村里开群众大会，你不是讲话了吗？我看你讲得那么在理，今天我才来找你……”

柳所长和陈助理热情地接待了这个敢说敢为的小姑娘。是啊，当时山区的孩子没见过世面，谁敢直闯办公室？更别说竹筒倒豆子般地诉说冤情了，更可贵的是她还是个女孩儿，只有十五六岁。

“这闺女不错吧？白白净净，苗苗条条，两只丹凤眼，水灵灵地透着几分豪气……给你说说吧？”老学究陈助理等这女孩儿走后，半打趣半认真地说。

“这是谁家的闺女？人倒是不错，只是年纪太小了点，我都二十三了呢！”

“这不是村治安员赵连富的小妹子吗？她刚才说她爹叫赵文发，那也是赵连富的爹呀！……小点儿怕什么，等她长大呀。怎么样？说说吧？”

“哦！是赵连富的妹子啊！我两年前还在她家住过一夜，怎么对她没印象？”

“谁知道，也许她不在家。你看怎么样？”

“嗨，我离过婚，又有孩子，不知人家家里能不能同意。”

“说说看，先说说看。”陈助理热心地说。

柳所长命很苦，六岁时母亲病死，十岁时父亲又病死。他和小他两岁的弟弟只得跟着给人家放羊的爷爷和哭瞎了眼的奶奶生活。爷爷怕家里绝了后，背着高利贷花了二十块大洋，给柳所长买了一个穷人家的孩子做了童养媳。当时，柳所长还是个又黑又瘦十二岁的孩子，而那童养媳已经是十六七岁的大姑娘了。

“这就是你男人。”爷爷介绍着。

只见那白白净净、梳着乌黑长辫的大姑娘抬起头来，拿眼一看，脸立刻黑了下来，一声不吭地又低下头去，那美丽的大眼里滴下了几滴泪。谁知道她心中的丈夫是多么高大英俊呢？她又如何能接受眼前这个干柴棒似的黑瘦小男孩儿呢?!

从此，她再也没有用正眼看过柳所长一眼，没和柳所长说过一句话。做饭没水了，她高声叫："爷爷，没水了！"做饭没柴了，她又高声叫："爷爷，没柴了！"为的是让柳所长听见去挑水、打柴。柳所长也非常讨厌这个看不起他的童养媳。有一阵子，俩人都盼着对方死，好从这痛苦中解脱出来。

一直到圆房，一直到有了女儿，这种关系才有所缓和。但是，随着柳所长参加了抗日斗争，没日没夜地在外奔波，一不挣工资，二不能在家种地，那本来就对他不满意的媳妇终于坚决要求离了婚，带着女儿远嫁到他乡。但是没两年，那媳妇就因为难产而去世，柳所长只好把女儿接回来，放到她姥姥家抚养。

自己这样的家庭情况，人家那么漂亮的黄花大姑娘……怎么可能呢？柳所长虽然对这个叫赵秀秀的女孩儿很有好感，但并不抱多大希望。

当真正的媒人——区里的梁阿姨和姥姥说这门亲事时，刚一听柳所长这个人，姥姥连连点头，说："这孩子我见过，不错，不错……"但一听他离过婚，还有一个女儿，就连连摇头，说："不行，不行！我们一个黄花闺女，又不是嫁不出去，干吗要做填房呢？……不行，不行！这事绝对不行！"她一口否决。

可是，这梁阿姨觉得说不成这门亲就是打了败仗，不屈不挠一趟一趟地来姥姥家做说客，又劝又哄又央求，说柳所长为人多么好，是远近出名的大实在人、大孝子；多么上进，怎么自学成才，从一个大字不识的文盲到如今能看文件、写报告；如何勇敢，单枪匹马在集市上抓捕汉奸；又说他那女儿离婚时判给了女方……最后又说："他今年才二十三岁就当了所长，你说能干不能干？……你老太太就等着享福吧！"

姥姥因为对柳所长印象很好，心眼儿就有点活动了，但又怕母亲不同意，就对小梁阿姨说："咱们问问秀秀的意见吧。"

当小梁阿姨和姥姥问母亲是否同意时，母亲羞红了脸，低头半天不语。问急了，只见母亲猛地抬起头来，冲口说姥姥："儿女婚事不都是老人做主吗，问我干吗？"说完，她一溜烟地跑了。

小梁阿姨听了高兴地直拍巴掌："同意啦！同意啦！哈哈哈……"说着就眉开眼笑地给柳所长报喜去了。

这柳所长后来就成了我的父亲。

父亲因为母亲年纪还小，就让她先上了抗日学校，后来就参加了抗日政府的工作。两年后，他和母亲才在区上举行了全区千百年来第一个新式婚礼，没有花轿，没有宴席，只有县公安局长主婚、全区干部和驻地群众的祝贺！

那年父亲二十五岁，母亲刚刚十七岁。

酸枣恋

“斜阳照墟落，穷巷牛羊归。野老念牧童，倚杖候荆扉……”

每当我读王维的这首诗的时候，就仿佛看到了姥姥的小山村。夕阳西下，满天红霞，牧童赶着牛、羊、猪，一群一伙地慢慢回到村子里。家家户户的烟囱里时断时续地冒出了乳白色的炊烟，那炊烟飘到村外的树林边，集结成一条时宽时窄、时厚时薄、虚无缥缈的乳白色的纱带，轻轻盈盈、慢慢悠悠地在蓝天下、在绿树旁伸展、游动，远远望去，仿佛是哪个仙女刚刚路过，随手丢下了一条飘带，让它给人间送来梦幻、纯净、美丽和从容……小树林的上空，入林的鸟儿们在欢叫着、盘旋着，是在交流一天的见闻？是全家团圆有说不完的话？还是众鸟在商议今晚要在哪棵树上安歇？……

但是，倚着柴门的不是我那倚杖的姥爷，而是四五岁的我。等谁呢？等下地回来的姥爷，因为姥爷会给我带来我最爱吃的酸枣。大山里的孩子平时有什么零食吃呢？无非是收了花生吃花生、收了核桃吃核桃，而过了收获的季节，要再想吃上这些东西就不容易了。过年才能吃上几颗父母从县城里给我带来的橘子瓣糖，什么面包、蛋糕……连听都没听说过。

所以，酸枣，那红红的、圆圆的、晶莹剔透的、又酸又甜的酸枣，就是我的最爱了。秋天又到了，酸枣又红了。每当姥爷下地，我总是追到大门口，高声嘱咐：“姥爷，别忘了给我摘酸枣啊！”每当傍晚，我就早早地站在家门口的石台上翘首遥望，盼着姥爷早点给我带酸枣来。

胡同口的牛羊已经过去三拨了，前街的“寒碜”赶的猪群也已经回归各家了……姥爷怎么还不回来呢?

远远地看见胡同口来了一位老者，头上也箍着一条羊肚手巾，背上也背着个挎筐。“姥爷!”我高兴地大喊。怎么不应声呢?“姥爷! 姥爷!!”我又大声喊，他还是不应声。我又一次大喊:“姥爷呀!!”为了让他能听见，这次我猫下了腰，撅起了小屁股，好让声音更大点。可当我直起腰、抬起头时，才看清渐渐走近的并不是我姥爷，而是九儿的爷爷。他笑着对我说:“爱爱，等着你姥爷哪?一会儿就来了，别着急啊!”我嗯了一声，失望地低下了头。

天渐渐地暗了下来，远处的鸟儿们也都找到了自己的归宿，不在天上飞来飞去地盘旋、欢叫了。

“姥爷怎么还不回来呢?”我急得都想哭了……

“爱爱，先回来吧! 那老东西不知道到哪儿说闲话去了，不定什么时候才进家呢! 你先回来吧，咱们该吃晚饭了。”姥姥在院里说。

“等一会儿，再等一会儿嘛!”我一边向胡同口张望，一边应着。

终于，胡同口又出现了一个高高的身影，走近了，走近了……是姥爷吗? 高高大大的身材，挺挺的腰板，箍着白手巾，背着挎筐，大步流星地赶过来。

“姥爷! ——”我拖着长音叫喊着，一下子蹦下石台，飞奔着向姥爷扑过去。

姥爷张开双臂接住我，一下子把我抱起来，“爱爱，想姥爷了吧?”说着，他用那雪白的胡子扎扎我的脸。

“想姥爷了，我都等你半天了……”

“哈哈! 你是想酸枣了吧?”

姥爷笑着把我放到地上，蹲下身子从挎筐里拿出一枝酸枣棵，在那酸枣棵一个个的小枝上，在碧绿的酸枣叶中间，镶着一嘟噜一嘟噜的、鲜红的、紫红的、亮晶晶、圆溜溜的酸枣。

“我要! 我要!”我跳起来去够那酸枣棵。

“小心扎了手。这样拿，这样拿……”姥爷边说边把用镰刀削去酸枣刺的一头递到我手中。我迫不及待地摘下一颗最大的酸枣放在嘴里咯嘣咯嘣地嚼着。

“姥爷，真好吃!”我对姥爷说。

“今天为什么回来得晚，就是想多给你砍一些酸枣棵呀！你看，筐里都满了……”姥爷指着满满一筐酸枣棵对我说。

“姥爷，你真好！等我长大了，我也给你摘酸枣吃!”

“哈哈！有你这句话，姥爷就没白心疼你。好了，咱们回家吧。”说着，姥爷拉着我的手走进家门。

后来，姥姥把姥爷砍来的酸枣棵上的酸枣一颗颗地摘下来，放到太阳底下晒干，存在一个小口袋里，每天给我抓一把。我吃着这酸酸甜甜的酸枣，觉得这是世界上最好吃的东西了!

酸枣，成了我这一生的最爱。每当想起它，就会想起姥姥家那美丽的小山村，想起疼爱我的姥姥、姥爷；还有我长大参军后，在五台县沙河湾村的老牛沟和战友们摘酸枣时的快乐情景，因为那天他第一次向我表示了不一般的情意……

虽然现在老了，牙已经不允许我再吃酸枣了，但每当看见、想起、梦见那圆圆的、红红的、晶莹可爱的酸枣，我心里就酸酸的、甜甜的……

牛舔了似的头发

1952年的夏初。

一大早，喜鹊就在枝头“喳喳”叫，姥姥说今儿个准有喜事。果然，在县城工作的妈妈来看我了，给我带来花褂子、烧饼和两只花卡子——一只红色的，一只绿色的，真是好看啊！

“爱爱，过来，让妈看看！”妈妈伸着两手热切地期待着。

“不！我不认识你！”我怯怯地说着，紧紧地拉着姥姥的衣襟，躲在姥姥的腿后。

“这就是你妈呀！成日价想妈、想妈，怎么见了妈又不认了呢？快叫妈呀，叫妈呀！”姥姥边往前拉我边说。我呢，却死死地抱着姥姥的腿不出来，也不出声。

“不叫就不叫吧！等以后熟了再叫也行。”妈妈说着，就势一把把我拉过来抱进怀里。

我睁大眼睛看着这个让我叫妈的女人：黑黑的头发梳在脑后，两耳边各有一个黑发卡把头发拢得整整齐齐。清秀、白净的脸上，细眉高挑，杏眼中的目光透出几分慈祥，几分严厉……她就是姥姥成天给我念叨的“妈妈”么？

“哎呀！你看都脏成了什么样子，这脸都成了小花脸了，你看这手……嘿！这头发都快擀毡了！”妈妈抱怨着。

“一个农村孩子，吃饱拉倒，哪儿像你们城里人洗得干干净净的。咱们乡下人可没那个工夫！”姥姥笑眯眯地分辩着。

“要不是前几年打仗，这两年工作忙，我早就把爱爱接走了。你和我爹都上了年纪，还有小弟在家，爱爱跟着你们也添了不少累。现在全国都解放了，我想把你们都接到县城去……”

妈妈一边和姥姥说着家常话，一边放下我，拿了脸盆，从锅里舀了一瓢热水，又兑了点凉水，用手试了试，抬头对我说：“来，爱爱，妈给你洗洗头!”

“不！我不洗！我就不洗!”我一边大声地叫着，一边往姥姥怀里扎。往日姥爷一说要给我洗脸，我就在姥姥怀里撒娇，说不洗也就不洗了，要不这小脸儿怎么会东一道西一道的像个三花脸儿呢?!

可是，姥姥这回没说“不洗就不洗吧，大点了再洗也不迟”，而是抱着我悄悄地在我耳边说：“爱爱，快去洗吧，你妈说什么就是什么，你不洗可不行呢!”

我睁开眼偷着看看站在地上的妈妈，只见冒着热气的脸盆旁，一双黑偏带鞋从宽大的裤脚下露出来，肥肥的青布裤上，可身的双排扣灰色列宁服裹着她那苗条的身躯，两只白胳膊支叉着，袖子挽得高高的，充满笑意的嘴角露出几分威严，怜爱的目光里掺杂着不容置疑的要求。

“快，快下来洗洗！洗干净了我好给你戴上花卡子。”妈妈一边说，一边把我抱过来放到脸盆旁，哗啦哗啦地就给我洗起来。热水的蒸汽直冲我的鼻子，肥皂水刺痛了我的眼睛。平时，我跟着姥姥，想怎么着就怎么着，什么时候受过这样的罪？于是，我再也不管妈妈的眼光、声音威严不威严，扭动着身子放声大哭起来……

“好了！好了!”妈妈一边说着，一边给我擦干头发，用梳子从头中间分开，一边卡上一个大花卡子，还在我的脑门儿上剪了一溜齐齐的刘海儿。姥姥给我穿上妈妈给我做的花褂子，一边拍打着我裤子上的土，一边笑着说：“这回可像个洋娃娃了。瞧，咱们爱爱多好看！多美气！好了，玩儿去吧!”

“回来!”妈妈一声高叫，拉住了我往门外飞跑的腿。我不情愿地站在门口，扭过身子不解地看着妈妈，心想：“不是洗了头了吗？为什么还不叫我出去玩儿？我多想让九儿看看我的新褂褂、新发卡呀!”

“给，这是给你的，吃吧!”妈妈从一个装着一摞烧饼的口袋里掏出一个圆烧饼递到我手里。

我咬了一口这带芝麻的烧饼，又咸又香，真好吃！

我飞快地跑到斜对过儿的九儿家，嘴里喊着：“九儿，你在哪儿啊？你快来看啊！”可是，寂静的小院里没有一点儿回音。咦！九儿到哪儿去了呢？该不是跟她妈妈下地了吧？早不下地，晚不下地，偏偏今天我穿上了新褂褂，她却下地去了……嗐！

我失望地走出九儿家的院门，顺着胡同往前走。胡同里也没人，只有二肥哥家的小猪娃们在胡同里乱跑。突然，有两只小猪娃停下脚步，抬起小脑袋死死地盯着我。哦！准是看见我穿了新衣裳、带了花卡子好看！多可爱的小猪娃呀！我大方地从妈妈给我的烧饼上掰下两小块丢给它们，看见它们跑着追着去抢食，我高兴地笑起来，咬了一口烧饼又蹦蹦跳跳地往前走。一抬头，只见桂英家门口那棵小枣树上，有两只麻雀在叽叽喳喳地叫着，看见我，也突然停止了叫唤，转动着小脑袋，用小眼睛滴溜溜地上下打量我。哦，你们也是在看我的花褂褂、花卡子吧？这是城里的妈妈给我带来的呢！农村的孩子穿惯了补丁衣服，我穿上这新衣服，手都不知道往哪儿放了呢！你们可不要笑我哟！

我连蹦带跳地跑出胡同口，看见二大娘、三姥姥和翠儿姨坐在大槐树底下搓麻绳、纳鞋底，嘴里还东家长西家短地说着话儿。

“三姥姥，二大娘，翠儿姨！”我赶紧凑过去甜甜地叫着。

“哟！这不是爱爱吗？今儿个怎么打扮得这么漂亮啊？”翠儿姨一边好奇地打量我，一边说。

“我说今儿个爱爱的嘴怎么这么甜呢？敢情是想叫俺们看你的花褂褂！是你妈给你捎来的吧？”不等我回答，二大娘又忙着说：“爱爱有福呢，修下了好爹妈，都在县城当大干部……看，手里又拿上了烧饼了不是？年前你妈才给你捎来十几个大烧饼，你姥姥还给了俺家柱儿一个，今儿个就又给你捎来了。”

“要说莲姐也真不容易，十四岁上就参加了革命……”翠儿姨叫着我妈的小名儿说。

“那敢情是！莲儿从小就是个敢作敢为的闺女！”三姥姥不无夸奖地说：“当八路跟老爷儿们一样走南闯北，也是冒着枪子儿打冲锋呢！你们还不知道吧？生爱爱那阵子，北京的国民党大官带兵来咱们这儿‘扫荡’，队伍上把莲儿送到杏花尖那个山庄上，夜里生下的这个孩子。当时，她身边一个人也没有，是自己接的生！啧啧！人命关天哪！哪个女人有这个胆量？”三姥姥摇着她那满头白发，深深地赞叹着。

“这是真的？莲儿姐可真了不起，要是我可不行，吓也吓死了！”翠儿姨瞪着大眼说。

“哟！你们看爱爱这两只大花卡子多好看啊！一个红的，一个绿的。可就是这头发，这头发怎么……”二大娘惊疑地看着我的头发说。

“咦！湿乎乎的，像牛舔了一样。”三姥姥又摇着头说。

“不是牛舔的！是我妈给我洗的！”我神气地回答。

“一个脑袋还能洗呢？我活了这把年纪还没听说过……”三姥姥不满地看着我说。

“你这山沟里的土老赶知道什么?!”二大娘快嘴快舌地接过话头，笑话着三姥姥。

“哎哎！别吵了！别吵了！爱爱，你刚才说什么？谁给你洗的脑袋？你妈回来了?”

“嗯，是我妈给我洗的!”

“哎呀！莲儿姐回来了！走，咱们去看看她！”翠儿姨说着，忙拿着鞋底站起来。

“等等我，等等我……”三姥姥让二大娘拉起来，拍着屁股上的土，对我说：“你妈回来了，你怎么不早说呢？走，看看我的莲儿去!”

我像只小鸟一样在前边飞跑着，引着说说笑笑的三姥姥、二大娘、翠儿姨向我家那小胡同走过去，一进家门，我就高兴地大声叫着：“妈！三姥姥她们来看你了!”

拒马河的洗礼

“春云巧似山翁帽，古柳横为独木桥。风微尘软落红飘，沙岸好，草色上罗袍。”

我读到卢挚的这首元曲《喜春来·赠伶妇杨氏》时，仿佛又回到了姥姥家所在的小山村。小山村坐落在拒马河边上，背山面水。村子的后边是一层比一层高的大山。那山可真高啊！你要想看到它的山顶，必须仰起头来，如果你戴着帽子，那帽子绝对要掉到地上。

村前就是那清澈、宽阔、日夜流淌的拒马河。说它清澈，是因为它从大山里来，由数不清的溪流汇聚而成。那水是清凌凌、亮晶晶的，翻出的水花是白莹莹的。岸边大大小小的鹅卵石，被千百万年的河水冲刷得圆乎乎、光溜溜的，你挤我，我拥你，铺满整个河滩。河水在鹅卵石缝中欢快地跳跃着、冲刷着、奔流着，石缝中的水草柔柔地随着顽皮的河水摇摆着、舒展着，不时有几条小小的鱼儿在水草边，在石缝里，来回穿梭。随着河水的渐渐加深，鹅卵石铺向了河床。然而，水中的石头仍然清晰可见，水草依然婀娜多姿，鱼儿照旧随波畅游……说它宽阔，是因为它的河床从村边一直延伸到对面大山的山根，波涛滚滚，川流不息。虽然我小时候没见过河里行船，但从村边那几华里宽的鹅卵石河滩就可以想象，当年这拒马河是多么浩瀚，河水是多么充沛！

每年夏天，我都要跟姥姥到河边洗衣裳。大概是我四岁那年的一天，姥姥前一天晚上就把灶膛里的柴灰放在大瓦盆里，用水搅拌好，让它静静地沉淀一夜。第二天早上，再把瓦盆中沉淀好的水轻轻端起来，把上层那清凌凌、滑溜溜的水慢慢倒进一个系绳的瓦罐里。长大后学了化学才知道这是钾离子水，是上好的去污剂呢！

趁着早晨凉快，姥姥提上这罐灰水，约上九儿奶奶，领着我和九儿到河边洗衣裳。这是我最高兴的事了！因为我到河边可以玩水、玩石头、摸小鱼……大我一岁的九儿俨然是一个小姐姐，拉着我的手，一蹦一跳地跟着大人向河边跑去。

对面绿绿的大山尖上挂着朵朵白云，不知名的小鸟在蓝天上快乐地飞翔，山下的河水哗哗地流淌，好像在唱着永远也唱不完的欢歌。岸边不远处，王山大叔在放着他那群白羊，羊儿们在绿绿的灌木丛里时隐时现，好像绿绒毯上撒上了颗颗慢慢滚动的珍珠……

河边早已来了不少大姑娘、小媳妇，她们各自占据了一块不知几百年前的先人们用过的磨得平平的、光光的洗衣石，人坐在洗衣石后边，光着双脚踩在水里，把要洗的衣服放到清清的河水里浸湿，再放到洗衣石上，淋上带来的柴灰水，用棒槌一下一下地敲打，敲打一会儿，再放到河水里浸湿，再用棒槌敲打，反复几次，直到洗干净。然后，把这红的、绿的、黑的、白的……衣物晾晒到河滩边的矮树上、草窠上，甚至干净的鹅卵石上。远远望去，这宽阔的河滩成了花的海洋。

人们手里洗着衣服，嘴里也不闲着，张家长，李家短，哪里的蛤蟆三只眼……说说笑笑，打打闹闹，嘻嘻哈哈，很是热闹。

翠儿姨见姥姥她们过来，连忙招呼：“婶儿，你们怎么才来呀？到这边来，这儿还有两块好石头。”

姥姥和九儿奶奶很快就融入了这欢乐的人群。我和九儿就在河滩上疯跑，一会儿追蝴蝶，一会儿采野花，一会儿挖沙坑，一会儿捉小虾……

“奶奶，我也要洗衣裳！”九儿喊。

“姥姥，我也要洗衣裳！”我紧跟着九儿学。

“好！好！好！给你们洗，可别到水深的地方去啊！”

九儿奶奶和姥姥一人扔给了我们一块从棉衣上拆下来的补丁布。我和九儿高兴地坐在大石头上，用小脚丫拍打着水花，学着大人的样儿，把布在水里沾湿，再放到前面的石头上用小手拍打，然后再去沾水……突然，我手一松，那块布就随着河水飘走了。

“我的布！……”我一边喊着，一边起身就去追，完全忘了这是在河边，前边就是深水区。那块布好像和我逗着玩儿，眼看着抓着了，一下子又飘到前面，我追着又去抓。扑通一声，我就掉到了水里，吓得我大声喊：“姥姥！……”可一张嘴，就咕咚、咕咚地灌了好几口水，我手忙脚乱地挣扎了几下，就什么也不知道了。

后来，听姥姥说，当她听到九儿的哭叫声急着赶过来时，我已经被河水冲出了丈把远，是在河边放羊的王山大叔手疾眼快地冲过来，跳进齐腰深的水中，把我救了上来。好险啊！再晚一会儿，我这条小命就交给河神了。

也许是掉入河中受了惊吓，也许是落入水中着了凉，我发起了高烧，说起了胡话，睡梦中经常哭叫着惊醒。姥姥、姥爷日夜看护着我，安抚着我。亲戚们也来看我这个又一次大难不死的小丫头。有人说：“恐怕是被河神抓走了魂儿，还是到河边叫叫魂吧……”

第三天傍晚，当我退了烧能吃一点东西之后，姥姥把我背到了河边。河滩上静静的，一个人也没有。夕阳懒洋洋地挂在西山的腰上，火烧云慢慢地变换着橘黄、鲜红、绛紫……的颜色，河水被夕阳照得翻滚着金色的浪花。村边小树林里的鸟儿们叽叽喳喳地欢叫着，不时有几只迟归的鸟儿低低地盘旋着，落在它们心仪的树枝上。

姥姥领我到落水的地方，沿着河边来回走着，嘴里不停地高声呼喊：“爱爱，回来吧！”

“爱爱，都是姥姥没把你看好啊！回来吧！爱爱！”

“爱爱，回来吧！”

夕阳温暖地、轻柔地把它那橘黄色的光撒在姥姥和我的身上，把这一老一小的影子拉得越来越长、越来越长……仿佛只有这样才能安抚姥姥那颗慈爱、善良、内疚的心，才能帮助我这可怜的小人儿找到丢在河里的魂儿……

在姥姥一声声深情的呼唤中，夕阳终于不情愿地退到了山后，火烧云也无奈地脱去了鲜艳的盛装，青山变得暗绿，河水不再金黄……

在苍茫的暮色中，群山也殷勤、热情、亲切地拖着长音帮助姥姥高声呼喊："爱爱，回来吧！回来吧！回来吧！回来……"

这声音越传越远，越传越远……一直传了六十多年，直至今天。

那个青衣是二舅

村里要唱大戏了！

这个消息一传出，小小的山村就热闹起来，头几天，外村的亲戚们就陆陆续续地赶过来。村里的几个热心的执事早就忙活起来，组织人搭戏台、围席棚、砌大灶、挂气灯……

最高兴的就是孩子们了，他们欢叫着、蹦跳着、盼望着……恨不得马上叫老天爷黑下来，好让他们早点看上这一年也看不了几次的大戏！那时没有电影，没有电视，没有收音机，没有录音机……连电也没有，哪有这些东西？所以，深山沟里的娱乐活动只有过年过节的这几天大戏了。大姨带着大我六七岁的白子姨哥、红儿姨姐前几天就赶了过来。离着姥姥村比较近的崖背道后、岭西、大东沟的表舅、姨姥姥、姨表姐们下午也赶了过来。每个人都喜笑颜开，每个人都穿着过年过节走亲访友时才穿的好衣裳，带着各家蒸的一个竹篮只能放下一个的大白馒头。有的馒头做成寿桃样，有的做成团鱼样，还有的点上红绿颜色，真是好看！

“看看我的！”香香表姐掀开她那篮子上蒙的白羊肚手巾。“呀！”众人一阵惊叫。只见香香表姐双手捧出一个手抱婴孩儿的仙女。“是送子娘娘！”人们惊呼。那浑圆白嫩的脸蛋，那高高发髻上的花朵，那披肩上的流苏，那裙子上的百褶……做得怎么就那么惟妙惟肖、像模像样呢？特别是她怀中的那个婴孩儿，从襁褓中露出的小脸儿，用锅灰汁画着眉眼，用朱砂点着红唇，好像见人就笑一样，真是喜兴，真是人见人爱！

“香香，你怎么这么手巧啊，看这花馒头做得多好！”

“香香，你这流苏是怎么做的?”

“这还不容易，用梳头的梳子压呀!”

“这头上的花儿呢？怎么一瓣一瓣开得这么好？怎么没蒸塌呢?”

……

大人们围着香香表姐赞叹着、夸奖着、议论着，热热闹闹地等着在姥姥家吃过晚饭一起去看戏。可是，孩子们根本就等不及吃晚饭，一人拿了一个前几天姥姥和大姨蒸好的、准备待客的、点着红点的花馒头，一边往嘴里塞，一边扛着长条凳、提着小板凳往外跑，他们是要先去戏台前占地方。

戏台搭在范家场上。范家是方圆几十里有名的大地主，所以留下了一个足球场大的场院。场院的北边原来有一座老辈子留下的古香古色的戏楼，后来被“扫荡”的日本鬼子烧了。如今，人们就在戏楼一人多高的台基上搭上木板、吊上气灯进行演出，后边的席棚就是演员们化妆的地方。

当白子哥领着我们一小群扛着凳子风风火火地跑到范家场时，发现我们来得并不算早，戏台前一大片最好的地方早已被先来的人们用长凳、短凳、蒲团甚至石头瓦块占满了。我们赶快把板凳放在中间靠后的地方，好在是中间，而且我们的凳子有几条是高脚凳。

放下板凳，我们像其他孩子一样，拥向了最神秘、最想看的大席棚。有的挤在门口向里张望，有的扒着席缝向里偷看。看什么呢？看演员怎么画眉、描眼、插花、戴朵，怎么穿衣、戴帽、挂胡子，甚至怎么吊嗓、背词、走台步……正看得津津有味，突然，一个大花脸舞动着手中的大锤，脚上错着步子，嘴里呜呀呀呀地怪叫着向孩子们冲过来，孩子们吓得一哄而散。只见那个花脸仰头“哈哈哈……”大笑起来，原来是第一次登台的老舅在逗孩子们玩儿。

那天儿，怎么就黑得那么慢？那太阳，怎么就那么不愿下山？好不容易下了山，干吗还把那明亮的余晖撒了满天，还让那火红的晚霞照得戏台金黄?！天不黑，戏就开不了哇！真气人!

终于，远山藏在了夜幕中；终于，星星开始在天上眨眼了；终于，台上的锣鼓敲响了！

场院里挤满了看戏的人群，大人们高声呼喊着先来占位的孩子们，孩子们相互争抢着更好的地盘，年轻人在前边为老年人开路，本村人和熟悉的外村人热情地打招呼……人越聚越多，不仅场院被挤得满满的，连附近的墙上、房上甚至树上都或趴或坐地挤满了人。

大幕终于拉开了！

我扶着姥姥和姨姥姥的肩膀站在木凳上，越过眼前一片黑压压的人头，远远看到戏台上随着紧锣密鼓跑出一群插小旗的人，转了几圈儿刚到后台，又来了一群穿黑衣服的人，在台上翻了一阵跟斗，博得全场人的喝彩。后来又上来一群小媳妇（我们称女角为小媳妇），打扮得花枝招展，走起路来飘飘欲仙，随着动听的音乐，她们水袖长甩，细腰轻摆，且唱且舞。大气灯照着她们头上颤颤巍巍的珠串儿和红花绿朵，照着她们身上轻盈飘逸的鲜艳服饰，使她们看起来是如此的光彩夺目、美轮美奂……我真的看呆了，看傻了，看迷了。世上竟有如此动听的曲儿，竟有如此美妙的人儿，竟有如此轻曼的步儿……

还是姨姥姥眼尖："呀！三姐，那拉京胡的不是我三姐夫吗？"她大惊小怪地指着台边首席京胡的演奏者姥爷说。

"不是那老东西还有谁？成天弄把胡胡咕锯，耽误了多少活儿啊！……"姥姥不无得意地说。

"三姥爷家可有人才了，一会儿还有红角出场呢！你等着看吧！"坐在身后的桃儿大姐插嘴说："快看！快看！小脆枣出来了！小脆枣出来了！"

随着"哒！哒！哒！哒！台！"的小鼓响，只见从后台走出一位身穿青色衣衫的小媳妇，稳稳当当地站在了台中央，一甩水袖亮相，台下就一片叫好声！紧接着一张口，那清亮亮、脆生生、甜丝丝的唱腔立刻在场内掀起了此起彼伏的叫好声。当时可没什么扩音器、麦克风，要想让每个观众都能听到唱腔，全靠演员自己的一副好嗓子。那婉转悠扬的声音好像长了翅膀，驾着山风，穿越了夜空，射向周围的群山。在群山的积极回应下，又驾着山风，带着更脆、更清、更高的腔调飞回场院，送到每个山民的耳中，沁入每一个山民的心里，让他们那么入迷，那么陶醉……

“姨姥姥，你猜猜这叫小脆枣的青衣是谁？”桃儿大姐指着台上的小媳妇问。

“谁呀？是谁家的大姑娘吧？现如今不比从前，解放了，女的也能唱戏了。要不就是谁家的小媳妇？看那腰细软的，看那扮相俊美的，啧啧！谁家这么有福，养了个这么俊的闺女……”

“哈哈！我告诉你吧，他就是三姥爷家的二小子，爱爱的二舅哇！”

“啊？是连武？我真是一点儿没看出来。啊呀，我说三姐，”姨姥姥高兴地拍着乐得合不上嘴的姥姥说，“你这二小子什么时候学会了唱戏呢？”

“还不是他当八路军的那几年，领导见他年纪小，人长得水灵，嗓子又好，就调他到了战地剧社……这不，复员回来就在村里组织了剧团……”

“这可好，你这二小子不愁找不到媳妇了，到哪村唱戏，那大姑娘小媳妇们不追着看？”

“嗨嗨！姨姥姥，你算说对了！”没等姥姥答话，桃儿姐快人快语地接过话茬儿说，“你前边坐着的那个俊媳妇儿就是爱爱的二舅妈，她就是看了二舅的戏，追着她妈托媒，上赶着嫁过来的呢！”

桃儿姐话没说完，只见姨姥姥前边坐着红着脸偷着乐的二舅妈猛地站起身，回手就要打桃儿姐。只见她脸儿红着，嘴里骂着：“死丫头，看我不撕烂你的嘴……”吓得桃儿姐笑着直往姥姥身后藏。

“哈哈哈！哈哈哈！……”众人都大笑起来，二舅妈的脸更红了，可心里更美了！

这笑声和二舅那优美的唱腔一起飞向了缀满星星的夜空……

三张发黄的旧照片

那天，我整理旧物，翻出了三张旧照片。一张是1951年姥姥和姥爷的合影，一张是父亲、母亲、大弟、二弟和我的合影，另一张是父亲和当时的县委机关全体人员的合影。

照片上的姥爷，一身长棉袍罩着他那高大挺直的身板，端端正正地坐在板凳上，两手放在膝盖上，略显拘谨的面容透着几分睿智、几分慈祥，长长的、雪白的山羊胡子挂在胸前，雪白的头发上戴着一顶当时流行的瓜皮帽。这可是他这辈子头一次照相呢！看到这照片的人无不夸姥爷是典型的民国时期的中国老头，这形象完全可以做《时代周刊》的封面了。

姥爷的旁边，同样是坐得端端正正的姥姥，乌黑的头发在脑后梳成发髻，白白的瓜子脸上镶嵌着不大但很精神的丹凤眼，端庄的小鼻子下边是一张年轻时肯定被称为樱桃小口的嘴。一身黑蓝色的大襟棉袄、棉裤，裤脚用腿带扎得利利索索，更显得两只尖尖的小脚瘦小而玲珑。

姥姥不拘谨，满脸慈祥、温和，好像越过镜头在看远处的什么东西。看什么呢？恐怕是在想家里的孙子、孙女吧？因为她带着我来县城和父母团聚已经有一个多月了，也该回去看看了，更何况那院里的鸡、圈里的猪，年轻的儿媳妇能给精心喂养吗？……

我和父母、弟弟们的照片，是我这一生的第一张照片。穿着军衣、戴着军帽的父亲抱着三岁的大弟，穿着列宁服、肥脚裤的母亲抱着二弟，两个人是那么年轻、英俊，微笑的脸上洋溢着蓬勃的朝气。因为这两位为新中国的建立英勇奋斗过的年轻人，身上的热血和新中国的韵律一样欢腾跳跃着。他们倍感欣慰、光荣，告别了艰难困苦的过去，迎来了自己、家庭和国家的新生；他们自知百废待兴，但更觉力量无穷，他们正和全国人民一样，在憧憬着祖国美好的未来。这是新生共和国的一位县委书记的第一张全家福哇！

不到五岁的我，手提一个柳条编的小篮子，穿着花棉袄、背带裤，戴着小棉帽，胆怯地站在父母中间，腮边的婴儿肥还没完全退去，两个小脸蛋嘟噜着，小鼻子翘翘着，小嘴紧抿着，特别是那两个不大也不小的丹凤眼，露出几丝害怕、几丝好奇……真是个既可爱又可怜的小小人儿！

可就是这个胆小、腼腆的小丫头，在县委机关，在县委机关所在的街道，是个有名的神童呢！怎么回事呢？

这还得从一天下午说起。那天下午，姥爷闲来无事，带上他那把心爱的京胡，拉着我走出了县委的大门，坐在大门左边被太阳照得暖洋洋的石头上。只见他把京胡放在腿上，用手调了调弦，再拉开弓子试了试调儿，然后就拉起了我听惯了的不知叫什么名字的曲儿。那曲儿时而婉转，时而高昂，时而轻柔，时而张扬，像山风，像溪水，像瀑布，像江河……在姥爷的手上流淌……

如在姥姥家时一样，我立刻随着这优美动听的曲调扭动起来。一会儿扭扭捏捏如小丫鬟上场，一会儿两臂舞动如天女散花，一会儿又下腰转身如雏燕翻飞，或扭，或走，或蹲，或跑……无不跟随着姥爷手中流淌出来的曲调。姥爷拉得快，我那小小的身子就旋转得快；姥爷拉得慢，我那小脚儿就莲步轻移，小手儿就兰花慢甩；姥爷拉喜调，我就欢快地满场曼舞；姥爷拉悲调，我就学着戏里的青衣悲悲切切地擦拭眼泪……姥爷看着我扭动、舞蹈，就像喝醉了酒一样，眯缝着眼，笑着，美着，拉了一个又一个优美动听的曲儿，我就伴着这些我人生第一次接触的音乐——京剧曲调，旁若无人、随心所欲、心花怒放地扭之、舞之、蹈之……

一曲终了，“好！”“再来一个！”的叫好声、鼓掌声吓了我一跳，定睛一看，哈！里三层外三层地竟围了一圈人！羞得我一头扎到姥爷怀里不敢抬头。

“这小丫头长得真水灵！看扭得多好！……”

“老爷子，这是你孙女吧？你教过她唱戏？那身段怎么像科班教的呢？……”

“嗨嗨！这是我外孙女。谁也没教过她，自从在村里看了一场大戏，她就成天学戏里的人儿扭来扭去。在家时，只要我这胡胡一响，她就来了劲儿，有时还披上被单当戏装……呵呵！”

“这小丫头是无师自通啊！真了不起，这不是神童吗？你老爷子有福哇！……”

县委大院有个小神童的消息不胫而走，常有人见到姥爷就请他拉胡胡，好看我舞蹈。得到那么多的掌声和赞扬，使五岁的我飘飘然。一天，我突然对父亲说：“爸爸，你给我买个锣吧，我要唱戏去呀！”

全家人听了都哈哈大笑，他们哪里知道，京剧已经在一个五岁的娃娃心中扎下了根！

姥爷之所以把我拉出县委大院，到街上拉胡胡，是怕影响大院里人们的工作。那县委大院有多大呢？其实就是过去一个有钱人家的四合院，而且县委全体人员还不到二十个人，这还包括通讯员、炊事员在内，有那张发黄的照片为证：年纪不到三十岁的父亲——县委书记坐在头排中间，围着他的十几个战友同样年轻，同样英姿勃发。他们经过十几年的浴血奋战，赶走了日本帝国主义，打垮了国民党反动派，迎来了新中国的成立；他们是新中国的建设者，百废待兴，老百姓需要他们带领着奋发努力，建设更富、更强、更美的新社会。

照片虽然泛黄，有的地方甚至模糊不清，但那一张张年轻人的脸上流露出的以天下为己任的自豪、自信、勇气、朝气……都深深地烙上了那个时代的印记，也深深地感染着见到这张照片的每一个人。

为此，我在这照片后边写了这样几句诗：

灰军装，盒子枪，

朝气蓬勃众青年，

涞水县城保太行。

大眼睛，高鼻梁，
一身正气慑敌胆，
二十多岁当县长。
老父重温旧时景，
梦里剿匪再举枪！

桥上生死关

1952年初秋，父亲来信叫姥姥、姥爷带着我到保定市团聚，因为父亲已经调到保定专区工作，母亲也同时调了去。

俗话说："故土难离，穷家难舍。"姥姥、姥爷真要离开这住了六十多年的家，也不是一件容易的事。家里的东西要归置，地里的活儿要嘱咐，猪和鸡的事儿要交代……这期间，姥爷卖了二斗玉米，扯回几尺红底粉花的布，姥姥给我做了一件小棉袍；另外，还给我做了一双黑面绣着红花绿叶的小鞋。试衣服那天，姥姥看着罩着小花袍、捆着裤脚、穿着绣花鞋的我站在炕上，高兴地拍着巴掌说："这下爱爱更俊了，你爹妈见了不知道怎么喜欢呢!"

秋天过去了，天渐渐的冷了，我们终于要起程了。那时，深山区没有公路，也没有平坦的土路。因此，不能走马车，连独轮车也不能走，只能靠骡马等大牲口驮着人或物资在山上的羊肠小道上转来转去，爬山越岭、逢河过桥、一步一挪地奔向目的地。

赶脚大叔已经赶着他那队骡马等在了胡同口。二舅、老舅和送行的乡亲们热情地往外搬着行李。姥姥被扶着骑上了那匹最老实的大白马，后边跟着驮着行李的高大健壮的红色大骡子，姥爷骑在最后边的大叫驴身上，有人抱起我放在姥爷身后的驴屁股上，让我紧紧搂着姥爷的腰。赶脚大叔自己骑上一匹老马领着马队刚要出发，我突然问姥爷："姥爷，咱们的干粮呢?"只见姥爷一拍脑门，说："哎呀！怎么竟忘了带干粮呢？幸亏爱爱提醒，要不然……"立刻叫二舅去取放在炕头的半袋玉米饼子、咸菜疙瘩。姥姥和周围的人们都夸我提醒及时。我也不知道为什么突然想起了干粮，可能是小孩子总忘不了吃吧！当时，从姥姥村到高碑店要走两天，除了第一天晚上住在乡村小店有卖饭的外，其余时间都前不着村后不着店，只得吃自己带的干粮，况且那个年代，谁能舍得花钱去买吃食？

因为是起五更，黑黝黝的天空上还有不少星星在眨眼。夜空下的远山似薄纱剪影，弯曲着流畅起伏的山形。近处的大山，黑黑的，像一排排的巨人，威武地站在前后左右。路上没有风声，没有鸟鸣，只有识途的老马带着队伍顺着山路穿行，只有牲口哒哒的蹄声和前面赶脚大叔时不时为了提醒人们的几声吆喝。

我抱着姥爷的腰，生怕从驴上掉下来，姥爷也怕我睡着了，一只手抓着驴缰绳，一只手紧紧地抓着我的一只胳膊，嘴里还不停地和我说话："爱爱，咱们要到保定府享福去了，你高不高兴啊？"

"高兴！保定府有多大呀？有咱们村大吗？我爸妈长得什么样啊？他们喜欢我吗？"

"哈！那保定府可比咱们村大多了。那儿啊，是大平原，没有山……听说还有大花园呢！去年你不是见过你爹妈吗？不记得了？"

"不记得了，只记得我妈挺厉害……哎呀！姥爷，快看，那是什么？"

我一边尖叫，一边用另一只手指着前方说。只见对面朦朦胧胧的大山上有一团团绿莹莹的火光在忽东忽西地跑动。姥爷认真地看了一阵，慢悠悠地说："哦，别怕，那是狐仙在搬家呢！"

"什么叫狐仙呀？它为什么要搬家呀？"

"狐仙啊，就是山上的狐狸，它们修炼千年就成了仙，就变成人……跟你说不清，等你长大了就知道了……你可别大声说它，被它听到了可了不得……"

这时，突然听到赶脚大叔在前面高声叫喊："过河了！过河了！小心点啊！"远远地就听见哗哗的流水声。赶脚大叔下了马，牵着马上了桥，姥姥的白马也上了桥，那匹大红骡子紧跟着白马也上了桥。

"姥爷，我怕，我怕！"我嚷着。

"别怕，别怕，有姥爷呢！"

“不，不！我怕，我不过河……”姥爷没办法，只好小心翼翼地爬下大叫驴，把我也抱下来，一手拉着我，一手牵着驴缰绳，慢慢地跟上队伍。

眼看着赶脚大叔已经过了桥，突然，走在桥中间的那匹高大的红骡子伸着脖子长嘶一声，扭头惊恐地向后转身。那桥只是几尺宽的小木桥，怎能容得下一个大骡子转身呢？只见骡子的一只前蹄踏在了桥上，另一只踏空，马上就要翻入河中。在这千钧一发之际，紧跟在骡子后边的姥爷一个箭步冲上去，用两只手死死地托住了那只踏空的前蹄！“赶脚的！快来呀！骡子要掉水里了！爱，你千万不要动啊！一动就掉河里啦！赶脚的，快来呀！……”

姥爷大叫着，前边的姥姥不知发生了什么事，听姥爷叫得吓人，也惊慌失措地大喊：“赶脚的，快救人哪！……”

我被这突如其来的情景吓得哇哇大哭起来，站在姥爷和大叫驴中间一动也不敢动，只是一个劲儿地哭喊姥爷。如果这时大红骡子再惊恐地挣扎一下，姥爷就会和它一起掉进河里；如果这时大叫驴再往前走一步，就肯定会把我拱进河里；如果我不听话，去拉姥爷……那后果将不堪设想！但是，大红骡子仿佛懂得姥爷是在救它，站在那里纹丝不动；大叫驴似乎也明白出了危险，除了不动，还停止了路上经常发出的嗤噜声；而我，更是乖乖地站在那儿，只是拼命地哭叫……

待赶脚大叔急着跑过来抓住骡腿，姥爷身子一软，扑通一声掉到了河里，吓得赶脚大叔大喊一声：“哎呀！老爷子……”他把骡腿放到桥上就要跳河救人，只听桥下有人喊：“拉我一把！”原来姥爷一掉下去就本能地用手抓东西，一下子就抓到了一根桥柱，顺胳膊一揽就抱在了怀里，等赶脚大叔把他拉上来，全身的棉衣都湿透了。

这骡子走得好好的，为什么突然回头呢？原来赶脚大叔想过了桥去解个手，就脱下了大衣，搭在了他那匹老马身上。快下桥时，那大衣滑落在了桥上。因为天黑，看不清，远远望去，像是那桥被冲开了一个黑洞洞的大口子。姥姥骑的白马老实，一见此景，虽然吃了一惊，但经验丰富，一跃而过，差点把姥姥颠下马来。可后边的大红骡子年轻，没经验，脾气又暴，一见桥裂了大口子，吓得转身就往后跑……真险啊！

幸亏我胆小，不敢骑驴过桥；幸亏姥爷手疾眼快，而且身材高大，还有把力气；幸亏赶脚大叔来得还算及时，否则……多年以后，姥姥、姥爷说起此事还心有余悸，夸我有福，不仅度过了又一个生死关头，还保佑了姥爷。

我真的有福吗？

保定的第一个家

从高碑店到保定要坐小火车，这可是我这一生第一次坐火车。但是，由于没睡醒，我一直迷迷糊糊的，如何买的票，如何上的火车，我都不清楚。当我被姥姥叫醒，已经到了保定火车站。

怎么那么多人啊！整个候车室被挤得满满的。姥爷找了个角落放下行李，等人来接。大厅里人们熙熙攘攘，南来北往，步履匆匆，大人叫着孩子，年轻人扶着老人，回家的背着大包小裹，进城务工的带着工具口袋，等车的坐在长条凳上打盹，出站的见到亲人大呼小叫……还有那脖子上吊挂一个木盒子放在胸前的小贩们，高声叫喊着“买香烟、瓜子、糖唻!”“买麻花、面包唻!”……在人群中挤来挤去地兜售他们的生意。

我对面有一位年轻的母亲在大庭广众之下解怀哺乳，那白嫩嫩、鼓胀胀的乳房紧贴着婴儿那粉里透红的小脸儿，那双慈爱的眼睛紧盯着婴儿一吸一吮的小嘴，那年轻俊美的脸庞亲切地微笑着，洋溢着无限的幸福、怜爱和自豪，好像她身边，不！好像整个世界都空无一人，只有她和她的宝宝沉浸在甜甜的爱河里……

“哎嗨！这不是三爷吗？你老人家怎么在这儿？哟！还有三奶奶、大妹子!”一个刚进门的二十多岁的年轻人和姥爷打着招呼。

“是陈山哪！这不，爱爱的爹妈接我们到保定住……你这是?”姥爷问。

“回家！在保定找不到好工作，先回家待一阵子再说。”穿着蓝色中山装褂子、缅裆棉裤、扎着腿带的陈山不好意思地摘下毡帽，用手胡拉着他的大光头说。顷刻，又好像怕别人听到什么一样，把嘴凑到姥爷耳边嘀咕了一阵子，最后又说："我姑父那么大的官儿，这事不就他一句话嘛……"一边说着，一边用大眼咕噜咕噜地四下张望。突然，他大声叫着："卖面包的，过来，过来，俺们要买……"

那卖面包的小贩兴奋地挤过人群，嘴里喊着："来了！来了！你要多少?"

陈山瞅瞅盒子中排得满满的油光光的面包说："多少钱一块?"

"五百（五分钱）一块。"

"啊？五百？这也太贵了吧?!"

"这还贵？……"

"这么贵的东西买它干什么?"姥爷问。

"给我这大妹子尝尝……"陈山说。

"你千万别买，挣五百块不容易，你还是留着干点正事吧……"姥爷阻拦着。

陈山扭头看了看我，又低头看了看那金黄的面包，好像下了多大的决心一样，一边和小贩讨价还价，一边伸手向怀里摸索："三百吧，三百一块我就买你一块！怎么样？三百吧?"

"啊？才买我一块？才给三百？不卖，不卖！你到别处去买吧!"

"好，好！再涨一百，四百一块总可以了吧？薄利多销、和气生财，看这一盒面包你一块也没卖出去呢！我给你开张，肯定很快就会卖完……"

陈山嘴里说着，不管小贩同意不同意，下手抄起一块就塞到我手里，然后一边用舌头轮流舔着四个手指上沾的油，一边硬是塞给了小贩四百块皱皱巴巴不知在口袋里装了多长时间的纸币。

姥姥、姥爷一边谢他，一边嗔怪他乱花钱。陈山不好意思地说："三爷，我找工作的事还麻烦你老人家再给我姑父说说……"这时，检票员拿着大喇叭吆喝着检票，陈山一边往检票口跑，一边大声嘱咐着："三爷，你可别忘了啊!"

我拿着手里的面包，好奇地端详着：拳头大的一块黄褐色、油汪汪、四四方方的干粮，竟散发着那么香甜的我从来也没有闻过的气味，咬它一口，里边竟是那么洁白、松软，太好吃了！这是我这一生第一次吃面包哇！

“姥姥，你尝尝！”我把面包举到姥姥嘴边说。

“姥姥不吃，你吃吧！”姥姥说。

“姥爷，你尝尝！”我又举向姥爷。

“姥爷不吃，爱爱吃吧，吃吧！”姥爷笑着说。

我缩回举着面包的手，用嘴去咬那面包。起先还想慢慢吃，这么好吃的东西怎么能一下子就吃光呢？可没吃上几小口，就实在忍不住了，好像嗓子眼儿里有一个小手在抓挠，三口两口，狼吞虎咽，那面包就没有了。

心里光想着面包的滋味了，谁接的我们，怎么到的家，全没在意，等进了院子，姥姥说：“可到家了！”我才认真打量起这个被称为家的小院。

这是一个小小的四合院，不大的院门开在院儿的西北角，三间东房算是正房，对过儿是三间西房，两间南房对着两间北房，中间是小小的天井，因为院子太窄，所以没种树。房子很矮，父亲进出房门都得低头，否则就要碰脑袋。房间很小，支上几块睡觉用的木板就什么也放不下了。我和姥姥、姥爷住东房的南头，父母和二弟住东房的北头，中间是做饭、盛杂物的堂屋。院里其他房间就是涞水县来保定开会、出差、看病……的干部的临时住所，原来这是涞水县在保定的落脚点。后来我才知道，这个院处在北城墙根的一个叫满福盈的街区。

这就是我在保定的第一个家。

就在这小小的院子里，我这个穿着土气、说话侉气的乡下妞变成了城里的孩子，见识了电灯、洋车、街道、城墙，甚至小歌剧……吃饭时，姥爷和父亲提起陈山想找工作的事，当时已经当了专区中层领导的父亲一口否决，说陈山没文化，又不想当工人，只想当干部，那怎么行？现在的工厂都在招人，介绍几个他都不去，一心想当官……现在又不是旧社会，一人当道，鸡犬升天，这是共产党领导的新社会，要凭本事吃饭……

几年以后，听老家来人说，陈山想当官想疯了，穿着那件中山装褂子爬到树上，手舞足蹈地狂呼：“我姑父来接我了，让我去当大官了！哈哈哈！你们看，来了！来了……”咔嚓一声，从树上掉下来，断了气。

不是招待所的招待所

我们家在满福盈大概住了两年。这两年，我们家成了不是招待所的招待所。

因为父亲从北京治腿病出院后，拖着打着石膏的腿，被组织上安排到涞水县在保定市的落脚点，也就是满福盈那个小院休养。

我和姥姥、姥爷来到保定时，母亲已经在专区物资局工作，带着二弟照顾着父亲。那个小院因为是涞水县的干部的落脚点，所以隔三岔五地就有涞水县的干部、干部家属、亲友，甚至七大姑八大姨、认识不认识的同村同乡及邻县村里的乡亲们来这里出差、开会、看病、找工作、买东西，甚至来城里找对象。这个落脚点只管住，不管伙食。但是，革命根据地的老乡来了，曾经自己不吃也要交公粮支援打日本鬼子、打蒋匪帮的乡亲们来了，为抬担架、救伤员、运物资流过血和汗的亲人们来了……你能让他们出去到街上买饭吃吗?!

所以，我们家就成了不是招待所的招待所，姥姥、母亲，甚至姥爷都成了义务招待员。有的干部在家吃饭后，会按当时的标准交菜金，可老乡们来了，你能要他们的钱吗？他们本来就很穷，进一趟保定府很不容易。所以，父母从不向他们收取饭费，对那些困难的乡亲除了好吃、好喝，走时还给他们拿上路费。

而我们家，虽然父母都是国家干部，父亲还是领导干部，过着稍稍比城市贫民强点的生活。街头有卖炸油条的摊子，那黄灿灿、香喷喷的一大根油条才二百元（二分钱），那圆圆的、香香的、甜甜的油饼才三百元（三分钱），可家里从来没买过；街上店铺里有我从没见过的用花花绿绿的玻璃纸包着的糖块儿，家里从来没买过；每天晚上那“卖烧鸡吆卖卤鸭”的吆喝声从串街走巷的小贩们嘴里飞出来，穿过夜空，穿过院门，直送到我的耳中，逗引得我哈喇子都快流出来了，多想让父母买上一只尝尝呀，可家里从没买过……

在这点上，我们家甚至不如一般的干部家庭和贫民。后来，丈夫说起他们家，每月发了工资，他父母还张罗着买几只卤煮鸡给全家人解解馋。我还亲眼看见过二兰姐那在火车站扛大个儿的爸爸，给欢呼雀跃的二兰姐弟分配刚买回的冒着香气的油条——虽然她家并不经常吃。

我们住的床是从公家借的长条凳和木板搭成的，铺的是麦秸秆切碎压扁后装在一个由破布缝成的大口袋里做成的炕褥子，上边铺着一领苇席，席上每人一条薄薄的褥子。褥子上，经常躺的地方有一层黑乎乎的汗渍。但是，这些平时是看不见的，因为每天清早起来，那薄薄的褥子会卷着上边那薄薄的被子推向墙根，这可能是山民的习惯吧，也给带到了城里。六岁的我、五岁的大弟和三岁的二弟是没有自己的被褥的，我和姥姥打通腿睡一个被窝，大弟跟姥爷睡，二弟跟母亲睡。记得我刚上小学时，母亲抱过来一床半新的红碎花被子，对姥姥说："这个被就给爱爱盖吧，她长大了，都上学了，该有自己的被子了。"我用手摸着那柔软的、温暖的花被子，心里真是高兴极了："这是我的被子，这是我的被子……"我把脸贴在那花被子上，感觉是那么松软、细腻，还有股香甜的味儿，好像妈妈的怀抱吧！因为在我的记忆中，从没被妈妈抱过，看到二弟或别的孩子被妈妈抱着，心里真是羡慕极了！什么时候妈妈能抱抱我呢？……我想着、盼着，盼什么呢？盼太阳快点下山，好让我早点钻进那新被窝啊！好让我体会体会被母亲抱的温暖啊！刚放下晚饭的碗，我就迫不及待地说："姥姥，我困了，我想睡觉——"姥姥和母亲相视一笑，母亲说："太阳还老高，睡什么觉！你那点小心眼儿谁不知道，想你那花被子了吧？"

穿的什么呢？姥姥、姥爷依然穿着下山时那套行头。姥爷还是黑棉裤袄、蓝棉袍，姥姥还是黑棉裤、蓝大襟袄，而且姥爷脚上穿着山杠子特有的三片瓦的纳帮鞋。他们还都捆着裤脚，只不过添了一两件洋布单衣。而我和大弟，除了从山里老家穿来的小棉袍、棉裤袄外，多了一身当时城里孩子们流行的胸前带一个小兜兜的背带裤和新褂子，而且放开了裤脚。

但是，这样清贫的生活，姥姥、姥爷、父母已经觉得很满足、很幸福了。不是吗？还东跑西颠居无定所吗？还吃了上顿不知下顿吗？还成天吃糠咽菜吗？……有时来的客人多了，累得姥姥直嘟囔：“这几天我蒸了三袋面的馒头哇！累死了……”

在这个小小的院子里，我们吃饭不用愁了，点灯不用油了，做饭不用拾柴了，能随时喝上热水了……因为那煤球炉子随时能烧开水灌到母亲买来的宝贝——竹皮暖壶里。这不是到了天堂吗？

因为对来往干部、乡亲招待照顾得周到、热情，因为自身生活艰苦朴素，父母的大名在县、乡、村里不胫而走：“柳海可没忘本！柳海可是个大好人、好干部！不像有的人，进了城就忘了咱们穷兄弟。有困难，去找柳海，他准能帮你……”

就是在这个人来客往的小小的院子里，发生了很多令人难忘的故事。

风雨中的相思

那天傍晚，风雨交加。虽然姥爷早就把窗子上的雨搭放下来了，可是由于肆虐的狂风夹着大雨点四处乱钻，有的窗纸还是被雨水湿透，有的已经破了。

因为乌云，因为下雨，天黑得格外早，还没吃晚饭，就已经打开那昏黄的电灯了。突然，门外传来一声愤怒的吼叫："李有财，我要杀了你!"紧接着又传来一阵让人毛骨悚然的怪笑："哈哈哈哈！哈哈哈！……啊！哈哈！……"又听到一两声苦苦哀求的话语："好儿子，好壮儿，你醒醒！你别喊了！别喊了……"

是谁呢？在这风雨交加的天儿不在家里躲着……"别拦着我，你们别拦着我！我要找回我的杏儿，我的杏儿！杏儿……哈哈哈！哈哈哈！你们看，她来了！她来了……"又是一阵狂呼乱叫。这万分焦急、万分惊恐又万分欣喜的声音穿透了风声，盖住了雨声，飞进了小院中的每一个房间，送进小院中每一个人的耳中，震撼在每一个人的心里。

姥爷、母亲打着伞跑向大门口，西屋的同叔叔披个麻袋片跑向大门口，连那平时最不爱管闲事的大金牙李伯也戴个草帽冲向了大门口。

一会儿，他们连拉带拽地拖着一个被反捆着胳膊的高个子年轻人进了没人住的南屋，后边跟着一位被雨淋得透湿的老汉，还有一位直用衣袖擦着满脸不知是泪水还是雨水的中年妇女。

……

风，还在刮着；雨，还在下着；那年轻人，还在嚷着……

饭桌上，大人们都不作声，沉重的表情在这阴暗的雨天里使人更透不过气来。

“送饭过去了吗?”父亲问。

“送过去了。”母亲回答。

“多好的孩子呀！可惜了的——”姥姥摇着头叹息着。

怎么回事呢？睡觉前，姥姥给我讲了那辛酸的故事：

那个被拉进屋里的小伙儿叫壮儿，那老汉是他爸，那妇女是他姐，他们是泡儿下村的人。壮儿疯了，他爸和他姐带他到保定投靠他大姑，想治好他的病，人生地不熟迷了路，又遇上雨，只好躲在我们门洞里避雨。

“可那叔叔为什么被捆着双手呢?”我不解地问。

“怕他乱跑啊！一个疯子要是跑起来，十个人都追不上呢!”姥姥说。

“可叔叔为什么疯啊?”

“为杏儿呗!”

原来这壮儿是村里有名的俊小伙儿，人不但长得精神，而且勤劳、孝顺，人们都说哪家的姑娘跟了他，肯定要享一辈子福。

可壮儿早就看上了一个人儿，那就是崖背道后村的人见人夸的杏儿。说起这杏儿，方圆多少里的人谁不知道？都说她是王母娘娘的女儿下凡，说她天生的闭月羞花之容，天生的沉鱼落雁之貌，天生的风摆杨柳之腰，是那当皇后娘娘的命呢！可这杏儿就偏偏看上了壮儿。谁让他们两个的村离得这么近呢?

出了泡儿下村，就是那清凌凌穿石跳涧的小溪，那水一会儿蹦蹦跳跳跌下石坎，一会儿安安静静积个小潭，一会儿又转个旋涡向岸石冲去……真像那顽皮的小孩儿在和人们捉迷藏。踩着这小溪里的石头跳过小涧，过了那长满杏树的山坡，迎面是一座高高的山崖，转过这山崖的后边，就是杏儿的村子，要不怎么叫崖背道后村呢？壮儿和杏儿从小就在两村之间的白石涧、小石潭、小瀑布边上玩耍，你追我赶，像两只上下翻飞的小蝴蝶，你给我摘朵花，我送你一个果儿……青梅竹马、两小无猜、亲密无间，一天不见就想，两天不见就哭，人们都说他们是金童玉女，天生的一对儿。

“金童玉女”渐渐长大了，懂事了。两人之间表面上离得远了，说话少了，但情更深了，心贴得更紧了。凡是壮儿上山打柴的日子，必是杏儿到石潭洗衣服的时候……有人看见壮儿穿过一个绣着一对儿鸳鸯的红兜兜，说是杏儿送的呢！

在那春暖花开的日子，壮儿家托媒去提亲了。壮儿喜滋滋、坐立不安地在家等着那水到渠成的好消息。但是，媒人带回来的是一个晴天霹雳！杏儿爸嫌壮儿家穷，没答应这门亲事。是想让杏儿，这美丽的凤凰攀个高枝发家致富吧?！这可恨的老财迷李有财！

壮儿又上山去打柴了，杏儿又到石潭洗衣服了，但两人很晚很晚才下山，两人的眼睛都肿成了红桃子……

快到年底了，杏儿家已经和城里的婆家定日子谈婚论嫁了，可那天晚上，杏儿在牛棚里产下了个不足月的落地就断了气的男孩儿！那孩子在娘肚子里就担惊受怕，就被用布条缠着不让长大，他怎么能活呢?！

城里的婆家退了婚，老财迷李有财气急败坏地大骂壮儿、杏儿，发着狠端来一碗毒药汤，逼着“丢人现眼”的杏儿喝下去。杏儿妈流着眼泪夺过那碗毒药扔到了院子里……没几天，一顶轿子悄悄地把杏儿抬走了，听说嫁到哪个山庄上，与一个四十多岁的瘸子光棍成了亲，再也没回来过……

“天杀的李有财！……杏儿是我的！我要去找王母娘娘，派天兵天将来杀你！……哈哈哈！来了来了！天兵天将来了……杀呀！呀！呀！呀！……杏儿！杏儿！你等等我……”

在一阵风一阵雨中，断断续续的哭喊声、怒骂声不停地传过来。

……

睡梦中，我看见在那青青的还子山下，在那静静的小石潭旁边，在那轻雾缥缈的白石涧的石头上，在那水边开满鲜花的草地上，飞舞着许许多多成双成对儿的花蝴蝶。其中一对儿最大最美丽，飞得最高——那不是壮儿和杏儿吗?他们要飞到哪里去呢？只见那对儿蝴蝶欢快地飞舞着，越来越高，越来越远，直到天边……

李伯家的保姆

小院的北房里住进了一家三口，不，一家四口。李伯，他老婆和她们的宝贝儿子，还有一位刚雇来的保姆。

李伯是涞水县旧衙门的留用人员，快五十岁的人了，还留着分头，梳得溜光，见人就点头哈腰，一笑就露出几颗金光闪闪的大金牙。那时候，镶金牙可是人人羡慕的事儿，那是有钱的表现。你没听过“镶金牙的咧嘴笑、戴手表的捋胳膊、穿皮鞋的高抬脚”吗？这李伯的儿子，那个盼弟、领弟、招弟、换弟、来弟五个姐姐好不容易才引来的宝贝疙瘩病了，到保定来求医。

我跟姥姥去看她们时，还没进屋，就听到一个高呼噜大嗓的女人在呵斥谁：“拿下来！拿下来！你是吃干饭的？连个床都不会铺?！嗨！嗨！嗨！快一边待着去吧！怎么那么笨！……嘿！叫你待着你就真待着啊？还不快抱着孩子！”

一进门，就见一个满脸横肉、胖得像猪一样的女人，正瞪着牛一样的大眼珠子，一手抱着个男孩，一手指手画脚地呵斥一个低眉顺眼、满脸仓皇的小个子女人。一见我们进去，那胖女人立刻换了一副笑脸，把孩子送到那小个子女人怀里，连忙迎上来：“呦！是东屋的老太太吧？快床上坐！我还没去拜见您，怎么劳您大驾倒先来看我们哪？真是的……快坐！快坐！”说着，扭动着她那紧紧裹在深色花旗袍里的大肥屁股，从桌上的行李里掏出两块糖塞在我手里。

“嘻嘻！这是王书记的孩子吧？看，长得多俊！你老人家可有福哇，修下了这么好的女儿女婿……”

她说这话时，我分明看到她那白眼球一撇一撇的，脸上的横肉僵僵的，大人们说的皮笑肉不笑可能就是这个样子吧！

姥姥客气又关心地告诉她“缺什么到家里拿”“怎么使用煤球炉子”之类的话就领着我出来了。刚出她屋门，就又听见她大声吼：“看什么看！你是死人哪？怎么连这都不会！我真是瞎了眼，找了你这么个笨蛋当保姆……”

其实，那个二十多岁伤了孩子才出来当保姆的小个子媳妇，人很好、很善良，老实得很。山沟沟里出来的人没见过世面，她哪里知道城里的人床怎么铺、东西怎么放、孩子又怎么看呢？更何况又碰到了这样一位大小姐出身、百般挑剔、脾气暴躁的女主人呢？

只要她们在屋里，院子里就不时地传出那胖女人的呵斥声，这也不对，那也不行，但听不到那小媳妇一句还言。真是逆来顺受哇！有一天，那两口子去逛街，小媳妇抱着那头上顶着几撮柔弱的黄毛、瘦得皮包骨的小男孩儿到我家和姥姥哭诉，说不想干了，实在受不了这气！何止是受气，还吃不饱呢！那胖女人像防贼一样地防着她，临出门，馒头要数数个儿，挂面要做上记号。吃饭时，总让小媳妇抱孩子，等两口子吃完，也就只剩残汤剩水了……这不整个是旧社会地主对下人的做派吗？为此，父亲找那镶着大金牙的李伯郑重地谈了一次话，对他进行了严肃地批评。李伯点头哈腰地做了自我批评，并且表示回去要好好教育他老婆。果然，院子里的骂声和呵斥声少了，但那小媳妇再也不敢到我家来串门儿了。

“我让你干活不是让你白干，老娘是给了钱的！你干不好，还不许我说了啊？真是的！天下哪有这个道理？啊？！……”北屋又传出了一声声震耳的吼叫，这是说给谁听的呢?！终于，那小媳妇提出不干了！大金牙李伯和那胖女人也答应过几天孩子看完病就把她送回山里老家。

可是，当天晚上就出了事。

“哎呀！疼死我了！救救我呀——你们行行好，救救我吧——”半夜里，从北屋的外间传出撕心裂肺般的哭喊声，听声音是那小媳妇。

“怎么回事啊？谁病啦?”母亲隔着窗子大声喊。

“没事！没事！秀花晚上吃得太多了，撑得难受呢！”胖女人回答。

“哎呀！疼死我了！疼死我了！……救救我呀！救命啊！”黑黑的夜空中又传来更加恐怖的哭嚎。

“老李，你快起来看看怎么回事?!”父亲一边穿衣服，一边大喊着。

“哎！哎！起来了，起来了——”李伯答应着。

当母亲扶着拄着拐杖的父亲走进李伯的外间时，只见那小媳妇抱着肚子正在炕上打滚，汗水和泪水把头发浸得湿湿的，有一撮紧紧地贴在那惨白的脸上。

“没什么事儿，她就是晚上吃多了，撑得肚子痛，明天就好了……”那睡眼迷瞪的胖女人边系衣扣边说。

“还不赶紧送医院!”父亲果断地说。

“你看，这深更半夜的……要不，明天?”李伯小心地问。

“叫你送你就送！要是你女儿疼成这样，你也等明天吗?!”父亲怒视着李伯。

“好！好！我这就去叫车……”李伯急急地跑出门去。

那天晚上，李伯和母亲跟着洋车（人力车）把那小媳妇送到医院。医生说，再晚来一会儿就没命了，那盲肠已经穿孔了。

交住院费时，李伯呲着大金牙为难地说钱都给孩子看病用完了。

“用完了?”母亲用凌厉的眼光审视着李伯那尴尬的表情，相信了他说的话实情。

“欠该让你回县里去拿钱！……你们怎么就这么心狠！见死不救！……再来晚一会儿，出了人命怎么办?!”说着，母亲把手一挥，“算了！这事儿你就别管了!”

小媳妇出院了，要跟着李伯他们回家了，我们全家送到大门口。突然，那小媳妇把孩子往胖女人怀里一塞，回过身来扑通一声跪在了父母面前，久久不起来……

同叔叔和张阿姨

小院西厢房里住着一位同叔叔，他是涞水县的一位干部。他身材矮胖，脑袋肥而圆，两只眼睛很大，像金鱼的眼一样向外鼓着，鼻子塌塌着，仿佛是被下边的两片厚厚的嘴唇坠得站不起来的小狮子，憋得红着脸卧在那里生气。他在西厢房住了有些日子了，总往医院跑，姥姥说他有病，而且是一种很难治的病，才把他拿捏成这样，原先不但不胖，而且是个很精神的小伙儿呢！——他让姥姥看过他与县委全体人员的合影。

同叔叔忠厚、善良，为人实在。因为在我家搭伙吃饭，所以在他力所能及的情况下，总是帮姥姥干点摘菜、洗菜等家务活。对我们这几个小孩儿也极好，总是不笑不说话，一说话就逗我们笑。孩子们喜欢他，总围着他转；姥姥心疼他，总想方设法给他做点好吃的。

那天，南屋又住进了一位客人，谁呢？我和大弟扒着门缝往里偷看。只见姥姥在帮助铺床，床头站着一位穿着列宁服的年轻女子，她背对着我们从带来的铺盖里拿什么东西。那高挑细溜的个儿，那伶俐敏捷的动作，那修长白皙的双手，那乌黑齐肩的短发……“大娘，我自己来，我自己来……”还有这清脆亮丽的北京口音……啊！转过身来了，果然是一位貌似天仙的阿姨！有点惨白的瓜子脸上，长着一对大得出奇的眼睛，又黑又密的睫毛忽闪着，只要她垂下眼皮，那浓黑的睫毛恨不得盖住略显羞涩的半张白脸；小巧的鼻子下边是两片缺少血色的薄嘴唇，嘴角略微上翘，露出甜甜的笑容……

真年轻，真精干，真洋气，真漂亮！

这年轻漂亮的阿姨姓张，也是从涞水到保定看病的干部。什么病呢？据说是那可怕的“痨病”！其实，就是现在所说的肺结核！嗨，怎么这“痨病”总找年轻漂亮的女孩儿呢？

因为这可怕的、传染性强的病，张阿姨不能和我们一锅吃饭；因为这可怕的、传染性强的病，姥姥不叫我们到她屋里去玩，就是大人们也和她保持一定的距离。那些临时来的客人，听说她是“痨病”，甚至像躲瘟疫一样躲着她，谁不怕死呢？

可是有一个人不怕，不但不怕，甚至天天到她屋里去嘘寒问暖。谁呢？同叔叔！

刚开始，张阿姨还客气地有问有答，礼貌地让同叔叔进屋小坐；渐渐地，张阿姨好像意识到什么，态度就变了，先是冷淡，后是爱答不理，最后竟将同叔叔拒之门外了。

从窗户上的玻璃片中，看着提着水果在南屋门外团团转的同叔叔，母亲说：“恐怕小同是看上小张了，我看成不了，俩人的差距太大了，人家小张可是县里的一枝花呢！更何况还是少有的大学生，家里又有钱，心气不知道有多高呢！”

“也不见得！”也在窗台边往外看的姥姥说，“小同的病如果治好了，还是个不错的小伙儿呢！人又老实……再说，小张得了那种病，谁敢要呢？”

我倒非常希望他们成了一家子，同叔叔多好哇，张阿姨多美呀……

真是天赐良机，老天爷也想帮助好人哪！张阿姨发起了高烧，躺在床上不吃不喝，有时还说胡话。父亲让同叔叔雇了一辆洋车，和母亲一起把张阿姨送到了思罗医院，因为那里有医术高超的外国医生。从那时起，同叔叔就成了张阿姨的全程陪护。那个叫尽心尽力，真是顶在头上怕吓着，含在嘴里怕化了，说话柔声细气，喂饭轻手轻脚，大事小情想得周周到到，甚至护士给张阿姨打针，他都噙着泪花别过脸去，因为他心疼。用无微不至形容真是很不够，简直是手捧着一个脆弱的无价之宝，在用自己的全部心血呵护、疼爱，生怕有一点闪失。

人非草木，孰能无情？张阿姨的病好了，出院了，她对同叔叔的态度也变了，变得亲切，变得亲热，变得依恋，变得一会儿也离不开了……同叔叔胜利了！

当他们双双离开满福盈这个小院时，同叔叔依然那么胖，大眼睛依然那么突出，可张阿姨白皙的脸上竟有了红晕。是县里的医生误诊，本来就不是“痨病”？是那外国医生治好了她的“痨病”？还是爱情的力量使她战胜了疾病?!

全家人站在大门口送他们，祝福他们，希望张阿姨在北京的商人父母不要干涉为参加革命叛逆过一次的女儿的婚姻，使有情人终成眷属。

一年后，传来好消息，同叔叔和张阿姨得了一个胖儿子。

三位大姐姐

住到满福盈没几天，我就和左邻右舍的小孩们玩到了一起。出了我家小院儿往左拐，是一条比我们的胡同稍宽一点的胡同，顶头一家是大兰、二兰姐姐家，偏南一点是菊姐姐家。大兰姐十五六岁，但因为患了严重的糖尿病，骨瘦如柴，两只大眼睛下边的颧骨高高的，挺直的小鼻子下边是两片毫无血色的薄嘴唇，柔弱的黄头发紧贴在瘦小的脑壳上……显得她比实际年龄小许多，更像一个十二三岁的小女孩儿。

第一次见到我，她用那枯树枝样干硬的手摸着我的头说："多好看的小丫头，怎么留了个小帽盔头啊！"

二兰姐接着说："呦！你没看见还扎着腿带呢！真是山杠子打扮，这哪是一个水灵灵的小丫头，这不成了小老太太了吗？嘻嘻！嘻嘻！……"

见我不好意思地低下了头，大兰姐拍了妹妹一巴掌，哄着我说："别听她瞎说，爱爱可好看呢！……扎上裤腿不是暖和吗？"

大兰姐又冲着二兰姐说："你倒没扎裤腿，看你鼻子尖都冻红了！"

二兰听姐姐说她冻红了鼻子，不由自主地抬起露着棉花的袄袖子，擦了擦顺着鼻子往下流的清鼻涕。

就是这个心地善良、善解人意的大兰姐姐，因为家里穷，没钱给她看病。白天，她父亲到火车站背麻袋，她母亲到城隍庙去缝穷，大兰就在家看弟妹、做家务。但是，父母从不让她做饭，而且留给孩子们的干粮、家里的米面都要送到隔壁大娘家锁起来。为什么呢？据说大兰姐这病是"火化食"，吃多少都没饱，见了食物就会像饿狼一样一扫而光。有时摸着一点生面，她也会麻利地用水和和，穿在通炉子的铁筷子上，放到火炉子上烤烤，狼吞虎咽地吃下去。

第二年冬天，可怜的大兰姐姐去世了。一口薄薄的棺材送走了还不满十七岁的花季少女。大兰姐姐就像遭遇了刀风剑雨摧残过的没有机会开放并展现她那美丽青春的花骨朵，无奈地含泪、含恨、含着对亲人、对世界无限的眷恋凋谢了……

送她那天，在凛冽的寒风中，整个胡同都能听到她母亲那撕心裂肺地哭嚎声："大兰哪！妈对不起你呀！你还没活成人哪！就这么走啦！……都怪妈呀，都怪妈没钱给你治病啊——我那可怜的闺女呀——"

菊姐姐家是回民。她上有父母和八十多岁的老奶奶，下有两个弟弟。全家住在租来的不到10平方米的低矮的小屋里，实在睡不下，就在院门口一个废弃的孤零零的大门洞里，用捡来的碎砖头盘了一个小炕，八十多岁的老奶奶就住在这只能躺下一个人的小炕上。

菊姐姐姓李。菊姐姐的父亲李伯伯是管满福盈这一片的清洁工。这片小胡同、小广场上的卫生都归他管。每天，他都早早地起床，把街道、广场及几个旱厕所打扫得干干净净。一天打扫两次，周围还铺上干石灰。碰到乡下人来拉粪的日子，还得另加一次。那么大的面积，那么多人用的厕所，就他一个人管。每天都看到他背着半挎筐石灰，扛着铁锹、扫把，满街转悠，哪里水口堵了，他给通开；哪个垃圾箱坏了，就像拾掇自己家的东西一样随时修好，弄干净。像他这么敬业的清洁工，后来我再也没见过。当然，六十年前也没有现在这么多的垃圾，也没有这么多的塑料袋满天飞。那时，破衣服要打夹纸做鞋，烂棉花要留着换洋火（火柴）。垃圾箱里的煤灰、烂菜叶、菜根和厕所里的大粪一样，是附近村子的抢手货，有时还为谁抢了自己包干的垃圾箱里的肥土而打起来呢！

李伯伯身材瘦小、精干，李大娘却人高马大，粗细活儿都是一把好手。当时刚解放，人们生活还很贫穷，满街的孩子都是蓬头垢面，穿得破破烂烂，棉裤棉衣直接穿在没有内衣的身上，几乎所有孩子的棉衣都露着棉花，有的袖口甚至撕成布条耷拉着。可是，菊姐姐和她两个弟弟的棉衣虽然也是打了很多补丁，但绝不露棉花，而且比较整洁。这在当时真是鹤立鸡群了。是李伯伯挣钱多吗？不是！完全靠李大娘会过日子。一家六口，只靠李伯伯一个人清洁工的微薄工资，不精打细算能养活吗？

说起来，我们家和菊姐姐家还真有缘分，当母亲为早产的三弟没奶吃而发愁时，李大娘刚刚满月的女儿不幸夭折了，就赶紧把三弟抱过去认了干娘。从此，李大娘就像养自己的亲生儿子一样养育着三弟。而三弟的保姆费也着实地改善了李伯伯一家的生活。因为两家住得近，我就经常到他们家去玩。

菊姐姐一见我，就拉着我的手笑着问："爱爱，一个、两个、三个……怎么数呀？"

我立刻回答："一嘎、俩吗、仨吗、四啊、五哇、六哇……"

我还没说完，菊姐姐就笑弯了腰，说："你们山里人真逗哏，为什么把两个、三个说成俩妈、仨妈呢？"

菊姐姐长得很秀气，细眉细眼尖下巴颏儿，一说话就甜甜地笑，两只眼睛弯成新月，身材又好，像她妈一样高挑个儿，十二岁的她竟长得像十五六岁。她没有妹妹，就把我当成自己的亲妹妹，不管到哪儿都带着我。印象最深的就是她带着我到小广场看小歌剧《王贵与李香香》。

为了宣传新《婚姻法》，有关部门用木板和席子在满福盈的小广场上搭了戏台，白天一场、晚上一场地进行演出。演什么呢？就是小歌剧《王贵与李香香》。从第一天开始，菊姐姐就背着穿得干干净净、白白的小脸上点着一颗红点的三弟，带着我、八十儿（他老奶奶八十岁时才有了他，所以就叫了八十儿）、小合儿和她的两个弟弟，挤到人群中观看。只见台上年轻的王贵和美丽的李香香欢快地舞着、唱着，地主老财和媒婆子诙谐地扭着、说着，政府工作人员和群众义正词严地批着、喊着……菊姐姐站在那儿痴痴地看着、看着……直到散场，她才依依不舍地带我们回家，嘴里还不住地哼着戏里的曲儿。戏演了几天，她就看了几天，几乎场场不落，反正戏台就在家门口，也不耽误背三弟、做家务。

夏天到了，人们都到街上乘凉。一天晚上，我还没出胡同口，就听见了那甜美的歌声："……一对对桶儿两头儿担，香香我挑水来到井边……"呀！这不是《王贵与李香香》里的词吗？谁唱的？怎么这么好听啊？我急忙跑过去。只见街口昏黄的路灯下有一群人围着，我钻过大人的腿站在里圈一看，呵！原来是菊姐姐！你看她那身段、神情，特别是她那清脆甜美的嗓音，活脱脱一个舞台上的李香香！人们目不转睛地看着、赞叹着，特别是坐在一个废弃的被土埋了半截的碌碡上，光着膀子流着汗也顾不上擦，使劲儿拉着胡琴伴奏的二兰爸，半眯着眼傻笑着，随着音乐的拍节摇着头、晃着脑……

那甜美的声音在静静的夜空中飘荡着、飘荡着……越过了街上的树梢，越过了亮着昏黄路灯的小广场，飞向近在咫尺的城墙。那黑黝黝的城墙默默地站在那里，深情地倾听着菊姐姐的歌唱……一阵清风袭来，把那婉转悠扬的声音传向更远更远的地方……

一天，我在外边玩够了，兴冲冲地跑回家，发现北房窗子根的太阳底下站着一个穿着旗袍的大姐姐，手里拿把木梳，站在那里一动不动，好像一座雕像。黑黑的头发剪得短短的，斜分着抿在耳后；白惨惨的脸上半眯着一双长着长睫毛的大眼睛，缺少血色的小嘴紧闭着，只是那鼻子稍稍的偏大了一点，但因为笔挺，更显得那略长的瓜子儿脸秀美中带有几分英气；白底碎花的旗袍裹着那弱柳扶风般的身躯，真是亭亭玉立，柔美可怜。

这是谁呀？怎么在这儿站着呀？我目不转睛地望着她。她见我站着不动，抬起眼皮忽闪着长睫毛冲我嫣然一笑，却不说话，只是换了个方向，依然一动不动地在太阳底下站着。因为是生人，我也不敢和她说话，扭着头一边打量着她，一边走回家去。问了姥姥才知道她是刚考上大学的一个学生，因为得了可怕的"痨病"，休学了，跟着涞水县的干部哥哥来保定就医。

"那她为什么总在太阳底下站着呀？"我问。

"医生让她每天晒晒太阳，增加点儿阳气吧……哎！多可惜的俊闺女！"姥姥差点落下泪来。因为刚解放时，"痨病"可是不治之症啊！姥姥又千嘱咐万叮咛地不让我到她屋里玩，不许我和她说话，因为那病会传染……

以后的日子里，我还是经常定定地站在院子里或跪在炕上，扒着窗子上的小玻璃片看她，她依然上下午各出来一会儿，站在太阳底下一动不动，手里依然拿着那把木梳，见到我看她，她依然笑笑，没有一句话……

可我，不知为什么特别想看她，想叫她一声大姐姐，想和她高高兴兴地玩一会儿……我越看她，越觉得她那站着的姿势好看，是那么美丽、文静、清爽，还有那么一点点神秘……甚至想，等我长大了，一定要穿一件像她那样的旗袍，也像她那样拿一把木梳，也像她那样站成那优美的姿势……

多盼望她的病快点好哇！她的病好了，就可以和我说话了，就可以和我玩儿了。她的声音一定甜甜的非常好听，她一定会给我讲很多好听的故事，因为她是大学生啊！我就这样盼着、想着、看着……可是，有一天，我上午等下午盼，大姐姐却始终没露面。问姥姥，姥姥沉重地说，保定治不好她的病，她哥哥带她去了北京。

唉！怎么说走就走了呢？我还没叫她一声大姐姐呢！我还没听她讲故事呢！

但愿北京的医生能治好这大姐姐的病。

不一样的家

六十多年前的小孩子比较自由，可以成群结伙地串东家、走西家，在别人的院子里玩打仗、过家家，到人家屋里捉迷藏、唱大戏。为了不让小伙伴们找到自己，甚至可以藏到人家的被窝摞里，钻到人家的躺柜里。串的家多了，就知道了家和家真的不一样。

菊姐姐的家没有躺柜，只有睡觉的木板床和据说是她父母结婚时买的一个带镜子的小柜子。那柜子上的红漆已经变成黑紫色，那镜边上的红绿漆花已经脱落得缺枝少叶，镜边的梳头匣子里放着一个掉了齿的梳子和几个发卡，而镜子下边那个小小的柜子就是他们家放衣物的唯一地方。靠门的地方用烂砖头搭起一个台子，放些碗筷之类的东西。那做饭用的煤球炉子就放在门外的屋檐下。房子虽然不大，但拾掇得井井有条，炕上铺着打着补丁的花床单，洗得干干净净，扫得平平展展。被子靠墙整齐地摞在一起。屋檐下的窗户上糊着白净的窗纸，在中间位置镶了一块不知从哪儿捡来的破玻璃，用红纸剪成好看的花边把那块巴掌大的玻璃片围起来，很是喜兴。

二兰姐姐家虽然也小，有却房东留下的一个躺柜，靠墙放着。窗下是泥盘的火炕。可因为家里穷，也没什么衣物放在躺柜里，所以这空着一半的躺柜就成了我们藏猫猫的绝好地方。一个小孩子躺在柜底下，上边用不多的几个包袱和几件烂衣服一盖，谁能找得到呢?

二兰姐的父母为了养活几个孩子，整天在外奔忙，大兰姐又去世，所以家里显得很杂乱无章。炕上的被子从来没叠过，连同脱下的破衣烂衫胡乱地堆在炕的一角。躺柜上，这儿扔着一只碗，那儿扔着一个勺。满是尘土的窗台上，丢着筷子、洋火、半截的木梳，还有油脂麻花的灯碗……可是，这儿是我们小孩子的天堂。因为二兰的父母白天不在家，所以我们可以为所欲为；因为屋里本来就杂乱无章，所以我们可以乱上加乱……在炕上滚，在地上爬，一会儿把被褥衣物搬到炕中间“筑碉堡”，分成两拨打仗玩；一会儿又过家家，学着大人们的样子、大人们的腔调和大人们的吃、喝、睡、行、婚、丧、嫁、娶……一遍遍地演习着人生的酸甜苦辣。

可到了黑蛋儿家，我们就规矩多了，因为黑蛋儿的老奶奶很厉害。黑蛋儿第一次也是唯一的一次领我们到他家去，真让我大开眼界。

黑蛋儿家在我们这个小胡同的东头，有高大的门楼。进了院子，转过一个砖雕的影壁，里边是一个整齐的四合院儿。三间北房，窗子上都镶着大玻璃；东西厢房也是各三间；南边除了大门，就是两间被称为书房的屋子。院子里有一架葡萄和一棵叫不上名来的花树，院子中间还有一个高高的大瓦盆，里边飘着几片开着口的小圆叶，顶着两朵紫红色的睡莲，那碧绿的叶子下边有几条金黄色的小鱼在时隐时现地游动……

黑蛋儿小心翼翼地带着我们穿过院子溜进书房。哇！我张着嘴睁大眼看着眼前的一切：满墙的大书架，里边摆满了大大小小厚厚薄薄的书，还有几个叫不上名来的小摆设。书架旁边的白墙上挂着一幅田园景色的油画儿。西墙上挂着两个石膏做的外国人头像，一男一女，男的高鼻鹰眼连腮胡，女的圆脸薄唇深眼窝，长长的大波浪卷发，像一条柔美的瀑布垂在脸的一边。

黑蛋儿不无得意地对我们说：“瞧瞧，这是我爸爸亲自做的呢！”

“啊？你爸爸自己做的?!”我们都惊呼，觉得黑蛋儿的爸爸真了不起。

书房的玻璃窗上挂着小碎花的窗帘。我从没见过窗子上还挂帘子的，因为穷人连衣服都补丁打着补丁，哪有闲布做窗帘？那窗子下边是一张奇怪的桌子，看似四四方方，铺着绣花桌布，可经黑蛋儿、二蛋哥儿俩一抬边儿，下边咔的一声就固定了，四边都抬起来，竟成了一张大圆桌！

“这是我们过年时用的饭桌，”黑蛋儿一边演示，一边自豪地说，“过年人多，小桌子盛不下……”

我看着这神奇的桌子，心里想着山里老家、现在的家、二兰姐家，还有菊姐姐家正在用的小小的吃饭用的炕桌。

“黑蛋儿！你领着一群孩子在书房干吗哪？出来！到院里来玩儿！”

一声大喝，吓得黑蛋儿缩了一下头，立刻答应：“哎！奶奶！”

我们赶紧跟着黑蛋儿溜出书房，到院里一看，只见北屋廊下站着一位老太太，花白的头发光溜溜地在脑后挽着，穿着一袭黑丝绒的旗袍，手里拿着一本半卷着的线装书，戴着一副金边眼镜，白净的脸上还画着眉，一双不大的老眼透过镜片不怒自威地审视着我们。

在院里玩儿？有这么一位威严的老太太站在那儿，谁敢在她的眼皮子底下横蹦呢？听说只要她动了怒，那儿子、媳妇都要给她跪半宿呢！还听说她原来是天津一家大商人的小姐，怎容得下我们这群脏兮兮的孩子在她家闹腾？我们知趣地告别了黑蛋儿、二蛋，走出了那个在满福盈首屈一指的黑门楼，再也没进去过。

那葡萄架上一嘟噜一嘟噜的葡萄一定很甜吧？那正房、厢房里的布置是什么样的呢？还有多少我没见过的新鲜东西呀？

可惜了的大城墙

从我们住的小院出来，是一个窄胡同，出了这个胡同抬眼往北一望，就是高大的北城墙。小时候，觉得这城墙好高啊！跟小伙伴们在城坡上爬半天才能爬到城墙顶。城墙顶上铺着齐整整的大砖块，从那城墙内沿到垛口非常宽阔，可并排走两辆马车。那时，没有多少闲人来登城观光，更没有那么多的垃圾污染，除了有几个孩子时而到这儿玩耍，平时还真是一个干净、清静之地。这城墙上那宽阔、笔直、干净的通道就成了我们这群孩子的乐园。我们追逐、打闹、翻跟斗，摘城墙边上酸枣棵上的酸枣，扒着城垛看那一望无际的庄稼、绿树掩映中的村庄、离城墙一箭之地的护城河，以及护城河上正对着城门楼的青石桥，还有那青石桥上来来往往的行人、车马……

我见到的城墙上最宽阔、最敞亮的地方就是城门楼子那里了，那高高的、四四方方的楼台下边是深深的城门洞，上边是两层雄伟的城门楼，四角飞檐高高翘起，花格子门窗镶嵌在大红柱子之间。石头台阶把好奇的我们引到一把锈锁封着的、没糊窗纸的花格子门窗前，一个个小脑袋整齐地趴在窗格子上往里看，个子小点的孩子够不着窗格子，急得直叫唤："里边有什么呀？有什么呀？"

里边有什么呢？空空荡荡的，什么也没有，只有一段尘土四扬的破楼梯，还有不知什么时候哪个调皮孩子从窗洞里扔进去的几块碎砖头。咳！我们大失所望，但很快就高兴地围着这城门楼捉起了迷藏。

千百年来，这城门楼上曾经多少次战旗猎猎、剑拔弩张，守城的将士个个怒目圆睁、热血沸腾、视死如归，要用自己的生命保卫家乡。曾经有多少英勇不屈的男儿血洒这城墙内外，这厚厚的城墙又见证了多少血雨腥风、惨烈悲壮……如今，那战旗、烽火、刀枪，早已湮灭在历史的尘埃里，留下的只是这高高的城墙、雄伟的门楼，在蓝天的衬托下，在烈日的蒸腾中，默默地矗立着，它想说些什么呢?

“冰糕！冰糕！吃了不发烧。”

“冰棍儿！冰棍儿！吃了着得劲儿（保定方言)!”

“卖西瓜来，脆又甜哪!”

城下传来一阵阵诱人的喊叫声。我们跟着这叫卖声一窝蜂地跑出城门楼子，跑向那深深的、黑洞洞的、凉飕飕的城门洞。城门洞的下半截是大石条砌成的，地上铺着大青条石，已被千百年来的人来车往磨得光光的，而且有两条深深的车辙沟。来城门洞里乘凉的人们挤满了门洞两边，或坐或立，拉着家常。

卖冰棍儿、冰糕的小贩们看到呼啦啦跑过来一群孩子，叫喊得更起劲了：“冰棍儿！冰棍儿！吃了着得劲儿！二分钱一根儿——”像唱歌一样，把那“根儿”拖得长长的，引得大人们都笑起来。

“冰糕！冰糕！吃了不发烧！三分钱一帽盔儿——”卖冰糕的好像在和卖冰棍儿的比赛谁的嗓门大，直着脖子高声吆喝。

“三分钱一帽盔儿？三分钱就给一帽盔儿冰糕呀?”我正在纳闷，只见黑蛋儿掏出五分钱，先买了一根冰棍儿给他弟弟二蛋，又去买那冰糕。

只见那卖冰糕的从一只木箱下边摸出一个不知用什么米粉做成的，一头尖尖的，一头圆圆的，像个小丑帽子一样的东西，麻利地翻过来，打开用棉被包得严严的木箱，用一个小铲三下两下，就用铲出的黄莹莹的冰糕把那小丑的尖尖帽填满，递给了黑蛋儿。哦！原来是这么一帽盔儿啊？那小丑帽还不及大人的一个大手指头粗呢!

我们大家看着，咽着口水看着黑蛋儿哥儿俩香甜地吃着，真想尝尝那冰糕、冰棍的滋味，可是谁都没钱，只能干看着。家家都是穷人，能吃饱饭就不错了，哪有闲钱给孩子买零食吃?!谁能和黑蛋儿家比，他爷爷有买卖，他父亲还是保定少有的几个小汽车司机之一呢！我家不算穷，可是父母从来不给我们零花钱，就这冰棍儿还是上初中时舅舅给买回来才吃上的。

“我还知道一个好玩的地方。”黑蛋儿一边吸溜吸溜地吃着手里的冰糕，一边说。

“什么地方？”我问。

“城墙窟窿！走，我领你们去看看。”

在黑蛋儿的带领下，一群孩子又撒腿跑向城墙根。只见沿着城墙根堆着很多黄土，那黄土被人们平成一个个的高台，爬上高台，就看见城墙根处有一个一个的大洞，那洞与洞之间大概有一两丈的距离。黑蛋儿领我们钻进一个洞里，里边很宽，能坐下十几个人，而且洞的两边还有洞，有的洞还通着别的洞口，这是做什么用的呢？现在想起来，很可能是在抗日战争或解放战争时守军为了打仗而挖的，用于驻守、防空的洞。但是，这种防御方法把城墙破坏得不成样子，远远望去，那高高的黑灰色的城墙竟好像一个巨人躺在那里呻吟，因为他的下身已经被咬得千疮百孔，流出了黄浑的脓血……

后来，大人们就不叫我们到城墙那儿玩了，因为一个孩子为摘城墙边上的酸枣掉下来，正巧砸在一只躺在城下晒太阳的大黑狗身上，狗替那个孩子死了，那个孩子受了重伤。担惊受怕的大人们从此绝了我们上城墙玩儿的望。哎！我和小伙伴们只有“望城兴叹”了。

再后来，听说要拆掉这影响交通、影响城乡交流、影响社会主义建设的城墙。傍晚，跟姥爷乘凉，转到城楼下，只见高高的城门楼上挂着一弯新月，顶着个把眨着眼的星星，一群群黑乌鸦在城门楼上空久久地盘旋着、鸣叫着。一位坐在城门楼下乘凉的老者，捋着长长的白胡子，抬头望着这高高的城门楼子，沉重、深情地说：“咳！多可惜了的，拆了它……”

再后来，解放军押着成群结队的河北监狱的犯人们来了，热火朝天的拆城工程开始了。城墙一天天矮下去、矮下去……那留到最后拆除的城门楼也渐渐地不见了踪影。

那些为了捍卫家乡热土曾经挺身迎接刀枪剑戟甚至子弹火炮的大块城砖运到哪里去了？不知道！那些老辈人肩挑手提来的如山如丘的黄土运到哪里去了？不知道！只看到城墙拆完，出现了一条笔直宽阔的大道——如今车水马龙的东风路。

倔强的大弟

那天，我从街上回来，发现家里来了客人。是谁呢？原来是大弟的奶母来送五岁的大弟。

听姥姥说，当他们一进门，母亲就高兴地迎了上去，伸手接过惊恐的大弟抱在怀里。但是，令人惊讶的一幕发生了，只见大弟猛的一把向母亲脸上抓去，母亲脸上立刻出现了几条血印。然后，大弟就在母亲怀里拧着绳儿的号啕大哭。母亲抱不住他，只好赶紧把他放到床上。大弟在床上打着滚儿的哭闹，非要“回家”！谁劝、哄、吓都不行。

好脾气的父亲，一手拄着拐杖，一手抱着大弟在屋里来回走，边走边哄。哭累了的大弟趴在父亲肩上，闭着眼哼哼着，鼻涕眼泪流了父亲一肩头。

这就是我第一次见到的大弟。

其实，大弟是我们家长得最英俊的小男孩儿了。四四方方的国字脸，一双大眼，长长的睫毛，端正挺直的鼻子，略带棱角的嘴……长大后，人们都说他像电影明星达式常呢！

这样一个人见人爱的小男孩儿，为什么脾气这样倔强呢？

这实在怨不得他！因为生他时正是解放战争紧张时，父母为了迎接新中国的成立，哪有时间带孩子？所以，生下他刚满月就抱给了老乡，一去就是五年。五年中，虽然短时间和父母团聚过，但都是奶母抱着来住几天就回去了，从没和父母生活在一起，哪有什么感情？况且，大弟的奶母此时已经成了带着几个孩子的农村寡妇，每月的奶母费对她来说是何等的重要！所以，奶母视大弟为掌上明珠就不足为奇了。大弟也就自然认为对他百般疼爱的奶母就是自己的妈妈。那奶母对这个从小就吃她的奶长大的小男孩儿也就有了真感情，总舍不得送回我家。为了拖住这棵摇钱树，奶母一家总是用“大辫妈”来吓唬大弟：“你不听话，你那大辫妈就来抱你走了！”“你不睡觉，你那大辫妈就来打你了！”“快吃饭，看你那大辫妈来了……”母亲那时年轻，梳着当时流行的两条大辫子，所以奶母称呼她为“大辫妈”。结果，在大弟耳中这“大辫妈”三个字等同于“大老虎”“大灰狼”，他怎么能让“大老虎”“大灰狼”抱在怀里？他又怎能和“大老虎”“大灰狼”一起生活?!

所以，大弟就先给了这“大老虎”一爪子！

所以，大弟就拼命哭着闹着要“回家”！

那白白净净、梳着齐肩短发、满脸慈祥又聪明的奶母，坐在炕沿上一言不发。她也真心地心疼大弟，因为那毕竟是自己一把屎、一把尿拉扯大的视为己出的孩子啊！她多想从父母嘴里听到：“看来这孩子实在不愿待在这里，你还是先把他带走吧！”

可是，父亲没这样说，母亲也没这样说。他们只是后悔，后悔孩子接回来得晚了！不认他们了！面对自己亲生的第一个漂亮的儿子，抱不能抱，亲又不能亲，心里是多么痛苦！当二十年后，我有了自己的儿子，因为部队工作忙，想把儿子奶出去时，父母同时坚决反对，说：“再苦再累也不能奶出去，否则跟你不亲！”可见大弟的拒绝回归给了他们多么大的刺激和伤害！

父母宽厚地让那奶母在家里住了两个多月，共同做大弟的工作，让大弟熟悉家里的环境、习惯。让我和二弟处处让着他，哄他玩儿，给他买新衣服、新鞋袜。父亲甚至在院子里领着我们姐弟仨捏泥人、玩游戏……想尽办法让大弟融入我们这个家庭。

那聪明的奶母看带回大弟无望，也就配合父母渐渐地疏远大弟。她也不愿让她的宝贝干儿太痛苦啊！前天，奶母到邻居家去“串门”；昨天，奶母被老舅领着去“逛街”；今天，母亲又带着奶母“逛公园”……慢慢地让奶母能够脱离大弟的视线长些、更长些……终于有一天，奶母“上街买东西”再也没回来，带上父母多给的几个月的工资和衣物回了老家。大弟见不到他的干妈也哭过几次，慢慢地也就接受了现实。然而，总是不那么自如、自由、自在，他不合群，不爱说话，给就吃，不给也不要；给就穿，不争不抢；不说喜欢什么，也不说不喜欢什么……当他看到唯一吃母亲的奶长大的二弟在母亲怀里撒娇的时候，他那小心眼儿里该是什么滋味？当我时不时地撩开姥姥的衣襟想吃口空奶时，他那小心眼儿里又该是什么滋味？我对父母也认生，甚至不敢和他们说话，但我有姥姥、姥爷护着。大弟，刚刚五岁的大弟，有谁是他精神上、感情上的支柱呢？很可能和弃儿的感觉差不多吧?!

父母把他和三岁的二弟送进了幼儿园。每当周日晚上送他们进园时，就是大弟的“解放日”，只见他兴高采烈地早早跑到大门口，盼着人们早点把他送到那无忧无虑、自由自在的幼儿园，一刻也不想在家多待。而那一日，也正是二弟“下地狱”的日子，只见他双手紧紧地扒着门框，死活不去那见不到妈妈的幼儿园，只有千哄万哄答应一定早点去接他，才极不情愿地走出家门……

每当周六下午接他们回家的时候，憋了一个星期的二弟早早地就跑到幼儿园的大门口，眼巴巴地盼着有人来接，一见到家人，立刻欢呼雀跃地扑上去，吵着要回家，要找妈妈。大弟呢？大弟却没了踪影，只得发动保育员、老师甚至老园长，一个个房间地找，有时从床底下掏出来，有时从桌子底下抱出来，还哭闹着不肯回家，只有答应明天早点送他来幼儿园，才极不情愿地跟着大人回去……父母、姥姥、姥爷对大弟格外小心，格外照顾，生怕他觉得委屈，生怕触动他那根敏感的神经，希望他能早一天融入这个他本不应该离开的家庭。

但是，可怕的事情还是发生了。那天，大弟不知淘了什么气，一向对他和蔼有加的父亲板着脸批评了他几句。结果，一会儿工夫，大弟就不见了。只见床上胡乱扔着他的上衣、裤子、鞋、袜子，甚至还有一把剪子和一条花布带子！

时至深秋了，很多人都开始穿夹裤夹袄（当时人们没有秋衣秋裤，只能穿双层的衣裤，叫夹裤夹袄），这孩子把衣服都脱了，跑出去还不冻坏吗？全家出动在附近寻找，没有；左邻右舍帮助寻找，还是没有；请机关的年轻人骑着自行车去找，还没找到！急得父母团团转，不得已，报了警，请人民警察帮忙，才在离我们家很远的一条街上找到了冻得浑身发抖的大弟。

父亲一把接过大弟，好像经过千辛万苦才捡回来的无价之宝，把他裹在衣襟里紧紧抱着，生怕一不小心再给弄丢了！

当父亲把睡着了的大弟放到床上要盖被子时，才惊讶地发现大弟身上并不是一丝不挂，而是脖子上吊着一个小红兜肚。这个红兜肚没有后边的腰带，因此只能靠脖子上的细绳吊在胸前。那腰带哪儿去了？就在炕上！就在剪子一旁！原来，姥姥见大弟的奶母给大弟做的红兜肚后腰带断了，就随手找了块花布缝了条带子钉上，放在了床头的针线笸箩里。大弟认得这是他奶母给他做的红兜肚，因此就要穿上它逃出这个他认为不是他家的家，去找他的奶母！但一眼看到那兜肚上的腰带不是原来的，就找了一把剪子，用从没用过剪子的小手，生生地把那根“你们家的”后腰带连剪带扯地弄下来，扔到炕上，脖子上吊上那个红兜肚，毅然决然地、自豪自信地冲出大门，扬长而去……

哎！倔强的大弟！勇敢的大弟！可怜的大弟！

现在想起这些，真是心酸！心痛！当时五岁大的小人儿，心灵是受到了多么大的伤害呀！记得哪位哲人说过，一个人童年的阴影会伴随并影响着他的一生。长大后的大弟聪明能干，在部队吃苦耐劳，早早入党。因为成绩突出，被选为军代表，提了干，并且被保送上了工农兵大学，先后取得了哲学和法律两个大学文凭，最后成长为政法界的一名优秀领导干部。

人啊，当你哭的时候没人哄，你就学会了坚强；当你彷徨时，没人依靠，你就学会了自立。大弟的吃苦耐劳精神，大弟的自立自强精神，大弟的刻苦钻研精神，是否和他童年的经历有关呢？童年的伤害是否与立志有关呢?！……

我见过大弟初中时代的一个小笔记本，上面写满了大大的“冰、雪、风、霜”四个字。成人后，他给自己唯一的爱女起的名字是“冰”！

父亲领我们捏泥人

别人家是严父慈母，在我们家，孩子们的眼里却是严母慈父。为什么这么说呢?

从小看到的母亲的脸色都是严肃的，没有笑容的。她说的话都是命令式的、不容置疑的。她让你怎么办，你就得怎么办，不许有半点差错。其实，谁也不敢有差错，不听话，大巴掌就扇过来了。她曾经用鸡毛掸子狠抽点燃拾荒老人背上柴草的小弟；她曾经在半夜把睡梦中的小妹拎下床，逼她哭着洗完脚再上床。她可以在百忙的工作之余加班加点，甚至不睡觉给你做鞋做衣服，也可以生硬地拉过吓得发抖的孩子，强行试新鞋新衣，然后露出不多见的几丝笑容，说：“装裹去吧!”

母亲是那种爱憎分明、敢说敢做、拿得起放得下、“能杀人也能救人”的主儿。但是，母亲从没打过我，因为我胆小，我听话。我一见母亲那像刀子一样的凌厉眼神，就吓得半死，哪儿还敢调皮呢?!

相比之下，父亲就温和多了。他有时还爱怜地摸摸我们这群小家伙的头，这真是让我们受宠若惊。因为母亲从来没有这样温柔地对待过我们。所以，我们从小就爱围着父亲转，听他讲故事，听他说绕口令，看他打口哨，看他用手变戏法……记忆最深的是他领着我们捏泥人。

那是父亲刚从北京的医院躺了一年多回来，右腿打着石膏，拄着双拐在满福盈的家里休养的时候。

那天，我和大弟、二弟正围着父亲在东屋北头玩翻手游戏。父亲坐在炕头上，背靠着墙，乐呵呵地伸出一只大手，让我或弟弟们把一只小手放在他那大手上，他快速地翻过来，打那只小手。如果打到了，小手的主人就输了；如果没打到，小手的主人就赢了，就能伸出手来，让父亲的大手放在小手上，小手去打大手……

“打着了！你输了……”

“没打着！没打着！……”

“该我了！该我了！……”

我们嘻嘻哈哈、吵吵闹闹，逗得在外间屋做饭的姥姥也忍不住靠在里间屋的门框上，笑着看起来。

不知谁的耳朵那么尖，“妈回来了！”果然，门外响起了母亲那特有的风风火火、地动山摇的走路声。三个孩子立刻停止了吵闹，脸上没了笑容，惊慌地溜下炕，一个个像小老鼠一样飞快地窜出北屋，一头扎进南屋躲起来。二弟人小跑得慢，一出北屋门，一下子撞到母亲的怀里。因为二弟是唯一母亲奶大的孩子，所以母亲对他格外疼爱，但这也挡不住二弟怕她。

母亲拉着二弟说：“跑什么呢？在这屋玩儿吧！”

“不！”二弟最终挣脱了母亲的手，跑到了我们屋——这安全地带。

“我身上长着刀子吗？为什么我一回来就都跑了?!”母亲大声喊着。

“孩子们胆子小，你以后说话和气点……”姥姥批评着母亲。

“你身上是没长着刀子，可你是猫哇！这群小老鼠见了你这厉害的大猫，能不吓跑吗?”父亲一边拄着双拐从北屋里走出来，一边笑着说。

“嗨！都出来！都出来！咱们捏泥人去了！……”父亲一声叫，呼啦啦三个小家伙全都跑了出来，争先恐后地到门后拿脸盆、煤铲，端水的端水，收土的收土，到院子里的平地上忙活开了。父亲坐在一把椅子上，把双拐贴着窗子放好，指挥着我们像前几次一样和泥、摔泥，捏泥人、泥手枪、泥坦克、泥馒头、泥包子、泥烙饼……父亲坐在那里，满脸慈祥地望着我们，看我们的小泥手，看我们的小花脸儿，看我们抢泥人、抢包子……甚至看我们追着、笑着、叫着互相往脸上、身上抹泥巴……那眼神中有慈爱、喜欢、欣赏……更有自豪！那是我终生都不能忘的眼神！那也是终生给我力量的眼神！因为从父亲那眼神中，我读懂了我们在父亲心中的分量；我读懂了我们是父亲的骄傲和希望；我读懂了在这个世界上有人是那样地疼爱我们，盼望我们健康茁壮地成长！

这时，母亲走出屋门："哈！都成了泥猴儿啦……刚洗的衣服呢！真是的，快去洗手洗脸去！柳海，你就惯孩子吧，将来……"

"脏点儿怕什么！只要孩子们高兴！……不用你管，一会儿我都给他们洗干净。"父亲说。

果然，捏完泥人，父亲拖着僵直的右腿，费力地坐在姥姥拿来的矮凳上，把三个小泥猴先后放在姥姥兑好的一大盆温水里，洗得干干净净。每当拎出一个洗干净的小家伙儿时，都不忘高高兴兴地在那小光屁股上拍上一巴掌。

孩子们的欢叫声、玩水声，感染了屋里的每一个人，连平时那不苟言笑的母亲也露出了少见的带着爱怜的笑容。那白发苍苍的姥姥、姥爷更是张着那缺牙的瘪嘴笑个不停……

可是，这温馨的天伦之乐没持续多久，因为父亲拖着病腿上班了，担任了保定专区某局的局长。为了不影响他那不论黑天白日的繁忙工作，我家搬到了小菊花胡同三十号，父亲机关的对过儿。

父亲求学记

晚上，只要父亲有时间，他都会和邻居们坐在院子里谈天说地。他那博古通今的谈论，他那纵横千里的比较，他那古今中外的笑话，他那雅俗皆宜的风趣……真让家人和全院的邻居都觉得他是学富五车的大学教授。可是，父亲竟是一天学也没上过的放羊娃呢！

要说父亲一天学没上过，那也着实冤枉了他。父亲上过学，只不过时间太短而已。短到什么程度呢？满打满算只不过一顿饭的工夫！因为那时山村没有钟表，从父亲走进教室到走出教室，可能也就一个钟头吧！

那是八十多年前，父亲六岁。同院的叔伯大爷和村里几家合着给孩子们请了一位先生，在西厢房开了一个私塾，每天有十几个孩子用布包着几本书来上课。每当旭日东升、百鸟齐鸣、大人下地、父亲跟老爷爷去放羊的时候，西屋就准时传来琅琅的读书声。那清脆的童音在晨风中欢快地飞荡，冲出屋顶，绕过院门，飞过树梢，飘向山洼漫坡上的小路，直送进越走越远的父亲耳中。

“好爷爷，你就让我去念书吧，我求求你了！”父亲再三再四地央求着。

“不行！咱家没那闲钱！你就跟我放羊吧！”老爷爷斩钉截铁地说。

家里穷得连饭都吃不饱，儿子、儿媳去世前治病借的一屁股债还没法还呢，哪有钱供小孙子念书？再说，这念书能当饭吃吗？就是会念了“赵钱孙李，周吴郑王”，那肚子就不饿了？……这就是老爷爷的道理。

但是，父亲还是禁不住那琅琅读书声的诱惑，禁不住先生讲历史故事时孩子们发出的笑声的引诱，一有时间就往西厢房跑，当然不能进去了，只能躲在窗外偷听或从门缝中偷看。时间长了，也记住了一些字、词、句，甚至和学童们一样，会背一些零散的段落、文章。

一天，先生叫一个学童背《弟子规》，那孩子背到“亲有疾，药先尝。昼夜侍，不离床……”时，怎么也想不起下边的句子，憋出了一头汗。其实，这时在门外偷听的父亲也急出了一身汗呢！因为那后边的词儿正像那急着窜出洞口的小兔子，在父亲嘴里乱撞呢！“兄道友，弟道恭，兄弟睦，孝在中……”终于，那小兔子不管三七二十一，一头冲出口外，像开弓的利箭，一直向前飞去——“或饮食，或坐走，长者先，幼者后……”

教室里鸦雀无声，先生愣了，学童们愣了，父亲的声音渐渐弱了下来，准备逃跑了……

“有儿，进来！”先生和蔼地叫着父亲的小名儿。因为先生在这院教书，所以对父亲很熟悉。父亲小心地蹭进门去，怯怯地看着先生，生怕他像打其他学童一样打自己的手心儿。

“来，有儿，在这儿坐吧！”先生指着旁边一个空位说，并且拿来一本《千字文》放在父亲面前。

父亲简直不敢相信自己的眼睛，这是真的吗？自己真能上学了？这可是朝思暮想、梦寐以求的事啊！可这是真的！自己已经坐在了教室里，手里确实拿着书，前面的先生在冲着自己笑，旁边的学童在冲着自己笑……他哪里知道，这先生看着父亲聪明好学，早想收他当学童呢！

“你叫什么名字？”先生问。

“我叫有儿啊。”父亲回答。

“这我知道，因为你家太穷，你爷爷给你起小名‘有儿’。我问你大名叫什么，咱们以后上课都叫大名……”

“我，我没有大名……”父亲喏喏地低下头说。

“没有大名？那我给你起个大名吧！叫什么好呢？你这孩子有志气，又聪明，将来一定能成大器……就叫海吧！柳海！怎么样？……嗯，就叫这个海字，海阔天空，任你……好了，好了！柳海，咱们继续上课。”

父亲激动地、新奇地、认真地和学童们一起跟着先生念起书来，那清脆悦耳的读书声像那清清的山风，吹拂着父亲那幼小的身子；像那清清的山泉，沁入父亲那幼小的心灵。那书上的每一个字、词、句，都像那晶莹剔透的水珠儿，转眼就渗进了那干渴的土地——父亲那求知若渴的心里……

可是，正当父亲如饥似渴地念着书的时候，只听一声高叫：“有儿，你出来！”门突然被推开，一位白发苍苍的老太太摸索着跨进了门槛。这是父亲那因儿子、儿媳先后病故哭瞎了眼的老奶奶。父亲一见老奶奶来找他，吓得不知所措，小同学们赶紧跑过去，把老奶奶围起来，叫父亲藏在了桌子底下。

先生走过去，刚要说话，院里又传来老爷爷愤怒地叫骂声：“有儿！你这个小王八羔子！不跟我去放羊，念的哪门子书！念书能顶饭吃吗？……你给我滚出来！再不出来我就打断你的腿！”

先生赶忙走出教室对老爷爷说：“柳二爷，你家有儿可是块好材料，念念书将来肯定有大出息呢！……我不要你家的学费还不行吗？这个孩子我白教还不行吗？”

“不行！”老爷爷瞪着眼，挥舞着拿鞭子的大手吼着，“我老了，我还指望着有儿养家糊口、传宗接代呢！他上学！他上学我们一家都喝西北风去！……有儿，小兔崽子，出来！”老爷爷愤愤地摇着他那满头白发吼着，那颤抖的白胡子都快噘上天了。

先生无奈地摇着头，看着哭哭啼啼被老奶奶强拉出来的父亲，嘴里一个劲儿地说：“可惜呀，可惜……”

从此，父亲再也没踏进过校门一步。但是，私塾先生给他起的大名“海”，却成了他的正式的大名用了一生，而且时时激励他勇敢地探索那无边无际的“海阔天空”。

一晃十几年过去，父亲参加了抗日工作，被组织上调集训。因为没文化，只能凭脑子记集训的内容，回来给群众传达时，难免丢三落四。这时，父亲就下定决心自学文化！于是，父亲不管什么时候、什么地点，只要看到不认识的字，就问，就学，就在地上、腿上，甚至睡觉前在肚皮上画着练习。什么墙上的标语、群众大会的会标、小孩子们的识字课本，甚至处决汉奸的布告……他都如饥似渴地学。看见一个生字，就好像发现了一个日本鬼子，非把它拿下不可！

那时，身边识字的人太少了，中国的老百姓，特别是深山区的老百姓几乎都是文盲。所以，当时家乡有"惜字纸"的习俗。那时，纸，非常金贵，家里没有纸是普遍现象，更何况"写了字的纸"呢？不更金贵、神圣吗?！所以，写了字的纸是千万不能丢掉的。父亲为抗日走乡串户，不论到谁家，只要见到字纸就走不动了，那字纸有的是地契，有的是账单，有的是结婚前算命先生批的八字……纸上的字不学会是不肯罢休的，问老的，问小的，问村里的私塾先生，问抗日小学的教员，问身边有文化的同志，问自己的领导……

功夫不负有心人。终于，父亲从大字不识几个的文盲，很快就学会了看文件，学会了写报告，学会了看小说，学会了看古文……而且，这自学精神跟随了他一生。因患骨结核病，他在北京医院躺了一年零八个月。他充分利用这无聊的时间，读了上级要求学的十几本马列主义的专著，读了《太阳照在桑干河上》《钢铁是怎样炼成的》《福尔摩斯探案集》等中外小说，手边的一本《新华字典》都快翻烂了。到出院时，他努力学习的事迹已经被登上了《河北日报》，号召广大没文化的工农干部向父亲学习，攻克文化关。同时，他也被《河北日报》聘为特约通讯员，经常在报刊上发表文章。

父亲的一生，是求学的一生，是钻研的一生，是奋斗的一生。有了文化，不就为他的领导能力增添了无形的翅膀吗？懂古文，能纵观历史，不知父亲从《二十四史》《史记》……中得到了多少启发和借鉴；博览外国书籍，能放眼世界，更不知父亲从那些马列著作、世界名著中吸取了多少营养，规划他领导过的县、市、专区的蓝图！

哦！海！大海！海阔天空！私塾先生的话像那神秘的箴言，规划了父亲的一生。如果父亲不总是重病缠身，如果父亲不赶上"文化大革命"，他就很可能会在那海阔天空中飞得更高、更远，为祖国、为人民做出更大的贡献！

刚烈的母亲

母亲今年八十四岁了，除了耳朵有点背，浑身哪儿都没毛病。说话还是那么干巴利落脆，做事还是我行我素、说一不二。这不，前几天为争着给她洗衣服，差点把我推个大骨碌。我说："哎呀，妈呀！您都八十多岁了，我给您洗洗衣服还不应该呀！瞧您，差点把我推倒……"母亲不好意思但很坚决地说："咳！用劲儿大了点！只要我能动，你们谁也别想给我洗衣裳！等我动不了了再说！"

这就是我的母亲。我从小到大，没见母亲发过愁，没从她嘴里听到过"这事办不了""这事怎么办"。在她的眼里，没有克服不了的困难，没有过不去的火焰山，而且一切都要按她的意见办！

听姥姥说，母亲天生就有主见，天生就有决断！

母亲六岁那年，姥姥怕她长大嫁不出去，开始给她裹脚。因为她拼命哭闹，只好在姥爷、舅舅们的帮助下，强行裹上，并且用青石板压上，防止她解开。但到了晚上，总不能压着石板睡觉吧？所以，母亲就痛痛快快地把那长长的裹脚布解开，扔到了没熄火的灶膛里烧了。等姥姥闻到了烧布的煳味，为时已晚，那裹脚布已经化成了灰烬。后来，姥姥就让温顺的大姨在晚上看着她，可大姨白天干一天活儿，怎能不犯困？因此，只要大姨一睡着，母亲的小脚丫就"解放"了。几次三番地折腾下来，姥姥也失去了耐心和信心，"随她去吧！"家里的活儿还忙不过来呢，谁有那么多闲工夫整治母亲的小脚丫？结果，母亲就留下了一双结结实实的为干活养家、为打败日本、为打败蒋介石、为解放全中国立下汗马功劳的"天足"。

母亲十岁那年，带着小她三岁的老舅到杏黄村逛庙会，遇到一个五大三粗的“二流子”。“二流子”见母亲是一个瘦弱的小女孩儿，又没大人跟着，以为好欺负，就对她紧追不舍，还不时地口吐污言秽语，妄想动手动脚，吓得老舅脸都白了。可母亲不动声色，拉着老舅赶紧往人多的地方跑。当那个“二流子”以为母亲胆小想逃，趁机伸出他的魔爪拽母亲时，只见母亲猛地转过身，怒目圆睁，呸的一声，吐了那“二流子”一脸吐沫。那“二流子”还没反应过来，只见母亲一边拳打脚踢，一边高呼：“抓‘二流子’啊！抓坏人啊！……叫你欺负我！打死你！打死你！”周围赶庙会的人呼啦一下子围了过来，那个“二流子”一看大事不好，在众人的捶打和咒骂声中抱头鼠窜。

母亲十二岁那年，正是抗日战争最艰苦的时期。有一天，日本鬼子押着从深山区抓来的大批老百姓从母亲住的房前胡同经过。姥爷带着老舅和村里人一起逃到了山上，大舅和二舅早已当了八路军到前线去了，家里只剩下重病在身的姥姥和守着她的母亲。

窄窄的胡同里大人哭、孩子叫，人们背着行李拖家带口地慢慢走着。有的人牵着自家的羊，有的人赶着自家的猪，还有的小脚老太太怀抱老母鸡，一瘸一拐地随着人流艰难地挪动。他们走得很慢、很慢……谁愿意离开自己的家乡，谁知道前面等着自己的是什么呢？前面、后面不时传来日本鬼子的粗暴吆喝声、用枪托打人声及孩子大人的惊叫、哭骂声……

母亲躲在插得紧紧的大门后边，从门缝里看着眼前的这一切，又恨、又怕、又着急！她恨日本鬼子的残暴，怕她和姥姥被日本鬼子发现也被圈走，眼瞅着乡亲们遭此灾难而不能帮他们逃脱，心里实在着急！“大哥、二哥，你们的部队在哪儿呢？为什么不来打这帮小日本，解救乡亲们呢?！……”

母亲正在着急，突然，一个满脸抹着锅灰的年轻姑娘一下子跌坐在了门口的台阶上，可能她连饿带怕实在走不动了。母亲不管三七二十一，开了半扇门，连拉带拽地把她拖进院子，立刻把门插上，“快上山！”母亲指着院后边的山坡对姑娘说。姑娘愣了一下，立刻明白了，感激地看了母亲一眼，撒腿向后山跑去。

“对！就这样！救一个是一个！”母亲在门缝中看着，估摸着压队的日本鬼子走远了且没有注意这里时，就探出头去，看看前后的日本鬼子都离得比较远，就一个一个地拉人进来，让他们上山。当鬼子走近时，她就把门插得死死的，谁叫也不开。就这样，母亲一连救了十几个乡亲。

日本鬼子押着成千上万的乡亲们终于过完了。母亲悄悄地溜出家门，看着空无一人但满地扔着破席烂棉套、小孩儿鞋、大人帽的胡同，心里说不出的难过。这些乡亲被日本鬼子押到哪里去了呢？该不是如大哥所说送到日本当劳工吧？突然，母亲看见离家不远的墙上靠着一杆枪！这枪怎么会在这儿靠着呢？是哪个日本鬼子去解手放在这儿忘了？还是……

“扛回去！送给大哥、二哥打日本！”母亲这样想着，可心突突跳起来，“日本鬼子找回来怎么办？发现了我和母亲怎么办？……不管他，先扛回来再说！”

母亲怀揣着一颗像小兔子一样狂跳的心，飞快地跑过去，抱着那杆大枪就逃回了家，插上大门，一下子靠在了门扇上，腿都软了。可这枪藏在什么地方呢？炕洞里？不行！姥姥本来就胆小，又生着大病，看见这枪还不得吓死？！藏在牛棚里？也不行，日本鬼子找回来准到牛棚去找。怎么办？怎么办？……突然，母亲眼睛一亮，“把它扔到井里！”说时迟那时快，母亲一个箭步跨上井台，咚的一声，那枪就沉入水里不见了踪影。藏好了枪，母亲立刻回到屋里，把姥姥刚吐出的一盆污物半撒在屋里的地上，自己也爬上炕，盖上棉被，直挺挺地躺在了姥姥旁边。姥姥迷迷糊糊地发着高烧，这些事她全然不知。

果然，不大一会儿，大门就被一个猴急的日本鬼子踹开了，推开屋门，一股臭气熏得他倒退了几步。只见他站在门口叫喊了几句，见炕上两人一动不动，以为死了，又到牛棚、猪圈转了一圈，就急急忙忙地跑出了院子。因为日本鬼子特别怕掉队，单枪匹马碰到中国人很可能就要见阎王！所以，他虽然丢了枪，却不敢久留。这样，姥姥和母亲躲过了一劫。

等村里的人们回来，帮姥爷从井里捞出那三八大盖交给抗日政府，母亲就成了远近闻名的抗日小英雄！可母亲在后悔，后悔什么呢？后悔没能再多救出几个老乡亲!

母亲十四岁那年，日本侵略者投降了，精兵简政了，大舅、二舅先后复员回到村里。因为大舅有点文化（贫穷的姥爷只供他一人念过两年私塾），就当了村里的治安员，而二舅凭着他在八路军战地剧社学会的戏曲，在村里组织了剧团，经常排练、演出，为村里的土改做宣传。

就这么两个上进的年轻人，共产党员，有一天，突然为争一个猪圈打起来了。两人从屋里打到屋外，从台阶上打到院子里。姥姥拉不开，邻居劝不开，气得姥爷抄起铁锹要拍他们。

“住手!”只听一声大喝，两个舅舅都不约而同地愣了一下，即使依然你揪着我的头发，我抓着你的耳朵。众人朝着声音发出的地方望去，只见十四岁的母亲站在高高的门台上，双手叉着腰，涨红着脸，怒目瞪着两个哥哥，那眼神像两把利刃，让他们不由自主地哆嗦了一下。

“你们怎么那么自私！那么丢人！还当过八路军呢！大哥，你是为了猪圈吗？不就是怪爹妈先给二哥娶了媳妇你有气吗?！二哥勤快又会唱戏，是二嫂看上二哥嫁过来的，谁不知道？爹妈倒想先给你娶亲，你在村里出了名的不会做庄稼活，哪个姑娘想嫁你？就是娶回来，你怎么养活人家?”

母亲一语道破了打架的根本原因，这样的话，姥姥、姥爷绝对是说不出来的，因为他们先给二小子娶了媳妇，总觉得欠着大小子的呢!

“还有你，二哥!”母亲又冲着二舅说：“你怎么那么自私！光想自己！刚分了家又想上了猪圈！我告诉你们，这猪圈你们谁也别想，我还给爹妈留着养猪呢！……大家谁也别拦着，让他们打！让他们打！……打呀！你们可打呀！看打出活人脑子，爹妈让谁养着……”

在母亲连损带骂的声讨中，大舅、二舅的手不知不觉地松开了，头低下去了，扭曲的脸涨红了，转身逃也似的各回各屋反省去了。

事后，姥姥感慨地和亲友们讲：“别看我这老丫头年纪小，她可是我家的大判官哪！要不是她，那天没准还真能打出活人脑子呢！……”

母亲十六岁那年，由区里的陈助理和梁姨做媒和父亲订了婚。一天，已经任县公安局副局长的父亲下乡路过桃花岭村，就顺便到姥姥家探望。

二十四岁的父亲，想着就要见着自己日思夜想的未婚妻了，心里是多么的高兴啊！他轻快地哼着山西梆子，一蹦三跳地在山路上走着，想着见面后先说什么，后说什么，想象着母亲见到他该是什么样，是害羞？是脸红？还是像没订婚以前那样干巴利落脆的竹筒倒豆子？……不知道。因为自从订婚后，母亲在父亲面前就像变了一个人，几次见面一句话都没有，甚至看都不看父亲一眼……恐怕是身边有别人不好意思吧！父亲想到这里不禁哑然失笑。抬头一看，快进村了，父亲连忙收起笑容，拍拍腿上的尘土，庄重地向姥姥家走去。

父亲一走进院子，就大声喊："爹！妈！在家吗？"一边喊着，一边穿过院子，迈上台阶，准备进堂屋。怎么没人言声呢？其实，母亲正在屋子里窗下着急。原来姥爷下地还没回来，姥姥又去街上推碾子，家里只有母亲自己，抱着刚满周岁的小侄女在窗台前玩。自父亲刚走进院子喊第一声起，母亲就从窗子中间的小玻璃片中看见他了。怎么办呢？家里又没别人，藏又没处藏，躲又没处躲，急死人了！急死人了！突然，啪的一声，母亲怀里的孩子哇哇地大哭起来。此时，正是父亲一脚迈进门里一脚还在门外的时候，探头往里一瞅，见母亲正红着脸，低着头，抱着孩子靠在炕沿上。

"哦，这是不让我进门哪！"父亲知趣地退回迈进门槛的那只脚，赶紧走出大门，到街上找到姥姥，帮姥姥背着没碾完的粮食，说说笑笑地重新走回家来。

这就是十六岁的母亲，这就是在"关键"时刻急中生智的母亲。在那个封建残余还没脱尽的时代，就是订了婚也不能随便说话呀，更何况没有别人在场呢？哪像如今的孩子们，认识没几天就拉手、亲热，甚至同居！

父亲从这件事上认识了母亲的厉害。其实，这才是母亲"初出茅庐"的小试牛刀而已，更厉害的还在后边呢！

母亲十七岁的那年春天，她要结婚了。那天天气格外的晴朗，温暖的阳光照耀着山川，河边的柳树已经抽出了新枝，嫩嫩的芽苞已经开始睁眼。山坡上的桃花含苞欲放，那性急的杏花早已繁花一片，远远望去，在那“草色遥看近却无”的山坡上，仿佛飘着一条浅粉色的纱巾，那么朦胧，那么缥缈，那么灵动，又那么轻漫……这是给母亲准备的结婚礼物吗?!

父亲亲自牵着小毛驴，到十里（五千米）外的抗日学校把母亲接上，到当时的区政府所在地板栗村登记，并且要在那里举行区里有史以来的新式婚礼。

父亲美滋滋地牵着小毛驴在前边走着，不时地回过头看看他的新娘：白白的鹅蛋脸儿透着粉红，低垂的丹凤眼似羞似嗔，挺直的小鼻子下，两片薄而红润的嘴唇似笑非笑地抿着，两条乌黑的大辫子垂在高高耸起的胸脯上，小碎花的大襟褂子紧紧地裹住她那苗条娇美的身子……好美呀！不是天仙胜似天仙啊！

父亲想着，美着，看山，山在笑；看水，水在笑。路上的树儿在向他们招手，路边的石头在向他们问候，就连那天上飞的鸟儿也在叽叽喳喳地向他们祝福呢!

由县公安局局长老贾主持的婚礼结束了，没有花轿，没有乐队，没有彩礼，也没有嫁妆，有的是群众大会，有的是各级领导的讲话，有的是群众代表的祝福，有的是向毛主席、朱总司令鞠躬……

家住板栗村的表姐把新郎新娘迎到家来，又请了主婚人、介绍人、区长等嘉宾，准备了酒菜，想好好庆贺一下。炕桌上摆着饭菜、烧酒，主婚人老贾职务最高，年纪最大，被大家推上炕坐在靠窗的正座，区长和陈助理坐他左右，梁姨和母亲斜着身子跨在炕沿上，父亲则站在地上举着酒杯敬酒……屋里屋外到处都是帮忙和看热闹的人。有几个小孩儿拥拥挤挤、探头探脑地扒着门框，争着看新媳妇。炕上、屋里、院里到处都洋溢着喜庆、欢笑和赞美……

母亲的头低垂着，微笑着，被几杯烧酒烧得脸儿红红的，不时端着酒杯抬起眼看看表姐，想让表姐给她解解围，少喝几杯。表姐笑着说：“喝吧，喝吧！今天是你的大喜日子，多喝几杯……”

突然，父亲一扭头好像看见了什么，忙跑到门口，从孩子堆里拉出一个四五岁的小丫头送到母亲面前，说：“秀秀，这就是我那个小丫头。”又低下头对不知所措的小丫头说：“英儿，这就是你的新妈，快叫妈……”

还没等父亲把话说完，只见母亲先是一愣，紧接着那脸由红变白，眼瞅着就黑了下来，猛地把那酒杯叭的一声扔在了桌上，腾的一下子跳下炕，柳眉倒竖，杏眼怒睁，指着父亲的鼻子大吼一声："柳海！你骗人！"接着，拨开拉她的表姐又大声说："你和媒人都说孩子已经判给了她妈，绝不叫我进门就当后妈，我才答应嫁给你，今天这叫怎么回事?！我一个黄花大姑娘做了你的填房就够委屈的了，现在你又领着孩子来认妈，你也太欺负人了！今天这婚我是坚决不结了，你爱找谁找谁去……"说着，她顺手把炕桌猛地一掀，抬脚冲出门去。父亲和满屋的宾客都被母亲的举动吓呆了，等反应过来，顾不得收拾满炕满身的饭菜，连忙追出门去……人，是追回来了；但是，不说话，不吃饭，不喝水……更不进洞房。表姐劝，媒人说，领导软硬兼施地批评、教育……说出大天来，她就是不进洞房。最终，父亲给她道了歉，说本来孩子已经判给了她妈，也跟她妈嫁到了外乡，谁想到她妈去年难产死了，这才接回来放到板栗村她姥姥家抚养，怕母亲不同意婚事，隐瞒了这个事。想着今天已经把婚事办了，就想趁热打铁……没想到……

最后的协议是孩子还由她姥姥抚养，父亲可以供她生活费。

孩子毕竟没有错，这么小就没了妈也很可怜。母亲也就隔三岔五地缝件衣服、做双鞋给她捎去。但是，绝不允许她进门。这是母亲的底线，这条底线坚持了六十多年，直到老父亲九十岁离世。

这件事着实让人们对母亲刮目相看。从此，确立了母亲在家中说一不二、事事做主的地位。

母亲二十岁那年，组织上为了提高干部的文化水平，抽调她和一些年轻干部到干部速成学校学习。当时，全国刚刚解放，物资还比较贫乏，学校的大食堂八人一桌，四盘小菜，必须你谦我让才够吃。那时的主食除了玉米面窝头就是小米饭，吃顿大小米合煮的二米饭就算改善伙食了。这样的主食，没有菜，怎能下咽？可是，就有那么不自觉的人，总是抢菜吃！大老张就是其中一个。别人都用筷子夹菜吃，可他不知从哪里弄来一把大叉子，只要菜一上桌，他那大叉子往盘子里一伸，半盘菜就到了他那大嘴里，而且哪个菜好吃，哪个菜香，他那大叉子就先伸进哪个盘子里。只见他旁若无人地半眯缝着眼，咯吱咯吱地大嚼着，母亲和其他六个人只有干瞪眼。在党小组会上，有人婉转地给他提过意见，但收效甚微，甚至有变本加厉之势！太气人了！

那天，桌上有一盘肉末炒粉条，肉末不少，油更多，刚进食堂就闻着那香味了。可是，还没等人们动筷子，那把大叉子就飞快地插了进去，只见大老张轻轻一挑，那盘子就见了底，那一大坨粉条已经到了他那张得大大的嘴里，嘴里实在放不下，只好让一半粉条像胡子一样挂在下巴上。大家看着他那不管不顾、大嘴马牙的吃相，气不打一处来，但碍于情面，只能怒目而视。突然，母亲站起身，端起桌上的四个盘子，一个一个地全都扣在了大老张碗里，一边扣，一边大声喊："叫你吃！叫你吃！"

大老张嘴里含着粉条，吃惊地瞪着大眼，含糊不清地说："你，你干什么？"

"干什么？干这个！你不是嫌你的叉子小吗？你不是怕自己吃了亏吗？今天我就让你吃个够！省得每顿饭连菜汤也不给大家留！"母亲一手叉腰，一手指着大老张的脸说。

全食堂的人都站起来往这边看，有人发笑，有人议论。桌上的其他人觉得太解气了，开始你一句、我一句地为母亲帮腔……第二天，大老张手里的叉子不见了，只见他手握筷子，客客气气地点着盘子里的菜对大家说："吃，吃！你们先吃……"

这就是我那疾恶如仇、天不怕、地不怕、敢说敢做的母亲。这样眼里揉不下沙子，这样火爆的脾气，连大人们都对她怵头三分，何况我们这些孩子呢?!

善良、胆小、慈祥的姥姥带大的我、在奶母家要星星不给月亮的大弟、三弟，回到家来，怎么不觉得是从天堂掉到了地狱呢?！就是从小跟她长大的二弟、四弟、小妹，不也是听见母亲的脚步声就吓得大气不敢出吗?!

也是这泼辣能干的母亲，除了做好自己的本职工作外，还为先后当了专员、市委书记的父亲迎送南来北往的客人，为家里接待县里、父亲村里、母亲村里，甚至姥姥娘家村里来保定看病、求学、找工作的父老乡亲们，还把上有姥姥姥爷、下有六个孩子的十口之家操持得井井有条。

也是这有智有谋的母亲，在“文化大革命”中，为阻拦“造反派”抓捕父亲，近四十岁的她和十七八岁的两个弟弟一样，抄起大棍子抡圆了和“造反派”拼命。在“反击右倾翻案风”的运动中，“造反派”把父亲抓到“五七”饭店，母亲硬是打听到了确切的楼层、房间，直闯到父亲身边，与他寸步不离并唇枪舌剑地和“造反派”辩论，说得他们哑口无言。最终，在父亲的秘书、警卫员的协助下，父亲成功地逃离了那随时都可能丢掉性命的“造反派”总部。

也是这貌似不近人情、实际舐犊情深的母亲，在父亲被打成走资派关进牛棚的几年里，为了让将要成人的几个弟弟在没有学上、没有工作的情况下，不学坏，不荒废，将来能挣口饭吃，除了严加管教外，想尽一切办法，把十八岁的大弟更名改姓送到同情父亲的部队，当了一名只穿军装不戴帽徽领章的“黑兵”，把十六岁的二弟送到工厂当了小学徒工，把十五岁的三弟送到工程队当了一名架子工……

更是这给了我生命，养育我成人，对我恩重如山的母亲，曾经三次挽救了我的生命。她曾经在生下我的第二天，抱着我从坍塌的房子中跳窗逃生；她曾经花掉一个多月的工资，为骨瘦如柴的我购买中药进行调理，让我恢复了应有的花样青春；她曾经在我五十七岁得了癌症时，送来养老的钱为我救命！

哦！我那山沟沟里出来的没有多少文化的母亲，我那爱憎分明、疾恶如仇、胆大心细、有智有谋、泼辣能干、说一不二、我行我素、坚如磐石、天不怕地不怕而又善良、能帮人、肯帮人的母亲哟！

如果你有文工，你很可能就是那独断专行而又泽被万民的武则天！

如果你有武略，你很可能就是那血战沙场、屡建奇功的佘太君！

祝我那刚烈的母亲健康长寿，永远年轻！

美丽的海棠树

小学都开学一个多月了，满福盈小学又要招收一个班的新生，刚刚六岁的我糊里糊涂地被送了去。

满福盈小学在小广场东边的一个小胡同里。大门是一个圆圆的月亮门，周围镶着一圈美丽的石雕。进门就下两三个台阶，因为院子比街道低。门厅左边是老师们的厨房，右边是传达室。高高大大的小脚陈大娘担负着传达、做饭和敲打上下课钟三项任务。出了门厅，是一个四四方方的小院，左手是和门厅连着的长廊，它通向左边的前后院。前院是典型的四合院，院里的房子都做了教室。院中间靠北的正房前种着两株高大的海棠树。后院没有树，因为这院子比较窄，用青砖墁铺着整个院落，靠南是一排低矮的教室。再往西走，就是一排老师们的宿舍了。

从门厅往右看，又是一个圆圆的月亮门，穿过此门，南边是院墙，北边是一个小小的荷花池，里面似乎有几片莲叶、几条小鱼，还有一座袖珍的小假山。荷花池的后边，是一间宽敞明亮的大房间，里面摆满了办公桌椅，那是老师们集体办公的地方。办公室的右边，是紧挨着的几间小房子，分别挂着校长室、主任室的牌子。东边，有一间独立的教室，因为它离其他教室比较远，就做了音乐教室。顺着音乐教室往北走，就看见了操场和操场东边新盖的三排红砖教室。

现在回想起来，那所房子，除了新盖的三排教室外，该不是哪个大商人、大资本家或旧社会哪个达官贵人的府邸吧？你看，那大门的石雕多么精美！你看，那前厅长廊多么气派！你再看那东院的荷花池是多么小巧精致啊！那西院带一圈长廊的四合院又是多么古香古色……那宽敞的办公室曾经做过会议室，还是会客室？曾经接待过多少保定府的贵人名流？那窄窄的西小院是否是仆从杂役们的住所？他们在那低矮潮湿的小屋里经受了多少剥削和折磨？

我就在这所学校，在这所不知哪朝哪代的社会精英留下的典型的中国式的院落里，度过了六年的小学生活。六十多年过去了，让我魂牵梦绕的不只是琅琅的读书声，不只是同学们下课后的欢笑声，也不只是老师或严厉或温和的教导声……更有它们——在古香古色的四合院中欣欣向荣的两棵大海棠树。

这两棵海棠树可不是一般的海棠树，它完全可以用散、高、繁、艳四个字形容。

先说散。我见过的其他海棠树都是一个主干，长到上面再分杈。而这两棵海棠是从根上就分了七八个杈，好像七八个姐妹争着钻出地底，伴着清风，沐着春雨，向着蓝天，朝着太阳茁壮成长，比赛似的看谁长得更高更壮！那七八个杈，呈放射状向上生长，无论从哪个角度看，都是一个优美的半开着的扇面，那根根碗口粗的树干就是那扇面的龙骨。个别小男孩儿不听老师的命令，曾经怀抱着这根树干，脚蹬那根树干，爬得很高去采花、摘果……

再说高。这两棵海棠都长得很高，窜出北房的房檐，冲过北房的房脊，直插蓝天。说她们亭亭玉立，真是委屈了她们。她们更像那飒爽英姿的红娘子，依房挺立，手握佩剑，傲视四周，向蓝天白云展示她们独一无二的让所有见到她们的人都竞折腰的风采！

还有那繁。每到开花的季节，用“繁花似锦”这四个字形容它们都嫌不够，那大枝小枝上密密麻麻的一嘟噜一嘟噜的花儿开得满满的，好像千千万万张小孩儿脸，争着挤着露出自己的眼睛，看看这五彩缤纷的世界。这时，恐怕那风儿也吹不进，那采蜜的蜂儿也得发愁呢！

最美的还是那个艳！在点点嫩绿的小叶的陪伴下，那花苞，深紫色的花苞，一点点地的长大，犹如藏在深闺的娇女，蒙着紫色的盖头，羞于见人，也不许人见。但是，终于按捺不住青春的躁动和对世界的好奇，那个大点的花苞率先裂开了一个小口，露出一点粉红的小脸儿，偷偷地向外张望。在它的带领下，小花苞们纷纷效仿，一个个争先恐后地开了口子，有性急的苞儿，竟一下子伸出了两个、三个粉粉的嫩嫩的花瓣……这时的海棠树是最好看、最秀美、最风姿绰约的，远远望去，好像两位刚刚出浴的少女，满含微笑，牵着手站在那里，那么清新、清纯、无邪、无尘、自傲、自信……叶儿是那么嫩绿，花儿是那么粉嫩，苞儿是那么紫红……不由地让人爱怜、痛惜、心疼，生怕那无情的风儿吹疼了它们的小脸儿，生怕那无义的雨儿打掉了它们的苞儿、瓣儿……啊！开了！开了！所有的苞儿都开了！真是一夜春风来，满树海棠花儿开！

那羞涩、清新、带露的小女孩儿，终于长成了华美、热烈、奔放的少妇，肆无忌惮地向世界展现她的美、她的娇、她的香、她的柔……蜂儿们来了，蝶儿们来了，孩子们来了，大人们来了……忙碌着、欣赏着、赞叹着这两棵给人们带来如此美景的海棠树！

哦！那青砖灰瓦的四合院，那繁花似锦的海棠树，还有那在海棠树下欢声笑语的孩子们……像一幅鲜活的画面，永远刻印在了我的脑海里。

第一次正式表演

大概是上小学三年级的时候，学校要开联欢会，每个班出一个节目。

那天，老师到班里挑选演员。全班同学都坐在课桌前，每个人都倒背着手，身子挺得直直的，都想让老师选上自己。

我和大家一样，也倒背着手直直地坐在那里，但我的心在突突地跳着，多么想让老师选上我呀！这可是我有生以来第一次碰到的正式演出的机会呀！我目不转睛地盯着老师的眼，真希望她能首先看到我，叫我的名字。只见老师那炯炯有神的大眼在全班人的脸上认真地、仔细地扫来扫去，看到我了，滑过去了，又看到我了，又滑过去了……

“李秀梅、张扬、王淑芬……”老师一边看着我们，一边叫着她选中的同学的名字。被选中的同学兴奋而又自豪地走向讲台站成一排……

“为什么不选我呢？”我心里不安地想着、盼着，坐得更直了，两眼更加紧随老师的眼睛……啊！看到我了，看到我了！只见老师那美丽的大眼盯在我的脸上不动了，是想叫我吗？我的心跳得更快了，快要跳出胸膛了！只见老师张了张嘴，却没出声，脸又扭到了一边。

“李玉森！好了，今天先选这几位同学，以后……”老师叫了最后一位同学的名字，她后边说的什么，我一句也没听清，因为我只顾流眼泪、擦眼泪了。

刘老师，我敬爱的刘老师，你为什么就不选我呢？是因为我个子小？长得不俊？平时胆小？特别爱哭？……可是，你知道我是多么喜欢唱歌跳舞呀！四五岁时，我就是我们县委大院的小明星呢！在姥爷胡琴的伴奏下，我的舞姿曾经赢得多少掌声啊！可如今……

放学回到家里，我趴在姥姥怀里大哭一场，吓得姥姥以为出了什么大事，问了半天，我才委屈地说："班里演节目没选上我！"

姥姥一听这话，不由地笑起来，说："我以为什么事呢，老师不选你，是因为她不知道我的小外孙女是个小明星啊！选不上就选不上吧，等姥爷回来，我让他给你拉胡琴，像你菊姐姐一样，在小广场上来个专场演出，好不好？"

姥姥的话，让我心里得到了一些安慰。可是，小心眼儿里总觉得不是滋味，总是不甘心！于是，每天下午放学后，我不像往常一样到操场玩或急着回家，而是和几个同样喜欢唱歌跳舞而没被选上的小伙伴一起，挤在音乐教室的门外，眼巴巴地看着刘老师弹着风琴，带着选上的同学们排练。

她们练多长时间，我就看多长时间；她们练几天，我就跟着看几天。那眼神，满含着羡慕、希望、渴望，满含着无奈、无助……甚至乞求！我多么希望能和她们站在一起引颈高歌呀！可是，我只能站在门口……

其实，我们班准备的节目只不过是一个小合唱。刘老师一句一句地教着，那几个同学认真地学着，我心里也在认真地学着；老师两句两句地教，那几个同学大声地跟着唱，我心里也在大声跟着唱；老师一段一段地领唱，我也小声跟着哼……刘老师微笑着、摇头晃脑地边弹琴边唱，我和那几个同学一起也美美地、欢快地唱起来："唱起来哟，跳起来，跳起来呀，扭起来，我们尽情地唱呀唱起来……"

那稚嫩的童声响亮地、悠扬地飞出教室，飞向空中，带给凡是听到这歌声的人一种欢快、积极、向上的情绪……

突然，琴声停了。怎么回事？那几个唱歌的同学也陆续停了下来，不约而同地看着站起来的刘老师，又不约而同地跟着刘老师的目光转向了正在忘情高歌的我……身旁的亚平赶紧捅捅我。我一愣，立刻止了声，红着脸转身就要逃。

"柳叶新！站住！回来！"刘老师大声叫道。

坏了，肯定是刘老师怪我跟着乱唱了，肯定要批评我了！我不得已站在原地，不好意思地转过身来，抬起头想和刘老师说："我不是故意的，是我忘了……"

可是，你猜我看到了什么？我竟看见刘老师正微笑着向我招手："柳叶新，过来，过来！站到队里来唱！来！快过来！……没想到你唱得还真好！"

这是真的吗？我迟疑着走过去，站在老师指定的位置，老师笑着看着我，合唱队的同学们笑着看着我，门口的小伙伴们更是羡慕地看着我……风琴又响了，我高声地、欢快地、自信地、美美地唱着、唱着……

后来，老师又要从合唱队里挑选两个人伴舞。这回我当仁不让，自告奋勇。正式演出那天，我们化好妆，在四周教室的廊下坐满全校师生的天井中心，在那两棵开满繁花的海棠树下，梳着两条大辫子的年轻美丽的刘老师充满激情地弹着风琴，站得整整齐齐的合唱队欢畅地高歌着，我和一个小男孩在队前边唱边舞，像两只雏燕，随着欢快的曲调，按着老师编排的动作，上下翻飞，左旋右转，把八九岁儿童的天真、活泼、幸福、感恩……的心情表现得淋漓尽致，博得全校师生的热烈掌声。

六十年后的一天傍晚，夕阳西下，红霞满天，在暮色苍茫中，天真、美丽、苗条的小孙女跟着我的歌声在家乡的田间小路上无师自通地翩翩起舞：

"跳起来哟，唱起来，

"唱起来哟，扭起来，

"我们尽情地唱呀唱起来，

"……"

唉！这不又是一个六十年前的我吗?!

唐大娘和唐大大

父亲被任命为保定专区某局的局长，我们家跟着腿脚不方便的父亲搬到机关的对过儿——小菊花胡同三十号。这就是我到保定后的第二个家。

那时，领导干部不像现在一样，人人都配专车，而是和大家一样，步行或骑自行车上班。而且，那时自行车很少，更何况汽车了，全保定也没几辆啊！如果要到上级或下级开会，怎么办呢？那就只好雇洋车了。

我的这个新家——小菊花胡同三十号，门口有一个碎砖头垒的高台阶。上了台阶，进一个没有门扇的大门，里边是一个二三十平方米的空院。空院的左边是一个小门，里边是一个院，也就是东院；右边是一个窄门，里边又是一个院，也就是西院。我家就住在这个西院里。

我家住的这个院很窄，靠西是三间平房，房前窄窄的院子里长着一棵碗口粗的枣树。因为院子比较窄，树只好向上发展，浓密的枝叶伸展在天空，把两边的房顶遮得严严的。

我家就安在这三间房的南头。后来，北屋的那家租房人搬到北京去了，我们就租了整个三间屋子。中间的堂屋做饭，两边住人。那时，四弟已经出生了，因为母亲没奶，请了一位奶妈在家。炕上依然铺着麦秸秆芯大炕褥子，被褥每天照样卷向墙根；不同的是，姥姥、姥爷睡觉的地方多了两条黑毡。因为姥姥、姥爷在山里老家睡惯了火炕，到城里乍一睡冰凉的木板床，腰酸腿疼，父母就托人从山里买了两块黑羊毛毡给他们铺上了。

我家房子的南头和邻院的北房头之间，是一条窄窄的小过道。就在这个小过道上，搭了一个窄溜的、留着豆腐干样大小后窗的房子，唐大大、唐大娘和书媛一家就住在这里。走进那窄窄的房子，立刻令人眼前一亮。虽然屋里光线较暗，但那干干净净的地面、床面是我们家不能比的。地上无杂物，床上平展展，被子被叠得整整齐齐地靠在北墙上，墙上贴着《白蛇传》《霸王别姬》《穆桂英挂帅》《花木兰》等四扇屏的画儿，靠北墙有一个不大的桌子，被擦得一尘不染。桌旁用碎砖垒了一个光溜溜的三尺多的台子，上边放着一个棕色的皮箱，透露出唐大大曾经是个不一般的人物。

唐大大是典型的北方汉子，高大英俊，黑里泛红的脸膛，严肃而深沉。他识文断字，据说还是个中学生。在那个遍地文盲的解放初期，中学生是多么金贵！可是，唐大大没有工作，靠拉排子车挣钱养家。为什么呢？原来他是解放战争中的国民党军队的俘虏。

据他自己说，在抗日战争中的一天，一辆军车开到他们学校的操场上，一个军官讲了一通“抗日救国”的大道理后，每人发了一套军装就算参了军，每人又填了一张表就算入了国民党。这集体参军、集体入国民党的事儿实属无奈。

可这话谁信呢？反正他是找不到工作，尽管他有文化，尽管他字写得很棒！

唐大娘是上海人，一急了就骂她女儿书媛“杀千刀”。她是典型的南方那种矮而瘦的精干身材，白白的皮肤，齐肩短发，永远穿着一件天蓝色的大襟上衣，清瘦的脸上永远拧着那眉心有三道竖沟的眉头，不大的细眼和薄薄的嘴唇透出几分善良和精明。她有一个当过国民党的丈夫，让她抬不起头来；但她还有一个和前夫生的儿子是中国人民解放军的军官，又让她有几分自豪和光荣。

唐大大和唐大娘，一南一北、一黑一白、一高一矮，一个曾经是历史前进的阻挡者，一个是历史开拓者的母亲，他们是怎样相识相知走到一起的呢？谁也说不清楚，就像唐大娘的身份一样，让人琢磨不透，不知如何对待。

但是，我家和唐大娘一家关系很好。虽然父母通过内部掌握的情况，知道唐大大是国民党军队的连长，一个在解放战争中刚刚任命，还没来得及下任命书就被解放军打伤俘虏了的连长。但是，因为在一个小院里住着，不但没有歧视他们，平时的来往反而很多。你请我品品上海菜，我请你尝尝山里的油糕；我给你女儿一件小衣服，你给我的小孩儿织件毛衣……这种关系一直延续了十几年，直到“文化大革命”。

说起唐大娘织毛衣，那可是一绝。她平时和邻居聊天织，一手抱着孩子也织，甚至炒菜、煮粥还在织！怎么织呢？把毛衣针、没织完的毛衣挟在胳肢窝里，毛线团装在上衣口袋里，铲子、勺子在锅里搅搅，手上织几针，再搅搅，又织几针，只要能腾出双手，就赶紧织上几针。她织毛衣根本不用看，哪儿该加针，哪儿该减针，合着眼就知道。一件毛衣要不了一两天准能织好，而且配线、花色包顾客满意。她这是挣钱养家糊口哇！

有一天，唐大娘喜滋滋地告诉姥姥，她那当解放军军官的儿子开会路过保定，要来看她！因为她那小屋实在太小，转不开身，想借我家堂屋待客。那有什么问题?！我们全家动员，和唐大大、唐大娘一起把堂屋收拾干净，摆上桌凳，沏上茶水，等候贵客来到。

那天的天气格外晴朗，金灿灿的太阳照得屋里屋外亮堂堂的。那棵大枣树在微风的吹拂下，叶子哗哗地响着，好像在鸣奏迎宾曲；两只喜鹊在树上叽叽喳喳地欢叫，好像在给唐大大、唐大娘报喜。

我和书媛手拉着手儿站在院门口翘首远望，盼着胡同口早点出现那位让我们崇敬已久、想象已久且肯定无比高大魁梧、英俊挺拔的年轻军官的身影！书媛和我一样，从小到大还没见过她的这位同母异父的哥哥呢！她哥哥上中学时失了踪，前两年才通过亲戚联系上，谁知道哥哥竟是到了延安呢?！

来了，来了！只见胡同口出现了一位军人的身影，手提一个黑提包，边走边认真地看那胡同两边院落的门牌号数……“来了！来了！大哥来了！……”我和书媛撒腿跑进院子，兴奋地大呼小叫着。大人们听到喊声，都争先恐后地从屋里冲出来奔向院门……只有唐大大不紧不慢地在后边跟着，脸色依然那么严肃而深沉。

……

“这是你唐叔叔。”唐大娘有点不好意思地指着唐大大对那年轻、白皙、清瘦、个子不太高的军官说。

“你好！唐叔叔。”年轻军官友好地伸出双手，唐大大也少有地翘起嘴角，似笑非笑，有点尴尬地伸出了右手……突然，在两人一对眼的刹那，他们的手都僵住了。“是你?!”两人几乎同时喊出了这两个字！“啊呀！是你！真是你呀！哈哈哈……”两人的手同时握到了一起，紧紧地，紧紧地……

全屋的人都被他俩的举动弄呆了，这到底是怎么回事呢?

原来唐大大在战场上受了伤，被担架队抬到一个大场上，那里摆满了伤兵。哭声、喊声、叫声、拉风箱烧水声、护士医生的跑动声……响成一片。村妇联组织的救护队在医生、护士的指挥下忙乱地给伤员们上药、止血……水，是绝对没人喂的，因为根本顾不过来。而失血过多的伤员渴得嗓子都冒了烟，怎么办呢?有办法！几个伤员转着圈放在地上，中间放一个瓦盆，盆中倒入温开水，每个伤员嘴里含上一根打通的芦苇秆，另一头放在瓦盆里，这样既节省了人力，又让伤员及时喝上那救命的水。

然而，那芦苇秆也不是能做到每人一根啊！只能轮流喝。那先给谁喝呢？当然是先给解放军战士了！唐大大，没死在战场上的国民党伤兵，担架队能活着把他抬回来就不错了，还想早点喝上水?!没门！老百姓都恨死了蒋匪军，在抬伤员的路上，没像其他担架队员那样把这个国民党伤兵偷偷地扔进沟里就不错了！

“大娘！大婶儿！你们行行好，给我一口水吧……”唐大大苦苦哀求着。

“大姐，大妹子！求求你们了，给我一口水吧……”唐大大有气无力地哀求着。

没人理他，最多给他一句“等会儿”!

看着眼前的瓦盆，看着瓦盆中清凌凌的温水，唐大大觉得百爪挠心，心火上窜，口更焦、舌更燥，恨不得一下子端过来喝它个痛快！可是他够不着，他不能动啊!

这时，衰弱的几乎喊不出声的唐大大看见眼前出现了一双打着腿带的腿，他赶紧又用尽全身力气呼喊：“水！水！……”只见那打着腿带的腿停了下来，蹲下，用手摸了摸严大大的额头，忙把一根刚刚闲下来的芦苇秆插到唐大大的嘴里，唐大大得救了！唐大大喝着那琼浆玉液一般的水，睁大眼睛，万分感激地望着那张年轻、白皙、清瘦的脸……

没想到在野战医院里，唐大大又看见了那张年轻、白皙、清瘦的脸——化名邱仁的医院助理！因为救人和被救，因为善良和感恩，因为都有文化……他们成了熟人，成了朋友，成了……直至唐大大伤好而终于因为国民党军队连长的身份，虽然是没接到任命书的连长身份，不能参加解放军而离开医院。

只见两人的手紧紧地握着、握着……终于在全屋人泪眼婆娑的注视下，拥抱在一起……

东院的老奶奶

小菊花胡同三十号有两个小院——东院和西院。我家在西院住，但经常到东院玩儿。

东院有三大间北房，二丫头她大伯、大娘、女儿小春住东头，二丫头七十多岁的老奶奶住西头，而二丫头和她父母、姐姐还有五个弟弟九口人住着只有十几平方米的一间西厢房。房子小的连身都转不过来，因为一条大炕就占了半间屋子。那么多的人，总得有睡觉的地方啊！当时，二丫头的大哥已经参加了工作，在单位上住，否则更住不开了。

当时我就想，同样是老奶奶的儿子，怎么就这么不公平呢？二丫头大伯家三口人，住那么大的房子，三口人可以打着滚在那大炕上睡觉，而二丫头家九口人却……这是怎么回事呢？

我第一次跟着二丫头到她奶奶屋里去玩儿，看见窗根下的太师椅上坐着一位清瘦的老太太，稀疏的白头发梳得光溜溜的，在脑后挽了一个小纂儿，纂儿上插着一个圆头的有景泰蓝花边的簪子。两只不小的金耳环在耳垂上吊着，手腕儿上还带着两只玉镯子。黑大襟褂子，青蓝色的裤子，扎着裤腿，露出尖尖细细的两只小脚。那黑缎面的小脚鞋上还绣着几朵棕色的花朵……真是个很洋气很讲究的老太太呢！

看见我们进去，老奶奶那清瘦而白皙的满是菊花纹的脸露出慈祥的笑容，用那满是青筋的像枯树枝一样的手指着我说："二丫头，这个小闺女是谁呀？"

"是西院刚搬来的爱爱，奶奶。"二丫头说。

“过来，过来，让奶奶好好看看。”

我犹豫着朝她挪了两步。

老太太拉着我的手从上到下细细地打量着，从她那虽然老了但还不算小的眼睛里流露出慈爱、心疼而又有几分喜欢的表情，张开那只剩两颗大牙的瘪嘴，摇着头说：“可惜了的一个俊闺女，就是黑了点儿，也瘦了点儿……回去跟你妈说说，让她给你做点儿好的吃。”

老奶奶边说边颤巍巍地站起来，拿起八仙桌旁边的棕色带龙头刻花的拐杖，向屋子中央走过去，随着老奶奶扬起的头，我看见房梁上吊下来一根绳子，绳子下边拴着一个粗铁丝拧成的钩子，钩子上挂着一个黑色的柳条编的圆篮子。

老奶奶站定身子，麻利地举起那龙头拐杖，用那龙头一挑，篮子就滑落到老奶奶的手中。啊！点心！只见铺在篮子底的油脂麻花的纸探出篮边，里边是红红绿绿的各色点心。有的还没开包，细细的纸绳捆着那上边敷着一块鲜红的、印着商家名字和花纹的广告纸的点心包，看着就那么喜兴。那已经开包，散放着的圆的、方的点心，皮上用模子刻出好看的花纹，酥皮一层一层散发着甜甜的油香……真让人垂涎欲滴呀！

老奶奶小心地捡出一块送到我面前：“尝尝，这是我大孙子给我买的。”

我多想吃一块呀！我还从来没吃过这样的点心呢！可我的双手背在身后说：“我妈不让我吃别人家的东西……”

“奶奶不是别人家，咱们在一个院住着，就是一家子。我不告诉你妈，吃吧！……来，二丫头也吃一块，你们俩就伴吃。”说着，她把点心硬塞到我的手里。

我和二丫头狼吞虎咽地吃着那香甜的点心，一抬头，发现老奶奶坐在太师椅上，两手握着那靠在胸前的龙头拐杖，笑眯眯地、慈祥地、爱怜地，甚至是幸福地看着我们……

出了老奶奶的门，二丫头告诉我，今天她是跟着我沾了光了呢！

“你知道那篮子为什么要吊在房梁上吗？”二丫头问。

“不知道。”我摇摇头说。

“怕我们偷吃她的点心！”二丫头瞪着那双大眼愤愤地说。

“不会吧？看你奶奶多心善啊！”

“那是对你！我奶奶就是偏心眼儿！嫌贫爱富，瞧不上我们家……哼！”随着这一声“哼”，二丫头把她那一头乱糟糟的黄头发猛地一甩。

后来听大人们说，其实这老奶奶有老奶奶的苦处。据说老奶奶生在保定首屈一指的大户人家，从小娇生惯养，从小上学读书，真是饭来张口、衣来伸手又识文断字的大小姐。看看墙上她那几张发黄的旧照片吧，有的穿着绲边高领大褂儿、绣花百褶裙，有的穿着素色浅花半袖上衣、黑裙，有的穿着花旗袍，手执团扇……身材是那么苗条，面容是那么娇美，一双凤眼不笑而柔，一个小嘴不张而嗔，再配上那齐眉的刘海儿，两边各有三寸长的辫绳扎着的两条大辫……真是晚清、民国时期的大美人呢！有这样的家庭，有这样的美貌，总该嫁个乘龙快婿跟着飞黄腾达吧?！最不济也该嫁个知书达理的丈夫相夫教子过完富足而安定的一生吧?！都不是，因为她嫁错了郎！

二丫头的爷爷也是当时风流倜傥的公子哥儿，家里有大买卖，所以花钱如流水，吃、喝、嫖、赌无所不能，但人很精明。他十六七岁就被父亲看作生意上的好帮手，带他上太原、下天津，最后把生意早早地交给了他，气得他大哥差点上了吊。就是这能干的公子哥儿，在天津又偷着娶了个小老婆，扔下二丫头的奶奶和三个儿子不回保定了。更可恨的是，临走前，他还偷着卖了他家祖传的大宅院，只给二丫头的奶奶和三个儿子留下了一个只有六七间房的小挎院，也就是他们现在住的院子。老奶奶靠着娘家资助，靠变卖家底含辛茹苦地把三个儿子养大了。老大找了份会计的工作，老二跑到天津缠着他父亲学了做买卖。可这老三，也就是二丫头她爸，学坏了，吃、喝、嫖、赌比二丫头她爷爷还厉害。可他没有父亲的精明，更没有父亲能干，不学无术，无正当职业，靠在社会上吹吹拍拍，牵个线、搭个桥，混个小钱。最后，竟和二丫头的爷爷一样，为还赌债偷偷把分给他的三间南房卖了，全家只好挤到那间小小的厢房里。真是有其父必有其子啊！买家把那三间房的门封住，在背后重开门，变成北房，从另一个大门出入。

哦！我明白了，我说这小菊花胡同三十号为什么用烂砖头垒个高台阶，这大门窄窄的不算，连门扇也没有，进大门就是一块空地呢！原来这大门并不是真正的院门，而是在原来的院墙上开的一个小门。而离这门几十米远，有着高大门楼、十几级青石条台阶、高而厚的门槛，门槛两边各有一个刻花石鼓，石鼓上各蹲一个可爱的小石狮子的大门，才是这院的正门啊！

那院子是多么气派呀！因为没进去过，只能猜想它可能有几进几出，它可能有砖雕石刻，它没准还有雕花门窗，还有月亮门、垂花墙……而二丫头她们住的院子，只不过是那个大院中不起眼的一个偏院，而我们住的那个窄而暗的小院，肯定是这家仆人们住的下院下房了！

所以，老奶奶恨死了抛妻撂子、狼心狗肺的丈夫，也恨死了酷似丈夫、不务正业、游手好闲的三儿子，自然波及靠每天给别人拆洗被褥、洗衣服养家糊口的三儿媳，波及因吃不上、穿不上而面黄肌瘦、脏脏歪歪的那群孩子们。她从不拿正眼瞧他们，觉得看见他们就像看见了那该死的老头子。他们受苦受穷，活该！是他们自作自受！她帮不了，也不帮！让那大大小小九张嘴去向老三要吃要喝，逼着他去找工作，去拉小车，去送水，去扛大个儿……去挣钱！

每天，老奶奶都拄着拐杖颤巍巍地走到大门口，靠着那单薄的像棍子一样的门框看看街景，和路过的街坊四邻、酱园的刘掌柜、严家烧饼的老板娘、何家梳子的工人们说说话儿。没人路过时，她就拄着拐杖望着对过儿的已经变成保定专区机关的大院——同样是高门楼，同样有石狮子，同样有雕花影壁的深宅大院沉思……微风吹拂着她那小纂儿拢不住的几根白发，望出去的眼神是那么空灵而迷茫，仿佛看透了这个世界的一切。那是谁家的宅院？那高高的台阶上曾经进出过多少保定名流？那里发生过多少或凄美或悲壮或龌龊的故事呢？……只有老奶奶心里清楚。

一天，书媛突然告诉我："你知道吗？二丫头她爷爷回来了。"

"他怎么回来了？"

"听说天津那个小老婆不要他了，离了婚，把他赶回来了！"

“他在天津不是还有五个孩子吗？没人管？”

“谁还想认资本家当爹呀！没一个孩子收留他。”

后来，听说老奶奶不让那白胡子资本家进屋。

再后来，听说那老头儿又回了天津，求小老婆未果，一头扎进了海河！

二丫头的家

虽然二丫头的奶奶不喜欢她们家，但我、书媛和二丫头玩得很好，几乎每天下学后就黏在一起，跳房子、踢毽子、耍石子……玩得不亦乐乎。

虽然二丫头的爷爷曾经是保定非常显赫的资本家，但二丫头家穷得叮当响，靠父亲打零工、母亲给人家洗衣服过日子，一家九口人挤在那十几平方米的小屋里。

那屋子小得不能再小了，进屋右手是一盘大炕，从门口的窗根一直延伸到对过儿的墙根。炕上只有两条囫囵被子，剩下的就是一堆破棉花套子和破大衣、破棉袄……每晚孩子们陆续从外边疯玩回来，爬上炕，连衣服都不脱，胡乱找个地方一躺，随便扯块棉花套子或破棉衣一盖，就呼呼大睡起来。那回来晚了的，没有地方，没有盖的东西，怎么办呢？只好往那兄弟姐妹的缝中一挤，把两边的破棉套往自己身上拉一拉。而靠窗的地方则是父母的地盘了。父亲永远先睡下，用自己的身体当界限，给已经深夜了还在院子里洗衣服的母亲留下窄窄的一个位置。而那个母亲总是最后一个上炕，因为她洗完衣服上炕前必须做一件事，什么事呢？数脑袋！只见她扒拉着破被套、破棉衣里的孩子们，一个脑袋一个脑袋地数着："一、二、三……六、七、八，够了！"她自言自语地说，然后打着哈欠爬上炕，拉开那仅有的两床囫囵被子之一，钻了进去，没两分钟就进入了香甜的梦乡……

如果某一天，那炕上的小脑袋不够数，这才认真地在昏黄的电灯下仔细地辨认孩子们的脸，看看究竟是哪个没回来，然后再决定是否去找，到哪里去找。但是，这样的事儿是极少发生的，因为那母亲每天夜里12点以前是从没睡过觉的，衣服多时，有时会洗到夜里一两点呢！再贪玩儿的孩子也该回窝了吧？

孩子们的衣服更是破破烂烂，永远是父母穿了老大穿，老大穿了老二穿，老二穿了老三穿……还没传到老七老八，那衣服就不能再叫衣服而叫破布片了。所以，当年我母亲看着他们实在可怜，经常拣几件旧衣服送给他们。几十年过去了，那母亲——我的杨姨还念念不忘。

他们吃什么呢？什么便宜吃什么！玉米、山药、土豆、菜摊上的剩菜、丢在地上没人要的菜帮子、田野里的马齿苋……反正什么能填饱肚子就吃什么。孩子们也很能干，经常在玩的同时弄回点吃的。有一天，二丫头的弟弟三虎竟抓了一破纸箱子蚂蚱，几个孩子兴高采烈地放到煤炉上烤烤，你一只，我一只，吃得满嘴冒油。

我在二丫头家吃过一顿饭，一顿终生难忘的饭。

那是有一天，二丫头到我家玩，正赶上我二舅从山里来看我们，带来黄黄的年糕，我妈和我拉着她和我们一起吃了饭。她高兴地说从来没有吃过这么好吃的饭，回去告诉了她母亲——我的杨姨。过了几天，我去找二丫头玩，杨姨非要我在她家吃饭。我不吃，因为她家困难。但杨姨和二丫头拉着我不让我出门。杨姨一边在一个大瓦盆里擦西葫芦丝，一边说："别看我们家困难，一顿饭还是管得起的！杨姨今天给你做好的吃，也让你尝尝杨姨的手艺。"

只见她在满盆的西葫芦丝上撒上盐，又放了白面，和成一块大面团，在炕上放上案板，在炕沿边的煤炉上放了一只浑身洞眼的砂锅。她揪下一块面团，用擀面杖擀成一个圆饼放在砂锅上，又去擀下一个饼，等这个饼刚烙熟，围在炉边的六七个孩子立刻伸出脏兮兮的小手，你撕一块，我撕一块，一抢而光。这情景让我看得目瞪口呆，就这样吃饭？没有桌子？没有筷子？没有碗？……也不怕烫？就这样抢？……

我正发呆，一块热饼送到我的嘴边："爱爱，你怎么不吃？快吃呀！不吃一会儿可就没有了……"杨姨把饼塞进我的嘴里，说着又扭过头去擀饼、烙饼，和孩子们一起抢饼，自己吃，也照顾小点的孩子吃。满屋子的孩子笑着、闹着、抢着，你撕一块，我扯一块，烙一张一抢而光，烙一张一抢而光……

二丫头和她姐自己吃着还为我抢着，不知不觉，我也加入了这欢乐的抢饼行列……不知不觉，一大盆面团烙完了，饼也抢完了。谁吃饱了？谁没吃饱？不知道！只见杨姨高兴地用擀面杖敲着案板大声说："完了！完了！都吃饱了！玩儿去了！……"

这就是杨姨，这个个子不高、瘦眉窄骨、小鼻子细眼、一说话就咧着大嘴笑的杨姨，当初也是小家碧玉，也是娇生惯养，也是父母的掌上明珠，如今过这样寒酸的日子，恐怕得整天愁眉不展、怨天尤人、气气囔囔摔盆子打碗吧？否！她可真是嫁鸡随鸡，嫁狗随狗。碰上这么个不争气的男人，有了这么一大群孩子，过着婆婆不喜欢、亲戚不待见的穷日子，可她照样整天没心没肺地嘻嘻哈哈，什么都看得开："穷怎么啦？我公公倒是资本家呢，别跳海河呀！……我们穷了，才评上城市贫民呢！这就叫因祸得福！""孩子多怕什么，我这群孩子里藏龙卧虎呢！将来不定出个什么大人物呢！别看她们现在……将来……"

果然，正如她所说，她那八个孩子都很有出息，有的成了著名的作家，有的成了京剧名角，有的成了跨国的大商人——那个曾经抓了一破纸箱蚂蚱的小弟弟，生意做到了俄罗斯呢！

你听，都深更半夜了，杨姨还在院里哼着小曲儿洗衣裳呢！失眠的老奶奶忍不住，气哼哼地用那龙头拐杖敲敲窗子，杨姨笑着吐吐舌头，可不一会儿："王三姐，来年我就二十一呀，手提包袱去赶集呀，卖的是那鞋袜子儿啊……"

那优美动听的曲调又从她嘴里溜了出来，天上的星星眨着眼睛，路过的风儿停下脚步，墙根的虫儿们也止住了叫声……它们都在黑黝黝的夜空下静静地欣赏杨姨那动人的歌声呢！

寻找缺失的母爱

人们都说："月是故乡明，水是家乡甜。"这是因为人人都怀旧哇！不要说大人，就是七八岁的孩子，也有这样的情结呢！

记得我家刚搬到小菊花胡同不久，一天放学后，我不知不觉地边玩边走，竟又回到了满福盈那个我们住过的小院。小院里静悄悄的，咦？怎么没人呢？原来我们搬出小院不久，涞水县的落脚点也搬走了，这里成了民居，还没几家来租房住。我正在为小院失去往日的热闹而怅然若失时，从北屋蹦出一个七八岁的黑瘦小男孩儿。

"张民?！你怎么在这儿?"

"柳叶新，你怎么到我们家来了?"

"这儿是你的家呀？这儿原来是我们家呢……"

张民是我小学的同学，但不同班。怎么认识的呢?

那是在一个课间操的时间里，我做完操后，排队做孩子们都喜欢的转塔游戏，就是从一根又高又粗的木桩子上吊下几条粗麻绳，每条麻绳头下边结一个套，小孩子们把一条腿伸进那套子，双手抓紧怀里的绳子，紧跑几步，木桩子上的转轴就甩着绳子还有绳子上的孩子飞起来，一圈，一圈……越来越高，越来越快。飞呀！飞呀！我们好像要飞上天了！我们好像要摸着云彩了！我们可以像鸟一样想飞到哪儿就飞到哪了！……我们飞着、笑着、喊着、叫着……简直要美死了！哪个孩子不愿玩儿呢？一人二十圈，到时自觉轮换，谁都不许耍赖，基本上也没人耍赖，除了那不讲理的坏孩子。

该我了，终于该我了！

我兴奋地抓过一个女孩子放下的绳子。“一边去！”一个精瘦的满脸大麻子的高个子男生一把推开我，快速地往那绳套里伸了一条腿。

“干吗你！该我了！你凭什么插队？……”我死拉着那绳子不放。

这个麻脸男生叫查子真，是我们班最调皮、学习最差的孩子，听说他父母五十多岁才得了他这么个宝贝疙瘩，惯得没样，在班里经常欺负其他小孩儿。

“凭什么？凭这个！”说着麻子伸手嗵的一下给了我一拳。我哇的一声大哭起来，那手却紧紧地抓着绳子。

“凭什么打人？你凭什么打人?!”排在我身后的一个黑瘦的小男孩儿大义凛然地喊道。

“我就打了，你怎么着！”麻子横着脖子叫唤。

“你打人就不行，又插队，又打人……你太欺负人了！走，咱们去找老师！”小个子男孩儿寸步不让。

“对！去找老师！没他那么欺负人的！”

“走，去找老师……”大家围上来七嘴八舌地叫喊着。

“找就找，找老师我也不怕……”麻子嘴里不服地嚷嚷着，那腿却已经从绳套里退了出来。

这时，上课铃响了，孩子们急忙向教室跑去。后来，我知道了那个矮个男孩儿叫张民。

自从知道张民在这个小院住，我就经常放学后先到这小院玩一会儿再回小菊花胡同的家，有时帮张民抬水，有时帮张民妈拣煤球，有时和张民一起坐在院子里的小桌旁写作业。总之，和张民在一起玩儿没有争抢过东西，没打过架，因为我天生的懦弱、胆小，而张民却很懂事，处处让着我。这可是我在家从来没有过的待遇呢！因为在家我是老大，而且是女孩儿，我要处处让着弟弟们，吃饭要让，分水果要让，最少的我要，不够了我不吃，眼看着弟弟们狼吞虎咽，我只有咽口水的份儿。干活我不能让，弟弟们可以到外边疯玩儿，我却要刷锅、洗碗、扫屋子……有了四弟以后，我还得背孩子！我多想和二丫头她们做游戏呀，可我只能干看着，因为八岁的我吃力地抱着个胖弟弟，走路都困难，怎么能玩儿呢？只有耍石子时才能坐在台阶上，一手揽着弟弟，一手去抓那石子……甚至有时弟弟生了病，灌那金贵的中药汤子剩了一点儿，“怎么办呢？这么贵的中药，扔了多可惜！……爱爱，过来，把它喝了吧！”姥爷不由分说，让我一扬脖儿吞了那苦得让我立刻冒出眼泪来的中药汤……咳！谁让我是老大，又是女孩儿呢?!

其实，我爱到张民家玩儿，除了这是我家住过的院儿，除了和张民玩儿得很好，还有一个重要的现在想起来很可能是非常重要的原因：那就是张民的父母——张叔和温姨脾气特别好，特别和蔼。每当我们做了一件家务，张叔和温姨必定大大地夸奖我们一番，有时会奖励两颗糖或半根黄瓜，让我们心里美美的，嘴里甜甜的。这也是我在家里从来没有过的待遇呢！在家我是老大，全家人都认为家务活儿就应该我干，谁让我是老大，是女孩儿呢？如果不是老师家访告诉家长要让我有时间做家庭作业，恐怕他们永远也不会给我写作业的时间。没上过学的姥姥、姥爷、父母竟问老师：“不是在学校学了一天了吗？怎么还有家里的作业?”

那天，张民奉命去抱一摞碗，迈门槛时不小心绊了一跤，自己倒了，碗也摔了个七零八落。只见温姨赶快跑过来，拉起张民，一边拍土，一边安慰：“哟，宝贝儿，别怕！别怕！没磕疼吧？……啊，不哭，不哭，以后小心点就行了。咱们不哭，啊……”最后还抱着张民在他满是泪水的脸蛋儿上亲了一口。

张民惭愧地说：“碗都碎了……”

温姨摸着他的头说：“没事儿，摔了再买，人没摔着就行……”

我看到这一幕，心里羡慕死了。因为前几天我刷完碗去门外洒刷碗水，因为天黑，因为手湿，不小心把刷碗水和大瓦盆一起扔到了门外，可我得到的是什么呢？除了姥姥的吵骂，还有父亲的一顿巴掌！一个大盆得花多少钱才能买回来，孩子的屁股打两巴掌又算得了什么呢?！让她疼得鬼哭狼嚎才长记性呢！这可能是我们山里人的习惯吧，谁能为小孩子打抱不平？反正她是摔了家里贵重的大瓦盆！这顿打，也是我这一生唯一的一次挨打，让我记了一辈子。而且，当自己有了孩子以后，无论他们多么淘气，我也舍不得动他们一手指头。因为我小时候的经历刻骨铭心，我再也不让我的孩子过那种成天提心吊胆、做错点什么就万分惊恐、委屈、无助……甚至想逃离这个家的日子！

张民可以在他父母面前撒娇，可以对着父母做鬼脸儿，可以偷偷地往他爸爸脖子里放虫子，可以跳起来胳肢他妈的腋窝……我羡慕死了！为什么我就不敢和父母说一句话呢？为什么我见了父母就像老鼠见了猫一样躲得远远的呢？……

一天，温姨在炕上铺了一块油布，再放上一块大案板，用擀面杖把一个大面团擀成长长的面饼，切出长长的面条。姥姥擀的是圆饼，切出的面条也没这么长。我趴在炕沿上，一边看着温姨挽着袖子用劲地擀面，一边和她说着话儿："阿姨，什么叫相好哇？"

温姨笑着看着我说："咦！这小丫头怎么想起这个问题呀？"

"他们说我和张民相好。"

"是吗？嘿嘿嘿……"温姨忍不住笑起来。

温姨笑起来可好看了，两只细眼弯成两个小月亮，不薄不厚的嘴唇向上翘着，小鼻子好像受了嘴的挤压也向上耸着，使她那有点朝天的鼻孔更朝天了。这笑容分明透着几分善良、欣喜，还有几分狡黠，但很快她抬起头来，一本正经地对我说："相好呀，怎么说呢，就是两个人合得来，不吵嘴，不打架，互相帮助，互相爱护……"

"那，那我能和你相好吗？"

"和我？行啊！可为什么要和我相好呢？"

"因为，因为……我想让你也亲亲我……"我不好意思地说。

……

不久，张叔叔调到外地工作，张民转了学，家也搬了，我不再到那个小院儿去了。可张民——青梅竹马的小伙伴，温姨——比妈妈还和蔼可亲的长辈，永远被我记在了心里。

五十多年后，我带着八十多岁的母亲到海南岛旅游，在万绿园的长椅上，在海风吹得我和母亲的白发飘飘的时候，我拉着母亲的手，看着她的眼睛说：“妈，你知道我这辈子最渴望的是什么？”

“什么？”母亲问。

“想让你抱抱我、亲亲我……”

“咳！那时工作那么忙，又养着你们六个，哪有那闲工夫……”母亲不无遗憾地说。

爸爸的礼物

1957年，已经提为保定专区行政督察专员公署副专员的爸爸从北京参观回来了。他是作为保定参观团成员之一，去参观苏联在北京展览馆举办的农业机械展览。

晚饭后，全家坐在小院的枣树下乘凉，唐大大、唐大娘和书媛也放下饭碗，凑过来听爸爸讲在北京的见闻。

“看人家苏联的农业机械，真先进！”爸爸感慨地说：“种地根本不用牛，拖拉机在地里一转，几十亩、上百亩的地就种好了……还有联合收割机，收麦子、玉米，根本不用累死累活地一镰刀一镰刀地割、一个穗一个穗地掰。联合收割机一开，这边割麦子，那边吐麦粒，还得跟一个大卡车接麦粒；这边割玉米，那边吐玉米棒……嘿！那叫一个快！”

全院的人都听得目瞪口呆，爸爸讲得更加津津有味：“咱们国家用不了多少年，也会像苏联一样，用拖拉机耕地，用联合收割机收庄稼。分管农业的张局长已经写出了报告，咱们保定也要向苏联老大哥学习，发展农业呢！到那时，咱们也要过上不愁吃喝的好日子……”

“嘿！这苏联人的日子可好过了，人家还不得天天吃肉？”姥爷插话说。

“可不是，人家那集体农庄什么都生产，还缺肉吃？”唐大大笑着说。

“说起吃肉，我们在北京可出了洋相了……”爸爸不无感慨地说。

怎么回事呢？

原来他们几位专员、副专员和分管农业的同志到北京参观后，临回保定时，突然有人提议想尝尝全聚德的烤鸭。因为以前只听说北京的烤鸭好吃，可谁也没吃过。

“尝尝?”王专员问。

“尝尝呗，谁也没吃过。”

“是呀，尝尝什么滋味，回去可以给老婆、孩子吹吹牛哇!”

大家都兴奋地吵吵，可是没钱怎么吃这烤鸭?大家凑!说着就在街上翻起了兜儿，大家口袋里都没有多少钱，你两块他三块地凑了十几块，不够，最后把李副专员给他小女儿买鞋的几元钱也给搜了出来。大家嘻嘻哈哈地来到全聚德，一看价格，傻了眼，这点钱，这十几个人根本就吃不饱!怎么办呢?

“好办!”王专员悄悄地对大家说:“今天咱们就是尝尝鲜，就这点钱，就要这点钱的东西，管了不管饱，怎么样?”大家没意见，因为谁都没别的办法，也只好如此了。

于是，这群新中国的地区领导们，带着大家凑得不多的钱，在新中国的首都北京，在举世闻名的全聚德，第一次尝到了烤鸭的味道……虽然很香，但果然是管了不管饱。没人认为他们是地区领导就照顾他们，更没人出来埋单请他们大吃大喝。

“还有比这更出洋相的呢!嘿嘿……”爸爸还没说正题自己就先笑起来。

“那天，会议上发了一张餐券，可以享受半价到莫斯科餐厅吃顿苏联老大哥的饭。团里的其他人都不去，嫌贵!也怕吃不惯糟蹋东西。议论了半天，只有我和胡副专员想去，为什么呢?因为我俩年轻，才三十多岁，所以我们好奇，只想去看看外国人在什么样的地方吃饭，吃的又是什么东西?嘿嘿……”父亲说着又笑了起来。

那天，父亲和胡副专员来到莫斯科餐厅门口，只见进进出出的客人们大都西装革履、长袍礼帽，旗袍婀娜、长裙飘逸，也有少数人身穿粗布衣裤或四个兜的中山装，一看胸前别着写着字的红绸条，就知道是全国来参观的各地代表。

父亲看着这座雄伟、高大、尖顶、有粗粗的雕着花的大柱子的乳黄色建筑，和周围灰墙黑瓦的低矮的中式建筑一比，这座异国情调的餐厅显得那么鹤立鸡群，那么典雅尊贵！

父亲和胡副专员边欣赏那建筑风格，边往里进，却被一个穿着得体、文质彬彬的年轻人拦住：“同志，对不起，这里是国际场合，要注意礼节，请脱帽。”

父亲和胡副专员一愣，互相看了对方一眼：胡副专员穿了一身洗得发白的深蓝色中山装，脚上是圆口黑布鞋，头上戴了一顶当时干部们流行的八角帽；而父亲则穿着普通的深褐色的对襟盘扣的大褂子，也是蓝裤、黑鞋，也戴着一顶深蓝色的软帽。两人相视一笑，摇着头，嘴里说着“好！好！好！”，赶紧摘下帽子拿在手里。

等进了餐厅的前厅，哇！好一个金碧辉煌！那高高的穹顶，那漂亮的雕饰，那灿烂的吊灯……让父亲这个深山沟里出来的干部大开了眼界！

当他和胡副专员沿着两边立有石雕女郎的高高的台阶拾级而上，在挂着厚厚窗帘的椭圆形的高窗下找到空位，在铺着雪白的桌布的桌前坐定时，一位身着长裙、高挽发髻的苏联女孩儿飘然而至，微笑着，生硬地说：“您好！”之后，她收走了他们摆在餐桌上的餐券。不大工夫，那女孩儿又飘过来，送来刀、叉、勺、高脚杯，杯里有说不上是什么东西的红色液体。最后，每人面前放下了一只托盘，里边是一大块烤得吱吱冒油的香味扑鼻的不知是什么动物的肉。当然，还有一块不小的面包。

胡副专员端起高脚杯先闻了闻，说：“好像是酒。”又试着喝了一口，“还是甜的呢！”

“可能是那电影上演的红葡萄酒吧！”父亲边说边品了一口，“不难喝。”

可是，面对眼前的大肉块，两人发了愁。怎么吃呢？这么大块，用叉子挑起了拿嘴咬？不雅观。用手抓起来啃着吃？弄得满手油不说，更不雅观啊！还是胡副专员心眼儿活，给父亲递了个眼色，把头扭向了一边。哦！是看人家怎么吃呀！父亲和胡副专员学着邻桌外国人的样儿，左手拿叉摁住那块肉，右手拿着餐刀把那肉切成小块，再用叉子送进嘴里……

“真麻烦死了！”父亲摇着头笑着说：“哪有咱们的筷子来劲啊！”

“哈！哈！哈！……”院子里的人都笑了起来。满树的叶子被风吹得哗哗地响起来，好像也加入了这欢乐的行列。你看，天上的月亮也偷着笑弯了腰呢！

第二天早上，我穿上了父亲从北京给我买回来的花裙子，大弟耍起了大木刀，二弟玩着“猴子爬杆”，逗得邻居的小弟小妹追着他跑……可这些礼物随着年代的久远，早已不知去向，只有爸爸讲的故事永远牢牢地被我记在了心里。

五十多年后，我和老伴儿来到北京，女儿女婿请我们到莫斯科餐厅吃饭，老伴不想去，嫌贵！我力主去了，为什么？因为我想替驾鹤西去的老父亲故地重游；我想缅怀革命前辈艰苦奋斗、严于律己的精神；我更想把父亲的故事讲给孩子们听……

当我来到父亲讲的曾经富丽堂皇的莫斯科餐厅门口时，已经看不出它鹤立鸡群了，因为它早已湮没在周围的高楼大厦之中……

欢迎志愿军回国

记得是1958年深秋的一天，学校接到一个神圣而光荣的任务——组织学生在第二天早晨到火车站欢迎回国的志愿军。

任务一下达，全校师生立刻欢呼起来！中国人民志愿军呀！最最可爱的人呀！趴冰卧雪和美国鬼子打仗的人呀！用血肉保家卫国的人哪！黄继光、罗盛教、邱少云等英雄的亲密战友哇！他们要回来了，怎么不让我们激动万分呢?!

召开全校大会，白发苍苍的老校长乐呵呵地亲自动员，各班主任笑嘻嘻地亲自分发做纸花的红绿纸和铁丝。我和金光芬、阳雨春三个好朋友蹦蹦跳跳地来到离火车站最近的金光芬家，我们要在这里做花、剪纸屑，而且要住在她家不走了，等明天好早点到火车站集合呀！

说起金光芬、阳雨春和我，同学们都戏称“三样花”。有的同学还给我们编了个顺口溜：“三样花，过家家，爸爸、妈妈和丫丫。”怎么回事呢？原来金光芬是那种成天嘻嘻哈哈、敢作敢为的假小子，谁要敢欺负我和阳雨春，好了，就等着挨她的拳头吧！那天，我新买的花皮铅笔不见了。我只有这一支铅笔，丢了就不能抄老师留的题，不能写作业，急得我哭着告诉了老师。老师用严厉的目光一扫，就径直向我的同桌查子真走过去。

“把铅笔盒打开！”老师盯着查子真那涨红了的麻脸严肃地说。

“我没偷。”

“打开！”老师不容置疑地大声说。

全班同学都安静下来，朝这边看着。查子真极不情愿地慢慢地打开了铅笔盒——果然没有我的花皮铅笔！

查子真得意地看看老师，好像说："怎么样，我没偷吧！"

只见老师不慌不忙，从查子真的铅笔盒里拿出了一只长长的表皮被小刀削得坑洼不平、全身裸木的铅笔看了看，立刻走向讲台边的纸篓。纸篓里会有什么呢？原来，老师规定为了保持教室的卫生，每个人必须到纸篓前削铅笔。老师很快从纸篓里检出了几条长长的花色铅笔皮，走回来问我："你的铅笔是这样的吗？"

我仔细一看，正是我那铅笔的花皮。"是，我的铅笔就是这样的。"

老师把一条花皮往那裸木铅笔上一对，严丝合缝！

"查子真！你还说不是你偷的吗？这么小就偷东西、说谎，还了得！下课叫你的家长来！把铅笔还给柳叶新，给她道歉！"老师说。

只见查子真的麻脸又红了，不服气地低下了流着长鼻涕的头，站在那里一句话也不说。

"道歉呀！你偷了人家的东西还有理了！?"老师气得大叫。

"对不起。"查子真用蚊子声说道。

哄的一声，全班同学都笑了。

"以后还偷别人的东西吗？"老师问。

"不了。"

"好了，继续上课。"

下课铃响了，老师刚走出教室，查子真就一拳砸过来，"哇——"我捂着被打疼的脸大哭起来。

"查子真！你干什么？你偷了人家的东西还打人，太不讲理了！"金光芬大声嚷着，从我身后冲到查子真跟前。

"太不讲理了！告老师！"同学们愤愤不平地说。

"我就是不讲理！怎么着吧！"

"叫你不讲理！"她一拳也砸在了查子真的脸上！

"嗷！嗷！打得好！"

“再给他一拳！叫他不讲理！”

“对！打得好！叫他偷东西！……”

因为查子真平时仗着自己个子高、年龄大，总是不断地欺负小同学，抢人家的糖果，撕人家的作业本，干尽了坏事，全班同学都很讨厌他。

查子真自知理亏，但还是用手招架着。这时，不知谁大喊一声：“老师来了！”同学们一哄而散，各就各位。金光芬坐在我后边还咬牙切齿地对查子真说：“你再敢欺负柳叶新，看我怎么收拾你！”

这就是那才十来岁就长得膀大腰粗、壮壮实实、浑身侠气、伸张正义、抱打不平、疾恶如仇的金光芬，也就是被同学戏称为爸爸的金光芬。这样的朋友，叫我这个胆小懦弱、遇事就吓得直哭的孩子怎能不佩服、不依赖呢？听说金光芬的爸爸还是位烈士呢！

再说被同学们戏称为妈妈的阳雨春，白白的脸上长着一对儿秀眉，可爱的、有点上翘的小鼻子，两片红而润的嘴唇。只是那眼睛，虽然是长睫毛，虽然不小，但有点斜视，往往让你瞧不出她在看谁，看什么，而且她极不爱说话，更让人觉得她有几分深沉、神秘。是比较神秘，因为她两年前才随父亲从青海格尔木回到保定，见过庄严宏伟的喇嘛庙，见过一步一磕头到寺里烧香拜佛的藏民，见过活佛和献给活佛的洁白哈达……当然，也见过那把长袍下摆抡圆了蹲下来在路边大小便的牧民……这还不神秘吗？

阳雨春学习特别好，我们在一起做作业，她总是先做完，而且热心地、不厌其烦地帮助我和金光芬。有时为了早点去跳皮筋，她情愿为我和金光芬抄作业！这样的朋友，让我和金光芬着实崇拜和信任。况且，她还留着两条油黑的大辫子。这在学校里可是独一无二的，真是个漂亮妞！

最后再说说我，那个“丫丫”。那时，我刚刚从男孩儿的分头留成女孩儿的齐耳短发，因为家里孩子多，父母工作忙，没人给我梳头，自己找个破布条胡乱扎一个当时流行的偏辫。瘦弱的身子，矮矮的个子，要知道，我是班里年岁最小的孩子呢！要不我怎么能坐在第一排？调皮捣蛋的查子真和我同桌，是人高马大的他被老师调到眼皮子底下盯着呢！

别看我个子小、胆子小，但善良、热情、肯帮助人。见小弟弟、小妹妹摔倒，赶忙扶起来哄哄；见到推车的上坡费劲，赶紧过去推一把；看见灾区来的要饭的人，宁可自己饿一顿，也要把带的干粮送给他们……姥姥说，我是天生的菩萨心肠。对待同学也是吃亏让人，从不欺负人，从没做过占人便宜的事。所以，我的人缘儿特好，用金光芬的话说："平时看你个子小、岁数小，但玩起来，你倒像个大姐姐，总是让着我们，真怪了！"

怪什么呢？虽然在班里我岁数、个子最小，但我在家已经是四个弟弟的大姐姐了。分水果等吃食，我要最少的，如果不够分，我理所当然就不吃了，谁让我是大姐呢？干活的是我，刷锅洗碗背小弟，谁让我是大姐呢？所以，养成了不争不抢处处让人的习惯。这样的孩子，谁不愿意和她玩儿呢？

就这样，风风火火的假小子、沉默寡言的小美人儿、善良胆小的小丫头，结成了让人奇怪的"三样花"，下课就滚到一起，跳皮筋、踢毽子、扔沙包、耍石子……玩得真开心！这不，老师让自由结合做纸花，我们又不约而同地走到了一起，来到金光芬家。

金光芬家住着两间低矮的小平房，前屋一个火坑，炕头边上盘着锅台。里间也有一个火坑，还有一个躺柜，躺柜上边的墙上挂着一个大相框，里边有一个威武的穿着解放军军衣的男人照片，粗眉大眼很像金光芬，这就是她那烈士父亲了。炕上坐着一位花白头发的老奶奶，睁着大眼笑着，却用耳朵听着我们说话的声音，招呼我们炕上坐。原来自从儿子在解放战争中牺牲后，老人悲伤地哭瞎了眼。

金光芬的母亲王姨热情地、亲切地拉着我和阳雨春的手问长问短，还从躺柜里抓出花生给我们吃。听说要欢迎志愿军做纸花，连忙把炕桌放到外屋的大炕上，找来刀子、剪子、筷子。这刀子可以割纸，这剪子可以剪花瓣、叶子，可这筷子又做什么用呢？

只见王姨把剪好的花瓣纸不紧不松地卷到筷子上，两手使劲往里一挤，然后再慢慢展开，哇！一个自然卷曲、带着细纹的花瓣出现了！好漂亮啊！我们欢呼着、惊叹着、学习着……在王姨的指导下，剪的剪、卷的卷、粘的粘……做成了重瓣的大红绒花、黄色卷瓣的菊花、粉色单瓣的梅花、紫色黄心的木槿花，还有红心黄蕊的洁白的百合花……再配上绿叶，束成把，呵！真是好看呢！比买来的纸花，不！到哪儿也买不来这么好看的纸花啊！

我们和王姨一起说着、笑着，做完纸花又把剩下的彩纸剪成碎纸屑，准备明天欢迎志愿军时往他们身上撒。等全部做完拾掇干净，已经深夜了。

“快睡觉吧，明天还得早起呢！”王姨说。

我们叽叽嘎嘎、嘻嘻哈哈，吵闹着钻进被窝。突然，不爱说话的阳雨春严肃地说：“你们说，邱少云被烈火烧着，不疼吗？他怎么就一声不吭呢？”

“是啊，那天我帮妈灌水，不小心烫了一下还疼得不行呢，更何况大火烧身了！”金光芬说。

“要不说人家是英雄呢！还有黄继光，用胸膛去堵敌人的枪眼，那子弹打进去多疼啊！”我想象着黄继光堵枪眼的情景，无限感慨地应着。

就这样，我们三人你一言我一语地讨论着英雄们的事迹，越说越觉得他们伟大，越说越觉得他们可爱，恨不能立刻就见到这些用血肉之躯保家卫国的亲人。说到激动处，感动得我们都流下了热泪。里屋的王姨几次催促，我们才安静下来。

但是，当我们刚刚要进入梦乡之时，只听哇的一声，吓了大家一跳。怎么回事？金光芬赶紧拉开灯，里屋的王姨、老奶奶也问：“谁哭啦？怎么啦？”

原来是阳雨春！哭什么呢？原来她忘了换新衣服！“老师让穿上自己最好的衣服呀！我妈找出来放在床上了……忘了换……呜呜呜……”

“嗽！我当什么大不了的事儿呢！原来是这个呀！”王姨披着衣服走过来安慰着阳雨春。

“我身上的衣服打着补丁呢！怎么去见最可爱的人呀！……呜呜呜……”阳雨春又大声哭起来。

“这深更半夜的，又不能回家拿，这可怎么办呢？”王姨自言自语地说。

那时可不像现在，出租车满街跑。解放初期，街上连路灯也没几盏，雇个洋车也得跑老远呢！怎么办呢？

“有了，雨春，别哭了，光芬还有一件半新的花褂子，明天你穿上它不就行了？”

“可光芬比我高，比我胖……”

“那怕什么？大点、肥点没准更好看呢！人家要问，你就说这是新时兴的上海式儿！”

王姨的话逗得我们都咯咯笑起来，连里屋的老奶奶也笑出了声……

第二天清晨，在满天的霞光里，在欢乐的人群里，在鲜花的海洋里，我们“三样花”激动万分地蹦着、跳着、喊着，欢迎从朝鲜战场上归来的亲人们！花儿在他们面前飞舞，彩纸屑在他们头上飘散……

“中国人民志愿军万岁！”

“欢迎亲人胜利归来！”

“向志愿军学习！”

“向志愿军致敬！”

“中国共产党万岁！”

“毛主席万岁！“

阵阵口号声响彻了云霄！

三弟的回族干娘

三弟志英，好可怜，因为早产，生下来比小猫大不了多少，那可怜的小脑袋只有小茶碗大。更可怜的是因为早产，母亲没有奶水！怎么办呢？

正巧同街的李娘一个月大的女儿生病刚刚夭折了，家里就把三弟抱给了哭红了眼的李娘。

李娘家是回民，李大大靠扫街清厕所挣钱养家，上有八十岁的老妈，下有一女俩儿，生活很困难。没有工作的李娘奶了三弟，每月有了固定的工资，着实改善了全家的生活。

李娘长得高高大大、慈眉善目，两只不大的眼睛总是流露出温和的笑意，让所有的孩子都想亲近她，都想投入她的怀抱。记得初冬的一天，我到李娘家玩儿，她家小院子当中长着一棵细细的枣树。在冬日湛蓝的晴空下，那棵细细的但高高的枣树尖上挂着两颗红红的枣儿，在寒风中瑟瑟地抖动着。树上的叶儿早已掉光了，树上的枣儿也早已被主人打下收到家里去了。怎么就单单剩下它们俩了？是太高了够不着，还是太小了不值得为它们费劲？要知道，枣儿在那个时代可是奢侈品呀！不过年过节，谁家能舍得买点枣儿吃？自我从山里老家到了保定，还没吃过一次那甜甜的枣儿呢！

我抱着那茶碗粗的小枣树，仰着头呆呆地看着那随风抖动的被太阳照得红彤彤、亮晶晶的小枣。

“那枣儿一定很甜！”我想，嘴里不由地充满了口水，差点流出来呢！

“摇下它们来！”于是我就用力摇啊摇，吃奶的劲儿都使出来了，可那两颗小枣好像在故意气我，任我怎么摇，依然高傲地、牢牢地抓住那树尖儿，就是不下来！真气人！我生气地抬起脚，狠狠地踢了那枣树一下。“哎哟！”没想到这一脚倒把我自己疼得蹲在了地上。

“爱爱，你过来！”一抬头，李娘正微笑着站在门口叫我，我不好意思地走过去。

“想吃枣了吧？回来娘给你买啊！不要摇那枣树了，让东屋的房东看见会不高兴。好孩子，不摇了啊！”李娘摸着我的头说。

不知又过了多长时间，我又到李娘家玩儿，李娘悄悄地把我拉到一边，塞给我一大把红红的大大的枣儿。“别对人说啊！这是我专为你买的……”李娘家那么困难，还给我买枣儿，还记着一个小孩子的早已忘到九霄云外的心愿……李娘的这把枣儿让我整整甜了一辈子!!

李娘勤快、能干，把本不富裕的家拾掇得井井有条。那被子总是叠得整整齐齐地摞在墙根，那打着补丁的床单总是洗得干干净净，扫得平平展展。老奶奶和孩子们穿的衣服，虽然都有补丁，但干净整齐，绝不露肉露棉花。这和当时街上那些蓬头垢面、破衣烂衫的孩子们形成了鲜明的对照。

你再看看她怀里的三弟，从到她家后就越来越胖，不仅胖，小脸还天天洗得干干净净，抹上蛤蜊油，眉心还点上一个小红点，让虽然眼睛不大的三弟人见人爱，都想抱抱这个白白净净、满脸透着喜兴的娃娃。

三弟是很幸福，因为他遇上了一位心地善良的干娘，一位伟大的少数民族的母亲。李娘死了一个女儿，却抱回来一个儿子，填补了她失女的痛苦。她把三弟视为己出，甚至比自己的孩子还娇惯。三弟在李娘家简直是要星星不给月亮。那天我到李娘家玩儿，见李娘怀里已经一岁多的三弟要喝水，小菊姐姐连忙从大壶中倒出温开水送过来。可没想到，三弟只喝了一口，就抓起那小茶盅叭的一声扔到地上摔得粉碎，而且在李娘怀里拧着绳儿哭闹起来，怎么回事呢？原来水里忘了放糖！

李娘好言好语地哄着，忙叫菊姐姐倒了一碗放白糖的水端过来，三弟这才哽咽着、委屈着喝起来。

“唉，扔东西是常事!”李娘笑着说，“那天他要吃饼，给他专门烙的白面饼刚刚吃完，就给他拿了一块白面皮玉米芯饼，他一口都没吃，一看那黄芯儿，立刻扔到地上，哭着闹着非要白面饼。我只好给他现合面、烙饼……别看他人小，可精呢！嘻嘻！嘻嘻……”

李娘不无得意地夸奖着三弟，那深情望着三弟的双眼笑得眯成一条缝，好像三弟是她最得意的作品，三弟的撒娇是对她这个母亲最高的奖赏！

“你怎么不管管他呢？他不听话，训他、打他呀！我们在家经常挨训、挨打呢!”我说。

“小孩子哪有不调皮、不淘气、不撒娇的？不调皮、不撒娇，还叫小孩子吗？……不撒娇是跟大人不亲！他越撒娇，我看着越高兴！我就爱看他那撒娇的样儿，他哭、他闹、他拧绳、他打滚儿……那才可爱呢！那是他长进呢！知道了什么是好的什么是坏的……这么小的孩子怎么能打呢？打怕了，就什么也不敢了。别说他，我自己的孩子也从来没有捅过一手指头呢!”

李娘一边哄着三弟喝水，一边不停地和我说着话儿。其实，她也是在说给自己听，我这个刚刚七岁的小孩子又听得懂什么呢？

三弟就这样被李娘娇惯着养了三年，仅仅是这人之初的三年，给三弟烙上了一辈子也没有抹掉的烙印。

父母吸取了大弟接回家晚了不认爹妈的教训，坚持把三弟从李娘身边接回了家。为了解决李娘家的困难，也更是为了慰藉李娘失去三弟后痛苦的心灵，把四弟抱给了双眼哭成桃儿的李娘。李娘怀中又有了一个儿子，但此儿子不是彼儿子。可怜的李娘，抱着四弟想着三弟，那眼泪还是不断地扑簌簌地往下掉……

那三弟呢？从一个熟悉的环境突然来到一个陌生的环境，失去了娇惯他的干娘，面对因为工作忙、孩子多、脾气大、要求严的亲妈，怎么能适应呢？要喝白糖水？绝对没门儿！大家都喝白水，你能特殊？摔杯子？等着挨打吧！还没等你把杯子扔到地上，大巴掌早就扣过来了！唉！可怜的三弟！

从此，三弟在家里就像进了监狱，手不知该往哪儿放，脚不知该往哪儿搁，不知怎么喝水，不知怎么吃饭。看看姥姥，不认识；看看姥爷，不认识；看看爸爸妈妈，更不认识了！想叫人抱抱，无人可投。面对这无所适从的、陌生的一切，他只有成天张着大嘴哭的份儿……只有我，怀里抱着小妹，蹲在他身边哄他，可他哪里知道我是他的亲姐姐呢？直到进了幼儿园，他才得到了“解放”！然而，幼儿园那快乐的生活又造就了一个不愿回家的主儿！和大弟一样，一说家里来人接，就吓得四处躲藏。何止是躲藏！上了小学一年级，这小小的人儿竟找到了与我家隔着几条街的李娘家。每周六放学，你是绝对接不到他的，哪儿去了？李娘家！

那天，我又没接到三弟，知道准是又到他干娘家了。于是，我拉着和三弟同一个学校的四弟的手，跑到李娘家。还没进那个小院，就传来三弟和八十儿、小雨儿、小河儿追逐、打闹的欢笑声。那是三弟的声音吗？那么脆亮，那么高昂，那么兴奋，那么欢欣！在家可从来没有听到过他这种叫声呢！

进了院门，看见三弟正和两个小哥哥在院子里的泥土地上折跟头尥橛子的撒欢，那么恣意，那么放松，那么兴奋，又那么享受！好像铁笼里的小猴回到了森林，好像鱼缸里的鱼儿游进了大海，好像架上的雏鹰飞上了长空！

你再看倚在门框上，手拿菜铲微笑着、目不转睛地、无限深情地看着三弟玩耍的李娘：斜阳的余晖照在她那慈祥、温柔、甜美、高尚的脸庞上……简直就是一尊圣母的雕像！

哦！李娘！你是三弟的干娘，也是我们的干娘！从那时起，我家就结下了这门回族的干亲，几十年休戚与共，直到长大成人当了国家干部的三弟亲手捧着古兰经，把李娘和李大大送到天堂。

哦！伟大的、慈祥的李娘，我们和三弟一样，会把你这位回族母亲牢牢记在心上！

丑姨

小菊花胡同三十号高台阶正前方有一块三角形的空地，左边是父亲机关的大门，右边是酱园老板刘掌柜的家。这块空地就成了胡同里孩子们的乐园。特别是夏天，从傍晚到星星满天，成群结伙的孩子们在这儿玩。天黑前玩跳皮筋、跳房子，在机关大院的石头台阶上耍石子。天黑了，看不见了，就玩老鹰捉小鸡，玩捉迷藏。

每天吃完晚饭，做完作业，我的心就慌了，因为听到不用刷锅洗碗背小弟的弟弟们都被小伙伴们叫走了，街上已经传来孩子们大呼小叫的欢笑声……可我，还得刷锅洗碗，还要背小弟！有时，我把小弟架在脖子上，用手拽着他的胳膊，跟在孩子们后边跑；更多的时候，我只能坐在石头台阶上，一手揽着小弟，一手和书媛、二丫头玩石子，毕竟八岁的我背着个胖弟弟跑不动啊！

什么时候小弟困了，送回家，我就解放了，但天也就黑了。黑点怕什么，只要能玩，什么都不怕！那时胡同里没有几盏路灯，没有月光时，四周黑乎乎的，伸手不见五指，只有天上的星星使劲眨着眼睛，想尽量多给孩子们一点点光明。

我们在空地上跑着、叫着，大家轮流当老母鸡，拼命张开双臂保护身后的小鸡，老鹰则左飞右转、投机寻空、千方百计地抓那老母鸡身后长长的一队东奔西跑的小鸡。

“嗷！抓住了！抓住了！……”被抓住的小鸡只好脱离了队伍，乖乖地站在一旁看着鹰鸡斗智斗勇。抓住一只小鸡，老鹰兴奋地直蹦；抓不住，老母鸡和众小鸡“死里逃生”！我们笑着、喊着，经常追得众鸡们七零八落，时不时倒在地上打个滚。什么脏啊、土哇、不卫生啊……那时根本没有这些概念，回家也没有洗脸、洗脚、换衣服这一说，孩子们爱怎么玩就怎么玩，家长是从来不管的。捉迷藏时，藏在垃圾箱里的孩子也是有的，毕竟当时的垃圾箱比较干净，没有剩菜剩饭，人们刚刚能吃饱，有的还吃不饱，谁舍得扔吃食？菜根、烂菜叶都喂了鸡鸭，烂衣、破布打了夹纸做了鞋，碎纸、碎玻璃早就被人捡去卖了废品养家糊口，就连那烧过的煤渣也让农村人拉去当了肥料呢！

那时的孩子们真是自由自在、无拘无束，就好像山里的小鹿、平原上的小兔、水中的小鱼、天上的小鸟，想怎么跑就怎么跑，想怎么卧就怎么卧，想怎么游就怎么游，想怎么飞就怎么飞！我想，那天上的星星、月亮看见我们这群恣意妄为、欢乐无比的孩子们，也会露出几许羡慕、嫉妒吧?!

一天晚上，玩腻了老鹰捉小鸡、捉迷藏的孩子们来到胡同西头的一个大杂院里。呵，好热闹！还没进门就听里边传来嘻嘻哈哈的说笑声、小娃娃的吵闹声，还有不知是什么东西发出的嗡嗡声。进了门洞，则看见这四合院中宽敞的空地上，仨一群俩一伙的人们坐在一起，一边说笑，一边搓着手里的什么东西。还有一个人坐在昏黄的门灯下，用一个飞快转动的土机器打磨着什么东西，那嗡嗡声就是它传出来的。一位袒胸露臂怀里揽着孩子的女人，手里也在搓着什么东西。他们手里搓的究竟是什么东西呢？走近一看，原来是在用砂纸打磨梳头用的木梳！

哦！这就是何家梳子的家庭作坊啊！

我蹲在那位披着上衣边奶孩子边搓擦着木梳的女人身边，只见她手下有个竹编的小笸箩，里边有十几个搓过的和没搓过的木梳。她一边用手中的砂纸打磨着木梳，一边照看半躺半卧在她怀里吃奶的孩子，还时不时地拍打着落在她和孩子身上的蚊子。虽然院子里燃烧着一根像蛇一样粗的艾蒿绳，但那点香烟还不足以把那些吸血鬼全都熏跑。

“哎，小丫头，咳咳……你是哪个院儿的……咳咳……呀？”

“我是三十号高台阶那院儿的。”我回答。

“你……咳咳……叫什么……名字呀?”

“我大名叫柳叶新，小名爱爱。”

“哦！柳叶新！多好听的名字……咳咳……呀，是谁给你起、起……咳咳……了这么个好、好……咳咳……的名字啊?”

“我爸爸！他说让我们长大后建设新中国，我叫柳叶新，大弟叫柳志中，二弟叫柳志国，连起来就是新中国！”那时小妹柳叶青还没出生，后来谁都说我和小妹的名字起得好，带有诗意！

“哦，建设新中国，咳咳……名字排得好，咳咳……现在解放了，咱们的日子……咳咳……会越来越好，大家一起来建设新中国，咳咳……将来还要喝牛奶、吃面包……咳咳……楼上楼下电灯电话呢……咳咳……”这个阿姨咳得怎么这么厉害。

“柳叶新，你怎么到我家来了?”一个十三四岁的大姐姐突然站在我身后说。

“你是?”我站起来，疑惑地看着那个扎着两条半长的辫子、两只大眼睛忽闪忽闪的大姐姐。

“嘿！我是你的同学呀！我叫郝影彩，在六一班。哦，你不认识我，我可认识你。今年春天开联欢会，你还跳舞来，是不?你可是咱们学校的大名人呢！舞跳得那么好……”

影彩拉着我的手一边说，一边引我到她坐的矮凳旁。那女人喘着气笑着，看着影彩拉着我走开，那不大的杏核眼里透出几丝暗淡、忧伤……

于是，我很快就和郝影彩玩到了一起，跟她学着搓擦打磨木梳，听院里的师傅们说笑、讲古，看院里的孩子们打闹……

影彩说，那奶孩子的、一说话就喘气咳嗽的女人叫丑女儿，影彩叫她丑姨。这丑姨命可苦，父母见她天生的前鸡胸后罗锅，生下来就扔到了街角的小土地庙前，是木梳坊的何师傅把她捡回来养大，又许配给了一个孤儿徒弟当了媳妇。

“你看，何师傅就是他！”影彩指着在昏黄的门灯下埋头认真地踏着机器，为木梳开齿的白头发老头说，“他待丑姨像亲闺女一样呢！这不，刚刚过上了几天舒心的日子，孩子还不满周岁，丑姨又得了那治不好的‘痨病’。”影彩叹了口气，又说：“你看，谁都不敢和她搭伙搓木梳呢，怕传染！”

我偷偷地向丑姨那边望去，果然，院里的人们都三五成群地坐在一起说说笑笑地干活，只有丑姨，自己孤零零地在黑影里闷头搓着，一个粗壮的小伙子笑着从她怀里抱走了睡熟了的孩子，向屋里走去，这就是何师傅那个孤儿徒弟——她的男人了。

“我们全院的人都在帮她呢，帮她凑钱看病，可是……”影彩的话，让我想起了满福盈的那个大姐姐……这该死的‘痨病’！怎么就不能治好呢?!

以后，凡是我去找影彩玩，我和影彩搓的木梳全都给了丑姨。要知道，搓好两个木梳就挣一分钱，当时一角钱就能买好几斤玉米面呢！

那天，我放学回家，看见那木梳坊门上挂上了白幡，丑姨没了。丑姨丢下她那疼她爱她的养父母、男人，丢下嗷嗷待哺的娇儿，丢下对新中国新生活的美好憧憬，永远地离开了她实在不想离开的世界。当时，丑姨还不到三十岁！

现在想起来，丑姨一点都不丑，皮肤是那么白净，眼睛虽然不大，但总是满含着善良的情意，那尖瘦的小鼻子，没什么血色的小嘴……如果长在一个健全人的身上，还是一个不错的清秀人儿呢！

后来，我们搬了家，但小菊花胡同的欢乐、清清秀秀的丑姨，以及养她成人的不爱讲话、成天忙着踩机器为木梳开齿的何师傅，还有善良的大姐姐郝影彩……都深深地刻在了我的脑海里。

刘掌柜的俩媳妇

小菊花胡同三十号对过儿左边住的是酱园刘掌柜一家。刘掌柜，高高大大，走起路来一摇一晃，倒背着手，那大头随着脚步一颠一颠地往前探着，远远望去，极像一只企鹅在陆地上不慌不忙地散步。

刘掌柜不爱说话，每天早饭后都见他板着脸从我家大门口路过，到西大街他的酱园工作。那四方大脸上的三角眼向下耷拉着，好像是在看自己那颗硕大的鼻子，也可能是在看自己那两片厚厚的、沉重的、很不容易开启的嘴唇。我在小菊花胡同住了两三年，常见他过来过去，可从没听他说过一句话，小孩子们都怕他。

可听二丫头她奶奶说，刘掌柜年轻时是一个很和善的人。否则，他那买卖能做那么大？是什么原因使他变成这副模样？

俗话说："要想一天不安生，你就喝大酒；要想一年不安生，你就盖房；要想一辈子不安生，你就娶俩媳妇。"

这刘掌柜正是娶了俩媳妇！

刘掌柜家比较穷，从小就出来到这酱园当学徒，但他精明、能干、勤奋好学，不几年就掌握了腌制各种咸菜的技术，不仅掌握技术，还算的一口好账，人家刚报完数儿，他那儿已经得出了结果，连老掌柜的算盘都不及他快呢！

就这样，他被老掌柜看上，招了上门女婿。老掌柜给自己的独生女儿、掌上明珠找了一个终生依靠。随着刘掌柜越来越精通商道，这酱园的生意也越来越兴隆。那说一不二的媳妇也接二连三地生了三个闺女。这日子过得可真叫红红火火。不幸的是，老掌柜老两口没福消受这份顺顺溜溜、水涨船高的好光景，先后带着对宝贝女儿今后日子的放心，带着没见着朝思暮想的孙子的遗憾，去世了。

刘掌柜的买卖做得越来越大了，他的酱菜、面酱、豆瓣酱、西瓜酱，甚至虾酱，都卖到了天津、北京、内蒙古……知名度快赶上槐茂酱园了，眼瞅着财源滚滚来，但美中不足的是没有儿子！

再说那老掌柜的大小姐，也就是仨闺女她妈，衣来伸手，饭来张口，养得白白胖胖，嫩得一掐一嘟噜水，等她生完三个丫头后，就像被三口气吹起来的气球儿，生一个，胖一圈，生一个，胖一圈……如今已经变成头小、腿短、身子肥的大鸭梨。那腰足有三尺半，穿着滚着边的半长的大花褂子，走在街上，远了，看不见腿，好像一个大圆球在自己滚动；近了，像粗钎子穿着一个糖葫芦球，又像一把圆圆的大茶壶。怎么说呢？因为她说话时爱左手叉着腰，右手指指点点，那叉腰的左手不就是茶壶的把儿，那指指点点的右手不就是那茶壶的嘴儿吗？她那梳得溜光的小纂上插着两只银簪子，胖胖的白脸上描着眉，那两只骨碌碌的大眼一转，脸上的官粉直掉渣，露出满脸横肉上遮不住的皱纹……那张大嘴，不仅能大吃，还能大笑，更能大骂！骂谁呢？骂伙计，骂近邻，骂女儿，更骂刘掌柜！总之，谁不让她顺心，她就骂谁！

她叫什么名儿，大家都忘了，只都叫她‘大鸭梨’。

那天，“大鸭梨”又两手叉着她那肥腰站在自家的台阶上大骂开了：“哼！想占老娘的便宜，没门！也不撒泡尿照照自己是什么东西！想侵我的财产，也不看看老娘是谁！不就是欺负老娘没儿子吗？老娘现在没有不等于永远没有！老娘生不了，我给我家掌柜的娶小，看谁还想着我的财产！哼！……你们等着吧！我让你们癞蛤蟆想吃天鹅肉！我让你们竹篮打水一场空！……呸！想欺负老娘我！哼！”

这是说给她乡下来的几个远房侄子听的。

果然，“大鸭梨”给刘掌柜娶了一个年轻漂亮的小媳妇。

果然，这小媳妇给刘掌柜生了儿子，而且生了两个儿子，大的取名金根，小的取名金果。

果然，“大鸭梨”让想继承她那财产的侄子们竹篮打水一场空。

但是，这大鸭梨的好日子、这刘掌柜的好日子也就过到头了。为什么呢？因为自打那小媳妇生了儿子，就好像变了一个人，母以子贵，何况生了两个儿子？所以，小媳妇的脾气跟着渐渐长大的儿子也越来越长，再也不低声下气，再也不逆来顺受。先是争吃争喝争穿戴，后是争事事都做主。“大鸭梨”怎能咽下这口气？无奈刘掌柜明里搞平衡，暗里向着小媳妇。于是就两天一小吵，三天一大闹，搞得家里鸡犬不宁。古语说得好：“家和万事兴。”这家不和，生意能兴隆？而且，“屋漏偏逢连夜雨”，先是请的账房先生趁着刘掌柜家里打成一锅粥，刘掌柜几天没到酱园去，卷着手中的现钱逃之夭夭；紧接着，小徒弟烧火睡着了，那火苗蹿出了灶膛，引燃柴堆，烧了酱园店铺后边的作坊……再后来……

咳！早知今日，何必当初?!

“大鸭梨”傻了，小媳妇蔫了，刘掌柜再也打不起精神了，一气之下，把大鸭梨赶到了乡下他爹的老宅子里。三个女儿都出嫁了，只剩下她一个孤零零的老太婆，每天守着黑暗、陈旧、散发着霉气的老屋，看着侄子的脸色过日子，逢人就说她那侄子们多么多么好哇，每天给她端粥喝呀……

如今刘掌柜已经六十多岁了，还在他那只剩下前店的酱园里支撑着。解放了，公私合营了，因为他那生意不大，只评了个小业主，还是团结的对象吧！

那还不到四十岁的小媳妇，依然年轻、漂亮，每天把那漆黑的短发梳得光光的，穿着素雅的旗袍出来进去地招摇，人们都叫她“狐狸精”，说她败了刘掌柜的家。

可是，这能怨她吗？而且，这小业主不比资本家的日子好过吗？

老专署

随着父亲调到保定专员公署任副专员，我们家又搬到了专署机关的两间平房里住。因为没两年我们又搬到了新盖的专署大院，所以我们都称这儿为老专署。

老专署在哪儿呢？在现在的保定第一中心医院的北边，长城北大街的路东，那时叫前卫路，可不像现在这样繁华，这样高楼林立、车水马龙。那时，路边除了河北医学院、前卫路小学、第一中心医院的前身河北省医学院附属医院、老专署等几个机关单位外，没有商店，没有居民，整条新开的马路清清爽爽，平时看不到多少行人，来往的车辆也是骡马大车，偶尔有辆汽车呼啸而过，就像那趾高气扬的贵人，在众人的瞩目中掀起一阵黄尘。因为当时那新修的马路是石子路，而且没有下水道，一边一条大土沟作为排水沟，所以扬起尘土是难免的。在老专署对过儿的附属医院北边的马路沿上，还有两个两层楼高的大坟头呢！听说是公主坟，不知是哪朝哪代的公主埋在了里边。

那老专署的大门是20世纪50年代常见的、气派的、砖砌的、带有高耸在门头的三扇尖顶的大门。那大门被粉刷成白色，门口挂着保定专区行政督察专员公署的竖牌子，深深的门洞两边是收发室、传达室，门口有带枪的解放军站岗。

进了大门，里边是一片杂草丛生的空地，大概有两个足球场那么大吧。空地上散落着一些砖头瓦块。这儿原来是否有什么建筑？怎么夷成了平地呢？是抗日战争还是解放战争留下的创伤？空地的中间部分、东西两侧各有一个圆圆的用水泥抹得光光的像一个倒放的大罐子一样的大坑，罐沿还有通到罐底的阶梯。这是干什么用的呢？九岁的我百思不得其解。现在看来，那很可能是装汽油的地下设施，因为不明原因，使它们得以见天日。这地方该不是旧时的军营吧？

穿过这片杂草丛生的空地，再往里走，是一面留有大门的红砖墙，一看就是新砌的，和周围的灰色建筑极不协调，像在灰色的底片上抹了一道亮丽、鲜艳的弧线。进了这没有门楣、门扇的大门，看见一排排青砖灰瓦的小平房，那就是专署各局各科室的办公室了。我们家就安在靠里的一排平房的东头。

一间屋父母和小妹住，一间屋姥姥、姥爷带着我和小弟住，大弟、二弟在小学住校，三弟在奶妈家，周六大弟、二弟放学回来，就和我们在大通铺上挤着睡。

那通铺还是借机关的长凳、铺板搭成。那时谁家有床呢？都是机关总务上提供长凳、铺板搭床，上至专员，下至烧锅炉的职工，都是如此。大通铺上还是铺着麦秸秆芯的大炕褥子，只不过那被子不再卷向墙根，而是叠得整整齐齐地摞在墙边，这也是向城里人学习的进步吧！床上有了大褥子和床单。

我们吃什么呢？早晚玉米面窝头、小米或玉米面粥，中午有时吃上一顿馒头或面条。但是，这样的饭是不多的，因为统购统销后，粮食定量供应，每个人每月百分之七十的粗粮、百分之三十的细粮，哪能经常吃馒头面条呢？烙一次饼，也经常是夹心饼，即里面是玉米面，外面包层白面。这样的饼，抹上面酱，夹上小葱，咯吱咯吱地嚼起来，那是一个香！现在一想起来还流口水呢！因为我是老大，因为我是女孩，所以除了刷锅、洗碗、背小弟小妹，还得帮助双手患严重关节炎的姥姥和面、煮粥、烙饼、擀面条……帮助姥爷和煤、打煤饼，为家里做饭用的煤炉子准备燃料……所以，外出玩儿的机会并不多。

你知道我最高兴的事儿是什么吗？是到大空院儿或野外挖野菜！

先是跟着姥姥在大空院儿挖，等认识了马齿苋、老鸹筋、蒲公英等好几种野菜后，那大空院儿就关不住我们了，约上几个小伙伴，挎上竹篮儿，走出白色的大门，横穿过马路，就来到了我们的天堂——西边那一望无际，有着弯弯曲曲的小河沟，点缀着几棵老歪脖树、几个王八驮石碑、几个高高低低坟头的田野。

那天，那叫一个蓝，远远望去真像大海，但比大海更宽、更深、更无际，比大海更蓝、更清、更旖旎。它蓝得让人无比舒畅、清爽，甚至心痛，真想跳进去，不！是飞上去，恣意地打滚儿、翻腾，尽情地撒欢，可又怕弄脏了那圣洁的湛蓝，揉皱了那洁净的穹面……

那云，那叫一个白，只见它们从天边的狼牙山顶慢慢地升腾上来，你拥着我，我依着你，像白白胖胖的蘑菇，又像一群刚刚出世的云娃娃，挤着、闹着、争着、抢着往上长着、长着……终于，它们长大了，飞起来了，有的像身披白纱的仙子，舒袖展衣飘飘逸逸；有的像肥而笨的大象，敦厚而沉重地迈着脚步；有的则手拉手、肩并肩地站在一起，有高有底地起伏着，有前有后地排列着。那高而挺拔的是山峰，那厚而暗的地方是山谷，那圆而矮的就是山包了。山峰、山谷、山包之间或宽或窄或直或弯的缝隙，就是那蓝莹莹的溪流、长河、湖泊了。你看，那宽阔的湖面上，那长长的河边上，还有几个大大小小形状不一的小岛呢！那岛上好像还有人影走动，他们在干什么呢？是在种田，还是在打鱼？……

那田，是那么的碧绿。麦苗青青的，铺向天边，像绿丝毯，又像碧绿的湖水，微风一吹，立刻掀起那轻柔、细密、连绵不断的褶皱，逗引得天上的鸟儿俯冲下来，妄图衔上一口清凉的湖水……

那不知名的小河沟，是那么美丽，沟里是能看见鱼虾的河水，水边是一蓬蓬、一丛丛绿草、野花。这里一片小蓟伸展着多刺的长叶，托举着淡紫色的永远也不完全张开的花朵；那里棵棵高大修长的狗尾巴草垂下它们那粉红色的长穗，像一个个待嫁的少女，欲说还休地低头相思……那棵不知有多少岁的几个人都抱不过来的浑身深深皱纹的歪脖老柳树，像个慈祥的老爷爷站在河边，静静地看着这欣欣向荣的花草们，不时用垂下的枝条轻轻地抚摸一下它们的头顶……

啊！我的天堂！

那时，我们可以踩着河里的石块儿过河，我们可以在麦田里打滚，我们可以用柳条编帽子，我们可以用野花装点我们的柳条帽和小竹篮儿，还可以脱了鞋，挽起裤腿站在不深的河水里摸小鱼、小虾……

而如今，那河，不见了！那麦田，不见了！那美丽的狼牙山，也看不见了……

因为那里成了一片高楼大厦，挡住了人们远望的视线！

哎！什么时候我才能再见到你呢？我那美丽如画的蓝天、白云、田野、远山……还有那清澈的小河和河边的花草、树木……

依依姐弟情

小弟志军刚一岁多就有了小妹叶青，不但没吃到母奶，而且父母和全家人的注意力都转移到了有了四个大小子之后才来的这个金贵的小女孩儿身上，还有谁更多地疼他、爱他？只有我。

小弟出生时，我刚刚八岁，但在家人眼里已经是大姑娘了，应该担负起看小弟的任务了。所以，小弟除了在奶母怀里吃奶，就粘在了我身上，或背或抱或放在脖子上架着，因为那奶母还要帮双手患了严重关节炎的姥姥做饭、整家。

小弟胖胖的、圆圆的头上顶着几根稀疏的黄毛，圆圆的脸上婴儿肥嘟噜着，把那小鼻子挤得快没地方待了。小嘴红红的、嫩嫩的，见人就裂开那没牙的小嘴傻笑。特别是那双不大的眼睛，一笑就挤成三角形的亮晶晶的小星星，向你射来无比纯净、欢乐、信赖……的眼神，让你不由得那么怜爱他、心疼他。其实，他那眼是那种细长的丹凤眼，但因为胖，生生地挤成了三角形。姥爷曾开玩笑地说他："你三角眼，发饽饽脸！"谁能想到小弟长大后成了英俊挺拔的小伙子，还是部队文工团的台柱子呢！当然，这是十几、二十几年后的事儿了。

从小弟出了满月，只要我放了学，抱他就是我的事儿，尿我一身，拉我一身，是常有的事。为了不脏衣服，我学会了给他换尿布、擦屎尿，渐渐地又学会了给他换衣服、洗澡、喂饭……

夏天到了，小弟已经六七个月了，光着个小屁股，浑身胖得像个小牛犊，邻居的小女孩儿二丫头就给他起了个外号叫"牛牛"，后来简化成了"牛儿"。结果，牛儿就成了小弟的小名。

我都快抱不动牛儿了！那胖胖的、光光的小身子在我怀里腻着，扭动着，两手无所事事地抓挠着，揪下我的辫绳，弄乱了我的头发，抓破了我的脸，使本来就汗流满面的我的脸上黑一道、红一道，成了大花脸。更让人无奈的是，因为天热，因为出汗，我那胳膊上长出了疙疙瘩瘩的痱子，而牛儿的小屁股上竟也长出了疙疙瘩瘩的痱子！

晚上到了，我多想出去和小伙伴们玩老鹰捉小鸡、捉迷藏啊！可我得背牛儿。其实，背牛儿也挡不住我找小伙伴，我坐在石头台阶上，怀里揽着牛儿，用右手和二丫头、书媛耍石子。那牛儿，哪里就那么老实？一会儿嘴里兴奋地叫喊；一会儿用小手抓我的手臂，打得我手中的石子满天飞；一会儿又猛地趴下，把石台阶上正分输赢的石子拨拉得到处都是……真叫人哭笑不得。还是二丫头，为了让我好好玩一会儿，该我耍石子时，她就把牛儿抱过去。书媛也学二丫头，该二丫头时，她又把牛儿抱过去。当然，该书媛时，牛儿就又回到我的怀里……就这样，牛儿在我们三个小姐妹怀里转着，兴奋地叫着、笑着，看我们把手中的一个石子高高地抛起的同时，撒下手中那四颗染着不同颜色的石子，接住那颗抛起的石子，再把它高高地抛起的同时，用手抓起离得或近或远的两颗同样颜色的石子，抓不上来就输了，抓这颗石子时，动了其他颜色的石子，也算输了……

“你动了！”

“我没动！”

“你输了！”

“我没输！”

……

这叫声、喊声，甚至笑着打闹声，引得牛儿在我们怀里张牙舞爪，也啊啊地怪叫，好像在给我们哪一个助威，又好像在批评我们太吵了，逗得我们扔下石子，抛下输赢，都争着去抱牛儿，亲牛儿……

其实，牛儿最高兴的是我用脖子驮着他参加老鹰捉小鸡或捉迷藏的游戏。虽然我肩上有个胖弟弟，跑不快（也不敢跑快，怕摔着他），总是最先被抓住，最先被同伴找到，但是，只要我一跑起来，牛儿就兴奋地在我肩上大呼小叫，小身子一蹿一蹿，好像要蹿下地参加我们的游戏，也好像怪我跑得不快，替我着急。我的两只手紧紧地抓着他的小胳膊，生怕他掉下来。正跑得欢，突然，一股热流顺着我的脊梁淌下来。呀！坏了，忘了给牛儿把尿……这个可爱又可气的牛儿啊！

小妹，可爱的小妹来了。姥姥、姥爷要看小妹，牛儿就完全归我管了，不仅给他穿衣、洗澡，还要喂饭。因为他的奶妈已经回乡下了，他只能吃饭。一碗大米或小米粥、一勺咸菜就是他的一餐饭。我把那大条的咸菜切成小碎块，放到粥碗里，然后舀一勺顶着几块碎咸菜的粥，哄着牛儿吃："牛儿，你看，这么几个红军就消灭这么一大勺白军，快把他们吃下去！""啊哦！"牛儿张着大嘴高兴地把粥吞下去。就这样，一口一口，把满满一碗粥喝完了；就这样，一口一口，把牛儿喂大了，会说话了，会叫姐姐了。

因为姥姥要带小妹，所以牛儿每晚都跟我一个被窝睡觉。睡前给他脱了衣服，总要在被窝里玩一会儿，或是藏猫猫，或是互相胳肢腋窝儿，牛儿那胖胖的小身子，哪里都是痒痒肉，逗起来，不管摸他什么地方，都会让他咯咯地笑个不停……

天亮了，我悄悄地起床，因为我要上学去呀！我洗了脸，胡乱吃了口东西，带上姥姥给我准备的干粮，悄悄地、悄悄地往门外走，生怕惊醒了牛儿和小妹。可我的脚刚要迈出门槛，只听"姐！姐！哇——"的一声，回头一看，牛儿已经爬出被窝儿。我连忙回到床边，一边给他穿小衣服，一边安慰他："牛儿，好牛儿！姐得上学去呀！姐不上学，老师该批评我了啊！你在家等我，下午我就回来了。……啊！乖牛儿，姐回来领你到大空院儿玩儿，等着姐啊！我走了，要不然就迟到了……"

姥姥过来，强拉下牛儿那死死拽着我衣服的小手，我趁机逃出门外，但身后传来牛儿撕心裂肺地哭叫："姐！姐！我要姐！……不叫姐走……"我不忍心地回过头去，则见牛儿趴在窗玻璃上，小脸贴得扁扁的，流着鼻涕眼泪，张着大嘴冲着我号啕大哭。我心里一酸，也掉下眼泪来，赶忙贴在窗上假装亲他一下，就抹着眼泪飞似的跑向学校……

那天，郝叔叔和母亲的好朋友区姨又来了，他们已经来过好多次了，每次来都抱着牛儿看不够。今天，他们又来做什么呢？

原来这对恩爱夫妻事业成功，都是高级干部；身体健康，都长得粗粗壮壮，可美中不足的就是不生孩子。进了多少次医院，打听了多少民间偏方……都没用！怎么办呢？领养一个吧！可领养谁呢？选来选去，他们看中了已经有了三个哥哥的牛儿！

其实，他们早已和为有六个孩子而忙得焦头烂额的父母商量好了，今天就来抱牛儿走。我心里一百个不愿意，自己一手抱大的心爱的小弟，怎么能让人家抱走呢？可姥姥反复地唠叨："你郝叔区姨想孩儿都想疯了，他们家条件好，牛儿去了还能受屈？光等着享福吧！"又说两家离得这么近，关系又好，还不是常来常往，跟没离开家一样？不明就里的牛儿吃着郝叔和区姨带来的糖果，兴高采烈地投入了郝叔的怀抱，要跟郝叔去"逛街"。姥姥、姥爷、父亲和抱着小妹的母亲领着我送他们，其实是送即将离家的牛儿。我们穿过一排排平房，来到红砖墙的大门，全家人站住了。只听郝叔一句句地教牛儿说：

"你们回去吧！"

"回去吧！"

"我要去逛街了！"

"我……逛街了！"

"一会儿就回来！"

"……回来！"

父亲挥挥手说："走吧，走吧……早点回来啊！"

姥姥、姥爷和母亲没说话，我知道他们心里肯定非常难受！

我却没停下脚步，紧紧跟着抱着牛儿的郝叔和拿着牛儿小衣服的区姨，一步一步地向前走，看着牛儿那可爱的小脸儿，眼泪止不住地往下流……

"爱爱，回来吧！"身后的父亲叫着，我没停下脚步！

“爱爱，回去吧！”身前的区姨温和地说，我没停下脚步。就这样跟着、跟着……穿过了大空院儿，走出了大门，我还想跟着往前走……

这时的牛儿已由刚才的兴高采烈变得安静下来，疑惑地看看郝叔，又看看擦着眼泪的我，渐渐地不安起来。区姨赶紧走过来小声对我说：“爱爱，快回去吧，一会儿弟弟该哭了。过几天，我抱他来看你啊！”我只好停住脚步，眼睁睁地看着郝叔抱着牛儿越走越远……

可是，当我呜呜哭着走进家门不久，只见郝叔风风火火地抱着牛儿，区姨气喘吁吁地跟在后边又回到了我们家。

“秀秀，不行！不行！……这孩子气性忒大，一看不见他姐姐了，哭得差点背过气去……”郝叔一边指着在他怀里拧着绳儿哭闹的牛儿，一边说：“刚才那小脸都憋紫了……你看你看……”

母亲一把把牛儿从郝叔怀里抢过来，像失而复得了一件宝贝，紧紧地抱在怀里说：“郝书记，对不起了，这孩子还是留在我这儿吧！”

“姐——”只见哭得喘着气的牛儿从母亲怀里弯下腰来，两只胖胖的小胳膊直直地向我伸过来。我抱过牛儿，我那差一点给人家当了儿子的小弟，不知该怎么亲他。而牛儿，才刚刚两岁多的牛儿，用小胳膊搂着我的脖子，把那小胖脸紧紧地贴在了我的脸上……

五十多年后的一天，和八十多岁的老母亲拉家常，母亲摇着她那满头白发，无限感慨地说：“多亏了你呀！要不然，牛儿就真的送走了……”

咳！如果真的送走了，那个部队文工团吹拉弹唱舞全才的台柱子，那个智勇双全的侦察排长，那个多次荣立三等功的英雄营长，那个如今一个大公司的董事长——牛儿，志军，就不姓柳而姓郝了！

逛庙会

那年我八岁。

家里议论，要让来我家做客的二舅带着从没逛过庙会的我们逛庙会！哪个庙会呢？就是刘守庙庙会。那时刚解放，正在破除迷信，所以庙会也就是借刘守庙的名儿搞的城乡物资交流大会。

听说庙会上人山人海，孩子万一丢了怎么办？有的说往孩子脑门上盖个机关的章吧，万一丢了，人们一看就知道这孩子是从哪儿来的，可以联系机关；有的说他二舅，你就一手拉一个，走到哪里都不要松手，盖章危险，万一碰上坏人……在大家的热议下，我和七岁的大弟，一人紧拉着年轻二舅的一只手，兴奋地充满好奇地丢下因年龄小不让他逛庙会而哭闹的二弟走出家门，挤上了专为庙会开的公共汽车。

那时，公共汽车本来就少，而赶庙会的人又多，既然逛庙会，既然想在庙会上买东西，谁还在乎那一毛钱的车钱？所以，这车厢里那叫一个挤！已经很满了，还硬往里塞人。整个车厢好像沙丁鱼罐头，一个人紧贴着一个人，而我们小孩子只能像小鱼一样钻在大鱼的缝里，不见天日地闻着大人们腰背上的汗味。车在坑洼不平的路上摇晃着、摇晃着……好在是寒意未退的初春，好在是多数人还没脱去厚厚的衣裳，好在路途并不算远……才让我和大弟没被憋得窒息，才没撞伤筋骨，才没来得及因晕车而呕吐。

终于下了车！一阵大风吹来，卷起了漫天尘土，等这沙尘过去，我们才敢睁开眼。好家伙！果然是人山人海！老的、小的、男的、女的，携儿带女的、呼朋唤友的……仨一群，俩一伙，成群结队，摩肩接踵地走着、说着、笑着。有的随走随观看路边摆的各种小物件，什么针头线脑，什么小鞋小袜，什么小鸡小鸭，什么孩子们玩的木制刀枪剑戟……甚至锅碗瓢盆、搓衣板、捣蒜锤……真是应有尽有。

老两口领着个小男孩站在吹糖人的挑子跟前走不动了，小男孩儿一手拽着老爷爷，一手拨开前面大人们的腿，使劲往里钻，想看看那高高地插在木杆上做幌子的憨憨的猪八戒、猴精的孙悟空、可爱的小胖娃、美丽的天仙女是怎么吹出来的。

几个花季少女，让卖红绿化学梳子、卡子和红绒线头绳、红黄粉绿兰的各色绸条的小摊粘住了脚步，她们兴致勃勃地观看着、议论着、比较着，那顾盼流彩的眼神，欣赏着，爱抚着，心里掂量着手中这不多的钱能买哪件心爱之物来装点自己那青春靓丽的娇容呢？

一群半大小子吆喝着呼啸而过，冲向前面围得里三层外三层的人圈儿，里边有什么呢？随着阵阵喝彩声，在人圈儿上方不时地抛起几把亮闪闪的刀枪、几个华丽而沉重的大缸；一会儿，出现了踩着高跷顶碗的小女孩儿；一会儿，见一个粗大的木杆顶着一个彩篮转来转去，那高高的像要插入云霄的彩篮上，竟然站着一个身着红绿彩装的小孩儿！千万小心，可别让他掉下来啊！

我们随着人群流向一片大席棚，哦！这才是庙会。不！这才是城乡物资交流大会的正场呢！只见在一眼望不到边的野地里，用苇席搭了好几趟长长的大席棚。大棚里的两边是各地交流的商品，中间是供人们走动的通道。可谁也没想到逛庙会的人竟有那么多！那足有10米宽的通道竟被上庙的人挤得水泄不通。二舅紧拉着我和大弟的手，随着人流涌进了一个大席棚，身不由己地跟着人们慢慢向前流动，前面的人向前走一步，我们跟着挪一步，后边的人就紧跟一步。不能向左，也不能向右，看不见两边摊位上卖的什么东西，听不见摊主在吆喝什么，是在兜售他们的商品，还是怕挤垮了他们的摊位？如果这时有一个人跌倒，后果将不堪设想，那他身上还不踏上千百只脚？不知道还有多少人跟着他一起跌倒……太可怕了！

好不容易才流出了这条大席棚，二舅拉着我们的手被汗湿得滑腻腻的，他的脸上也淌着因拥挤、担心流下的汗水。望着另外几条长长的大席棚，二舅好像自言自语，又好像对我和大弟说："不去了！不去了！太挤了！太悬了！咱们到别处逛逛吧！"于是，我们就专拣比较空旷的地方走走、看看。转着转着，一座青砖灰瓦、高台阶的建筑出现在我们面前。这是什么地方呢？原来这就是闻名遐迩的刘守庙！

刘守庙是保定第一大庙，庙里供奉的是金代名医刘守真。这名医刘守真，生前救死扶伤，死后深得万民敬仰，所以庙里的香火得以延续近千年。而现在，人们已经破除了迷信，解放了思想，相信了科学，还有谁会到这庙里向泥胎烧香跪拜、求医问药呢？所以，庙前冷冷清清，门可罗雀。偷眼看庙里，清清静静竟无一人。这与近在咫尺的大席棚里的人山人海形成了鲜明的对照。刘名医如果地下有知，该不会心酸吧？因为他老人家生前说过："但做好事，莫问前程！"

我正在庙前观望，突然二舅惊慌地问我："爱爱，你见到小民了吗？"（小民是大弟的小名）

"没有哇！"我回答。

只见二舅大喊"民子！民子！"，又自言自语地说："刚才还拉着我的手呢，怎么一转眼就不见了？"原来这里人少，卖东西的人也少，二舅就放松了警惕，让那汗津津的双手得以休息。庙前的空地一目了然，还怕孩子丢了？可民子真的找不到了！急得我和二舅大声呼喊："民子！民子！民子啊！……"没人应。进庙了？二舅叫我站在庙门口不要动，等着大弟，他急忙跑进庙里转了一圈，还是没有！"这孩子跑到哪儿去了？走，咱们到那边看看……"二舅着急地搓着双手说。

"二舅！姐！……"一个奶声奶气的小孩儿声从我们身后传过来。我们赶紧回过头去，真是民子，我的大弟！只见他从庙后边的一个土岗前跑了过来。

"你这孩子！跑到哪儿去了？！丢了怎么办？！让我给你爹妈怎么交代？！……"二舅气得大声呵斥大弟。

"我看见姥爷了，我去找姥爷了……"大弟赶紧辩解。

“你姥爷？他也来逛庙会？他在哪儿？”二舅问。

“在那儿呢！你们看！”他指着庙后那高高的土岗说。我们顺着大弟指的方向看去，果然是姥爷！和姥爷一样，也穿着长长的棉袍；和姥爷一样，白白的头发上顶着一个圆圆的瓜皮帽；更和姥爷一样，把他常用的灰白布的手帕叠成四四方方地压在瓜皮帽沿下遮挡着太阳……只见他高高地、直直地站在土岗上，正看着庙上人头攒动的风景。

“姥爷！”我大声地呼喊着跑过去。

二舅也边跑边说：“这老爷子，来逛庙会怎么也不言声，和咱们一块儿来多好！”

“那不是姥爷！”身后的大弟使劲地喊着。

“不是姥爷？”我和二舅同时站住。

“我以为是姥爷，结果跑去一看，不是……”大弟无奈地说。

怎么会不是姥爷呢？远远望去，跟姥爷一模一样啊！可见，典型装扮的中国老头还是很多哟！

后来，二舅领我们喝了三分钱一碗的鸡蛋汤，吃了五分钱一个的芝麻烧饼，给大弟买了一毛钱一个的小乌龟，给我买了六分钱一个的牛皮纸做的小手风琴……我们兴高采烈地回到了家。

这就是我有生以来第一次逛庙会。

我第二次逛庙会，也是有生以来最后一次逛庙会，是我十岁那年。因为长大了，因为有伴儿，家里没人跟我去。领我逛庙会的是谁呢？是郝影彩大姐姐。

我和书媛、二丫头、二丫头她姐，跟着影彩大姐姐一路说说笑笑来到南关大桥下的码头，每人花一毛钱买了船票，在同伴的搀扶下，登上了摇摇晃晃的大船。这也是我有生以来第一次坐船呢！

清清的、宽宽的河水滚滚向东流着，河道上来往的船只、木筏慢慢地游动着，每条船、每个木筏上都坐满了人。我们坐的那条船，其实根本就不是真正意义上的船，因为它没有深深的船舱，没有尖尖的船头和船尾，更没有遮风挡雨的船篷。它只是用成排的原木捆在一起的大木筏子。很可能是从白洋淀调来的船不够用而临时捆扎的木筏子吧！就是这大木筏子，也吸引了成百上千的人乘坐——府河道里来来往往的木筏子上挤满了人，我们这个木筏子上大概就有百十来个人。大家坐在木筏子上，眼睛盯着岸上的景致，满心喜悦地享受着这不算长的水路旅行。

那时岸上有什么景致呢？没有高楼，没有马路，没有汽车，更没有冒着黑烟的工厂；有的是一望无际的田野、星星点点的村庄、盛开的桃花、刚刚冒芽的嫩柳……还有那几处高低起伏的沙岗和几块高大的石碑。天是那么蓝，云是那么白，小鸟是那么自由自在地飞来飞去……艄公用竹竿尽力地撑着岸边，木筏子在清清的河水中慢慢滑行，有对面的木筏子过来了，艄公熟练地一竿子下去，我们的木筏子便躲得远远的。两筏子上的人们喜悦地对视着，上庙的人们的眼里多了几分兴奋和期盼，也想从回来的人脸上得到庙上更多的信息；回来的人们的眼里则多了几分还了愿的满足和惬意，怀里抱着从庙上带回来的收获和喜悦，那鲜亮的布匹，那崭新的锅碗，那油香的点心，那孩子手中的长枪短刀和精美的脸谱……

哦！那清清的府河水，那宽宽的府河水，那日夜流淌的府河水，如今都到哪儿去了呢？什么时候你才能再载着我们，载着我的孩子们赶那流传了千百年的刘守庙庙会呢?!

被忽视的头发

不知哪个哲人说过："女孩儿要富养。"但我从没被富养过。

虽然我是家里的第一个孩子，而且是个女孩儿，却是一个被忽视的女孩儿，起码是被忽视了性别的女孩儿。被忽视，先从我的头发开始。

五岁之前，在涞水县的大山里，跟着姥姥、姥爷过着虽然清苦但不失快乐的生活。因为姥姥、姥爷跟前就我一个小孩子。

五岁时，我顶着山里女娃流行的圆圆的有着厚厚刘海儿的帽盔头到了保定，被父母改造我的小棉袍、捆裤脚的同时，还改造了我的头发——和大弟、二弟一样，推了个男孩儿的小分头。

为什么给我理个男孩儿头呢？混混沌沌的我虽然不太高兴，但也没反抗。本性就懦弱，和父母又认生，哪敢说个"不"字？就这样，我顶着个男孩儿头在街上疯跑，顶着个男孩儿头走进学校，所以，"假小子"就成了我的绰号。

是大人们忙，没时间给我梳头吗？是我长得像男孩儿，不屑给我梳头吗？都不是！而且，谁不夸我长得像母亲一样水灵、秀气？更别说胆小、懦弱、文静、苗条了，哪点像男孩儿呢？

学校旁边住着一家人，我每天上学路过，几乎都看见一个比我略小点的闺女出来倒洗脸水。那身花衣服穿得又合身又干净，那小脸儿被官粉扑得又白又嫩，腮上擦着胭脂，眉心点着红点，使那不大的双眼显得格外精神！特别是那两条油光光的齐胸长的辫子，梳得整整齐齐，用红头绳扎着，而且头发两边各戴着一个当时时兴的绿卡子！咳！看人家多美呀！起码人家家人把她当女孩儿养！起码人家家里有人重视她、关心她，像呵护一朵花骨朵一样，那么精心，那么小心……而我，穿着和大弟、二弟一样的背带裤，白底碎花的上衣，因为洗得不勤，裤兜上留着斑斑点点的饭渍，那男孩儿的分头更叫我相形见绌……虽然我在她面前自感形秽，但每次见到她，都忍不住要多看两眼。

三年级了，可能母亲也觉得我大了，再留男孩儿头实在讲不过去了，就开始给我留头发，但也没人给我梳头，也没人给我买红绿头绳。怎么办呢？我只好在姥姥的针线笸箩里找条红布条或花布条，在头上胡乱一扎。有时没有红的或花的布条，找个蓝色的布条也能凑合着扎几天。有时起床晚了，胡乱吃口东西就跑向学校，谁还想着梳头呢！？现在想起来，那时的我，肯定是个蓬头垢面的小丫头！

记得有一天放学后，我和五六个小同学去看生病的班主任黄老师。黄老师半躺在床上，背靠着墙，两眼充满慈爱地看着我们这几个不善言辞但满心热爱她的小闺女们。突然，她那眼光落在我头上不动了，她脸上的笑容也僵住了。我头上有什么东西吗？我下意识地抬起手摸头，那几个同学也顺着老师的目光看我的头。

"柳叶新，你过来。"黄老师喘着气叫我。我不解地走过去，贴着炕沿站在她身边。

"看看！这头发都多长了，你妈也不给你剪剪……都快擀毡了，也不给你洗洗……"黄老师一边用手撩着我那披在肩上的乱发，一边对旁边的玉玲说："把桌子上的梳子递给我。"老师接过梳子，把我的头发梳通、分开，编了两条搭在肩上的半长辫子，还给我找了两条红色的毛线绳扎上。好美呀！那时可不时兴披肩发，如果谁要留披肩发，大家就会认为她离疯子不远了！幸亏我是八九岁的小孩儿，如果是大人，这样披着一头乱发，肯定要送精神病医院了。

我美滋滋地蹦跳着回到家里，全家人都投来惊喜的目光，好像突然发现灰姑娘变成了白雪公主，那么惊讶、欣喜，而且比平时多了几分爱怜和赞许。

姥姥说："爱爱今天真好看！我早就说该给她编小辫儿了……"

"谁给你扎得辫子啊？"母亲不无愧疚地问。

"我们黄老师！"我自豪地回答。

母亲不再说话。

晚饭后，母亲破天荒地亲自烧水给我洗了头，然后犹豫了片刻，还是拿起了剪子，把披肩发剪成了当时流行的只扎一个小偏辫的干净利索的齐耳短发。

是啊！母亲忙工作，忙六个孩子，忙迎送南来北往的老战友、老同事、老乡亲，哪有工夫每天给我编小辫儿呢？姥姥忙着做饭带小妹，也没时间照顾我的头发呀！咳！可爱可怜的小辫子，只在我头上待了不到半天，就……

当时，我就许下了一个心愿：长大后一定要留母亲年轻时留过的那种大长辫儿！谁知道，母亲也许下了一个愿望，要她的大女儿长大后一定要留两条大辫子！可能是她下剪子剪我那披肩发时许下的愿吧，因为自从我会梳头后，她总是说："你留辫子好看，不要剪了，留着吧！"结果，刚上初中，我那两条又粗又长的大辫子就已经垂到了腰以下……

我知道，黄老师给我扎的那两条小辫儿已经深深地刻在了母亲的心里。

我家的宠物

其实，大千世界应该是很和谐的，人和动物、植物，都是地球的儿女，就应该和平相处、相互关爱，共同享受阳光、水分、空气……

我觉得，人天生就是热爱动植物的，你没见多少人都把小猫、小狗当成家人，多少人侍弄花草比侍候老伴儿更精心！你看，那宋代“梅妻鹤子”的大隐士林逋，简直把人和动植物的关系推向了极致。

我们家也和大多数家庭一样，很喜欢小动物，甚至有时也有自家的宠物。虽然那时生活比较清苦，但根据我的经验，能否养个小猫、小狗，与家庭条件好否并没有直接关系。

就说我姥姥吧，如果她老人家活着，今年该有一百三十多岁了，她年轻时家里多苦哇，吃了上顿没下顿，可照样养猫。当然，那猫除了抓老鼠，就只能跟着姥姥喝稀粥了。

可据姥姥说，她老人家的老奶奶也非常爱养猫呢！算起来，我家养猫的历史该有二百多年了吧？不说从前，就说我这辈子吧！

四五岁时，在深山老家跟着姥姥养她那只大黄猫。每天三次半碗粥的猫食，必须我喂。因为我最喜欢看大黄要饭吃的那急不可耐的样子。我端着碗一出现在它的猫盆前，大黄就呼的一下子，不知从哪里蹿出来，围着我团团转着，嘴里喵喵叫着，眼里露出急迫、祈求、撒娇……的复杂眼神，好像在说：“快点给我吃啊！快饿死我了！快馋死我了……求求你了！”

而我却不急着把粥倒进它的猫盆里，因为我想逗逗它。我嘴里咪咪叫着，端着粥前后跑，大黄跟在我后边前后追；我端着粥转圈子，大黄跟着我转圈子；我把粥碗高高举起，大黄就地一蹿，四脚腾空，身子拉得老长，几乎就要够到那粥碗了……就这样，我叫着、笑着，大黄叫着、跳着……好了，游戏结束了，我把粥倒进猫盆里，大黄像感谢一样，喵喵叫两声，一头扎进盆里吃起来。我看着它那用舌头卷着粥嗒啦嗒啦大口喝的香甜的样子，馋得我恨不得也把头伸进猫盆和它一起分享这进食的快乐。

七八岁时，姥姥从垃圾箱捡回来一只不知是饿得还是冻得气息恹恹的花猫，在姥姥和全家人的呵护下，它终于缓过神来，原来是一只很漂亮的小母猫呢！黄白相间的皮毛，大大的总爱东张西望的黄眼睛，上蹿下跳总不安分的身影，见了家人，特别是见了它的救命恩人姥姥，就抓着裤脚仰头喵喵的可爱的样子，使得全家人都视它为掌上明珠。孩子可能有时忘了喂，而从来没忘过喂它。晚上，为等它夜归，可以专为它留门。后来，干脆在屋门下边挖了一个洞，钉上一块厚布挡风，为的是方便它出出进进，为此还惹得房东老大不高兴。

那天放学回来，姥姥高兴地告诉我们，小花当了妈妈了，她一口气生了六只小猫呢！我和弟弟们飞奔着跑到小花的产房，在一个垫上旧棉花的纸箱前蹲下身子，只见本来卧得好好的小花，一见我们过来，惊得腾的一下子站起来，嘴里发出从来没听过的愤怒的呜呜声。

“不要动它，它可护子呢！弄不好就咬你们一口。”姥姥在远处叮嘱我们。

我们谁也不敢动它，只是好奇地、认真地看着。小花见我们不动，没有伤害它和幼子的意思，而且都是朝夕相处的熟人，也就放下心来，又躺下去舔、去喂趴在它怀里闭着眼蠕动的六只或黄或白或花的小宝宝。

姥姥端来一碗粥，一碗比平时多而稠的玉米面粥，一边往猫盆里倒，一边说：“女人生孩子还要坐月子、吃鸡蛋呢，何况它一下子生了六只小猫！多需要营养啊！……还得喂奶！咳！什么托生个母的也不容易呀！来，多吃点吧！”

从此，我和弟弟们放学后的第一要务就是去看小猫。小猫们在姥姥和小花的精心喂养下，渐渐地长大了，睁开眼了，走得稳了，毛茸茸的了，我们终于可以用手捧它们了！我在手里捧捧白的，捧捧黄的，又捧捧花的……放在脸上贴贴它们那柔软、温润、略带奶腥气的绒毛，好可爱呀！我捧一只，亲一只，捧一只，亲一只，把它们一一从纸箱里拿出来，放在我的怀里。小花刚开始还放心大胆地卧在纸箱中，不动声色地看着我，后来见我一只一只把那绒球全拿走了，终于由渐渐不安到沉不住气，猛地跳出来，叼起一只细声细气喵喵叫的小绒球跳回纸箱，又跳出来叼上一只回到纸箱……一直到六只绒球全在纸箱中滚动，它才心满意足地蹲在纸箱的一角，全神贯注地欣赏它的杰作、它的心肝、它的宝贝！

我们那时养猫可不像现在这样复杂，除了给小花定时喂点食，除了给它布置临时产房，平时基本不管它。它上房、上树、上炕、上桌，甚至钻孩子们的被窝儿……都可以，没人管它、呵斥它，让它随心所欲、为所欲为，只要不破坏器物。

在冰天雪地的三九天，在薄薄的窗户纸难以抵挡寒风的肆虐，屋里的水缸都冻了冰的夜晚，哪个孩子的被窝儿能被小花光顾，那这一夜他就太幸福了，因为他肯定要睡个好觉了！

那晚，窗外的寒风呼呼地刮着，我躺在冰凉的被窝里团成一团，全身瑟瑟发抖。棉衣棉裤、压风的被子全盖上了，怎么还这么冷呢？我身不由己地向身边的姥姥挤了挤。这时，突然，一个毛茸茸的动物蹿上炕来，用小脑袋在我脖子旁拱来拱去……是小花！我赶忙掀起被角让它钻进被窝。“嘶！好凉！”小花从院外带来的凉气冰得我不由自主地打了个冷战。而小花，不管三七二十一，一头扎在我的怀里，找了个舒适的姿势贴着我的身子卧了下来，不一会儿就打起了猫儿特有的呼噜。随着这阵阵呼噜声，它那小身子变得温暖起来，热乎起来，我好像抱着一个越来越热乎的暖水袋，那股热乎乎的暖流从小花身上传到我怀里，传到我的四肢，使我那团成一团的身子渐渐舒展开，舒展开……睡得那么香甜。有时半夜起来解手，发现小花也是四仰八叉地躺在我的被窝里，肚皮朝上，四脚朝天，睡得昏天黑地……这就是人和宠物之间的互信、互助哇！

后来，由于跟着父亲的机关频繁地搬家，小花们送人的送人，丢失的丢失。再后来，父母工作更忙了，姥姥、姥爷更老了，我和弟弟们都住校了，而且政治空气越来越浓，终于批判起了“养狗喂猫、种花养草，玩物丧志的资产阶级臭思想”，谁还敢养猫?!

二十多年后，有一次，当我带着七八岁的一对小儿女回家探亲，竟惊讶地发现母亲的院子里多了两只猫——大黑和小白。怎么又养猫了呢？要知道这可是保定市委书记的家呀！原来，改革开放的春风也吹开了不许养宠物的禁忌，姥姥和母亲心中那点猫缘又被牵扯出来，她们又重操旧业——养起了猫，而且一养就是两只！

要说大黑和小白，那可是一对好猫。大黑浑身的黑毛像缎子一样光亮，而脖子上的一圈白毛又像一条漂亮的白围巾，再配上那四蹄踏雪的小白爪，谁不说它是猫中的美男子呢?！而那个小白，小巧玲珑不说，浑身洁白，没有一根杂毛，再配上它那懒洋洋的对什么都不屑一顾的高傲神态，俨然一个高贵典雅的白雪公主。

你可能见过人群中的谦谦君子，可你见过再三、再四谦让乃至永远谦让的猫吗？大黑就是！

每当母亲把猫食倒进猫盆，大黑和小白总是一块儿冲向前去，可大黑永远在食盆前停住脚步，蹲在一边，认真地看着小白进食。不论这食物是多还是少，是荤还是素，哪怕是它们最爱吃的鱼和肉，也总是小白心安理得地埋头大吃大嚼，大黑乖乖地蹲在一边看。有时大黑可能太饿了或太馋了，不由自主地伸出那长长的、薄薄的、粉红色的小舌头舔舔自己的嘴，或者站起来，围着旁若无人、大吃大喝的小白转上一圈，就又蹲下，继续看着小白吃饭。什么时候小白吃饱了，甩甩前爪，抹抹小嘴，毫无歉意、趾高气扬地走开，大黑才扑向食盆，狼吞虎咽地打扫小白剩下的残羹剩饭。

每天坐在廊下藤椅上看着大黑小白吃饭的姥姥，这时总是摇着她那满头白发念叨这样几句话：“咳！我这辈子养了多少猫，从没见过这么仁义的猫……这世上人的脾气秉性不一样，可这猫怎么也这么不同呢?”

当老态龙钟的姥姥拄着拐棍儿颤颤悠悠地进屋歇息时，她那铺着厚厚的棉垫儿的藤椅就成了大黑和小白柔软惬意的睡床。只见大黑搂着小白坦然地在那垫子上安睡，睡梦中，大黑还不忘时不时地用小爪把那娇小的小白往自己怀里搂搂，生怕它掉下藤椅！咳！人世间恩爱夫妻也不过如此吧？可大黑是小白的哥哥，小白是大黑的弟弟！如果你没亲眼见到，能相信这是真的吗?!

一见猫就走不动的小女儿，非要抱回一只猫，但因部队家属院还没有养猫的先例，我只好忍痛割爱地拒绝了母亲送猫的好意。两年后，随着家属院的猫狗多起来，女儿也欢天喜地地用鞋盒装回了一只巴掌大的刚出满月的小花猫——大咪。

大咪的到来，给我们这个小家增添了无尽的欢乐。特别是在寒风瑟瑟的冬天，室外活动少了，一对小儿女就成天和大咪泡在一起，在床上追逐，在沙发上翻滚。有时弄个毛线球逗引得大咪上蹿下跳；有时把手伸进床单，装成小老鼠抖动，让大咪充分展现它那腾、挪、跳、扑、咬……的全活儿，屋里时时传来大咪欢快的喵喵声和儿女们兴高采烈的欢笑声。

开饭了，一家五口都上了桌。不是丈夫、我和一对小儿女四口人吗？怎么五口呢？还有大咪呢，它也是家庭成员之一呀！可大咪没有固定的座位，它的座位在我们四个人的腿上。只见大咪直直地站在儿子或女儿的腿上，两只前爪扒着桌沿，两只大眼骨碌骨碌地转着，湿漉漉的小粉鼻子扑哧扑哧认真地闻着，哪个盘子里有鱼或肉，它就赶紧转到离那盘子最近的人的腿上，小脑袋跟着那个人的筷子来回转动，从盘里跟到嘴里，再从嘴里跟到盘里，一边喵喵叫着，一边用小前爪对着盘子、筷子、嘴不时地虚晃一爪，意思是说："不能光你自己吃啊，给我一点啊!"这时，丈夫、我和孩子们宁肯自己不吃筷子上夹的肉，也要放在大咪面前了！你看，它叫得多可怜哪！

其实，养大咪，最辛苦的是丈夫，他负责给大咪倒便盆，找土或炉灰当猫砂……特别是在阴雨天，猫盆里的干土用光了，怎么办？丈夫只好打着伞到烧水的锅炉房向工人们要炉灰。我们俩还要配合着给大咪洗澡、抓跳蚤……咳！现如今养个猫怎么这么麻烦呢?!可大咪不负众望，一口气生了四只小猫娃。

当这四只小绒球刚刚满月时，战友的孩子磊磊、云云、晶晶、英英就急不可耐地抱走了。

我们送走了大咪的宝宝，也送给了四个家庭欢笑。而那四个孩子，也经常抱着他们的宝贝来我家玩耍。猫儿也有亲情，也有天伦之乐呢！你看，那大咪不正在一个个地闻、舔，甚至还想抱（叼）起快有它大的宝宝吗?!

冻烂的手脚

记得有一则小故事：一位爷爷带着小孙子看画展，当走到那幅著名的《父亲》画前，小孙子问爷爷："画上的老爷爷捧着一只破碗在干什么呀?"

"他在为没有饭吃发愁。"爷爷回答。

"没饭吃，怎么不吃面包哇?"小孙子不解地说。

这就是现在的孩子！他们永远也不可能理解爷爷奶奶小时候受过的苦。

我从小学到高中毕业，一直在保定读书。那时，保定没有一所中小学有暖气。十二年的读书生涯，过了十二个冰天雪地、寒风刺骨的冬天。六十年前的冬天可比现在冷多了！北风像小刀一样刮得人脸生疼，雪下的可以封门，那房檐上的冰柱有一尺多长，孩子们经常用竹竿把它们捅下来当玩具或啃着吃，虽然不甜，但也是很脆的冰棍呢！

那时的取暖设备就是煤球炉子，家里如此，学校也是如此。一个班一个煤球炉子，由班里的同学两人一组轮流值日，早晨生火，白天添煤。一二年级的孩子才六七岁大，谁会生煤炉？所以，不是生不着，就是弄得满教室黑烟。就算把煤炉生着了，那炉子放在老师的讲台边，整个教室能暖和到哪里？而且，当时的食物素多荤少，有的孩子还吃不饱，哪儿来的热量？那就多穿点呀！可是在当时的经济条件下，孩子们能穿上厚点的棉裤棉袄就不错了，什么毛衣、绒衣、线衣，什么大衣、棉袍，都别想，而且绝大多数孩子都没有内衣穿，那里外都打着补丁的棉衣就紧贴着光身子穿着呢！寒风吹来，从脖子一直灌到肚子，从裤脚一直钻到腰。要不那时的人们都缩头弯腰呢，是怕冷啊！有一位老师讲课时说，有的外国人冬天不穿棉衣。当时我就想，不穿棉衣就得穿夹衣，寒冬腊月还不得冻死？哪里知道还有毛衣、绒衣、皮衣?！哪里知道屋里还有暖气?！

有一天，该调皮的孩子查子真和另一个孩子值日。别人值日都提前到校生炉子，可他们，上课预备铃都响了，还没见人影。当然，那炉子也是冰凉的了。第一节课是算数课，许多同学都被冻得双手麻木，连笔都握不住，还怎么算题？其实那老师的手也被冻得拿不住粉笔了，只见他放下手中的粉笔，站在讲台上笑着对大家说："同学们，冷不冷?"

全班同学齐声大喊："冷!"

有个别调皮的孩子还加上一句："都快冻死了！老师，救救我们吧!"逗得大家哈哈大笑。

这时，只见老师像将军发布命令一样把大手一挥，大声说："跺脚!"同学们立刻坐在椅子上跺起脚来。只听噼里啪啦各种跺脚声立刻在教室里响起，像平地里滚起了一片不规则的雷声，时大时小、时高时低地传向远方；又像大河舞蹈队里的年轻人，把那活力四射的舞步送进每个人的心里。同学们笑着、叫着、跺着，老师也笑着、跺着，并且把两手高高地举起，示意同学们学他的样子，两只手互相擦、搓……

几分钟过去了，老师两手下按，示意同学们安静下来，问："热乎了吗?"

"热乎了!"同学们异口同声地回答。

"好！继续上课。"

……

现在回想起来，几分钟的跺脚、搓手能热乎到哪儿去？只不过是老师对我们的关心和跺脚、搓手的欢乐气氛烘热了我们幼小的心！

为了抵御寒冷，孩子们在课间都争着做踢毽子、扔沙包、滚铁环等游戏。其中，有两项活动还是很管用的。

一是撞拐。这个游戏不用任何玩具，只是两个、三个或更多的孩子参与，自己把自己的一条腿抬起来，用手抓住脚腕，单腿蹦着撞另一个同样也是单腿蹦的小孩儿，看谁能撞倒谁。谁先倒了，他就自动退出比赛，而剩的最后一个人就是大王了。这个游戏人越多越好玩、热闹，一会儿他倒了，一会儿地跑了，嘻嘻哈哈，吵吵嚷嚷，热热闹闹……不知不觉身上就热了，有时头上还会冒小汗呢！

二是滑冰。那时可没有像现在这样的滑冰场，更没有滑冰鞋，别说没见过，连听都没听说过呢！我们怎么滑冰呢？五六年级的大哥哥大姐姐们用值日桶打来井水，泼向那两棵海棠树下平展展的砖地，用不了半天，那四合院中的天井里就出现了一条光光的、平平的、亮晶晶的冰道。

滑冰开始了！先是高年级的大哥哥们从天井的东边廊下起跑，然后冲向那冰道，哧的一声，飞快地滑向对面。一个接一个地滑过去，滑过去……刚开始，冰面还不是很光滑，时不时有大哥哥被绊倒，摔个屁股蹲儿，逗得在各教室门前观看的孩子们大笑不止。随着滑冰的同学越来越多，那冰道也越来越光滑，有勇敢的大姐姐也冲上去了，有低年级的男孩儿也冲上去了。他们从东头滑过去，从西头廊上再跑回东头，再滑过去，不！是飞过去！飞过去……孩子们飞着、跑着、笑着、叫着……连那一旁亭亭玉立的两棵大海棠树也在寒风的吹动下，举着那掉光了叶子的长臂，颤颤巍巍地为孩子们加油呢！

我和几个低年级的小姑娘站在一边看着眼馋，跃跃欲试，但终因胆小没敢上场，只是在廊檐边的短而小的几步远的冰道上小心地溜一下，小试身手，为以后长大溜冰做做准备。咳！什么时候我才能像大哥哥大姐姐一样在冰上飞呢?!

虽然教室中有象征性的十天九不着的炉火，虽然有各种抗寒取暖的游戏，但是我的手脚和大多数同学的手脚一样，都冻坏了。先是手像面包，脚像馒头，一按一个坑；后来就像长熟的裂瓜，皮开肉绽，露出红红的血肉；再后来，就像无人采摘任其腐烂的秋茄子，裂口的地方青紫青紫地流着脓血……我的脚，因为脓血过多而把袜子粘住脱不下来了。母亲只好让四弟的奶妈领着一瘸一拐的我到老专署对过儿的河北医学院附属医院的外科就诊。

给我看病的是一位年轻的叔叔，他是那么耐心，不嫌脏臭，用酒精棉一点一点地湿润着干在脚上的脓血，一点一点地剥离着因几天脱不下来就没脱没洗的袜子，嘴里还一个劲儿地安慰我："小妹妹，别害怕，一会儿就好，一会儿就好……"

当那个医生叔叔终于剥开我的袜子时，惊讶地发现我那冻伤的脚趾头已经露出了白白的骨头！在那位医生叔叔精心的治疗下，我的脚才慢慢好起来。

从此，那河北医学院附属医院的二层小白楼，那个救死扶伤、热心、耐心、细心的年轻医生，给我留下了终生难忘的好印象！当然，我更记住了小时候冬天的寒冷、冬天的欢乐与冬天冻烂了的手和脚。

新专署

新专署落成了，我家跟着机关搬了过去。

新专署在哪儿呢？在当时的河北医学院路南、保定师范学院东边，它的斜对过儿是干部疗养院，它的东边、南边是成片的庄稼地。其实，就是现在的河北大学南院的一部分。

那时的新专署真气派！一片红砖瓦的建筑，在周围那片黑灰色的陈旧建筑、碧绿庄稼的包围下，显得那么光彩夺目、鲜艳无比，像一片燃烧的云霞，在那蓝天下闪着火红亮丽的色彩；像一朵红红的盛开的鲜花，从那浸透着千百年历史的浓汁，饱经战火、灾害、磨难的沧桑，经过枪林弹雨的锤炼……的黑土地上顽强地、茁壮地冒出来，成长起来，带着新生的喜悦，带着欣欣向荣的精神，勇敢地展现着它的红、它的美、它的与众不同，夸张地舒展着那青翠欲滴的枝叶——一望无际的绿野，把那翠绿铺向东，铺向南，直至天边……

在那红围墙正冲着马路的地方，留着宽敞的两边各有一座红砖砌的门垛的大门，迎面是一个圆圆的大花池，里边种着很多叫不上名来的花草。花池东边是空地，再往东就是围墙了。花池正前方是新盖的专署大礼堂，围着礼堂的是图书馆、小会议室等附属建筑。而礼堂的西边，过了院里南北向的小马路，就是一排排的小平房，那就是各局各科的办公室了。在这小平房的最南头，靠近南围墙的地方，盖成了带廊子的家属房，专员、副专员、局长们带着家属住在这里。人口多的分给两间，人口少的分给一间。我家有姥姥、姥爷、父母和六个孩子十口人，分给了最西头的两间房。父母带着小妹住一间，姥姥、姥爷带着我们姐弟五个住在最西头的那一间。

我家和其他十几家一样，从机关总务处借来长凳和木板搭成床，床上照旧铺着防寒用的麦秸口袋。我和姥姥、姥爷住的房间因为人多，搭了一个从东墙到西墙的大通铺。父母和小妹住的房间里搭了一个比双人床宽一些的床，屋里多了一个办公用的三屉桌和一把椅子。没有客厅、餐厅，没有自己的家具，更没什么卫生间了！全院的人，不论黑夜白天，都到十几米远的公共厕所方便。做饭在走廊上，吃饭，夏天在院里，冬天在炕上，放上从满福盈就有的小炕桌，一家子围在一起，热汤热水，其乐融融。那时新生共和国的高级干部们是多么年轻啊！他们的孩子才十来岁、七八岁，甚至一两岁，他们能不意气风发、干劲十足吗？他们和这新专署大院一样朝气蓬勃，从里到外都是新鲜的、积极的、向上的……更是光明的！

那平房前的院子就成了我们小孩子的天堂。每天下午放了学，我们十几个孩子就开始在这院子里疯玩了。折跟头、贴饼子（就是两手着地，两腿高高抬起，双脚贴在墙上，看谁倒立的时间长）、抬花轿（就是两个小孩儿的四只手交错着握在一起，另一个小孩把两腿插在两边的胳膊圈里，坐在握在一起的四只手上，抬轿的孩子累得满头大汗，而坐轿的孩子则美美地笑着、叫着，装扮成未来的新娘子）、跳皮筋、踢毽子、拍画片、弹球儿、扔沙包……玩得不亦乐乎。

可是，大多数游戏我只有看的份儿，因为我要背小妹，喂小妹，拉着小妹蹒跚学步，当然还要刷锅、洗碗、扫地了。玩，是孩子的天性，背小弟时我就练就了驮着他参加游戏的功夫，更何况如今我又长了一岁！于是，九岁的我，背着或驮着小妹跟在孩子群的后边串遍了大院的角角落落，结识了院里不多的所有孩子，最要好的就是凤莲和大俊了。

凤莲是农林局申局长的长女，她还有一个妹妹叫小莲，所以她们家只分到一间房。凤莲长得白白的，一笑两个酒窝，不大也不小的两只细长眼眯成一条缝儿，笔直的鼻子下边不薄不厚的嘴唇向上翘着，露出银光闪闪的牙齿，苗条的身材，再配上两条黑黑的大辫子，真是个古典小美人呢！

大俊呢？大脸盘、大眼睛、大嘴巴，短短的头发梳着一个小偏辫，粗粗壮壮，风风火火，什么时候见到她走路都是一路小跑。因为粗壮，因为泼辣，显得她的年龄比实际年龄大许多，要不怎么叫大俊呢！大俊是赵局长的独生女，当然她家只能分到一间房了。她那一间房的家在这排小平房的最东头。

住西头的我与住中间的凤莲、住东头的大俊成了好朋友，成天在一起玩。玩什么呢？可不只是跳房子、折跟头、贴饼子了，我们玩出了至今难忘的新花样呢！

唱大戏

凤莲的父母都下乡了，晚上去和凤莲做伴儿，就成了我和大俊义不容辞的责任。

终于天黑了！我和大俊迫不及待地来到凤莲家。凤莲和小她两岁的妹妹小莲早已吃完从食堂打来的饭，把锅碗洗干净，等着我们呢！

俗话说："山中无老虎，猴子称大王。"凤莲的父母都下乡了，我们这群小猴子就真成了大王了。激动、新鲜、兴奋……长这么大，我还没跟小朋友们一起睡过这么多天的觉呢！长这么大，我还没脱离过大人们的管束呢！太自由了！太高兴了！太……

于是，我们捉迷藏。拉灭电灯藏起来，拉开电灯找出来！就一间小屋哇！能藏到哪儿呢？被窝里、床底下、桌后边……那间小屋被我们折腾得乱七八糟。

于是，我们过家家。凤莲要当妈，大俊要当爸，剩下我和小莲不甘心总当儿女，争来争去，决定轮流当爸妈，轮流把新娘子娶回家。在学电影里的人拜天地时，新媳妇小莲一个头没磕好，差点滚下床，逗得我们哈哈大笑……

于是，我们唱大戏。每个人凭自己的想象，就地取材装扮自己。床单当然是裙子或袍子，枕巾、毛巾捆在胳膊上就是水袖了。头上插上花瓶中的纸花，用凤莲不知从何处翻出来的过年写春联用的红纸，用舌头舔湿抹在脸上算化妆。那时，谁家都没有什么口红、胭脂之类的化妆品，那都是资产阶级的呢！每天能搽点蛤蜊油、雪花膏就不错了！

装扮好了，演什么呢？因为我们很少看戏，懂得实在不多，只好学着看过的

《花木兰》《白蛇传》《杨家将》里的人物在床上乱演一气。一会儿，你当花木兰替父去从军；一会儿，我当白娘子在西湖边上嗔许仙；一会儿，她又当穆桂英带领千军万马去杀敌……

虽然，我们一句戏词儿都说不全，一个戏调儿都唱不准，但是，那自编自演的一招一式都是那么认真、到位、大气、潇洒，又那么尽兴、过瘾！

看！凤莲扮的花木兰上场了，随着嘴里锵锵、锵锵……的锣鼓点儿，那手握支窗子雨搭用的棍子当枪的凤莲，在床上煞有其事地左转右翻，棍子在她手中眼花缭乱地上下飞舞，俨然一个英武小生。"参见贺元帅！"一声娇滴滴的叫白，手中的棍子往地上一扔，错步变莲步，少年变少女，扭扭捏捏唱起来："……阵前的花木棣，就是末将，替父去从军哪，奔向战场……"奶声奶气，似歌似曲，词儿不全，临时瞎编。她在床上扭得兴高采烈，我们在床前看得如醉如痴……大人们演的戏哪有这般好看？

该我上场了，我这出戏可是大戏呀！因为不只我一个演员，我这白娘子身后还跟着腰里围着凤莲妈的天蓝色布褂、手里拿着鸡毛掸子当剑的青儿——小莲！还有戴着凤莲爸冬天戴的绒线帽跪在地上直求饶的许仙——大俊呢！

我和青儿时急时缓、时悲时怒、时嗔时怜地追得许仙满床爬。我莲步轻移，水袖长甩，弯腰掩面做悲凄状，小青手举宝剑怒目圆睁，做不杀负心人许仙不罢休状……看得床前唯一的观众凤莲一个劲儿地拍手叫好！

大俊的穆桂英更是身手不凡，除了耍抢（棍子）、耍剑（鸡毛掸），还在墙上贴起了饼子，翻起了跟头……

嘻嘻哈哈……叽叽嘎嘎……，这笑声、闹声，冲出门窗，冲向田野，冲向夜空……那田野上的小兔、小鼠、小鸟、小虫儿们听见这天真无邪、无拘无束、兴高采烈的笑声，也一定会羡慕得要命，恨不得也来参加我们的游戏吧?!

大戏终于演完了，可睡意全无，下边干点什么呢？

"哎，我告诉你们一件事。"大俊神神秘秘地说。

"什么事啊？"四个小脑袋凑到一起。

“后边平房前的蟠桃都长这么大了呢!”大俊用手比画着说。

“我也看见了，可是还青着，肯定不好吃。”我说。

“肯定好吃!”小莲大声叫着。

“嘘!小声点，别叫叔叔阿姨们听见……”凤莲拍了小莲一下说。

“要不咱们摘几个尝尝?”大俊咽着口水说。

“不合适吧?让大人知道了……”我心有余悸地说。

“嗨!就你胆小，走，咱们就摘几个，怕什么!你说呢，凤莲?”大俊使劲儿地鼓动着。

凤莲点点头说:“行，咱们就摘几个……走!”

我们四个小丫头趁着夜黑无人，一阵风似的跑到后排小平房前的那低矮的蟠桃树下，两人一棵爬到树上就摘起来。小莲忍不住摘了一个大桃咯吱咬了一口，“好甜呀!”她兴奋地小声说。

“那就多摘几个!”不知谁在下命令。于是，我们就放开手脚大摘起来，不管大小，不论高低，手忙脚乱地在树上摸着、摘着，手里拿不了，放在兜儿里，兜里也放不下了，用裙子兜着……不知摘了多长时间，也不知摘了多少桃，突然，远处传来一声咳嗽声，吓得我们都住了手，等没了声音，我们才悄悄地爬下树，轻手轻脚地回到了凤莲家。

这么多桃子放在哪儿呢?凤莲把她家洗衣的大盆从床下掏出来，哗啦，我们把裙子里的桃儿都倒了进去。呵!竟有半盆!顾不上欣赏胜利果实，一人拣了一个大桃儿张嘴就咬——

“呀!什么味呀!这么难吃!”

“就是!涩死了!”

“这些可能不熟，再换一个……”

扔掉手里的桃子，再捡一个，再咬一口，又皱眉头，再捡再咬再皱眉头……咳!怎么就没有一个甜的呢?

“小莲，你不是说桃子很甜吗?”大俊瞪着眼问。

“我，当时我尝的那个就是甜，谁知道……”小莲理亏地小声回答。其实她尝的那个也不甜。那蟠桃长得比杏儿大不了多少，怎么会甜呢？我们看着半盆青不愣登、大小不一、满身绒毛的蟠桃傻了眼。

“等着明天挨骂吧，没准还得挨顿打……”我不无担心地说。

当我们横七竖八地躺在凤莲家的床上睡觉时，我仿佛看见大盆里的那些长着浑身绒绒细毛的桃儿们变成了一个个圆圆乎乎、满身绒毛的小婴孩，它们都在咧着小嘴哭泣，它们都在找它们的树妈妈。它们说：“再过十天半拉月，我们就长成了又红又白、白中带红，中间还有一个透眼的、圆圈样的、漂亮香甜的桃儿。可如今……都怪这四个不懂事的、嘴馋的小丫头啊……呜呜呜……”

争当灰姑娘

第二天，吃完晚饭，我把小妹交给姥姥，一溜烟地跑到了凤莲家。这时，太阳还没落下地平线，西边的天空挂着一轮橘红色的、大如磨盘的夕阳。晴朗的天空上没有一丝云彩，只有那归林的鸟儿们不时地抖动着它们的翅膀，欢快地、心急地划过那被落日的余晖照得从西到东发出的澄紫、橘黄、亮白、豆青、湛蓝颜色的天际，它们是急着回家团聚啊！你没见围墙外那棵柳树上，每天傍晚有成百上千只鸟儿们在叽叽喳喳吗？它们在外奔波了一天，傍晚回来见到亲人，有说不完的话呢！

我和凤莲、大俊、小莲顾不得欣赏那落日的美景，因为我们有更重要的事情。干什么呢？做国王、王后头上戴的有十几个锯齿样尖尖的圆帽，做白雪公主头上戴的半圆的也有几个锯齿的尖尖的帽子，还要做国王手里拄的带有两个圆球的手杖，什么王后手里拿的能照到千里之外的魔镜……为什么？因为我们要上演外国戏——《白雪公主》《灰姑娘》《卖火柴的小女孩》！

我们找来破纸箱、剪刀、针、线、木棍……坐在廊下，剪的剪、缝的缝，不一会儿就做好了我们自以为很像、很美的帽子、手杖、镜子，其实都是粗糙的硬纸壳而已。演国王非大俊莫属，谁让她粗壮、泼辣、厉害呢?！卖火柴的小女孩儿大家一致认为小莲最合适，因为她最小、最瘦、最弱……平时就可怜兮兮的呢！

那谁演白雪公主，谁演灰姑娘呢?

“我演灰姑娘！”我说。

“我演灰姑娘！”凤莲也赶紧说。

“我演，是因为我成天刷锅洗碗、背小妹，本来就像灰姑娘……”我争辩着。

“我也刷锅洗碗呀！我还洗衣服呢！只不过就是没背小弟……可我的小弟在奶妈家呀！”凤莲毫不相让。

灰姑娘可是我们心中最喜欢、最同情、最敬佩、最崇拜的人物呢！因为她的受苦，因为她的以德报怨，因为她的喜剧性的美好结局……哪个小姑娘心中不向往着自己也变成美丽、善良、吃苦耐劳……而终于穿上水晶鞋，得到白马王子的灰姑娘呢？

“反正我就要当灰姑娘！”我噘着嘴说。

“不让我当灰姑娘，我，我，我就不和你们玩了！”凤莲气得都要哭了。

“哎呀！哎呀！值得吗？听我的！”“国王”大俊说话了：“凤莲，你辫子长，散开来更像留着一头波浪金发的白雪公主，看你，长得又好看，白白的，多像美丽的白雪公主哇！这个又黑又瘦的灰姑娘还是让给爱爱吧？怎么样？”

“好！好！我姐就像白雪公主呢！”小莲欢呼着。

凤莲看大家都夸她长得好看，也就转怒为喜，虽然嘴上说“最后那灰姑娘变得比我还好看呢”，但还是愉快地接受了角色。

当夕阳西下、红霞满天时，在礼堂前边的小广场上，出现了头戴国王帽、身披大床单当斗篷、手持权杖的国王；身穿凤莲妈的大花裙子、散着头发、戴着公主帽的白雪公主，以及穿着凤莲妈的天蓝色褂子、围着一条灰条的毛巾被、手里挎着我家买菜的柳条篮子的灰姑娘，还领着一个穿着大俊的一条白裙子、头上围着一条叠成三角形的头巾、手里拿着凤莲家仅有的一盒火柴的卖火柴的小姑娘。

我们凭着对《安徒生童话》《格林童话》的记忆，自编自演着这些美丽的童话故事。除了固定的几个角色，其他角色都是串演的。演这一段时，空下来的人就可以当王后、当仆人、当七个小矮人中的任何一个……甚至当灰姑娘那可恶的后母、愚蠢而高傲的两个姐姐，还有那拉车的马。

剧，一幕一幕动情地、认真地上演着，没有导演，没有台词，没有乐队，更没有布景……有的是几个小姑娘那惊人的记忆、天衣无缝的默契、随机应变的灵感、感天动地的真情！

本来小广场上人就不多，下班了，大人们都急急忙忙各回各家，谁有闲心闲工夫出来闲逛？锻炼身体，这可是改革开放以后才兴起来的，五十多年前谁要没事闲逛，不说你“二流子”，也得说你是个懒汉！

虽然如此，我们的大剧还是招来不少人观看。先是路过的人好奇，这几个小丫头穿着“奇装异服”在干什么呢？驻足一看，停下不走了。在大院玩耍的孩子们跑过来了，抱着婴儿的母亲们走过来了，领着孙子孙女的爷爷奶奶们走过来了……

人们看着、笑着、赞叹着、议论着，可是没有我的姥姥、姥爷，更没有怕当闲人且实在没时间当闲人的叔叔阿姨们，更何况晚饭后还要开会的父母呢？至今，恐怕我的父母都不知道我十岁时就演过灰姑娘吧?!

祭先烈

新专署马路的对过儿是一片空地，空地里长着半人高的荒草，还有许许多多的乱坟头子。平时，我们是不敢到那里玩的，因为害怕。害怕什么呢？

害怕那些坟头子。听老人们说，坟里都有被埋的那个人的灵魂呢！如果是冤死的，那他就要找替死鬼……

害怕那里的荒凉，偌大的一片空地，整天一个人影都见不着，平时谁没事肯到乱坟岗子上转悠呢？

害怕那里的寂静，除了不知名的虫鸣，除了偶尔传来一两声鸟叫，没有一点人声、车声，甚至没有狗吠的声音……

那荒草后面有什么呢？那老树下面有什么呢？那坟里埋的什么人呢？不会是哪朝哪代的达官贵人吧？因为隔着荒草，隔着树缝，隐隐约约的，好像有那高大的石碑呢！

终于，在一个风和日丽的星期天的上午，在我们看到对面野地里有两位白胡子老大爷在用铁锨铲什么的时候，几乎全院的十几个大大小小的孩子，鼓着气，壮着胆，成群结队地穿过了马路，来到这块神秘的，让我们望而生畏而又浮想联翩向往已久的乱坟岗子！

当我们屏心敛气、小心翼翼地钻过长在马路边的蒿草往里一看，里边竟是好大的一片坟地，那坟头上的青草和坟与坟之间空地上的青草，在微风的吹拂下，婀娜多姿地摇摆着，仿佛在欢迎我们这群不速之客。是它们平时太寂寞、太孤独了吗？除了蓝天、白云，还有那些多情的小鸟儿，平时它们又能见到谁呢？

“呀！你们看，紫茄子！”不知是谁一声惊叫，引得大家呼啦一下子围了过去。果然是一棵硕果累累的紫茄子！由于坟地里树木稀少，阳光充足，这棵紫茄子比我们见过的所有的紫茄子都大，粗粗壮壮的杆儿，密密匝匝的枝叶，一嘟噜一嘟噜黑紫黑紫的亮晶晶的小圆果儿，张扬地、毫不隐藏地挂在枝头。它们不知道我们最爱吃它吧？也许它正想让我们尝尝它那成熟的、饱满的、快要撑破果皮的、又酸又甜的果浆呢！于是，我们欢呼雀跃地伸出十几只小手把那些果儿一扫而光，直吃得满嘴冒着紫汁、紫泡儿……

“哎！这儿还有一棵！”不知是谁在喊。

我们又像一阵旋风一样刮过去。

“哎！快来看啊，老鸦喝酒花（地黄根花）！”凤莲叫着。

我和大俊连忙跑过去，哎呀！真的一大片老鸦喝酒花呀！

在这人迹罕至的坟地里，在坟头与坟头相间的空地上，出现了好大一片淡淡的紫红色。远远望去，像那薄薄的云雾，像那柔柔的轻纱，在随着风儿流动，在沿着坟与坟之间的空地飘逸，有的已经漫上了坟头。低头细看，碧绿的叶儿托举着一蓬蓬一簇簇的小喇叭样的花朵，那射向四面八方的喇叭口儿从白白的花心向外伸展着，慢慢地渐变成淡白、淡粉、纯红、紫红……再配上那黄黄的、明亮的花蕊……好美啊！该不是紫衣仙子变的吧？

这儿怎么会长出这么一大片老鸦喝酒花？是因为没有人来人往的宁静？是因为要安慰那些逝去的灵魂？还是……

“看啊！这儿有好大的杏儿呀！”一个攀上坟头、手抓着一棵歪脖老杏树枝子的男孩儿叫着。我们急忙跑过去，只见那杏树上黄里透红的杏儿们，从绿叶中露出小脸，好像是群捉迷藏的顽童，从叶儿的缝隙中偷偷地笑着向外张望。

“真甜哪！真好吃！”那个蹬着树脖子早就爬上树的小男孩儿嚷着。

“嘿！别光你自个儿吃呀，给我们也摘几个呀……”我们仰头喊着。

“好！你们捡吧！”说着，他就使劲摇起了树枝，只听哗哗、咚咚……的声音响成一片。那熟透了的黄黄的又黄里透红的杏儿们七零八落地掉下来，砸到坟头上，砸到草窠子里。我们捡啊、捡啊，小衣袋装满了，用衣襟兜着，一边捡，一边吃，吃那最大的、最红的，因为它们最甜啊！

“呀！你们看，这是什么？”大俊指着草里的一个倾倒的木板条说。

是什么呢？我们好奇地围了过去。

“上边有字！”

“快看看，写的什么？”

“王贵福烈士之墓，河南省驻马店小潭村人。”六年级的小刚一字一顿地念着。

“呀！这坟里埋的是烈士啊！”

“快来看，这儿也有一个木板条！”

“快念念，写的什么？”

“我念！我念！吕二娃烈士之墓，河北省平山县马家峪村人。”

“这儿写的是刘万山烈士之墓，山东黄县……”

“这儿也有一块……”

“这儿还有一块……”

那些高低不同、有宽有窄的木条散落在每个坟头前，有的已经倒在了草窠子里，有的斜斜地插在地上，更多的还直直地竖在坟前，像那宁死不屈的壮士，昂首挺胸地迎接着风、霜、雨、雪，忍受着天寒地冻、烈日暴晒……

小伙伴们都安静下来，抬眼望着那大片的坟茔，这里该躺着多少烈士啊！他们是怎么牺牲的呢？他们为什么都被埋在这儿呢？为什么不给他们立个结实的石碑，而立这么简陋的木碑呢？

“嗨！小孩儿们，你们怎么到这儿来玩啊？”

一抬头，刚才远远地坐在一个高大的汉白玉石碑前的两位老大爷扛着铁锨走过来问我们。

“我们想看看这里有什么……”有人答。

“老大爷，这儿怎么这么多烈士墓呀?”

“是呀，怎么都是木头碑呀？……”

我们七嘴八舌地问着。

“这都是解放保定时牺牲的解放军啊!”一位老大爷放下铁锨用手拄着说。另一个老大爷弯下腰把一个倒在地上的木条碑捡起来，认真地重新埋好，用脚把木条碑周围的土踩实。

据这两位老大爷说，在解放保定时，战斗打得非常惨烈。多少年轻的、鲜活的生命就在这儿流尽了鲜血。他们村的担架队抬着担架，抢救着每一个为新中国的诞生受了伤的战士。虽然他们奔跑着尽快地把伤员送回救护站，然而还是挡不住死神的追赶，有的战士没等上担架就牺牲了，有的战士抬到半路就因为流血过多而亡，更别说那些冲锋在前被子弹打断了胳膊腿、打穿了肠子的战士了！他们疼得一路嚎叫，等到了救护站，也就咽了气。

村里人先是献出自家给老人准备的棺材埋葬这些战士，后来又献出自家的躺柜，再后来献出门板……可是牺牲的战士太多了，没办法，只好献出自家的水缸、咸菜缸、酸菜缸。两个缸一对，就下葬一位战士。但是，这还不够用，最后只能凑合着一人用一只缸，再后来就只能用炕席卷了……

说这话的时候，那位老大爷声音颤颤的，眼里湿漉漉的，那雪白的山羊胡子随着清风抖动着，两眼迷茫地看着远处……他看到了什么呢？他又看到了如今躺在这儿的每一个年轻的士兵正在生龙活虎的操练吗？他又看到了村头那战斗动员大会上群情激昂的场面吗？他又听到了那“为了新中国英勇奋斗!”的震天口号声了吗?

“他们多年轻啊！有的才十六七岁，家里的父母多么盼望他们能回家团圆啊!”老大爷眼望着远处，好像自言自语又好像对我们说。

远处，另一个老大爷正在弯腰整理着一个个歪倒的木条碑。树上传来几声让人伤感的鸟叫……

“哦，你们问为什么用木条碑呀？是这么回事，这些坟都是临时的，因为要等烈士的家人来认领，接回原籍的烈士陵园，所以先用木板条写上烈士的姓名、籍贯。你们看，那边有十几位烈士已经被亲人接走了。没人认领的，今后就入咱们保定烈士陵园……”

太阳明晃晃地照着这片土地，这片浸满烈士鲜血的土地；风儿轻轻地抚摸着这片土地，这片安葬着先烈英灵的土地。虫儿们在浅浅地低唱，为了安慰这些地下长眠的英雄；鸟儿们在庄重地高歌，为了颂扬这些为了新中国而英勇牺牲的英雄。

我们摘下柳条，采来老鸦喝酒花，做成一个花圈，放在坟前，把怀中的红杏摆在坟前……

我们站在坟前一鞠躬、二鞠躬、三鞠躬……

看电影

自从搬到新专署，我们的文化生活突然大幅度地提高了，因为有了新礼堂，有了新礼堂周边的小图书阅览室，有了小会议室兼舞厅……如果你愿意，如果你有时间，你可以每天晚上去看书、翻画报，你可以每周六晚上去看年轻干部们打扮得漂漂亮亮，在舞厅跳交谊舞。虽然那个舞厅不大，但拉着纸做的彩带，有着自己的乐队，一曲接一曲地演奏着欢快的圆舞曲，让那些翩翩起舞的年轻人玩得尽兴，一个个红光满面、笑容可掬、勾肩搭背地随着曲子旋转、飘逸、飞扬……

那时的领导很注重群众的文化生活，每逢节假日，都在大礼堂举办晚会，除了请文化界的名角来献艺，大多数节目都是机关干部自编自演。你看农林局的那个胖叔叔，他的诗歌朗诵多么催人泪下，至今我还记得当他声情并茂地诉说“他的”未婚妻被恶霸霸占时人们眼中的热泪几乎要掉下来的情景；当他又说到“自己”沦为剃头师傅，十几年后趁着理发的机会，猛砍那个害死他未婚妻的恶霸时，全场爆发出雷鸣般的掌声和助威呐喊声……

还有身材修长、长相斯文、戴着深度近视镜的陈伯伯，一段荡气回肠的《铡美案》中包公的演唱，引来满堂喝彩，以至于曲终人不甘，“再来一段”的呼声此起彼伏……

还有水利局的小合唱，办公室、总机室、图书室联合演出的小舞蹈……让你看得眼花缭乱。

但是，最让人不能忘怀的是那一周一次或两次的露天电影。周六或周日，礼堂东边的空地上，那两根直直的木杆上就会挂上白白的、镶着黑边的、让我们盼了一星期的银幕。性急的小孩儿，没吃晚饭就早早地跑到电影场上占地方。小板凳、小马扎、小木墩，甚至一块石头、半块砖……把银幕前的地方占得满满的。其实，整个专署大院才有多少人呢？连家属小孩儿都算上，再加上临时来探亲的家属也不过是一二百人。可是附近的居民、村里的老乡多呀！每次演电影，银幕前都是黑压压的一片。我和凤莲、大俊等一群小姑娘总是坐在一起，说说笑笑、打打闹闹地等着电影开始。当电影机子架好，电影盒子开转，几束强光在黑夜的衬托下闪电一样地射向银幕时，我们就立刻止了声，目不转睛地盯着那千变万化的银幕。随着一个个故事情节，我们跟着主人公游览山川美景、周游世界、上天会织女、下海看鲸鱼，跟着主人公深入农村、进入城市、到工厂开机器、到机关去办公……结识了《钢铁是怎样炼成的》影片中的奥斯特罗夫斯基、董存瑞、罗密欧和朱丽叶、梅兰芳、花木兰、穆桂英、秦香莲……恨死了《天仙配》中拆散牛郎织女的王母娘娘，爱死了《秋翁遇仙记》中热心帮助秋翁的仙女们，让“不称心的女婿”逗得我们笑个不停……

虽然观众密不透风，汗流浃背，蚊虫叮咬；虽然当时的电影是黑白的，缺少了花红柳绿的鲜艳和真实；虽然因为年纪小、阅历浅、知识少，对银幕上演的古今中外的悲欢离合理解不深；但是，这些启蒙般的电影，使我们这群像干透了气儿的海绵，像龟裂了的土地一样渴望知识、见识……的孩子，认识了美、丑、善、恶，懂得了做人的道理，树立了爱国的情怀，看到了外国先进的东西，看到了我国农村落后的面貌，激励我们努力学习，将来把祖国建设得更美好。

电影演完了，大人们一边议论着、感叹着剧情，一边背着、抱着小孩子们走回家去。可是，半大孩子们意犹未尽。

“医学院开演晚，咱们再去看看？”一声吆喝，成群结队的孩子们一阵风似的跑向大院西边的医学院。刚刚看完医学院的《游园惊梦》的尾巴，不知谁又高呼：“疗养院今天演俩片儿呢！”一句话没说完，孩子们已经争先恐后地冲向了干部疗养院……

可是，好景不长，随着父亲调到市里工作，我们搬出了只住了一年多的新专署大院，住到了离市机关很近的市府前街。在这里，再也没有一周一次的电影等着我们、吸引着我们。除了学校偶尔包个场，一年也看不上一次电影。大人们都忙，忙工作、忙运动、忙家务……谁顾得上领着孩子们去看看电影呢?

哦！那令我终生难忘的露天电影场！那给了我启蒙期丰富多彩的教育、引导的露天电影场……

图书阅鉴室

在刷完碗、扫净地、哄着小妹睡着后，我飞快地冲出家门，约上凤莲、大俊、小莲等五六个小朋友，来到大礼堂边上的小图书阅览室，那不大的屋子里贴着墙摆满了书架，上边有各种报纸刊物。地上放着几张比小炕桌大不了多少的新的漆成米黄色的矮桌，桌子四周有供看书人坐的矮凳。

靠北窗有两排大书架，上边摆满了厚厚薄薄的书。书架前有两张米黄色的长条桌，把书架和外边分隔开。桌子后边，永远坐着年轻的、和善的、笑容可掬的梅阿姨，她是这图书阅览室唯一的管理员。

见我们成群结伙地闯进来，梅阿姨连忙从桌后边走出来，笑着说："又来看书啦？还跟以前一样，四人一桌，不许吵闹，不许撕书……好了，看吧。"说着，她从书架上拿来我们最爱看的《儿童画报》《解放军画报》《人民画报》《大众电影》等刊物。我们一哄而上，一人抢了一本，坐在桌旁津津有味地翻看起来。

嘿！那山水、那花草、那人物……的照片拍得多好看啊！那电影明星王心刚、王晓棠、王丹凤、李亚林、上官云珠、张瑞芳、白杨……多漂亮啊！那解放军队列多威武！特别是那女兵，多潇洒，多英俊，那紧握钢枪的姿势是那么笔挺，那朝气蓬勃的脸庞是那么自信！还有那《少先队报》，那看了让人哈哈大笑的《漫画》……

我们翻着、看着、议论着，不知不觉就大声吵嚷起来，你觉得我的好，我觉得她的逗乐，你争我的画报，我夺她没看完的漫画……嘻嘻哈哈、争争吵吵的声音快把房顶掀起来了。梅阿姨"不许吵闹"的嘱咐早就被我们忘到了九霄云外！

可桌后边的梅阿姨并没有站起来制止我们，而是笑眯眯地、饶有兴趣地望着我们，最多说上一句：“小心，别撕了书！”

她笑眯眯地看着我们几个小脑袋凑到一起认真地“研究”一幅照片、一幅画儿；她笑眯眯地看着我们被那漫画逗得仰头大笑；她笑眯眯地看着我们在那不大的阅览室里你争我抢，甚至你追我赶……

她不怕我们影响了她的工作？她不怕我们影响别人看书？不怕！

因为她的工作就是整理、借阅图书，而那个小图书阅览室本来就没有多少书籍可整理，平时也没有几个人来借书、看书。那时，机关干部们都忙工作、忙下乡、忙运动、忙写“大字报”批判“右派”……谁有闲时间来借书、看书？家属们，那些拖儿带女的阿姨、大娘，年老的爷爷奶奶，有几个识字的人呢？所以，我们这群半大不小的孩子就成了这里的常客；所以，我们这群能说能笑、能打能闹的孩子就成了终日枯坐、无所事事的梅阿姨解闷的童星！

可是，有一天，我们一小群孩子又去光顾她的图书阅览室，门锁着，里边没有往常那明亮、温暖的灯光。梅阿姨从没有迟到过呀，怎么回事呢？等等吧。于是，我们就坐在门前的台阶上等着。等了一会儿，还不见人影。这么傻坐着干什么呢？干脆唱歌吧！

“蓝蓝的天上白云飘，白云下边马儿跑……”不知是谁起了个头，大家立刻就跟着唱起来。

“跑马溜溜的山上……”刚唱完“蓝蓝的天上”，又开始唱这一首。我们坐在台阶上忘情地唱着：

“在那遥远的地方，有位好姑娘……”

“太阳从天山爬上来……”

“一条大河，波浪宽……”

唱完一首，只要有一个人开始唱她想唱的任何一首歌，大家都会立刻跟上，大声地、声情并茂地、淋漓尽致地抒发自己的感情、自己的想象……好像我们就是那满怀豪情驾着银鹰翱翔蓝天的空军战士，我们就是那在碧绿的草原上穿着鲜艳的衣裙挤奶的维吾尔族姑娘，我们就是那在朝鲜战场上爬冰卧雪的志愿军英雄……

特别是当唱到“我爱我的台湾啊，台湾是我家乡，过去的日子不自由，如今更苦愁……我们要回到祖国的怀抱，兄弟们哪，姐妹们，不能再等待……”这首歌时，我们都一个个满含同情的泪水。

天上的月儿用薄云遮住自己的半张脸儿，她在偷偷地观看我们的童声小合唱，跟着我们的词儿、曲儿，或欢笑，或悲哀；月亮旁边的星星们也在不停地眨着眼，是为我们叫好吗？是为我们鼓掌吗？风儿轻轻地吹过来，吹走了灯下的蚊虫，吹走了脸上的汗水，送来几分凉爽，带走几段清脆的童音……飞向新专署大院，飞向街道，飞向保定那深邃的夜空。

第二天，听母亲和姥姥说：“小梅出事了……”梅阿姨出什么事了呢？那么和善的梅阿姨怎么能出事呢?!

梅阿姨失踪了

梅阿姨失踪了！

怎么可能呢？前几天她还笑眯眯地看着我们看书呢！可是，真的找不到她了。跟她一块失踪的还有水利局的工程师，刚刚四十出头，看着却像二十多岁的帅小伙一样的金伯伯。

人们议论着、咒骂着、嘲笑着、同情着……都说他们私奔了。说老金有家有室有孩子，实在不该拐骗大姑娘；说小梅人好、模样好，工作也不错，什么样的好对象找不到，干吗要做这傻事？又说老金是包办婚姻，本来家庭就不幸福，做这事儿情有可原；还说，其实老金和小梅才是郎才女貌，天生一对儿，都有文化，都喜欢文学、文艺，没见舞场上那么默契，春节联欢一起登台演出？咳！老天爷让他们阴差阳错……可惜了一对儿好人才……

新专署院子并不大，人也不多，有个风吹草动立刻全院皆知。目前，大人们见面没有别的话题，满嘴都是老金和梅阿姨。

我听着大人们茶余饭后的议论，心中很不是滋味。梅阿姨，我熟悉，闭眼就是她那鹅蛋脸庞，清秀的眉眼，说不上很漂亮，但禁得住看。乍一看，没什么出众的地方，然而越看越好看。眼不算大，但清澈有神；嘴不算小，但丰满红润；再配上两道细细的柳眉、乌黑的短发、娇小的身材……还有那善解人意、与人为善、稳重细腻的做派，谁见谁不爱呢？

金伯伯，我也认识。常见他意气风发地到图书阅览室借书，长篇大论地与梅阿姨讨论书中的我们听不大懂的内容，时而会心的微笑，时而仰天大笑……每当这时，梅阿姨都会羞红了脸，腼腆地低下头，用手无目的地抚弄桌上的书……这时的梅阿姨最好看！

金伯伯那不经常来机关探亲而来了就给人们留下深刻印象的妻子，我也见过。那天，我到锅炉房打水，发现几个家属在交头接耳地议论着什么，有一个老奶奶还用手指着一个刚打完水往回走的女人背影，摇着那满头白发，嘴里一个劲儿地发出啧啧声，一边不无惋惜地说："她就是老金的女人？太不般配了！太不般配了！"

另一个大娘说："听说是老金他妈的远房侄女，家里原来很有钱，供了老金上了大学呢！"

"其实老金不愿意，都是爹妈做得主。"

"咳！要是我也不会同意！"

我一边听着她们议论，一边回过头认真地看那越走越远的女人：高高的个子，粗粗的身量，虽然穿着碎花布的连衣裙，但猛一看，给人的印象绝对是一副男人威武的架势。头上顶着一头烫出来的卷发，脚上穿着一双偏带半高跟的黑皮鞋，可走起路来一扭一扭的，看来是裹过脚又放开的，不但走不稳，而且一走一趔趄，手中提的铝壶中的水也跟着她的脚步，一下一下地从壶嘴里挤出总是放不平稳的水滴……

"听人说，老金曾经跟她提过离婚，被她一顿暴打，拎着脖领子扔到了门外！"一个抱孩子的阿姨说。

"不只她不同意，那老金的爹娘也不同意，直骂老金忘恩负义呢！"

"这回老金到苏联学习，给她买回来布拉吉、黑皮鞋，又劝她烫了发，可怎么打扮也不像个女人……可她生的那个男孩儿真漂亮，简直和老金托的一个模子……"

这是我第一次从背面见到金伯伯的妻子。第二次见到她是一天的傍晚，我们正在灯火通明的小舞厅看年轻干部们跳舞，那欢快的《青年圆舞曲》带着一对对年轻人旋转着、旋转着。金伯伯和梅阿姨拉着手、搭着肩正转得欢，突然一声大吼——“金志豪！”把人们吓了一跳。乐队停止了伴奏，人们停止了旋转，不约而同地向门口看去，只见一个高壮的女人两手叉腰、怒目圆睁地站在看跳舞的孩子们身后，身上依旧穿着那碎花的连衣裙，脚上依旧穿着那双黑皮鞋。可那脸，肉是横的，眼是肿的，嘴是大的，脸色是黑的，那宽厚如狮子头的大鼻子的鼻翼因为气愤，呼哧、呼哧地扇着……这个模样，别说金伯伯怕她，谁见了都会以为见到了传说中的母夜叉！

金伯伯就这样被母夜叉揪走了！晚上，少不了又是一顿暴打，没准又被扔到了门外呢！其实，让金伯伯痛下决心“私奔”的，是他被打成了“右派”。为什么呢？因为他业务上最强，水平最高，敢提意见，敢坚持己见……当然也“目中无人”了！最要命的是他“生活作风不好”，不喜欢自己的老婆，而对梅阿姨……这在当时可是众矢之的呀！

家庭不幸福，事业本来是金伯伯引以为豪的最大安慰，如今……

后来听说从金伯伯远房亲戚甘肃天水农村家里找到了他们，在押解回保定的途中，住在一个小旅馆里。早晨，看金伯伯的人发现从门下流出了鲜血，急忙推开门一看，金伯伯右手腕割破了，血流如注……再撞开梅阿姨的门，地上也是一摊鲜血……

金伯伯，那个多才多艺的男人和他心爱的女人一起，在鲜红的血色中走完了自己的人生……

英花

老阁要结婚了！

这消息像一股春风一样，在这“柳破金梢眼未开”（选自金末元初元好问的《喜春来·春宴》）的初春，给新专署大院带来了喜气。专员们来了，局长们来了，干部们来了，家属们携儿带女的来了……都来祝贺老阁的新婚。

老阁是何许人也？为什么他的婚事惊动了这么多人呢？

老阁是新专署大院烧开水的锅炉工！

老阁是姓阁，还是名字里有“阁”字，说不清，反正大院里的男女老少，凡是认识他的人都亲切地称他老阁，而老阁也总是笑眯眯地答应。

老阁没有家，没有父母，也没有兄弟姐妹，他是孤儿。老阁就住在锅炉房后边那间小平房里。这小平房虽然不大，但和新专署一样，是崭新的，白白的墙，绿绿的窗，整齐的台阶。台阶左边是去年新栽的一棵正在吐芽的杨柳，右边有一株还没长叶的木槿花。房间里的南墙上有一扇小门，直通锅炉房，工作起来很方便。这就是老阁的家。

老阁有多老呢？真的不年轻，他已经四十多岁了呢！怎么四十多了还没成家？除了人穷，最大的困难就是他的长相：一米八的大个子，瘦得像麻秸秆；一个大长脸，上面长满了大麻子，一说话就脸红，那满脸的平时暗黄色的麻坑憋得通红不算，还油光发亮，使他那还算端正的五官完全湮没在红彤彤的麻坑里，那些由人介绍来相亲的女人，就只见麻子不见人了……哪个女人愿意嫁给一个麻子？况且是满脸通红的麻子？结果，老阁的婚事就成了老大难。

现如今，老阁竟然要结婚了，谁不高兴呢？况且，老阁为人实在，对人热情，工作认真。因为他为全院的人供应开水，一年三百六十五天，从没误过事、误过时，全大院的干部、家属，谁不夸老阁是大好人、大老实人呢？可谁又肯做他的新娘呢？赶紧去看看！

当我背着小妹，跟着凤莲、大俊一溜儿小跑地来到锅炉房时，那间小屋内外已经挤满了人。人们说着、笑着，有的在交头接耳，有的在指指点点……我们从大人的腿缝中挤过去，钻进那间贴了喜字、挂了纸花的小平房时，发现里面已经挤满了前来祝贺的领导和家属。只见老阁身穿一身崭新的藏蓝色的中山装，搓着双手，贴着屋里唯一的小桌站着，一个劲儿地点着头，一个劲儿地傻笑，那满脸的大麻子显得更加通红、油亮了。

新娘子呢？那老阁的新娘子在哪儿？她一定长得很好看吧？我们东张西望地找着。咦！满屋子的中山装、列宁服、平常衣，那穿红戴绿的美丽新娘子藏在了哪儿？

“你们找新娘子吧？”刘姨笑着问我们。“那不是！”刘姨用手指着坐在小桌南头正在吃饭的一个小个子女人说。

“她就是新娘？”我惊讶地睁大了眼睛。

只见那个女人正在旁若无人、目不斜视地端着一大碗白米饭往嘴里填。那嘴张得大大的，露出缺七少八、黑白相间的一口烂牙，眼睛紧盯着碗里的米饭，眼皮耷拉着，看不出大小，小蒜头鼻子垂在眼眶下……总觉得哪儿不太对劲儿。哪儿不对劲儿呢？哦！原来是两只眼睛离得太远了，那鼻子放在那儿，显得有点空旷。头发很黑、很壮，剪得短短的，用红头绳扎着一个小偏辫，这是她身上唯一一点喜庆的红色，因为她和老阁一样，竟也穿了一身崭新的藏蓝色的中山装！

领导在讲话，她吃她的饭；人们在道喜，她吃她的饭；有人在吵着、闹着和老阁开玩笑，她依旧吃她的饭……咦！这是什么样的新娘子啊！怎么这么怪？难道她这辈子就没吃过白米饭？怪不得外边的人们在交头接耳、议论纷纷呢！

后来才知道，这个二十几岁却像个十几岁孩子一样的新娘子叫英花，是个智障人，也就是人们常说的呆傻人。英花很苦，她妈生下她就去世了，是老父亲一把屎一把尿地把她拉扯大。在她七岁那年，老父亲又撒手西去，英花只得跟着穷苦的哥嫂过活。哥嫂跟前一大群孩子，哪里顾得上她？所以，英花，这个呆傻的女孩儿，没有被冻饿而死就是万幸了！所以，英花，跟了老阁，真是从地狱到了天堂！

新婚以后，每当英花出门，那些婶子大娘们就会围过来：

“英花，这头梳得真光溜，谁给你梳的呀？”

“我老阁！”

“英花，这身衣服真好看，谁给你买的呀？”

“我老阁！”

“英花，每天谁给你洗澡哇？”

“我老阁！”

“哈哈哈……”

人们逗完英花都开心地笑起来。新娶来的媳妇谁不逗呢？更何况是老阁的新娘子，又是个呆傻人？

可是，我和凤莲、大俊从不逗英花，不仅不逗，还成了好朋友。因为我们喜欢英花那清澈如水的眼神，喜欢英花那天真无邪的笑容，更喜欢她对人无限信赖且知恩、感恩的纯情……那天，英花从内衣兜里神神秘秘地掏出一个脏兮兮的灰色小布袋，把里面装着的宝贝——几个花心玻璃球倒出来给我们看。

“真好看，谁给你的呀？”

“我老爹！”

英花自豪地、不无深情地看着那玻璃球说。要知道，英花的父亲已经去世十几年了，而那装玻璃球的小布袋竟被英花不离身地藏了十几年，如今还像宝贝一样地藏在身上……

英花不会做家务，老阁也舍不得叫她做家务。那时没有电视、录像可看，老阁也买不起收音机，就是有收音机，英花也不见得能听得懂啊！那英花成天干什么呢？

英花有英花的乐趣，那就是每天坐在小屋的窗台前，认真地、仔细地把一种叫猪耳朵片的野草上长满小颗粒的梃儿摘干净，把那在窗台上堆成小山一样的草籽儿装进她的衣兜，然后跟着我们到小马路上，边走边一把一把地把那草籽儿撒到路边的草地上。一边撒，一边开心地笑，好像她在播种。种什么呢？大概是在播种幸福吧，因为她已经收获了无尽的欢乐！风儿轻轻地吹着那些小小的草籽儿，让它们随意飘扬着、飘扬着……好像要把这颗颗欢乐的种子、无邪的种子、希望的种子、神圣的种子，吹向田野，洒向天边，洒向全世界。

夕阳蹒跚着脚步，尽力拖延着告别的时间，那血色晚霞慷慨地投下凄美的红光，照亮了英花那粉色的花衣裳，照亮了英花那粉里透红的脸庞，还有那天真无邪、快乐无比的眼神！

于是，我和几个小伙伴就自觉自愿地给英花到大院里、到马路对过儿的野地里采集猪耳朵片的长梃儿。每当我们手捧着大把的长梃儿来到英花家时，老阁总是笑容可掬地把我们迎进门，嘴里叫着："英花，你看谁来了？"

这时，英花从窗台前的凳子上站起来，两眼放光，甜甜地笑着、叫着："我爱爱！我凤莲！我大俊！……"然后，像久别亲人的孩子一样扑过来……

我家搬出新专署大院两年后的一天，母亲从街上回来，心情沉重地对姥姥说："刚才我在街上碰到老阁了，他说英花病死了。老阁还想让她生个一男半女、和她白头到老呢，真可怜……"

啊！英花！那个善良、纯洁如天使般的英花，怎么能死呢？为什么要死呢？你从苦难中走来，才享了几天福哇？！难道你就舍得离开疼你爱你的老阁？

英花，英花！你知道吗？你的爱爱在为你流泪，在想你的笑容，在想什么时候还能为你采一把猪耳朵片的梃儿呢……

姥姥的双手

姥姥身量不高，但很匀称，不胖不瘦，容长脸儿，尖下巴磕儿，丹凤眼，小鼻子，薄嘴唇，谁见了满脸慈祥的她都说是个善良、精干的老太太，而且都说姥姥年轻时一定很漂亮。其实，何止是漂亮，而且是十里八乡首屈一指的典型的中国古典美人呢!

据说，当年她刚结婚时到姨家走亲，一个高大帅气的小伙子看她长得那么美，就问身边的人："那个俊媳妇是谁家的闺女?"人说是桃花岭赵文发的女人，娘家是安子村的甄家……那年轻人一听，后悔地直拍大腿："咳！我真是没福气哟！要不，这俊媳妇不就是我的女人了吗?!"

怎么回事呢？原来这小伙儿的家人到姥姥家求亲在先，本来要定结婚的日子了，可是因为一条白羊肚手巾，两个亲家说话不投机。小伙儿的父亲执意要留下包彩礼的羊肚手巾给没过门的儿媳妇用，而姥姥的父亲，也就是我的老姥爷执意不留，说你看不起我家，我家再穷，难道连条羊肚手巾也没有吗？结果两人不欢而散，一段好姻缘也就泡了汤。那小伙儿从来没见过姥姥的面儿，如今见了这如花似玉的已经成了别人的俊媳妇，能不后悔吗?

如今姥姥老了，除了从那清癯的脸上依稀能看出一点当年那美人的影子，其他地方都变了。本来就不高的身材显得更矮了，当年直挺的腰杆儿也弯了，那头油光乌黑的头发早已变得稀疏而花白。特别是那双手，由粉嫩灵活变得黑黄而僵直，伸，不能伸开，握，不能握紧，只能半张半握地放在自己的双腿上，更可怕的是十个手指头上的每一个关节都长着一个硬硬的像鸽子蛋大小的疙瘩。

“姥姥，你的手怎么长成这样啊?”我小时候摸着姥姥的手上那些硬硬的大疙瘩问。

“咳！还不是年轻的时候为了养家糊口，给人家做豆腐落下的毛病。”

姥姥看着自己那双干柴棒似的老手慢慢地说：“那年山西来人招工修铁路，说去了管吃管喝管住，回来时那洋钱让你用簸箕撮……可你姥爷，一去就几年没消息，家里四个半大不小的孩子，怎么养活呀?”姥姥边说边抬起头来，那双饱经沧桑的老眼迷蒙地望着远处，好像又回到了清末民初那个动乱的年代。

其实，姥爷是个精明帅气的小伙儿，上有父母和两个哥哥，下有两个小妹，家里也是穷得叮当响。姥爷的大伯没有儿子，总想从他们哥仨之中挑一个过继给自己当儿子，好继承自己那份虽说不上富裕但还算殷实的家业。可挑谁呢?看看老大，看看老二，再看看老三，哪个都好，哪个都能干，实在下不了决心，这一拖就拖老了。

那天清晨，姥爷的大伯起了个大早，在村里转了一圈，拾了半筐粪回家，一进家门就一头栽在了台阶上，头破了，眼斜了，嘴歪了，哈喇子也流出来了，人眼看就不行了。这时，只有十七八岁的姥爷跑前跑后，请先生、抓药熬药、端饭送水、擦屎接尿……照顾得周周到到。更让老两口欣慰的是，他在忙乱中不忘大事——请师傅做棺材，为老人准备后事！养儿不就是为了养老送终吗?这孩子关键时刻这么孝顺，想得这么周到，不选他选谁呢?

老人的心定了，一块石头就落了地。俗语说：“人逢喜事精神爽。”听着姥爷一口一个“爹”地叫着，老人心里美！那病也就不知不觉慢慢地好多了。姥爷也就正式搬了过来，继承了那有六七间房的独院，还有那一道沟的土地和果树。

没两年，老人给姥爷娶了如花似玉的媳妇——姥姥，又接二连三地生了几个儿女，这日子还不像芝麻开花节节高?

可是，当两位老人都去世后，已有三道沟的梯田和果树的姥爷染上了“赌”的毛病。那时候，一没电影，二没电视，除了过年过节村里唱几天戏以外，老百姓，特别是深山区的老百姓，又有什么娱乐活动呢?所以，打麻将、玩纸牌赌博就成了全民性的娱乐活动。

按说，像姥爷那样精明的人不会输，事实上姥爷也很少输，而且总是赢得赌友们眼气、眼红又无可奈何。可能是姥爷的手气太好了，赢得太多了，让人恨上了。最后一次赌钱，当赢了钱的姥爷要离开赌场时，被人揪住了，不许走！不但不许走，而且要接着赌！“不赌不行！”那些揪住他的人们已面露杀气！

没办法，姥爷只好又坐了下来，硬着头皮接着赌。几圈下来，输得姥爷头上冒了大汗；又几圈下来，姥爷原来赢了钱全都输光了；再几圈下来，三道沟的梯田和果树就都成了人家的囊中之物……差点把老婆孩子都输给人家！

当姥爷趁着夜幕好不容易逃回家后，一头栽到炕上，蒙上被子睡了三天三夜。第四天，什么话都不跟姥姥说，只说跟人到山西修铁路挣大钱就一去不复返。

第二年开春，因为姥爷不在家，姥姥就到村里请短工种地，人家说：“嫂子，这地早就种上了。”

“我还没请人，地怎么就种上了?”姥姥问。

“嫂子，你是真不知道吗？这地不是让我三哥一盒子（赌博的一种方法）端给杏黄村的李二狗了吗？人家前几天就种上了！”

那人停顿了一下，看了看呆若木鸡的姥姥，咽了口吐沫，还想说什么，张了张嘴没说出来，又摇了摇头，下狠心似的接着说：“嫂子，实话告诉你吧，就连你住的那房子、院子都输给人家了，人家看你孤儿寡母没催你搬家就是了。”

“啊?!”姥姥一听这话，惊得如五雷轰顶，两腿一软，瘫坐在了台阶上。

“怪不得他回家睡了三天三夜呢！怪不得问他什么都不说呢！怪不得他非要到山西修铁路呢！……这个该死的三发子（姥爷的小名）啊！你输光了房子输光了地，你没脸见人！你撇妻撂子，一走了之！可叫我和孩子们怎么活呀！……”姥姥一边号啕大哭，一边数落着落荒而逃的姥爷，听得周围的人们都心酸落泪。是啊，在那个战乱时期，家里一没有房产，二没有土地，又没男人，一家人喝西北风呀?!

幸亏呀，幸亏！幸亏姥姥在娘家当姑娘时和她奶奶学了一手做豆腐的好手艺。于是，姥姥就没日没夜地给村里的大家主做起了豆腐，换点粮养活那四个儿女。不久，因为姥姥做的豆腐质量好，邻村哪家有了红白喜事也找她做豆腐，逢年过节更是忙上加忙。

“做豆腐伤手吗？怎么你的手……”我不解地问。

“做豆腐按说不会伤手，可是，我不是想每天多做几道豆腐，多挣点粮食，让你舅、你妈他们吃饱吗？”姥姥那双老眼盯着自己那双长满大疙瘩的双手，好像又回到了那遥远的过去……

那时的姥姥顶着星星起床，泡豆、推磨、揉浆……一干就是一天，不到深夜没上过炕。推着沉重的石磨，姥姥想起开春断粮时，鼓着勇气迈上地主展四的大门，想借点粮食度荒，可那地主不借给她，因为她家没有男人，借给她，就等于打了水漂儿，孤儿寡母能还得起吗?!

“要争口气，用自己的双手养活孩子们!”姥姥想着，咬着牙加快了脚步。

揉着那滚烫的豆浆，姥姥仿佛看到了八九岁的大舅、二舅跟着村里小伙们上山打柴。休息时，人家掏出口袋里装的玉米面饼子香甜地吃着，可早晨就喝了几碗照见人影的稀粥的大舅、二舅，只能咽着口水干看着。因为家里没粮食，怎能带干粮？只能多喝几口山泉，再把那山柴——因为沉重压得他们直不起腰来的那捆山柴背回家。如果不背回去，姥姥用什么做饭、做豆腐呢？

“为了孩子们能吃饱，多做几道豆腐!”姥姥想。所以，姥姥为了让那滚烫的豆浆早点定型，等不及它自然晾凉，而是用双手去揉，揉出那滚烫的卤水。

“你不怕烫吗？刚出锅的豆浆呀!”我不无担心地问。

“怎么不怕烫呢？不是没法子嘛！我在案旁放上一盆凉水，揉几下，烫得受不了，就沾一下凉水，再揉几下，再沾一下凉水，就这样一冷、一热、一冷、一热……慢慢地，手上的关节红了、肿了，疼得钻心，最后就成了这个模样。可我没让一个孩子饿死，都长大了……”姥姥欣慰地笑了。

“那我姥爷挣着大钱了吗？他撮回了几簸箕洋钱呢?”我又问。

“挣什么挣！差点落了痞（成了要饭的流浪汉）！他一进家门把我吓了一跳，

还以为来了一个要饭的叫花子呢！高高的个子瘦得成了麻秸秆，四方大脸剩了一窄条，只有那双深塌下去的眼还是那从前的……几年不见，竟变了一个人。要不是他会耍钱，用身上仅有的几个铜子赢了几块钱买了火车票，还不定死在哪儿呢！那兵荒马乱的，管事的卷着几千工人的工钱早就跑得不知去向！……那洋钱任你用簸箕撮，撮个狗屁！你姥爷连个洋钱的毛儿也没见着哇！”

姥姥愤恨地用她那伸不开、握不上、枯树枝一样的老手在空中比画着，不知是怨恨那管事的，还是怨恨姥爷……

父亲的星期天

如今的人们，不到星期五就开始盘算了，盘算着周六、周日两个公休日到什么地方游玩，到什么饭店吃什么特色，甚至坐哪趟车、哪趟飞机到自己心仪已久的千里以外的风景区观光、会友、见心上人……可是，你知道五十多年前，人们是怎样过星期日的吗？你知道当时我那当副专员的父亲是怎样过星期日的吗？

那时候，每周只有星期日休息。那天，如果父亲不下乡、不开会，必定有半天时间坐在洗衣服的大盆旁，他身边要洗的衣服堆成小山。全家十口人，每人两件就是二十多件哪！况且还有床单、拆洗的被褥、棉衣呢！

姥爷年纪大了，不能洗，而且他老人家也不会洗呀，一辈子让姥姥侍候，他哪里知道衣服该怎么洗呢？姥姥严重的关节炎不能洗。我是最大的女孩，刚刚八九岁，帮不了什么大忙，也就是刷刷碗、看看小弟小妹而已。

所以，星期日洗衣服就成了父母繁重的家务劳动。父亲伸着一条残直的腿，艰难地坐在大盆旁边，那有力的大手呼哧、呼哧地在搓板上使劲地搓着，汗水顺着他的脸流到脖子上，流到脊背上，把那白背心湿了一大片。母亲在一边用清水涮，父亲洗好一件，母亲涮一件，不一会儿，那堆脏衣服就矮了下去，院子里的晒衣绳上就挂满了红红绿绿的“万国旗”。

有一天，父母正在家里忙着洗衣服，突然门外一声高呼：“柳专员，在家吗？”话音没落，白白胖胖又不失干练的李副专员推门进来。

“呵！夫妻双双洗衣忙啊！嘿嘿！我说老柳哇，你可真是个模范丈夫，不像我，我可从来不洗衣服呢！嘻嘻！看来我得好好向你学习哟！哈哈哈！……”

“嘿！老李，来来来，请坐。”父亲笑着用那湿湿的大手指着床说：“我哪有你有福哇！就一个独生女儿，父母身体又好，什么家务活能轮的上你呀！你看我，孩子一大群，秀秀除了工作、开会、下乡，还得给孩子们做鞋、缝衣服，我总得帮点忙吧？我不帮忙，秀秀还不得累死？”

“你敢不帮忙，你不帮忙，秀秀还不吃了你！……”李副专员一句话没说完，脑袋上就挨了母亲一巴掌。

“我先吃了你！叫你没大没小……”母亲一边又扬起了手，一边笑着说。

“嫂子息怒！嫂子息怒！……我有正事、有正事……”李副专员一边笑着捂着脑袋躲着母亲，一边对父亲说：“省里来了人，叫咱们都过去……”

父亲被李副专员叫走了，母亲继续她的洗衣战斗，她多想让父亲帮帮忙，好腾出点时间给孩子们缝那没缝完的衣服啊！

其实，洗衣服只是父亲星期日的一项任务，还有一项更艰巨的任务呢！那就是当“修鞋匠”！

家中有六个半大不小成天疯跑的孩子，那鞋穿得那叫一个费！今天老大的鞋露了脚趾头，明天老二的鞋露了脚后跟，后天老三的鞋又破了底……家里人多负担大，南来北往的客人又多，哪里有闲钱给孩子们买鞋穿？

于是，母亲就加班加点地做鞋，父亲就帮着母亲纳鞋底。你可能要问，父亲一个大老爷们，怎么会纳鞋底？这还得从1946年说起。1945年抗日战争胜利了，1946年精兵简政，作为刚参加工作不久的新同志，母亲理所当然地被精简了下来。当时，参加革命是不发工资的，只管吃饭，衣服还要自己解决。父亲当时已经当了县公安局长，也和大家一样，除了吃饭，每月只有五角钱的零花钱，如何养得起母亲呢？母亲只好做鞋卖钱养活自己，父亲也为了多挣点钱养活妻子，就学会了纳鞋底。只要有点空余时间，父亲就帮母亲纳鞋底，父亲的鞋底纳得又快又好，他那大手有劲儿啊！不久，解放战争打响了，又需要大批的干部了，母亲又被召回，才彻底解决了吃饭问题，而父亲从此学会了纳鞋底。

可是，母亲再怎么做，父亲再怎么帮忙，也供不上六个小淘气穿啊！怎么办呢？那天，父亲从街上买回来钉鞋的全套工具，什么铁砧子、铁锤子、鞋钉子、补鞋的皮子，甚至还有两条车子上的轮胎，干什么用呢？钉鞋的前后掌啊！

于是，在星期日的上午或下午，父亲就当起了修鞋匠，叮叮当当，缝缝补补，给我们钉好一双双穿烂了的布鞋，给母亲解决了难题，也给我们留下了受益终生的艰苦朴素的精神。

这副专员父亲的叮叮当当的修鞋声，穿越了时空，穿越了历史，五十多年来，一直响在我的耳畔……我不知道哪朝哪代的高级官员能亲自给孩子们修鞋，但解放初期共产党的高级干部做到了！当周围的领导和同志们夸我不像个高干子弟时，夸我吃苦耐劳、艰苦朴素时，谁能想到我的高干父亲竟是这样度过的每个星期日呢?!

而我那用双手洗衣服的父亲，我那当修鞋匠的父亲，我那保定专区领导人之一的父亲，难道他的星期日不反映了当时大多数领导干部的生活作风吗？

上高中时，我写的一篇文章《鞋》，在学校作文比赛中获得了一等奖，并且被收到了《保定地区中学生作文选集》中。我得到的奖品是一本《毛泽东诗词选》。

逃跑记

十岁那年秋天的一个傍晚，我从家里逃了出来。

我漫无目的地在收完庄稼的大野地里走着、走着……要到哪里去？不知道！前边是什么地方？不知道！要遇上坏人怎么办？不知道……只想逃离那个让我一天也不想待的家！还有那个从没给过我温暖和笑脸的妈！

不是吗？从我来到保定，就要处处让着弟弟们，好吃的先给他们，好玩的先给他们，有多余的才想起我……因为我是老大，我是姐姐。

从我七八岁开始，就要刷锅、洗碗、扫地，摔了盆、打了碗要挨打，地扫得不干净要挨骂……因为我是老大，我是女孩儿。

自从生了小弟、小妹，背他们、看他们就是我的事儿。别的小孩儿做完作业可以疯玩，可我总得抱个胖弟弟或背个胖妹妹勉强跟在后边……因为我是老大，又是女孩儿，理所当然！

其实，这些都是小事，是我能够忍受的，让我愤愤不平的是受不了那“委屈”和“冤枉”！

弟弟生病喝剩下的苦药汤子，凭什么硬灌到我的嘴里？我又没病！

弟弟们打架抓破了脸，凭什么要呵斥我？我只比他们大一两岁，还没他们壮实，我能管得了他们？

妹妹没站稳摔倒磕破了头，凭什么要打我？我看着她，难道连厕所都不能上吗?!

……

刚才我用小推车推着妹妹玩，明明是弟弟抢了她手中的玩具，让她号啕大哭，被路过的母亲看见，凭什么不问青红皂白就恶狠狠地骂我，还说让我等着，等着她下班再来收拾我！

好！让你下班来收拾我！我不在你这个家待了！我要跑得远远的，让你找不到我，看你还怎么收拾我！

我一边想着这些乱七八糟的伤心事，一边在光秃秃的大野地里大踏步地向前走着、走着……仿佛要尽快把那个在机关大院里的家远远地甩在身后，越远越好，让他们永远也找不到我，我永远也不想再回去！

一抬头，看见天边正在坠落的夕阳，那么硕大，那么橘红，那么温暖。那是即将告别的太阳公公吗？它为什么走得那么慢呢？哦，准是看着我这个逃跑的小女孩儿可怜，想多给我一点光明，多给我一点温暖吧?！那夕阳旁边的火烧云，多漂亮啊！有的像金色的飘带，有的像镶了金边的山峦，还有的像在蓝色的大海中开满橘红色鲜花的小岛……那里肯定是王母娘娘和仙女们住的天堂吧？我要是能在那里生活该多好哇！我可以成天和神仙姐姐在天上广袖长舒的跳舞呢，也省得在家挨骂受气了！

一望无际的田野上，空无一人，只有收过的玉米地上还零散地堆放着一些没来得及搬回家的玉米秸。不知是什么虫儿在秋风中凄凉地时断时续、有气无力地唧唧叫着。天，越来越暗了，天边的云霞无奈地脱去了鲜艳的盛装，众仙女恐怕累了、饿了，她们也要回家吃饭睡觉了吧？

一想到吃饭，那不争气的肚子立刻咕咕叫起来。哦，原来我跑出家门时还没到吃晚饭的时间，现在可真觉得饿了。现在全家人肯定围在炕桌上，就着那昏黄的电灯吃晚饭。吃什么呢？小米干饭？玉米饼子？还是红薯面的饸饹？……我最爱吃的就是红薯面的饸饹了。那饸饹床子架在廊下的锅台上，姥姥把一块和好的饸饹面放在床子的漏斗里，母亲在这边使劲一压，漏斗中就挤出长长的面条儿，直接落在滚开的锅里。一会儿，全家人手上就都端上了浇上菜汤的饸饹面，热气腾腾，香味扑鼻……想到这里，嘴里的口水都快流出来了，我赶紧把它咽了下去，真想回家美美地吃上一碗啊！可家在哪儿呢？我回过身去，望着那被夜幕渐渐吞噬了的黑黝黝的田野，远远的地方依稀有星星点点的灯光，那里是家吗？该不是附近哪个村庄吧？管它呢，反正不能回去！我毅然决然地又转身向前奔去。

走哇，走哇……夜已经很深了，秋风打在我的身上，让我不由地发抖，真冷啊！姥爷讲故事时说："饥寒交迫才能死人，只寒不饥死不了，因为肚里有食；只饥不寒，短时间也死不了，因为有衣服保暖。"可是，可是，今天我是又饥又寒啊！没吃晚饭，而且身上只穿着夹裤和单褂，不会冻饿而死吧？想到这里，我不寒而栗。姥爷、姥姥，你们在哪里呀?！快来救救我呀！……我不禁哭出声来。

哭又有什么用？谁能听得见？那成天挑水做饭的姥爷、姥姥能听得见吗？那在百忙中抽时间给我们洗衣服钉鞋的父亲听得见吗？每天加班到深夜给我们缝衣服做鞋的母亲听得见吗？还有那群调皮淘气的弟弟们，不是也成天围着我"姐姐、姐姐"的叫吗？特别是那蹒跚学步、牙牙学语的小妹，肯定在张着两只小胳膊，满世界找她的姐姐呢……多温暖的家呀，为什么要逃出来呢？母亲对我生硬，其实她对哪个孩子不生硬呢？二十六岁就生了六个孩子，成天忙得要死，能有好气儿？想到这里，我竟号啕大哭起来。正哭着，突然不知哪里咔吧一声，吓了我一跳。呀，别哭了，再引来野狼野狗可了不得……我一边想，一边用袖子擦那怎么也止不住的泪水。

又一阵秋风袭来，吹得我打了个寒战。要不钻进玉米秸堆里去吧，那里面肯定暖和，可是里面要有蛇怎么办？我这样想着，那眼却在周围踅摸起来。刚刚还见过几堆玉米秸，可这眼前的空地上怎么一堆都没有了呢？这里的农民伯伯也太勤快了，怎么就都搬回家了呢？怎么就不给我留下一堆呢？咳！要是不逃出来就好了，这时肯定钻在温暖的被窝里抱着猫儿美美地睡大觉呢！我一边擦眼泪，一边想……

呀！怎么迎面走来了一个高大粗壮的黑影呢？是传说中的妖怪，还是化了妆的特务？我来不及细看，撒腿就跑，可越跑越觉得它追过来了、追过来了，听见它那沙沙的脚步声了……妈呀！救命呀！当我实在跑不动了，弯下腰喘口气时，趁机扭头看了后边一眼：咦！那个大高个子怎么不见了？直起腰往身后一看，那长长的黑影竟远远地还站在那儿一动不动。是棵没掉光叶子的树吧？可那沙沙的脚步声又是怎么回事？又一阵秋风袭来，脚下散乱的玉米叶子沙沙地响起来……咳！一场虚惊！要是在家多好哇，就不会吓得我心惊肉跳、狼狈而逃了。我擦擦又涌出的眼泪，转过身来。突然，我发现前面有一座座高高的像小山一样的黑影，那黑影像连成一大片的起起伏伏的山包，静静地卧在那里。什么东西呢？走近一看，原来是一堆堆的大圆木头，用铁丝网围着。

“在木头堆里应该比这大野地里暖和吧？”我这样想着，就从铁丝网下边的宽缝里钻了进去。哎呀！这木头怎么这么粗哇！每根木头的横截面都快到我的肩膀了，这该是多么高的大树哇！我还从来没见过这么粗、这么高的大树呢！看来这是个大木料场，这些木料是从哪儿运来的呢？……管它呢！先找个暖和的地方躺下睡一觉再说，太冷了！太困了！

我围着这一堆堆的木料转悠着，在这个木头上坐坐，在那个木头上躺躺，都不行，都太冷。突然，我发现一堆木料的第二层的一根大原木的头儿上是空的。“那里边肯定暖和，因为它背风啊。”于是，我赶紧爬上去，一头钻了进去，躺在这大树的空洞里，我觉得暖和多了。就不怕里边有蛇、蝎子，甚至野猫、野狗、野狐狸？当时想都没想，因为太冷、太累、太困了，只想找个暖和的地方躺下……

不知过了多久，我又被冻得抖了起来。不行！太冷了！我又爬出树洞在木头堆里转悠。啊！灯光！在远远的地方射出了一团黄莹莹的灯光，在这伸手不见五指的黑暗中，显得那么明亮、温馨，那么使人振奋！在这寒冷漆黑的夜色中，那遥远的、昏黄的灯光带给了我无限的温暖和希望。我赶紧绕过一堆堆的木料迅速向那灯光跑去。走近了，我才发现那是一间小房子门口上方的电灯发出的光，而紧关着门的小屋里传出了一阵阵爽朗的笑声。

“敲不敲门呢？要是碰上坏人怎么办？”我悄悄地踏上台阶，从玻璃窗偷偷地向里一望，原来是几位叔叔在打扑克。

“你偷看了我的牌!“

“我没看!”

“你盛不上饭来怨勺子！输了就是输了……”

“他是拉不出屎来怨茅子……”

“哈哈哈……”

不像坏人。我大着胆子敲了敲门。

“进来!”一位叔叔看也没看一下就大声说。

我小心翼翼地推开门蹭了进去。

“甩了!”一位叔叔啪的一声甩出一张扑克牌，同时抬起头。

“哟呵！哪儿冒出了一个小丫头哇?”

随着这话音儿，其他三人不约而同地停下手中的牌向我看来。

“你是谁家的小丫头哇？怎么跑到这荒郊野外来了?”

“你叫什么名字啊?”

“你家在哪儿住哇?”

……

听着叔叔们七嘴八舌的盘问，我像见了久别重逢的亲人，哇的一声大哭起来。几位叔叔连忙扔下手中的牌围了过来。

“不哭！不哭！小妹妹，有话好好说……”

“哟，瞧这小手凉的，怎么还穿着单衣呀!”

“你怎么跑到这儿来了?”

叔叔们你一言我一语地劝慰着、询问着。我能说什么呢？我能说我是从家里逃出来的吗？我能说我父亲是谁吗？我能说我家的地址吗？这些我如果都如实说了，他们肯定要把我送回去呀！怎么办？怎么办？怎么办啊?!

我越想越害怕，越想越着急，越想哭声越大……突然，我心一横，说：“我出来玩迷了路，家在小菊花胡同住。”为什么这样说？是不想回自己家？是怕挨打？还是……不知道，反正我是这样说了。

几位叔叔一商量，两人看场，两人骑自行车跑了好远的路把我送到了小菊花胡同三十号。当我一头扑进还在唱着小曲儿、给人家洗衣服的二丫头她妈——我的杨姨怀里时，着实吓了她一大跳。因为当时已经深夜一点多钟了，况且她已有两年没见过我了，我家已经搬走了两年多了！

当杨姨千恩万谢地送两位叔叔出了大门回来，我早已经爬上炕，挤在二丫头和她姐中间睡着了……第二天，当我被接回家后，我怯怯地低着头，偷眼观察着家里每一个人的脸色：没有询问，没有呵斥，更没有暴打；有的是平和、温暖……好像还有那么一点歉意，就连两个较大的弟弟，虽然连忙跑过来一人抱住了我的一只胳膊，但他们都没问“昨天夜里你到哪儿去了？怎么没回家?”，没问，全家谁也没问。只是，只是那廊下热气腾腾的大锅上又架起了饸饹床子，姥姥又把那面团塞进了漏斗里，母亲又在使劲儿地压着……

一会儿，母亲亲自端来一大碗冒着热气的、香喷喷的饸饹面放在了我面前，上边居然顶着两片过年才能吃上的五花肉！母亲不说什么，只是静静地、默默地、不错眼珠地看着我香甜地狼吞虎咽……

“大炼钢铁”

那天，学校突然宣布不上课了。干什么呢？到砖窑搬砖。搬砖干什么？建小高炉哇！“大炼钢铁”呀！

全校学生排着队，在老师的带领下穿插在乡间的小路上。这里渐渐远离了城市马路上的喧嚣和热闹，显得那么朴实和宁静。对我这个从来没有到过郊区农村的孩子来说，一切都那么新奇。

你看，路过的小村庄是那么安静，街上几乎见不到几个人影，偶尔有个抱婴儿的阿姨或手牵小孙子的老奶奶站在路边新奇地看着我们。

你看，村边的那片小树林是那么青翠欲滴，水塘边上那棵老歪脖树弯着腰，任凭它身上那丝丝缕缕的藤蔓随意吊挂，随风摇曳，随心玩耍淘气。那长长下垂的枝叶，不时地轻点树下的水塘，撩起一圈圈的涟漪……

你再看，那一片片庄稼长得多茂盛，绿得发蓝、发青，叶片展展地迎风摇摆，好像是成群的绿衣仙子在舞动着修长的手臂欢迎我们。

“这是什么庄稼呀?”一个小女孩问。

“这是玉米呀！连这都不认识，真成了城里的大小姐了！”一个男孩儿讥笑着说。

“你才是城里的公子哥儿呢！你认识，你认识……”那个女孩飞快地用眼扫着周围，突然说，“你认识那是什么庄稼?”

“那，那……那是种的黄花呗!”那男孩儿犹豫不定又不好意思地说。

“嘿！那是鬼子姜！什么黄花呀!”另一个男孩儿的话引起大家一片哄笑声。

我们说着、笑着，在老师的带领下抄着近路，穿树林、过小桥、走田埂……不知走了多远，终于来到了一座砖窑下。哦！这圆圆的、高高的大土堆就是砖窑呀？想当年，王宝钏就住在这里等薛仁贵十八年吗？姥姥讲的故事浮上了我的脑海。只见砖窑的顶上冒着浓浓的白烟，砖窑的四周整齐地码放着没有烧过的砖坯。很多人在已经烧好的红红的砖堆旁搬砖，有的往大马车上装，有的往小推车上装。装车的人们说笑着，热火朝天地干着活儿，那装满车的车把式，扬鞭在空中甩着啪啪的像鞭炮一样的脆响，赶着大马一溜烟地向前跑去。推小车的人们也不甘示弱，推着那冒尖的砖头，排成长长的一排，说着、笑着、唱着，好像要和那马车比赛一样，欢快而又吃力地往前赶着，怎么看怎么像电影上当年支前送粮的小车队，人人都发自内心的欢欣，人人都显得那么精神！那一双双笑眼里，满含着自信、希望和憧憬！不是吗？党在号召“大跃进”，党在号召“大炼钢铁”，我们的钢要达到几千万吨，就能超英赶美！多么振奋人心！想当年，万众一心能推翻三座大山，万众一心能解放全中国，只要万众一心，什么目的不能达到？所以，我们就万众一心地“大炼钢铁”！

老师招呼我们去搬砖，要求四年级以上的孩子每人搬两块，而一至三年级的孩子每人只搬一块。每人才搬一两块砖，这也太少了吧？老师反复说路途太远，多了怕搬不动，可是还是有孩子自作主张搬三块、四块……甚至更多。谁不愿意为“大跃进”、“大炼钢铁”多出把力呢？

大队人马开始回校了。刚开始，孩子们兴高采烈地拿着、举着或搬着那一块、两块、三块、五块……甚至一摞砖排着队走着、说着、笑着。渐渐地，手上越来越沉重起来，这砖怎么变得这么沉了呢？可能是从学校到砖窑已经走了很远的路，早已经很累了吧？可能是快到中午了，肚子已经很饿了吧？反正觉得手上的砖越来越沉，头上的汗越来越多。因为我是六年级，所以按老师的要求搬了两块砖，刚开始还有点不好意思，都六年级了才搬两块砖，人家金光芬搬了四块呢！可没想到，这两块砖竟变得这么沉，在面前端着沉，一手拿一块沉，顶在头上还是沉……再看看其他同学，一个个龇牙咧嘴、汗流满面，那队伍早已散得不成样子，有的仨一群俩一伙地磨蹭着；有的坐在树下乘凉，他搬的那块砖自然也就成了他的小板凳；有的不知从哪儿找了条绳子，一头捆上一块砖挂在自己的脖子上，好让自己的双手轻松点，可时间长了那脖子也受不了哇！特别是那些逞能不听老师话而搬了四五块砖的孩子们，脸上再也看不见踌躇满志、不在话下的表情，个个累得像霜打了的茄子，东倒西歪，看着自己怀里的一摞砖发愁，搬着吧，实在搬不动，扔了吧，又怕老师批评……咦！老师呢？怎么这么半天都没看见老师呢？扔两块吧，反正老师也看不见！于是，树林里、小河边、桥底下、田埂上，就不时出现了一块、两块、三块……被孩子们丢弃的刚出窑的鲜红鲜红的新砖头。

太阳更毒了，那风儿却没了踪影；老歪脖树更歪了，几乎被缠在它身上的乱七八糟的藤蔓坠到那纹丝不动、热气腾腾的水塘里；那顶着美丽黄花的鬼子姜，垂着叶子，无精打采地站在路边；那一片片绿得发蓝的玉米，不再张扬地舞动它们那修长的叶子，更像一群累坏了的仙女，无奈地在骄阳下喘着粗气……哎！怎么还不到学校哇！

终于回到学校了！我把手里的砖码到自己年级的砖堆上，总算是松了口气。我们六年级的砖堆还不算小呢！因为没有一个人空着手回来，大家都为“大炼钢铁”出了一把力！在那个时代，学校一没有推车，二没有马车，当然更没有汽车了，为了建小高炉“大炼钢铁”，也只有采取动员全校师生搬砖这种蚂蚁啃骨头的方法了。

小高炉，那两人多高的用来“大炼钢铁”的高炉，终于建好了！不大的操场上，东西各两座，花白头发的老校长拄着铁锹和同样熬了两天两夜的老师们无限欣慰地看着这四座小高炉，想象着明天将从这小高炉里流出滚滚的铁水，这铁水将凝成一个个的铁锭，这铁锭运到工厂将生产出多少先进的机器……他们笑了，他们从内心发出胜利的、自豪的笑声，虽然他们都熬红了眼，虽然他们又困又累疲惫不堪！

可是，事情并没像想象的那么简单。虽然学生们肩挑背扛地运来充足的木柴和煤炭，虽然老师们把自家做饭的风箱安到每个小高炉边，虽然那炉内的火苗呼呼地往外钻，映红了站在炉边手拿钢钎的老师们的脸，映红了操场上空整个天……但投进炉里的矿石竟没了踪影，流出的那滚滚的、火红的、冒着烟的、浓而黏稠的水，冷却后，并不是渴望的铁，而是煤、铁、石……混合在一起的、沉甸甸的说不上是什么东西的物体！后来，我们就叫它镏子！

再炼一炉，流出来的燃烧着的红水，凝固了，还是镏子！再炼还是镏子！改变原料，不用铁矿石，改用从老师和学生家里拿来的铁锅、铁铲、铁勺、铁门环，甚至铁锁、铁门钉……可这些货真价实的铁家伙投进炉里，流出的竟然还是镏子！老校长无计了，老师们没辙了，一个个看着那成堆的坚硬、沉重、黑乎乎、冷冰冰的块块镏子发呆。炼个铁怎么就这么难呢？可怎么完成上级交给的炼铁任务呢？路，只有一条，就是再采取蚂蚁啃骨头的方法，发动全校师生捡铁！可这铁到哪里去捡呢？

我提着家里买菜用的竹篮子，跟着同学们来到西郊大厂的高炉旁。看看人家那高炉多气派！那才叫高炉！比我们学校的高炉高多了，也粗多了！人家那才叫真正的炼钢！高炉旁边电动的鼓风机吹着，炼钢的工人叔叔穿着厚厚的戴帽子的炼钢服，不时地从罩着一层玻璃的炉口观察着火情……当然，那流出的红红的灼热的水肯定是铁水了，你没见炉旁的空地上整齐地码着长长的铁锭吗？

除了那铁锭，还有大堆大堆的像山一样的废渣堆，这就是我们捡铁的地方。只见那堆堆渣山上挤满了捡铁的人。有学生，有老人，有阿姨，也有大婶、大娘们，恐怕都是炼不出铁来的街道和学校的人。

我照着别人的样儿，找到一块比较沉重的渣块，用带来的小锤砸开，挑出里边藏着的没能熔到铁锭上的小小的铁块、铁珠放到篮子里。刚开始没经验，用锤子砸半天，也捡不到几块铁。后来，因为天天去捡，就悟出了门道，一看那渣块，就知道里边有没有铁。渐渐的，我那篮子沉重起来，从每天上交一篮子底，到半篮子，到一整篮子，经常受到老师的表扬。可是，因为铁沉重，那竹篮很快就用坏了，又买了一个新篮子。可没几天，新篮子又用坏了，姥姥只好在那破篮子边上缝了一层粗布，才坚持到“大炼钢铁”结束。而我的双手，因为整天和沉重锋利的炉渣打交道，变得黑而粗糙，手指头肚上全是被炉渣划出的深深浅浅的道道。

“大炼钢铁”运动，轰轰烈烈的“大炼钢铁”运动终于结束了！全校召开了庆功大会，主席台上挂着教育局送来的一面长长的、大大的锦旗，上边写的什么，我不记得了，只觉得这面大得出奇的锦旗照得主席台上的每一个人的脸都是红彤彤的……

二舅疯了

那天放学回家，看见姥姥正在端着簸箕出门倒煤灰，见我回来，对我说：“你二舅来了。”

“什么？我二舅来了？二舅——”

我大声欢叫着撒腿就往屋里跑，姥姥又说了什么，我一点儿都没听见。

自从我跟姥姥、姥爷来到保定，已经三四年没见过二舅了。那个年轻、英俊、长着一双忽闪忽闪会说话的大眼睛的二舅，那个会唱大戏、十里八乡都知道的“小脆枣”二舅，那个在山里老家经常背我、抱我、给我摘酸枣的二舅，真的来了?！我飞快地串了东屋串西屋，没有哇？该不是逛街去了吧？这时，姥姥一脸愁容地走进屋来。

“姥姥，你不是说我二舅来了吗？在哪儿?”我问。

“咳！住院了，生病了！”

“啊？生的什么病啊?”

“咳！造孽呀！你二舅……他，他疯了。”

“什么？疯了？怎么会呢?！”我简直不敢相信自己的耳朵！

二舅是疯了，被二舅妈送到保定进了精神病医院。原来，我们到保定的第二年，年轻的共产党员二舅就被村里的父老乡亲推选为村支部书记。那时的二舅胆子大、心气高，恨不得使出浑身解数，把桃花岭村改造成天堂，让乡亲们都过上好日子。因为他心里装着一个人，那就是他的入党介绍人——老团长耿振华！

二舅刚当上八路军时，才十六岁。因为家里穷，营养不良，看上去像个十四五的孩子。姥姥活着的时候，总是无限深情地念叨："要不是八路军的小米干饭，你大舅、二舅就成了小老疙瘩（因营养不良，长不大的意思）了！"这么小的孩子，怎么让他扛枪上前线呢？于是，耿团长就把这个机灵的"小鬼"留在身边当了通讯员。

耿团长是经过长征的老革命，南方人，而且是知识分子。自从二舅跟了他，除了行军打仗、送信、警卫以外，耿团长就教二舅认字，给二舅讲抗日的大道理，讲红军长征的故事。生活上更是关心二舅，晚上和二舅睡一个大炕，半夜还得给睡得像死狗一样的二舅盖被子。说起来，二舅是耿团长的通讯员兼警卫员，可实际上，耿团长更像无微不至关心二舅的老大哥，这两人成了莫逆之交，一天也离不开。

那天，耿团长郑重地问二舅愿不愿加入中国共产党？二舅懵懵懂懂地问什么叫共产党？共产党是干什么的？耿团长给他讲了很多大道理，看二舅的表情是似懂非懂，最后说："你觉得我好吗？"

二舅说："好哇！团长，你是我见过的最好的人了！"

"我就是共产党！告诉你吧，共产党就是为穷人打天下的，共产党就是为了让老百姓过上好日子而奋斗的！"

耿团长的话深深地印在了二舅的心里。就这样，二舅在耿团长的带领下，坚决地加入了党的队伍，担起了为穷人打天下的责任。

可谁也没想到，二舅入党后不久的一天深夜，日寇在汉奸的带领下，偷袭了团部驻地，耿团长在带领大家突围时，受了重伤，临咽气时，不停地叫着二舅的名字："连武！连武！……"围在他身边的人急得团团转，因为二舅刚被派出通知三营转移还没回来。人们只得安慰耿团长说："连武快回来了，快回来了……已经派人找去了。"

这时，也在这个团当战士的大舅刚好从这里经过，听到人们大喊"连武"，误听是在叫自己"连富"，赶紧大声答应："到！在这儿呢！"

人们在黑暗中也没分清是谁，赶紧把大舅拉到耿团长身边。耿团长紧紧拉住大舅的手，用尽力气说："连武，你……你，你要革命到底……"

大舅刚要说"团长，我不是连武……"时，一只手捂住了他的嘴，说："团长，你放心吧！连武绝不会给你丢人！"说话的人是团政委，他知道拉错了人，但将错就错，为的是让耿团长放心、安心……

大舅立刻明白了政委的意思，赶紧大声说："团长，我一定要革命到底"果然，耿团长安详地闭上了早已散了瞳孔的双眼。当二舅从三营回来，怎能不抱着耿团长，哦！不！是最最亲的老大哥、自己革命的引路人号啕大哭呢？

所以，这"为穷人打天下，让老百姓过上好日子，将革命进行到底！"的话语，就像石刻一样，深深地镌刻在二舅的心底，就像永不熄灭的烈火，激励着二舅打日本鬼子、组织剧团、宣传党的方针政策。他担任村党支部书记后，以愚公移山的精神，带领着村里的父老乡亲修梯田、垒石坝；硬是用双手掏空了山崖上的一段石梁，让那拐着弯甩开桃花岭村的拒马河分出一股清水穿村而过，给家家带来清凉和甘甜；靠河滩还开出了一大片山里少见的稻田。要不邻村怎么叫桃花岭村"赛江南"呢！

如果你春天到了桃花岭，就到了仙境。天上是蓝天白云，脚下是溪水潺潺。从拒马河引过来的水，在二舅他们修的石板渠里欢快地流淌着、蹦跳着、追逐着，像那顽皮的孩子，让人看一眼就能感觉到它的清凉、纯净、爽朗、欢快……让你忍不住想亲近它、触摸它……甚至想跳进那水里和它一起嬉戏、打闹，和它一起玩个痛快！

还没进村，就见眼前一片红云，哦！是粉红色的云霞漫出村边，飘向山脚、山洼。那小溪就随坡就势地钻进那片红云中不见了踪影。等走近了，才看清那云霞竟是成片成片盛开的桃花。这桃树是老辈子人种下的，要不这儿怎么叫桃花岭呢！如今，在溪水的滋润下，花儿开得更艳了，叶儿更翠了，结的桃儿更大更甜了！

每当二舅站在他领着乡亲们开凿出来的小溪边，望着那像天上的织女随意丢下的一段彩锦般的花海时，心里甭提多美了！"咳！要是老团长活着该有多好！看看这美景，尝尝咱们村的甜桃、白米饭……如今老百姓能吃饱了，将来还要喝牛奶、吃面包……走到共产主义呢!”

二舅看着在溪边洗衣服、饮牛马的乡亲们，欣慰地、笑眯眯地憧憬着更加美好的未来……可是，转眼间，初级社变成了高级社，变成了人民公社，“一平二调”“快马加鞭”“大跃进”“一亩地打一万斤粮食”，还要“放卫星”，其实就是吹牛，看谁能吹、敢吹……二舅跟不上形势了，二舅落伍了，二舅说怪话了，二舅被批判了……这时，又传来远在甘肃工作的大舅因为和县委书记不和，被打成“右派”，押到农场劳动改造的消息……二舅疯了!

“哈哈！你们参观来了？请，请，请看，这是我们桃花岭村的万亩棉田，那棉桃儿有锅盖大呢！……你问什么？我们村的棒子？我们的棒子长得有两层楼那么高呢！你看那穗子，有这么长、这么粗！……这么长……这么粗……哈哈哈！哈哈……”

胡子拉碴的二舅见我们进屋，连忙从床上站起来，连说带比画地介绍着，大声地介绍着。那肿肿的眼睛里射出无比亢奋而又像掩藏着什么的光芒。这难道就是那个英俊潇洒、精明强干的二舅吗?

“这不是老妹子带着爱爱来看你吗？快别闹了，别闹了!”二舅母一边拉着二舅坐下，一边说。

“爱爱？……哦，我的小外甥女……啊!”二舅突然仰头大哭起来，一边哭，一边摸着我的头，断断续续地说：“爱爱，幸亏你今天来看你的二舅哇！明天，明天……你就看不见我了，他们要抓我去劳改了。你看！你看！他们来了!”二舅指着门外惊恐地大声叫着，同时还不住地往二舅母身后躲。

高大魁梧的父亲推门进来，二舅一见，立刻转恐为喜，一个箭步冲上去，紧紧地抓住父亲的双手，喜泪纵横：“耿团长，你可来了！……哈哈哈！我听了你的话，让全村乡亲们过上了好日子……可是团长呀，我没本事啊，没本事让一亩地打一万斤粮食啊……他们要抓我，救救我啊，我的老团长!”

我的二舅真的疯了!

大姐来了

那年的冬天格外冷，墙角的积雪久久不肯融化，房檐上的冰柱总是像那闪着寒光的刺刀倒挂着。

春节都过了，那除夕的炮声也没有把寒意驱尽，也没把春意惊醒。好冷啊！那紧闭着的门却呼的一下子被人推开了，进来了两个我不认识的人。先进来的是一位四十多岁的壮汉，戴着山里人常戴的毡帽，穿着山里人常穿的黑粗布的棉裤袄，腰里抽着山里人常抽着的褡包（捆在腰间的黑布带子），粗眉大眼，红光满面……这是谁呢？我还没来得及想明白，紧接着，那壮汉后边又挤进来一位十四五岁的姑娘。只见她头上留着厚厚的刘海儿，一个小偏辫歪歪着，黑巴巴的瘦长脸上两只大眼睛忽闪着，进屋就迫不及待地四下张望，好像在寻找那本该属于自己的什么金贵东西。她的两只手插在花棉袄的袖筒里，进屋就不请自坐地一屁股坐在了炕沿上……这又是谁呢？

我和坐在炕上玩耍的弟弟们愣愣地看着这两位不速之客。随后，母亲铁青着脸撩开棉门帘跟了进来。

“这是你们的大舅，这是你们的大姐。叫大舅！叫大姐！”母亲不情愿地介绍着。

“大舅！大姐！”我们鹦鹉学舌般地叫着。

原来是父亲前妻的女儿和她的大舅来了。来干什么呢？是大舅送大姐来保定常住，不走了！因为这儿也该是她的家呀！

接下来的日子就可想而知了！用鸡飞狗跳形容，一点儿也不为过！母亲坚持她的原则："绝不当后妈！大姐留在保定是绝不可能的！谁让你柳海当初答应我！"

大姐决意留在保定，因为她觉得自己也是父亲的孩子，这儿也是她的家！

大舅也想推出这个孩子："凭什么让我给你养孩子？而且一养就是十几年？就说先头儿你们打日本鬼子、打蒋匪帮顾不上，可现在全国都解放了，为什么你们还不把她接回去？就说我妹子对不起你柳海，非得跟你离婚，可孩子有什么错？虽然现在你们供她吃穿，供她上学，可毕竟身边缺爹少妈呀！如今和她相依为命的姥姥——我的娘也过世了，你们不觉得她可怜吗？不行，这回说什么也要把莹儿留在保定。"

姥姥和姥爷真的很后悔，后悔当初听了媒人的话，把个人见人爱的黄花大姑娘许配给了一个离过婚的男人，还有个孩子，招了一辈子的腻歪、一辈子的麻烦……谁叫莹儿她妈死看不上柳海，非要离婚不可呢？真是的！

父亲又是怎么想呢？虽然表面上看不出什么，但他从心眼儿里是真想留下这个可怜的孩子。这个几代人都没生过闺女的家庭，有了莹儿这第一个女孩儿，曾经给家里带来了多少欢乐啊！是她的到来，使他和前妻的关系有了改善；是她的到来，使他们那个终日沉闷的家庭有了笑声，有了希望……谁想到莹儿的妈非要离婚呢？谁想到莹儿的妈这么快就去世了呢？……可怜的孩子，做做秀秀的工作，还是留下吧！

白天，姥姥、姥爷若无其事地陪着大舅拉家常，母亲虽然板着脸，但还是多多地买回了肉、蛋、鱼，认认真真地、着着实实地为大舅和大姐改善生活。

大姐呢？只要我们放学回来，她就拉着我们的手，亲热地问这问那，领着我们在院子里玩，虽然那双眼睛里时常流露出羡慕、失落，甚至是嫉妒的眼神。她说的是山杠子话，把"没有"说成"木有"，把"那个"说成"捏个"，把舅舅说成"舅味儿"……但我听得懂，而且感到亲切，好像听到了久违的乡音，因为我也是山沟沟里出来的啊！

可是到了晚上，战争就开始了！她们大人们从不当着我们小孩子的面说什么，总是早早地让我们睡下，她们到另一间屋子去说什么、争什么、吵什么……我们不得而知，但有两次睡梦中的我被大姐的哭闹声惊醒，勉强睁开睡眼惺忪的眼睛，看见大姐在屋里的地上走来走去，边走边哭边叫，叫的什么，听不清，因为太晚了，太困了，我只睁了睁眼睛就又睡着了……战争继续着，双方僵持着，大姐不说走，母亲也不说留。但是，每天好吃好喝好招待，还给大姐买来新新的天蓝色的制服棉上衣、新裤、新鞋、新袜、新围巾，特别是给她买了让我们无比羡慕的当时算是很金贵的钢笔！

但是，你买归买，买来大姐就穿、就用，可还是不说走，母亲还是不说留。

“这可不行，眼瞅着就半个月了，哪天她舅舅一拍屁股不辞而别，那丫头不就理所当然地留下了吗？得想个办法！”母亲想。

我家的规矩是只要家里来了客人，孩子们就不许上桌吃饭，先到院子里玩儿，等客人们吃完了，孩子们再进屋吃饭。这是尊重客人，也方便大人们说话。

可那天晚饭前，母亲把我拉到一边小声地但不容置疑地说：“吃饭时你不要出门，就在炕上坐着。”我不解地看着母亲。“等我们端起碗来，你就说‘爸爸，你为什么给大姐买钢笔，不给我买呀！’听见没有?!”我恐慌地看着母亲，母亲见我不答言，气哼哼地说：“没出息的孩子！叫你说你就说，不说，看我怎么收拾你！去吧！”

其实，母亲从来就没收拾过我，可我实在怕她收拾我呀！于是，我忐忑不安地、破天荒地坐在墙边的被窝摞上，眼瞅着菜上齐了，饭端过来了，姥爷和大舅、大姐都在小炕桌前坐定了，姥姥和母亲也一边一个地跨在了炕沿上，父亲端着一碗小米干饭也站在了桌前……我那本来就像揣了个小兔子一样的心狂跳起来，“说不说那句话呢？说吧，对不起疼我爱我的父亲，对不起在山沟里受了十几年苦、现在一心想留在保定的大姐；不说吧，又怕母亲饭后真的‘收拾’我！怎么办呢？”一抬头，看见母亲正在桌旁恶狠狠地给我使眼色。那刀子一样的眼神分明在命令我：“快说！赶紧快说！”因为吃饭快的父亲已经吃完一碗饭，又去盛第二碗了。

我的眼里立刻涌满了委屈、无奈、惧怕、不忍、违心……的泪水，嘴里终于吐出了蚊子声："爸爸，你为什么给大姐买钢笔不给我买呀?"话一出口，我就号啕大哭起来，心里说："爸爸，我对不起你了，我，我害怕呀……"

如果一家子有说有笑地吃饭，我那蚊子声谁也不会听见，但那时家里的空气压抑得可以拧出水来，安静得只有筷子碰碗的声音，我那蚊子声，不仅每个人都听得清清楚楚，而且无疑是一颗重型炸弹，一下子就掀起了轩然大波!

在我那惊天动地的哭声中，父母摔盆打碗地吵起来：

"柳海，你就是偏心眼儿！什么都向着莹儿……今天我把话撂在这儿，这个家有她没我，有我没她！你，你，你太欺负人！订婚时你骗我，说莹儿判给了她妈！结婚时你又答应我，说绝不让我进门就当后妈！你说话算不算数？你还算是个人吗？啊?!"母亲暴跳如雷地怒吼着。

"赵秀秀！没有你这么不讲理的人！没有你这么心狠的人！虎毒还不食子呢！你不觉得莹儿可怜哪！我告诉你，莹儿我是留定了！你想怎么办就怎么办吧!"面红耳赤的父亲寸步不让。

桌子上的饭菜飞着，盘子打了，碗碎了……姥爷拉着，姥姥劝着，我和大姐哭着，大舅铁着脸一声不吭，扭头去收拾行李……终于，大舅带着母亲给他的钱硬拉着大姐回到了山里老家，他不能看着因为莹儿拆了这个家呀!

母亲胜利了，大姐终于走了！可是父亲也走了！他不仅自己走了，还把我、大弟、二弟三个大点的孩子都带走了，在机关他的办公室安了家，每天从机关食堂打饭吃。

哦！我们三个小孩儿太高兴了！终于摆脱了母亲那严厉的管束，我们自由了！我们快乐了！我们幸福了！每天放学回来做完作业，可以说说笑笑、打打闹闹地疯玩儿了！两个弟弟玩得忘了家门，十天半个月过去了，从没进过近在咫尺的家。只有我，每天还要回家转转、看看，帮姥姥背背不满周岁的小妹，但从不在家吃饭、睡觉，因为我觉得回家吃饭、睡觉，就是和母亲站在了一条战线上，就是对父亲的背叛！我已经做过一次对不起父亲的事了，我不能再对不起他!

那天，我又回家背小妹，见母亲哭天抹泪地抱着小妹喂奶，姥姥在一旁絮絮叨叨地安慰着。看见我推门进去，母亲忍住哭声数落开了："你还回来呀！你还要这个家，还要这个妈呀！……你弟弟们小，不懂事，你都是九岁的大丫头了，怎么也这么不懂事！怎么你也跟着你爸爸跑了？……"

母亲后来又说了些什么，我都没听到耳朵里，反正母亲把对父亲的怒气全撒在了我的身上。我不争辩，不反驳，也不抬头，任凭她说，但小心眼儿里像开了锅——看到母亲痛哭流涕，也觉着很可怜，可转念一想，谁叫你这么厉害，这么不容人呢？大姐多可怜，从小死了妈……你就把她留下来多好，还可以帮你做做家务、看看小弟小妹呢！……什么？让我留在家，别回父亲那里了？怎么可能！你那吓人的眼神我躲还来不及呢，怎么会再自投罗网？想到这里，我不管母亲还在痛说家史，飞也似的逃出了家门……

当时，我这个不谙世事的小丫头，怎么懂得母亲的良苦用心？如果大姐留下，母亲面对的将是无休无止的比较、计较、怀疑、猜忌、怨恨、争吵……甚至是家庭战争，还有左邻右舍那如同洪水猛兽般的闲言碎语……这世界上有几个女人能当好这个后妈呢？况且母亲只比大姐大十二岁！大姐留下，家无宁日！长痛不如短痛，不如狠下心来快刀斩乱麻……这实在是母亲的明智之举！

又不知过了多长时间，真的不知过了多长时间，因为我没看见墙角的积雪什么时候消融了，我没看见房檐上的冰柱什么时候不见了，我没注意杏花怎么谢了、桃花怎么开了、海棠花又怎么红了……当我在和暖的春风里依旧穿着过冬的厚厚的棉衣棉裤，热得满头大汗地又一次小心翼翼地推开家门时，只见专员梁伯伯、秘书刘叔叔，还有一位不认识的伯伯坐在屋里，父亲、母亲一南一北坐在椅子上，屋里的空气异常沉重、严肃。我刚要缩回身出去，母亲一句命令——"进来"，定住了我的脚步。"爱爱，进来，我问问你。"母亲和缓了一下口气继续说，"如果我和你爸打离婚的话，你想跟着谁？"

我一听这话，一下子蒙住了！离婚？这家不就散了吗？原以为父亲带我们三个出去，只不过是给母亲点颜色看，杀杀她的霸气，过不久就会回来，谁承想他们真的要离婚呢？跟着谁？当然想跟着宽厚的父亲了！可跟了父亲就失去了疼我爱我的姥姥、姥爷！不行！跟着母亲？又要失去疼我爱我的、我心中最敬佩的、我人生的榜样——父亲！更不行！

我看看母亲那期待的目光，又扭过头看看父亲那热切、自信的目光，再抬起头看看前边那三位叔叔伯伯无可奈何、无限惋惜、严肃而又询问的目光……突然，我用从来没有在父母面前嚷过的大声说："我谁也不跟！我要到街上要饭去！"说完，哇的一声大哭起来，一边哭，一边向门口跑去。

"你们听听这九岁的孩子说的话！你们听听这孩子的哭声，你们还想离婚吗?!"身后传来了梁伯伯的大声呵斥声！

当晚，父亲出门蹬翻了一块砖，那条残直的腿咔嚓一声，从膝盖处撅断了，又被送进了医院，又在腿上打上了石膏，又拄上了双拐。当然，父亲又一次得到了母亲无微不至的照顾。

父亲那冰冻了的心慢慢融化了。算了吧！离什么婚！不离婚，莹儿自己受点苦；离了婚，七个孩子都要受罪。你没看见都四月份了，三个大孩子还穿着棉衣吗？孩子没妈就是不行啊！……

在石榴花红红火火开得最旺的时候，父亲出院了，虽然还拄着单拐，但能出门坐在院子里看着我们做游戏了。你看，他那黑黝黝的脸上充满了慈爱的笑容呢！

好大一棵香椿树

地市合并了，父亲成了大市委八大书记之一。为了方便他工作，我家搬到了市府前街六十六号，保定市老调剧团所在的那个小胡同里。

那个院子的大门很气派，高大的门楼，厚厚的两扇大木门，高高的门槛，门槛两边各有一个上边蹲有一个小石狮子的刻花石鼓。可那两扇大门，自从我搬进这个院，就没见它关上过。那时的社会治安多好啊，路不拾遗呢，哪里还用关大门？家家出门从不给自己的屋子上锁呢！进了大门，是一个长条窄院，左手是两间低矮的平房，可能是旧社会这家人的仆人住的地方。往前看，是一个小巧的月亮门，里边有干净的砖墁地，南北各三间平房，住着两家人。右手是一个四方门，没有门槛，也没有门扇，只有三级青石条台阶把人引进那原来是正院的院子。进了这个院子，让人眼前一亮、心里一惊。啊！好大的一棵树！一棵一个大人张开双臂也抱不过来的大香椿树！只见它从院子东厢房前拔地而起，高高地蹿出房脊，直插云端，粗壮的枝杈、浓密的树叶，遮天蔽日，整整盖住了半个院子，使那个本来是最大的主院，竟显得异常窄小。这棵大香椿树真像那威武的大将军，昂首挺胸在蓝天之下，傲视着周围的一切，漫不经心地、胸怀坦荡地看着云卷云舒！

院子的北边，是一溜高大宽敞的五间北房，东西各两间厢房，南边除了那方方正正的院门，就是一个小小的廊子。那整齐干净的砖墁地上，靠东边被大香椿树粗大的根系拱得微微隆起，顺着这蜿蜒的隆起可清楚地发现它那粗壮的根系都深入东屋去了。

这树有多少岁了呢？恐怕快上百岁了吧？那这个院子恐怕也有上百岁了。是谁盖的这个院子？是达官？是贵人？还是商人？因为这市府前街可是民国时期的市政府所在地呀！你没看见这条街上像这么气派的门楼、院子比比皆是吗？有的还有带福字的砖雕影壁呢！

我家就安在北房靠西头的两间，市政府的干部刘伯伯一家住着中间的堂屋和东边两间，市委的司机郭叔叔小两口住着最东头的一间耳房，梁副市长一家住着西厢房，市委干部马叔叔一家住着东厢房。算起来，这个院子里住着五家三十口人呢！

看来，这个院儿是市委市政府的家属院了，因为院里住的都是市委市政府的人，而且出了这个小胡同不远，就是市政府机关，上班方便啊！

我家住的那两间屋是那北房西头的两间卧室。从最西头那间廊下的角门进去，是一个十几平方米的窄长的房间。因为它的前窗都被西厢房的山墙挡住，所以光线很暗，后来的人为了更多地采光，在后墙上开了一个只有两块玻璃的后窗。贴着那后墙，用长条凳支着两块木板，父母和小妹就睡在这里。从中间一个小门进到里间，眼前豁然一亮，因为南墙上方竟是一溜三大块玻璃窗！在小木方格的围护下，那三大块方方的、亮亮的大玻璃把院里的阳光、院里的清爽，甚至院里大人小孩的欢笑……都一览无余地吸进了那宽房大屋，使这间原先的主卧室显得那么端庄、典雅、大气，居高临下……

我和姥姥、姥爷、四个弟弟就住在这间屋的从西墙到东墙的那条大炕上，来了客人，也挤在这条大炕上。

就在这个院子里，我认识了知识渊博、精明强干又朴实无华的梁副市长和梁副市长的漂亮妻子心仪阿姨，认识了又瘦又矮的刘伯伯、又高又胖的刘大娘，认识了帅哥郭叔叔和他的新娘明珠，认识了高大魁梧的马叔叔、马叔叔的老父亲马大爷，还有马叔叔的媳妇——早就成了孩子的妈，可还像新娘子一样俊俏的水英姨……当然，让我更加兴奋地是还结识了抗日、解放、建国、援朝、桂馨、桂兰等众多小朋友，而且吃上了我从没都没吃过的那么多、那么嫩、那么香的香椿！

春天到了，香椿冒芽了！你看，郭叔叔又搬来了梯子，干什么呢？当然是掰香椿芽啊！

“捡香椿芽来吆！”郭叔叔一声召唤，院子里立刻热闹起来，大人孩子拿着篮子、盆子、笸箩……笑嘻嘻地跑到树下，有的扶着梯子，嘴里还不住地嘱咐：“慢点儿，慢点儿，踩稳点儿，别掉下来……”更多的大人孩子都仰起脸，眼睛随着郭叔叔手上那带铁钩的长长的竹竿子转动。

“下来了！下来了！”

随着这欢快的喊声，一枝枝、一簇簇鲜嫩的香椿芽儿从天而降。

“欧！我的！我的！……”一个小孩儿叫着。

“我先捡到的，我先捡到的！……”另一个小孩儿不让。

“不要抢，有的是，让你们吃个够！”胖大娘桂兰她妈笑着说。

果然是“有的是”，只见一会儿工夫，那篮子、盆子、笸箩……就盛满了嫩嫩的香椿芽！还有的大人用手捧着，有的小孩儿怀里抱着，心满意足地、喜笑颜开地走回家去。这样的情景，隔几天就会有一次。因为大人们说，香椿芽，你越掰得勤，它长得就越快越好，否则就老了，不能吃了。而且，这棵香椿树实在是太大了，掰了东边的芽，西边又冒出来；掰了下边的芽，上边又冒出来；等你蹬着梯子爬上房，去掰上边的芽时，一低头，却见下边的芽竟密密实实地冒出来，仰着小脸正冲着你笑呢！这香椿芽好像是随风长，人们掰它的速度永远也赶不上它生长的速度。你看，它们终于长大了，遮天蔽日了，看谁还敢再吃！

姥姥用这香椿芽炒鸡蛋，那香味，谁闻见都要流口水呢！可那时生活困难，哪能经常吃鸡蛋？所以，姥姥就用开水把香椿芽连梗带叶烫了，再用盐水泡上，吃饭时当小菜。有时香椿芽实在太多了，就把它切碎，用盐腌起来当咸菜吃。

从香椿冒芽到香椿叶长老，这整个春天，我们总是闻到满院子飘扬的香味！

哦！大香椿树，你这威武的大将军！你这无私的大将军！你从树苗到参天大树，曾经给予多少人恩惠？曾经带给多少人欢乐？又曾经给多少人带来了清凉……

可是，听说前几年为了拓宽道路、开发楼房，那个院儿早已在拆迁的浪潮中荡然无存；当然，荡然无存的还有那大将军香椿树……

时代的印记

西厢房住着梁副市长一家，这一家比我们家还热闹！怎么这么说呢？因为他家也是十口人，而且除了梁副市长和他年轻的妻子、六个孩子，还有梁副市长的大姨子，也就是梁副市长妻子的远房大姐。这大姐还带来了一个半大小子——富贵！一个屋檐下，七个大大小小的孩子，怎能不热闹?!

梁副市长中等偏上的个头，戴副黑框的近视眼镜，显得文质彬彬，走起路来稳中有股闯劲儿，说起话来风趣、幽默，让人感到亲近。比如，他见了我就叫："小叶旧，你好啊?"

"我不叫叶旧，我叫叶新!"我噘着小嘴假装生气地说。

"哦，是吗？我以为秋天了，你这小叶子旧了呢！哈哈哈！……"

梁副市长那爽朗的笑声逗得我也咧开了小嘴儿。

梁副市长刚刚四十出头，一看就觉得他朝气蓬勃、踌躇满志。那国字形的脸上，永远带着自信的微笑。但是，他总是那么忙，我在这院儿住了两年多，就没见过他几次。只听说他原是保定一中的高才生。那时的一中还是美国教会学校同仁中学。抗日战争打响了，他带着自己心爱的女同学心仪投奔了八路军，参加了抗日斗争，并且多次化妆回保定侦察敌情，为消灭日寇做出过巨大贡献！据说，电影《野火春风斗古城》中的杨晓东身上就有他的影子呢！这梁副市长可是我们小孩子们心目中的英雄啊！

三十多岁的赵心仪阿姨，虽然已经是六个孩子的妈，但从那白皙的脸上竟看不出多少皱纹，略显黑粗的眉毛下闪着两只精明的大眼，挺直的鼻子下面是红红的、厚厚的、像樱桃一样丰满的嘴唇。这样的眉眼再配上那漆黑的齐耳短发、浑圆的鹅蛋脸儿，有一股不一般的美！

其实，她原来就是一朵美丽的校花，而且是一个大商人家的小姐。你想，旧社会，家里没钱能供女孩子上中学?！据说，小时候，她爷爷用金条给她当积木玩儿呢！

可是现在，除了她身上那身经她亲自修改后穿上更显她那苗条身材的列宁服以外，根本看不出什么特别的地方。吃的和我家一样，窝头、馒头、面条、小米干饭……住着简简单单的两间房，外间一条大炕，大姨带着六个大点的孩子住，一个躺柜、一个方桌、两把椅子，是这屋里的全部摆设。窄窄的里间，两个木板支成的床，就是梁副市长心仪阿姨和那个还在吃奶的小丫头小建议的住处。

心仪阿姨脾气好，虽然也面对一群孩子的闹腾，也面对繁忙的工作，但从没见她吹胡子瞪眼发脾气，什么时候见了我都会十分爱怜地、亲切地叫着："小爱爱，又帮妈妈背小妹哪，真是好孩子……"

让我记忆最深刻的是他们那六个孩子的名字——抗日、解放、建国、援朝、三反、建议，整个一个时代的印记！

大哥抗日，生于1944年，正是抗日战争时期。所以，他和我一样，生下来就抱给了远房亲戚，也就是现在跟他们一起生活的大姨。这不，解放了，生活安定了，才把他和大姨一起接回来。那抗日是吃大姨的奶长大的，怎能不亲大姨和大姨的儿子富贵呢？所以，只要富贵和弟弟们产生矛盾，不管对错，抗日绝对要站在富贵一边。对此，心仪阿姨却想得开："看看，抗日又护着富贵呢！算了，我这个儿子给了你得了，省得他对我不亲！嘻嘻！……"这话说得大姨心花怒放，赶紧跑过去拉开正在推打援朝的抗日。

那解放呢？顾名思义，一准是在解放战争中生的了？确实是这样！他是在1945年第一次解放张家口时生的。当时日本人投降了，撤走了，我军进城了。那时的梁副市长还是县公安局的副局长，跟着局长到新解放的张家口开会。嘿！那个兴奋就别提了！因为十四年浴血奋战，终于赶走了小日本儿，终于看到了新中国的曙光，这时生的孩子，不叫解放又该叫什么呢?！不用说，这孩子也没在心仪阿姨身边长大。解放战争中，有几个工作人员的孩子不被奶出去呢？听说解放刚被接回来时，根本不叫梁副市长和心仪阿姨爹妈呢！现在也还是像个受气包，不合群，不爱说话，见到父母就躲，真可怜！可心仪阿姨最疼他，每天下班回来，不急着抱吃奶的女儿，而是先拉过解放来，摸摸他的头，亲亲他的脸……说是感情补偿！唉，到底是有文化的人啊！

其实，1947年，心仪阿姨还生了一个男孩儿，因为出疹子缺医少药，不幸夭折了，要不解放怎么会比建国大四岁呢！

建国，不用说是1949年生的，而且是第一个吃着心仪阿姨的奶长大的孩子，所以和心仪阿姨特别亲，无拘无束，甚至敢和父母顶嘴。那天，不知他犯了什么错误，心仪阿姨假装要打他，大姨赶紧把他抱开，你猜建国说什么？他说："你们要不拉着我，我就一脚把她踢到南天门上去！"要知道，那时建国刚五岁呀！这样的话，抗日和解放能说出来吗？打死他们也不敢啊！

建国后边是援朝，当然，这援朝是抗美援朝那年生人。援朝后边是三反，就是"反贪污、反浪费、反官僚主义"那年生的，我们都叫他小反。不知这名字后来改了没有，如果没改，恐怕"文化大革命"这一关难过。小反后面，终于盼来了梁副市长和心仪阿姨最想要的女儿——建议！一个女孩儿，叫个建议，是否有点不大合适？咳！谁叫她生在"提合理化建议"的1957年呢?！

看！梁副市长家那几个孩子又打起来了！八岁的建国抢了富贵什么东西，富贵气得跺着脚哭闹；十三岁的抗日追着建国打骂；七岁的援朝拉着大哥的衣襟，因为他向着三哥建国；五岁的小反吓得张着大嘴啼哭……而十二岁的解放却不打不闹，不哭也不叫，像个局外人，站在一边看热闹。

那抱着小建议正在做饭的大姨连忙跑出来，一边拉架，一边嚷嚷着说："哎呀！只要你们的爹妈不在，就唱了八叉庙啦！"

胖大娘的弟媳

北房住着刘伯伯和刘大娘，以及她们的女儿桂馨、桂兰。这刘伯伯是旧政府的留用人员，见谁都是满脸堆笑。他个子不高，而且可以说在男人里是偏矮的。他不但矮，而且瘦。正因为瘦，所以十分灵活，眼灵、嘴灵、脑子灵，那身子更灵！怎么个灵法呢？那两只小眼睛滴溜溜一转，就计上心来；那薄薄的小嘴一张，那吐沫星子就喷出来，紧跟着那吐沫星子的就是一两个好主意。用东屋马大爷的话说："老刘能把死人说活了！"由于精瘦，所以精干，说他身轻如燕一点也不为过。你看，掰香椿芽时第一个蹿上房的，并不是刚刚新婚的司机郭叔叔，而是年近五十岁的他！

虽然刘伯伯精干机灵，但绝不是一个坏人，而是个热心肠的大好人！谁家有了糟心事，都愿和刘伯伯念叨念叨。因为他那小眼睛一转，十有八九会给你出个好主意，让你那嘬着牙花子愁了几天的难题迎刃而解。谁家有了矛盾，打了瞒不住邻居的架，刘伯伯就会不请自到，凭他那三寸不烂之舌，说得矛盾双方频频点头，不说立刻握手言和，也会相互谅解，相安无事。要不马大爷怎么叫他"刘诸葛"呢！

那天，刘伯伯下班早一点，一进院门就听见人高马大的马叔叔扯着嗓子嚷嚷："都解放好几年了，你怎么还那么迷信！她说你有灾，你就有灾?！白白让人骗去好几万块……真是的，再这样，我还敢让你拿钱上街?"

原来马大爷从街上回来，在胡同口碰上一个把头发束起来，用发亮的大发卡别在后脑勺上，留出一把发梢像老鸹尾巴一样高高翘起来的老娘们儿，只见她与马大爷一照面儿，立刻大惊小怪地叫起来："哎呀！老爷子！了不得了！你老人家遇上大灾啦！看你印堂发暗，目红耳赤……不出三天，你儿子必定有血光之灾……"三言两语，说得马大爷心神不宁，满心添堵，惶惶然赶紧向这老娘们儿求救。毕竟马大爷是旧社会过来的七十多岁的老人，新社会这几年反封建迷信的教育还不敌七十多年求神拜佛、信奉神灵鬼怪的影响。为破财免灾，在那老娘们儿连唬带吓的忽悠下，心甘情愿地把儿子孝敬的揣在怀里几年都舍不得花的六万块钱（六块钱），乖乖地送给了那个顶着一个老鸹尾巴的老娘们儿，你说可气不可气！六万块呀！那时三四万就能让一家子吃上一个月的粮食！难怪马叔叔吹胡子瞪眼地跟他老爹急呢！

刘伯伯问清了情况，估计那顶着老鸹尾巴的老娘们儿还走不太远，一个箭步冲出门去，转眼工夫就把马大爷那六万块钱要了回来！

"你怎么找到她的？"马叔叔问。

"她不是梳着个老鸹尾巴吗？胡同里也没什么人，我一看有一个梳着老鸹尾巴的老娘们儿，正美滋滋地一扭一扭地往前走，就觉得是她，八九不离十！"刘伯伯回答。

"她怎么就承认了呢？"马大爷又问。

"这还不容易！我说我是你的儿子，刚才你给钱给少了，怕消不了灾，又让我送十万来，省得祸及子孙……那老娘们儿乐得眉开眼笑，忙着给我表功，说她怎么怎么心眼儿好，怎么怎么主动给马大爷破的灾……'好！既然你承认了，那就跟我走一趟吧！'我这话一出口，那老娘们儿的脸立刻就白了，连连求饶，乖乖地退回了钱，并且保证再也不骗人。保证不再骗人也不行啊！我把她交给了正好路过的派出所小张了。"

刘伯伯眉飞色舞地学说着，全院的人都更加佩服"刘诸葛"了。

然而，就是这精明的"刘诸葛"，在自己家里却玩儿不转了。怎么回事呢？怪就怪那胖胖的刘大娘。因为刘大娘胖，院里的孩子们背地里都叫她胖大娘。胖大娘方头大脸，两只大眼一瞪，比牛眼都大，厚厚的嘴唇被下巴上的层层白肉坠得总是向下撇着，好像谁也看不起，好像永远有人该她二百吊钱一样。这刘大娘又高又胖，和刘伯伯站在一起实在不般配。因为她高，所以在家她总是居高临下，总是指手画脚，总是说一不二；因为她胖，所以她就壮，就有劲，打起架来就能像拎小鸡一样把刘伯伯拎起来甩到床下。她不仅在婆家说一不二，在娘家照样说一不二！因为爹死得早，孤儿寡母难免受人欺负。因为胖大娘年轻时就长得人高马大，所以她娘什么事儿都指望着她，什么事儿都要听听她的意见，日久天长，懦弱的寡母和瘦弱的比她小七八岁的弟弟老闷儿就成了她的保护对象，对她那是一个言听计从，从不敢说半个不字。

这不，二十多岁的弟弟老闷儿，头一个媳妇生了个儿子小跑，日子本来过得不错，可胖大娘愣是看不上那个媳妇，说她又馋又懒、又尖又滑，天生的一副败家相，没有一点称她心的地方，最终搅和得两口子离了婚，那媳妇扔下四五岁的小跑回了娘家。可怜的老闷儿抱着更可怜的小跑只知道哭。可胖大娘撇着嘴说：“瞧你那没出息的样儿！离了小跑他妈你们就活不了了？亏你还是个男人！哼！天底下好女人多了去了，我就不信找不到好弟妹。等着吧！姐过不久就给你领回一个……”说这话时，那两只大眼一剜一剜的，剜得老娘和老闷儿心里一颤一颤的！

话是这么说，可哪个女人愿意进门就当妈?！虽然当时姑娘们找对象的标准是“一工二干三军官”，可哪个姑娘想找一个离过婚而且有孩子的工人呢？于是，这婚事一拖再拖，一晃三四年过去了，小跑由三四岁的幼儿已经长成了八九岁的小学生了，胖大娘才费了九牛二虎之力，给老闷儿说成了一个死了男人、带着一个女孩儿的小寡妇秀珍，总算成了一个家。可没想到小跑根本就不认这个妈！于是，秀珍就经常到胖大娘家诉苦，求这个当初做主把她娶进家门的大姑子解决问题。

刘伯伯一见秀珍进门就头痛，总是找个理由躲得远远的。为什么呢？原来在家里，根本就没有刘伯伯说话的份儿，难怪刘伯伯的聪明才智都用在了邻居身上！你看，秀珍一来就哭天抹泪，说小跑又跑了，老闷儿找了半个城才找到。“总这样可咋办呢？三天两头往外跑，几天几天的不着家……总说我对他不好，总说我向着他姐姐，我那丫头。一人一碗饭，他愣说我给他姐盛得多；一个苹果一切两半，他也说我给他的小，给他姐姐的大……咳！你就是掏出心来，他也不领你的情……老闷儿平时不说话，气急了就是打！可越打，小跑不就越往外跑哇！这日子可怎么过呀！我不让老闷儿打小跑，老闷儿就和我吵，邻居怎么看我呀！当个后妈怎么就这么难呢?!”

秀珍先是十天半个月来一次，后来隔三岔五地来一次，最后索性每天都来哭闹。那胖大娘先是劝，后是哄，实在不行了就是一顿臭骂！骂谁呢？当然是骂老闷儿、骂小跑了！骂归骂，小跑还是跑，不仅跑，还逃学、打架、偷东西……老闷儿还是打，两口子还是吵，秀珍还是来刘伯伯家诉苦。可是，这诉苦的秀珍渐渐地有了变化，先是没完没了的哭诉，后是前言不搭后语的说笑，再后来就变得一惊一乍的嚎叫了！

你看，你看，她又来了，正坐在刘伯伯的桌旁，一边敲着小洗菜盆，一边有腔有调的说唱。说她不想给孩子们做饭了，嫌麻烦！她说老闷儿和孩子们如果饿了非让她做饭，她就用白面给他们熬粥喝，嫌麻烦！她不想洗衣服了，嫌麻烦！她不想说话了，嫌麻烦！……最后，终于说她实在不想活了，嫌麻烦！她就这样说着笑着，比画着，想着怎么死，“不能太费事，最好咔嚓一下子……嫌麻烦!”她郑重其事地唱着、说着。刘伯伯和胖大娘只好把她送进了精神病医院。

胖大娘是否后悔让老闷儿离婚呢?

母亲看到秀珍的今天，是否不寒而栗？是否庆幸自己的决断正确呢?

“刘诸葛”，刘伯伯，是否对清官难断的家务事一筹莫展而感到内疚呢?!

桂馨和桂兰

刘伯伯和胖大娘没有儿子，只有两个宝贝女儿——桂馨和桂兰。

桂馨比我大两岁，桂兰比我小一岁。可桂馨长得又瘦又小，小个子、小脸儿、小手小脚；桂兰却长得又高又胖，大脸、大嘴、大手大脚。姐儿俩站在一起，姐姐好像是妹妹，妹妹倒像是姐姐。人们都说这姐儿俩活脱脱就是刘伯伯和胖大娘的翻版。你看那桂馨，虽然干瘦，可浑身是劲儿，玩起游戏来机灵得很，那么高的皮筋儿，谁都跳不过她！可那桂兰，玩游戏笨笨的，在家却霸道得很，要星星不敢给月亮，别说她姐姐，就连胖大娘都得让她三分。

我第一次到桂馨家玩儿，见刘伯伯正手把手地教姐儿俩写毛笔字。她们外间屋宽敞明亮，是这院子的正房中间的那间堂屋。进门处两边的大窗上镶着大玻璃，连那门楣上方都镶着玻璃呢！虽然贴着墙放着水缸、煤炉、锅碗瓢盆等杂物，但也掩盖不住那股浓浓的文化气息。你看，迎面墙上挂着一幅古画，画中一位长袍老者对着一棵大树捻须深思，远处隐现着青山、溪水、小桥、茅屋……画的上半部空旷的留白处，龙飞凤舞地草书着一首诗，因为字太草，上小学的我认不得几个字，只认得“兰”“春”“桂”“坐”“人”……这是谁的诗呢？长大后学了唐诗，我才知道这是张九龄的五言古诗《感遇》：“兰叶春葳蕤，桂华秋皎洁。欣欣此生意，自尔为佳节。谁知林栖者，闻风坐相悦。草木有本心，何求美人折！”难怪大女儿叫桂馨、二女儿叫桂兰，该是出自这首诗意吧！

那刘伯伯很可能就是那不求美人折的桂花树了！你看画儿两边的对联：“飞泉云外听写成山水清音，云中结构二分人力几分天。”你再看看那画儿下边，靠北墙的长长的黑条几上，一摞深蓝色的线装古书，一方易水古砚，一座雕花笔架，架上大大小小十几支毛笔，一对儿狮子滚绣球的插瓶。一个插瓶里插着一只鸡毛掸子，一个插瓶里插着一把被煤火熏得黑不溜秋的画着美人的团扇。条几前面的八仙桌上，摆着小砚台、字帖、宣纸，两个小女儿分坐在两边的太师椅上，手握毛笔描着字帖。瘦瘦的桂馨两条长辫儿垂在胸前，小嘴紧紧地抿着，小手紧握毛笔，目不转睛地看着字帖，一笔一画，像模像样，俨然一个小秀才。胖胖的桂兰却如坐针毡，大嘴张着，身子晃着，头上的两个牛角辫像拨浪鼓一样地乱摇着，手儿在颤，头上冒汗："我不写了！我就不写了！太难了，太麻烦了！……"话没说完，扔下毛笔，一溜烟地跑到院子里找建国他们玩儿去了。

"孺子不可教也！"刘伯伯一边说，一边摇着他那颗小脑袋。

"不写就不写吧！一个女孩儿家，学什么写字！不会写字还不一样嫁汉吃饭？"胖大娘撇着嘴说，"你倒是会写字，怎么一辈子也没见有什么长进?!"

这句话，噎得刘伯伯垂头丧气。是啊，想当初，刘伯伯也是官宦人家的后代，没见这前后院儿吗？这就是刘伯伯祖上留下来的。据说，刘伯伯的太爷爷曾经做过直隶省的大官呢！现如今，偌大的院子，让后辈中的不肖子孙典当的典当，卖的卖，到他这辈儿，只剩下这三间北房了。自己更是名不见经传，非但没有当什么大官，如果新政权不留用他这个旧政府的小职员，恐怕他早已混同老百姓。哦，还不如老百姓，老百姓还有一技之长，可以挣碗饭吃，可刘伯伯呢？他又能靠什么养家呢？难道只能落到在邮局门口给不识字的人写家信的下场？想想自己满腹经纶，空有才智，无人能识，无人能用，于心不甘啊！咳！不是吾无能也，此乃天意也！

所以，刘伯伯特别珍惜他的这份工作，特别珍惜他的这个家，特别珍惜他的两个女儿……工作上兢兢业业，在家处处让着胖大娘，想方设法培养女儿们的才能。可两个女儿对刘伯伯的苦心，反应截然不同。

你看桂馨，练字多么认真，简直是入了迷！每天放学回来，做完作业，马上就开始研墨，然后在八仙桌上铺上宣纸写起来，一撇一捺，横平竖直，有板有眼，乐得在一旁指导的刘伯伯，那不大的嘴都合不拢了，一个劲地说："对、对、对！好、好、好！就是这样写！就是这样写！……"你看那满墙贴的都是桂馨的得意之作，有唐诗，有宋词，有名言警句，还有几首描写风景的元曲呢！

你再看看桂兰，什么时候不逼着她坐在桌前，她绝不会主动拿那"千斤重"的毛笔，就是拿起笔来，还没写上俩字，就一会儿要喝水，一会儿要上厕所，一会儿又饿了……气得刘伯伯无奈地说："你真是懒驴上磨屎尿多……你简直是一摊稀泥抹不上墙！去吧！去吧！玩儿去吧！省得你在这儿捣乱，影响你姐姐！"

"哦！玩儿去了！"桂兰一声欢叫，那胖乎乎的小身子早已冲出了家门。

桂馨字写得好，学习好，心眼儿也好。我们刚搬来的那天收拾屋子，她就忙不迭地帮我打来水，帮我擦玻璃，帮我扫地……那精瘦的小身子转来转去，干起活来那么麻利。虽然她个子不高，劲儿可不小，平时大人才能提起来的小炕桌，她一个人就不喘大气地搬起来放到了墙角。很快，我们就成了好朋友，一起过家家，一起跳皮筋，一起为两家的大水缸抬水……特别是过家家时，我们玩得最高兴了！我把家里的破凉席拿出来，铺在我家和西厢房之间的过道里。那小过道青砖墁地，干干净净，左边是我家的廊子、台阶，右边是西厢房的北墙，这一方小天地就是我们可爱的家了。桂馨拿来她家的枕头、床单，桂兰拿来她妈做饭用的小锅、小勺、小铲和小碗。当然，这些东西桂馨是拿不出来的，因为桂兰厉害呀，胖大娘也惹不起她呢！我把刚刚一岁的小妹往凉席上一放，她就成了我们的宝宝。于是，幸福的日子就过起来了！谁当爸爸？当然是桂馨了！她个子虽然不高，可年龄大呀，况且她能吃亏让人，敢担当……那妈妈自然就是我了。那桂兰呢？当姐姐？

"我才不当姐姐呢！当姐姐总是吃亏……"桂兰大声叫着。

是啊！在家桂馨总是让着桂兰呢。那当什么呢？

"我要当哥哥！我要像小跑哥哥一样，想到哪儿去，就到哪儿去！谁也管不着！哼！"桂兰洋洋自得而又天不怕地不怕地高昂着头，瞪着像她妈胖大娘一样的大眼说。

于是，上班、下班、买菜、做饭、哄宝宝……小日子过得有滋有味。每个人嘴里都念念有词，每个人都是演员，每个人又都是导演，互相对话，互相提示，配合默契。一会儿，爸爸教哥哥和小宝宝认字，当然，桂兰就是那个不爱学习的大哥哥；一会儿，全家香甜地吃妈妈做的香椿炒鸡蛋，当然，桂兰就是那个抢吃抢喝、非要用大碗吃饭的大哥哥；一会儿，哥哥又不知道藏到了什么地方，害得爸爸着急、妈妈哭……

哦！生活啊，你就这样深深地给孩子们烙上了终生抹不掉的印记！这些印记会给孩子们的成长带来什么影响呢？

不知哪位哲人说过："性格决定命运。"

几十年过去了，桂馨成了保定地区首屈一指的作家、书法家，她的文章登上了全国各大报纸杂志，她的作品畅销全国，有的已经被翻译成外文，她的书法作品已经漂洋过海被异国他乡的博物馆收藏。

那天，桂馨出席省里作协的一次会议，走进会场的她身材依旧匀称、精干，花白的头发在头顶高高束起，穿一条灰色长裙，外披一件深蓝色的长褂，依然亭亭玉立！何止是亭亭玉立，还有几分仙风道骨呢！这难道就是六十多岁的桂馨吗?！哦！终于可以告慰刘伯伯的在天之灵了！

可是，桂兰，因为天不怕地不怕的性格，再加上没文化、没知识，"文革"中当了"造反派"的小头头，武斗中被打断了一条腿。如今，每天拖着那条伤残的腿在街上帮孩子卖菜。

你听，"茄子、辣椒、胡萝卜……新鲜的大白菜呀！谁来买吆！"高昂的吆喝声，从依然又胖又壮的桂兰嘴里不断地冲出来……

郭叔叔的新娘子

“郭叔叔的新娘子来了！”

院里十几个孩子，一窝蜂地跑到郭叔叔的东耳房里看新娘子。郭叔叔是驾驶市府机关少有的几辆汽车的一位司机。那时，整个保定能有几辆汽车呢？所以，汽车司机可是个有地位、有身份的职业。你想，没文化能开汽车？就是有文化，家庭出身不好，本人品德不好，能给市府开汽车？所以，年轻的、高高的、壮壮的、一脸络腮胡子的郭叔叔，就成了远近大姑娘们梦寐以求的对象。那今天这百里挑一的新娘子长得什么样呢？肯定貌若天仙了！

十几平方米的东耳房及东耳房前边那不大的小院已经挤满了前来祝贺的大人和看热闹的孩子。只见那窗户上贴着大红“囍”字，屋门两边贴着大红的对联：“金龙彩凤配婚偶，明珠碧玉结佳缘。”

咦！这对联真有意思，因为郭叔叔的名字就叫郭金龙呀！看来这新娘子不叫明珠就叫碧玉了！快挤进去看看这明珠或碧玉长得什么样吧！

我拽着显得有点羞涩的桂馨，沿着墙根挤进屋里。只见铺着花床单、放着大红花被子的床沿上，坐着一位低头不语的新娘子。漆黑的短发，消瘦的脸庞，耳边戴着一朵红绒花，苗条的身子裹着一身略显宽松的高领中式大红花裤褂，一双白底黑帮绣花鞋。整个一个农村新娘子的打扮！城里的新娘子谁还穿大红花衣裤？早就时兴制服女装了！还有那头上的红绒花，如今城里的新娘子都把红绒花戴在胸前呢！

怎么不抬起头来让人们看看她的脸儿呢？任凭郭叔叔满面笑容地给前来祝贺

的人们递烟、抓糖的应酬，那新娘子却只管低眉顺眼地红着脸坐在床边一动不动。是太害羞了吧？哪个大姑娘出嫁不害羞呢？是没见过世面，没见过这么多城里人，而且是来闹新房的人吧？刚从农村出来的人怎能应付得了这种场合?!

“嘿嘿！这新娘子怎么这么害羞呀！抬起头来！抬起头来！让大家好好看看！”胖大娘大嗓门地叫着，说着话就站在了新娘子身边，伸出那胖乎乎的手抬那新娘子的尖下颏儿。只见那新娘子的脸腾地一下子红到了脖子根，身子一扭，闪过了胖大娘的手，头低得更狠了。

“明珠，你就抬起头来吧，丑媳妇总是要见公婆呀!”郭叔叔笑着对新娘子说。

只见那果然叫明珠的新娘子迟疑了一下，拽了拽自己的衣襟，慢慢站起来，抬起头，红着脸，睁开眼……啊！好美的天仙！容长脸儿，樱桃小口，挺直的鼻梁，清秀的眉毛，两只大眼……可，可是，这眼，这眼……这右眼，怎么看着这么别扭呢？哎呀！右眼里竟长着一个像手串珠一样大小的半透明的“玻璃”珠儿!

“小郭，你真有福气，娶了个天仙!”

“好看！新娘子真好看！……”

人们不无遗憾地应酬着，凡是走出新房的人无不摇头连说：“可惜呀，可惜……”可惜什么呢?

可惜这如花似玉的新娘子有美中不足的缺陷?

可惜郭叔叔这英俊潇洒、有好工作的小伙儿找了个乡下姑娘，而且是个眼有残疾的姑娘?

……

人们常说，美玉无瑕。这时间一长，大家就都知道了明珠阿姨是块有瑕的美玉了。她温柔、善良、实在、热情……你看，自从郭叔叔结了婚，他的衣服还那么皱皱巴巴吗？头发还那么乱蓬蓬吗？干净利索得简直就像换了一个人！每天不管多晚，只要郭叔叔出车回来，明珠阿姨总是笑脸相迎，热汤热水递到手中，热菜热饭端上桌来。要不，郭叔叔那本来就壮实的身体怎么就又胖了一圈，那络腮胡子的方脸红里放光呢？每天傍晚，从那小小的东耳房里不时会传出两人对唱的

《王贵与李香香》呢！“多好的一对儿啊！”在院子里乘凉的姥姥摇着扇子对胖大娘说。

那时，人们的生活很简单，不像现在的人们，业余时间忙着看电视、看录像、看电影、打麻将……那时没电视、没录像，看电影是奢侈的事儿，打麻将是犯法的事儿……所以，明珠阿姨除了给郭叔叔做做饭、整整家，无其他事可做。于是，有空就帮东屋的水英婶儿抱抱一岁多的儿子胖墩儿，帮西厢房的大姨看看两岁多的小建议，帮北房正屋的胖大娘捡捡米虫儿，最多的时候是坐在我家炕上，一边帮姥姥缝缝补补，一边和姥姥拉家常。

“你的家是哪儿的？”姥姥问。

“易县大山里，白石涧村。”明珠阿姨回答。

“你怎么认识的小郭呢？”

“俺们俩是同村的老乡……”

原来，郭叔叔，郭金龙，是明珠阿姨村里有名的小秀才，全村就他一个人考上了县里的中学。而明珠，又是她们村有名的小俊女儿，美中不足的是，胎里带来右眼长了一颗圆圆的半透明的“萝卜花”。父亲心疼地给她起了个“明珠”的名儿，是希望有一天她那右眼能看见光明。这明珠渐渐长大了，不但人长得俊、身子苗条，而且善良、聪明、能干、孝顺，家里地里的活儿都能拿得起放得下。当时，金龙就想，我要能娶明珠当媳妇该有多好！谁知道，这明珠早就对小秀才金龙有了好感呢！

真是老天爷有眼，给了他们一次相遇的机会，从此定下了两人的终身。那年学校放了秋假，金龙回来帮父亲收庄稼。一天傍晚，他背着一筐玉米往家走，走得累了，坐在燕子梁上的双燕石上休息。眼前是一层层、一块块梯田，已经泛黄的玉米叶子在山风的吹拂下哗哗地响着。左边顺着下山的小路旁边，就是那白石涧。涧中的溪水随山就势，弯弯转转，时隐时现地在那块块大小不一的白石上、石缝里蹦跳着、流淌着，欢快地唱着歌儿向山下奔去。那涧水歇脚的小湖边上，那座绿树掩映的小小山村，就是自己的家乡——白石涧。

此时，夕阳已经挂在了西山的山腰上，斜阳中的小村已见炊烟升起。那袅袅的炊烟渐渐地连成一片，在小村上方的山腰上形成了一条薄薄的纱雾，无忧无虑、无阻无挡、自由自在地伸展着、漂移着……哦，湛蓝的天，墨绿的山，淡白的雾，还有那被夕阳的余晖照得熠熠生辉一片金黄的小村……好美呀！看着这美丽的景色，金龙不禁想起自己读过的唐朝韦应物的《寄全椒山中道士》中的两句唐诗："涧底束荆薪，归来煮白石。……落叶满空山，何处寻行迹。"

这，可能就是写的这里吧？

突然，"哎呀妈呀！"一声惊叫，打断了金龙的思路。金龙循声扭过头去，只见一个人从那高高的上阶田埂上跳了下来，重重地摔在地上。怎么回事？金龙一个箭步冲过去，原来是明珠！只见她蜡黄着脸，喘着气，用手指着上边说："蛇！蛇！"

"在哪里？我去看看！"

"金龙哥，别去！"明珠说着连忙站起来，死死拽住金龙一条胳膊。

"为什么？"

"我怕，怕蛇咬着你……"

金龙只觉得心头呼的一热，深情地向明珠望过去。当四目相对、眼神撞在一起时，两人像是同时中了电，唰的一下子，两人的手分开了，紧跟着，两人的脸同时红到了脖子根！这可是两人头一次近距离接触啊！以前，虽然互相倾慕，互相探听对方的消息，可从来没敢正眼瞧过，更别说拽着胳膊说话了！这不是天赐良机吗?!

等金龙拿着长树枝跑到上边的田埂上，那蛇早已逃得无影无踪，只捡回来明珠在慌乱中扔得老远的篮子，收回了不多的散落在地上的酸枣儿。还没等他们再说上几句话，坎下一块儿摘酸枣的英儿、红儿已经气喘吁吁地爬上来。

"明珠姐，怎么回事儿？我们在坎儿下等了好半天，也不见你下来！"英儿嗔怪地对明珠说。突然，她那大眼珠子一转，冲着金龙嬉笑起来："哟！该不是让金龙哥绊住了吧？嘻嘻！……"

“说什么呢！刚才我差点踩到一条蛇，没把我吓死！你这死丫头，还有心开玩笑！”明珠边说边看了金龙一眼，“还是金龙哥帮我捡回的篮子呢！”

四个年轻人，心有余悸地学说着刚才那可怕的情景，就着薄雾，慢慢走回村里。

可是第二天傍晚，金龙和明珠不约而同地都来到了燕子梁。这回他们可是坐在了双燕石上，羞羞答答、缠缠绵绵、痛痛快快、没完没了地说起话儿来。他们究竟说了些什么呢？你不知道？我也不知道！只有那青青的双燕石知道吧。风儿轻轻地抚摸着这对有情人那柔软的头发、圆润的脸庞，月儿悄悄地爬上燕子梁，送给他们一掬浪漫的清光。看啊！那燕子梁上，一轮明月，几点星光，两个年轻人的剪影，离着几尺远，面对着面，各自伸出一只胳膊拄在身后的石头上，真像那青青的双燕石，双翼后展，时刻准备着比翼双飞，奔赴辽阔的蓝天呢！

“非明珠我不娶！”在市府当了司机的金龙的一句话，气得郭老爹三天没吃饭。

“你说你这个小兔崽子！放着你表姑给你说的对象不要，非要娶一个乡下妞！人家小凤是城里的姑娘，本人又在机关当打字员，比那长着‘萝卜花’的明珠强多少倍！真是有福不会享啊！……你个小兔崽子啊！”郭老爹气得大声骂着。

“幸亏实行了新《婚姻法》，幸亏金龙哥在市政府工作……要不，我们还真结不了这个婚呢！”明珠阿姨心有余悸而又若有所思地对姥姥说。

这样的经历，怎么能让郭叔叔和明珠阿姨不万分珍惜这份难得的幸福呢？难怪小两口感情这么好！难怪东耳房里时常传出开心的欢笑和悦耳的歌声呢！

日子像风一样的刮过，转眼三年过去了，明珠阿姨没开怀。跑了几家医院都说她天生的不能生育！这消息对小两口来说无异于五雷轰顶！因为三代单传的郭老爹急着抱孙子都快急疯了！本来就不同意娶明珠做儿媳，这下更有了理由，非逼着郭叔叔离婚！郭叔叔坚决不离，明珠阿姨终日以泪洗面。老天爷真是不公啊！为什么总是折磨好人呢?!

突然，家里来信，说郭老爹生病卧床不起了，郭叔叔带着明珠急急忙忙地赶回家。躺在床上的郭老爹一见儿子，抓住儿子的手就大哭起来。当明珠阿姨过去刚叫了一声“爹”，郭老爹立刻止住了哭声，但是连看都不看一眼明珠阿姨就把头扭向了一边……郭叔叔要带老爹到城里看病，那倔老头子死活不去，而且放下狠话：“见了孙子，我的病自然会好，见不着孙子，你就等着给我上坟吧！”

无奈，郭叔叔伺候了几天，回市政府工作了，留下明珠阿姨在家照顾老爹。

那天，明珠阿姨到院墙根上抱柴火做晚饭，忽然听到院墙外有人说话，只听西院的大娘问：“大兄弟好点儿了吗？”

“好什么好！成天逼着金龙离婚……看见明珠就像看到了丧门星！他呀，他就是不见孙子死不瞑目呀！”婆婆有气无力地说，“可怜我那儿啊！离吧，舍不了明珠，不离吧，又落个不孝之子……咳，也怪不得老头子啊，谁让我家三代单传呢？眼看着老头子一天不如一天，这可怎么办哪！……”

听到这里，明珠阿姨手中的柴火掉到了地上，拖着软软的身子回到了自己屋里……

当人们再见到她的时候，她端端正正地坐在窗根底下，用一根纳鞋底子的麻绳拴在窗棱上上了吊，手里还拿着一双没做完的布鞋，是给郭叔叔做的……

后来，郭叔叔又寻了一个叫彩凤的媳妇，那个媳妇果真给他生了个儿子，终于还了郭老爹想要孙子的愿。可那彩凤，一个机关的办事员、干部，哪里把乡下来的司机郭叔叔放在眼里？东耳房传出的再也不是爽朗的笑声、歌声，而是无休无止的吵骂声、孩子的哭叫声、摔盆子打碗声……当胡子拉碴、邋里邋遢的郭叔叔天天面对这河东狮吼时，是否十分想念那温润如玉的明珠阿姨呢?!

有瑕的碧玉带着与生俱来的明珠永远地去了，金龙真的与彩凤配成了婚偶，并不幸福的婚偶。

郭叔叔和明珠阿姨结婚时贴的对联，该不是预示他们命运的箴言吧？想到这里，我仿佛又看到了永远也不想再见到的那副对联：“金龙彩凤配婚偶，明珠碧玉结佳缘。”

马大爷的杂鱼粥

住在东厢房人高马大的马大爷七十多岁了，身体还那么硬朗，吃得多，笑声爽，屁更响。

先说他吃得多。每天晚上，胖墩儿他妈，也就是马大爷的儿媳妇水英，熬上一大锅棒子面粥，马大爷自己就能喝半锅，怎么着也有三四海碗吧？他还说自己只吃了个多半饱，怕吃多了月底家里的粮食不够吃！马大爷一米八的大个子，年轻时练过武，那身子骨儿壮实得像头牛。你看看他那虎背熊腰，你看看他那钢腿铁掌，你再听听他那声如洪钟的喊声……这哪儿像近八十岁的人哪！“廉颇老矣，尚能饭否？”只要能吃饭，马大爷怎么会老呢？

再说他的笑声爽。也许是马大爷身体健壮，也许是马大爷性格开朗，更也许是马大爷的儿子——马叔叔的成长一帆风顺，在校是优等生，工作后被选调到市政府工作，又娶了个如花似玉的媳妇，又生了个大胖儿子胖墩儿……这么多的喜事，一股脑地摊在了马大爷身上，他老人家能不成天笑口常开吗？所以，每天从早到晚都能听到马大爷那发自内心的、爽朗的、能送到全院每个人耳中的、引得每个人都忍不住也跟着喜兴的笑声。

再说马大爷的屁响。说这个事儿好像不大雅，对马大爷也有点大不敬。其实，全院儿的人都把马大爷当成了自家的老爷子，自家老爷子能放响屁，是身体健康的重要表现，那说明全身通畅，无病无灾呀！马大爷放起屁来，是不管不顾的，走到哪里，放到哪里，而且经常是十个、八个地连着放。院儿里的孩子们调皮，给马大爷的这种屁起了个响亮的名字——连珠炮！要是有一天没听到马大爷放那连珠炮，大人们就觉得不对劲儿了，不是马大爷回白洋淀老家了，就是病了。

说起马大爷的老家白洋淀，那可真叫一个美！我怎么知道？听马大爷说的呀！马大爷天天夸他的家乡呢！他说白洋淀水美、芦苇美、荷花美，那人更美！你看马大爷的儿媳妇水英，细皮嫩肉，长得多水灵，都成了孩子他妈了，还像刚过门儿的新媳妇。那马叔叔长得也英俊啊，和马大爷一样，一米八的大个子，红缸脸儿，粗眉大眼。可能是上学上得多了，浑身一股书生气，虽然没戴眼镜，让人一看却也是文质彬彬。你想，喝着碧波荡漾的淀水，看着一望无际的苇田，闻着绕村盛开的荷花香……还吃着淀里捞上来的鲜鱼肥蟹，这人能不长得壮实，能不长得好看?!

所以，在马大爷眼里、嘴里，只有家乡好、家乡美！一天要是说上十句话，那肯定有八句离不开白洋淀。可马大爷的话匣子一打开，何止十句、八句？你听听：

“那淀水清得能看见水中的鱼儿游，能看见那鱼鹰怎么扎猛子、怎么叼鱼……”

“那芦苇荡，能藏千军万马！不熟悉水道的人，划着船进去就别想再出来！当年雁翎队就是靠这芦苇荡打得日本鬼子魂飞丧胆、哭爹叫娘！……”

“你们知道白洋淀的苇席都卖到什么地界儿？保定府、天津卫、北京城……连那内蒙古都用咱们的苇席呢！要不村里的大姑娘、小媳妇、老娘们儿，忙得连吃饭的工夫都没有呢！忙着织席卖钱哪！”

“这莲花池的荷花也叫荷花？笑话！你六月底到白洋淀去，那荷田，一眼望不到边儿，红的、粉的、白的，单瓣的、双瓣的……让你看花了眼！那随风飘过来的荷花香、菱角花香……熏得你晕晕乎乎，像驾了云！”

“俺们的村子都在水中央，从这个村到那个村，必须划船……俺们大人小孩都会游泳……你们知道俺们那儿给儿子娶媳妇，老人给什么？不是别的，是条新船！想不到吧？喝完喜酒，新郎就带着新娘上了船，一划就到了芦苇荡，任谁都找不到……嘿嘿！让那些想闹洞房的浑小子们干着急去吧！哈哈！哈哈！……”

“要说好吃的呢，还是老家的杂鱼粥哇！大鱼都卖了，剩下的小杂鱼儿，洗吧洗吧，放点油盐一煮，再乱上点棒子面，喝起来那叫一个香！啧啧！……”

马大爷咂着嘴，眯缝着眼，好像刚刚喝了一口杂鱼粥，美美地品着滋味。

“啊?！用鱼熬粥？我还是头回听说，”从小生长在大山里，因为很少吃鱼而不爱吃鱼的姥爷接过话茬说，“那不得腥气死？那粥能喝?”

“是啊，鱼粥能好喝到哪儿去，只不过旧社会穷人没得吃，喝顿杂鱼粥就觉得很香罢了。”东耳房的郭叔叔也不以为然地说。

“不腥气！真的一点儿也不腥气！年轻时，我一口气能喝四五碗呢！不信？不信哪天我给你们做一锅，让你们都尝尝。”马大爷豪爽地、自信地对在大香椿树下乘凉的大人孩子们说。

“不管你们信不信，反正我信！那杂鱼粥肯定比稀汤寡水的棒子面粥香上一百倍……咳！什么时候我也能喝上一碗香香的杂鱼粥呢？……”我靠着姥姥的腿，迷迷糊糊地想着。

咦，身上怎么这么凉呢？哟，四周怎么都是水呢？睁大眼一看，原来我躺在一条船上。赶快爬起来抬眼一望，哎呀！我竟然飘到了白洋淀里！朦朦胧胧望见那月下的芦苇荡，在随着晚风轻摇微晃，是怕惊醒了水禽们的美梦？是怕扰乱了新婚夫妻的低声呢喃？……芦笛声随风飘来，又随风飘去，渐渐散在了荷花田当中，给花儿增添了几分清香，给荷叶增添了几抹碧绿……你瞧，那边有轻舟荡来，惊起了一滩鸥鹭……那船上窈窈窕窕的划船人儿，是谁呢？该不是醉酒晚归迷路的李清照吧?

月朦胧、水朦胧、村朦胧、人朦胧，清风叩帘笼……门帘开处，走出来一位老大爷，手里端着一碗热腾腾、香喷喷的杂鱼粥！

“爱爱，你先尝尝香不香?”

“啊，马大爷，你怎么在这儿?”我惊奇地问。

“我回家给你们熬杂鱼粥哇！来，你先尝一碗……”马大爷说着，递给我那碗让我垂涎欲滴的杂鱼粥。

当我接过碗，刚要送到嘴边，不知是谁，从后边推了我一把，啪的一声，碗掉到地上摔碎了！

"哎呀！我的杂鱼粥！……"

"爱爱，醒醒！咱们该回屋睡觉了！"姥姥摇着我的肩膀叫着。

哦！原来我是趴在姥姥怀里睡着了。我迷迷瞪瞪地跟着姥姥往家走，可心里还想着我那没看够的白洋淀的美景，特别是那碗已经到了嘴边却没吃着的杂鱼粥……

后来，我们又随着父亲的工作调动搬了家，没能真的尝到马大爷给做的杂鱼粥。再后来，听说九十多岁的马大爷病了，坚决叫儿子把他送回他那朝思暮想的老家——白洋淀，已经干涸了好几年的白洋淀！马大爷，病病怏怏的马大爷，每天靠着门框，冲着干裂成片的、成了庄稼地的、成了通往各村的大道的淀底坐着，那双昏花的老眼好像看得很远，又好像看得很近，他看到了什么呢？是清澈宽广的淀水？是风吹连涌的芦苇荡？是映日盛开的荷花？还是网里活蹦乱跳的鱼虾?!

渐渐地，在那个他老人家住了一辈子的小屋里，越来越少的是马大爷那爽朗的笑声，还有他那特有的连珠炮声，越来越多的是几个儿女劝马大爷多吃一口饭的哀求声……当终于再也听不到马大爷的笑声和连珠炮声时，他老人家已经滴水不进。儿女含着泪问他想吃点什么？他先是无奈地、艰难地摇了摇头，紧接着又两眼放光，嘴里用尽全力吐出了三个字："杂鱼粥！"

当家人骑着自行车跑到十几里外的集市上买回小杂鱼时，马大爷，这个生在白洋淀、长在白洋淀、热爱白洋淀……又非要死在白洋淀的老人，早已经闭上了眼睛。

如今，白洋淀又碧波荡漾了，又荷花飘香了，又鱼虾满仓了……已经成了全国闻名的旅游景区了！啊！马大爷，您高兴吗?!

我决定，今年夏天一定要去一趟白洋淀，去看看白洋淀的美景，去尝尝我想了几十年的"杂鱼粥"！

十年大庆游行

国庆节就要到了。

这个国庆节和一般的国庆节可不一样，这是十年大庆啊！

十二岁的我，早就和同学们忙了起来。忙什么呢？忙着练队列、喊口号，忙着做纸花，忙着买学校要求的统一颜色的扎辫子的绸条，忙着让大人给自己准备好看的花衣服……

终于一切准备就绪了，明天就是国庆节了！看，我的花衣服摆在床头上，我用各色彩纸做的纸花摆在小柜上，它们是那么漂亮、鲜艳，静静地躺在那里，好像时刻准备着，准备着我穿上它、捧上它去参加游行……它们是否也和我一样睁着大眼盼天明呢？

从我刚刚懂事，父母就教育我："幸福不忘共产党，翻身不忘毛主席！"没有共产党和毛主席，怎能打败小日本？怎能打垮蒋介石？又怎能建设新中国？没有新中国，哪来今天这幸福的生活？父亲至今还可能在给地主放羊，很可能不会有我，因为如果父亲娶不上媳妇，能有我吗？就是有了我，也不会在城里上学，不定在哪个山沟沟里挖野菜呢！我们的新中国今年十岁了！我这个跟着新中国一起长大的孩子，怎么能不激动呢？

"快睡吧，明天还得早起呢！"我告诫自己，不知不觉地就合上了眼……

突然，咚咚咚的大鼓声一下子把我惊醒了，一睁眼："哎呀！不好！天已经大亮了……晚了，晚了！……"我忙不迭地去抓床头上的新衣服，可这眼怎么就困得咋也睁不开呢？摸一件赶紧穿上，眼睛勉强睁开一条小缝，一看，穿错了！

把姥姥的大襟褂子穿上了！快！快！快脱下来！……我手忙脚乱地穿上了新衣服，一转身，“花儿呢？我的花儿哪儿去了？……”我急得大喊。

“桂兰刚拿走，说是要给你送去，她还以为你早就走了呢！”姥姥说。

桂兰拿走了？那个不管不顾的冒失鬼，不给我弄丢了，就会给我弄坏了！真是的，怎么能叫她拿走呢?!

我飞身冲出大门，想去追桂兰，没承想一脚踏空，栽到地上：“哎呀！妈呀！”一声大喊，使我惊醒，原来是一场梦！虽然是梦，可真真出了一头大汗呢！看看姥姥，依旧坐在昏黄的电灯下缝补着什么。

“做梦了吧？手脚乱动，嘴里还不知道嚷什么。你嚷什么呢?”姥姥停下手中的活儿，笑着问我。

“我梦见我起晚了……穿错了衣服……丢了花儿……我还梦见咚咚的敲鼓声了……”

“什么敲鼓声呀，是市府的小马来通知你爸爸什么时间、什么地点集合上主席台！准是他那咚咚的敲门声让你收到了梦里，变成了大鼓声……今年咱们家可喜兴了，两个参加十年大庆的人，一个上主席台，一个游行……”姥姥眉开眼笑地说。

是啊！那个二十多年前在山沟里风餐露宿给地主放羊的父亲，那个哭着闹着要上学而上不起的父亲，那个在寒冬腊月给人背石头还债的父亲……如今，成了一方地区的领导，要在大庆时站在主席台上，检阅和享受胜利的果实、欢乐和喜庆了……

前几天，小马叔叔给他送来一套市里统一做的深灰色的毛料中山装。试装时，全家像众星捧月一样，把父亲围在当中，妈妈给他抻抻袖子，姥姥给他拽拽后襟，姥爷拄着拐杖，倚在炕沿上，两眼眯成两条缝，大嘴张着，一只手捻着长长的白胡子说：“好！好！……穿上这个才像个大官呢!”

“什么大官呀！现在叫干部！你这个老古董!”姥姥笑着嗔怪着姥爷。

穿惯了大襟儿褂子的父亲，乍一穿上这崭新的、贵重的、庄重的……深灰色的中山装，真是让他浑身不自在。岂止是不自在，简直是手足无措了，脸儿红着，头上冒出了细汗！我和几个大点儿的弟弟们围着父亲看热闹。

哦！高大魁梧的父亲穿上这身中山装，真威武、真潇洒、真漂亮、真好看！挺直的腰身，宽厚的胸膛，漆黑的短发，黑红的脸庞，那两只平日里严肃而深沉的大眼此时却露出了少见的腼腆和羞涩。

“好了！好了！挺合身！挺合身……让我脱了吧！”父亲局促地说。

“等等！”母亲一声令下，喝住了父亲去解扣子的手。

“这裤腿怎么有点短呢?”母亲后退几步细细打量着站得直直的父亲。

“中山装裤腿短了可不好看，不庄重!”母亲蹲下身，提起父亲的裤腿仔细看。

“嗨！我说呢！这裤脚里边还留着一大截呢。人家裁缝师傅就是想得周到，这是让你试长短，回去再缝!”母亲边笑边在父亲的裤脚上用缝衣针做了个记号。

“得了！大将军，请把这行头脱下来吧!”母亲少有地开起了玩笑。

“可惜呀，可惜！可惜是个瘸了腿的大将军啊……”父亲接着的一句玩笑话把全家人逗乐了。

父亲虽然瘸了一条腿，可在我的眼里，他从来就不是瘸子，永远是那么高大、威武、挺拔、潇洒……明天，明天一早，我和父亲就要参加十年大庆的庆典了，多么高兴！多么光荣！没准我们的队伍过主席台时，我还能看见他呢！

国庆节那天一大早，我们排着整齐的队伍来到裕华路东边集中。这里早已彩旗飘飘、人山人海。有穿红绿彩衣的方队，有穿蓝裤白褂的学生方队，有穿运动服手拿乒乓球拍的方队，有腰鼓方队、洋鼓方队，当然更有那具有民族特色的狮子滚绣球、高跷等方队了！那表演者身穿各色彩衣，红衣镶着金边，白衣镶着红边……真是好看！我们学校的队伍算是最普通的了，不就是身穿花衣服、手捧鲜花吗？哦！不是鲜花，还是自己做的纸花！看旁边的那个学校的女生方队，竟穿着鲜艳的多层的短纱裙呢！可定睛一看，原来那直直愣愣的短裙竟是用彩色皱纹纸做的！那时经济困难，学校和家长哪有钱买那么贵的纱裙？其实，就是这纸裙，远远看着也那么漂亮、整齐，再配上手中拿的缠满纸花的大花环，真是神气呢！

嘿！旱船方队来了！只见几位身着黑色戏装、头戴草帽、白胡子飘飘的老汉，一人推着一架旱船边走边扭地走过来。每架旱船的前边都有一个扎着冲天小辫、脸上画着白粉块的傻小子，用彩绸拉着那旱船。旁边是一个梳着老鸹翘尾巴、一走一颠、身穿大红戏装、右手拿着一把芭蕉扇、左手拿着一杆长烟袋的老媒婆。只见她绕着那旱船扭来扭去，一会儿嫌那老汉推得慢，用芭蕉扇打他一下，一会儿又怪傻小子拉得快，用长烟袋敲他一下。虽然还不是正式表演，但也逗得候场的人们哈哈大笑。特别是那旱船，其实叫它花船更合适！你看那缀满鲜花的船顶，你看船顶四周的流苏，你再看看那被流苏半遮半掩时隐时现的新媳妇，打扮得花枝招展，大红绸衣上绣着大红牡丹，头上插满花儿、朵儿，粉白的脸上柳眉凤眼、粉腮红唇，羞答答地左顾右盼，两条穿着绿绣花裤子的腿，盘在花船上，连那尖尖的黑色绣花鞋都看得清清楚楚的呢！只见那新媳妇随着老汉和傻小子的推拉前仰后合，左旋右转，一会儿轻轻盈盈转着圈儿，一会儿又倾向前方、倒向后方，终于卧在一处动弹不得。是掉到坑里了吧？只见那老汉怎么推也推不上去，累得满头大汗！那老媒婆急得围着花船团团转！可那傻小子呢？拉了两下，就趁乱扒着花船往里看，看什么呢？当然是看那美如天仙的新媳妇了！可没等他嬉皮笑脸地和新媳妇说上一句话，头上就重重地挨了老媒婆一烟袋！这一打不要紧，随着傻小子抱头鼠窜，那猛地拉直的彩绸一下子就把那花船拉了起来。随着花船的大起大伏，掀起了花船四周的绿绸布。咦！竟然露出了一双穿着绣花鞋的脚唉！这是谁的脚呢？当然是新媳妇的脚了！可那在花船上盘着的腿、那尖尖的小脚又是谁的呢？当然是假的了！嘿嘿！我还是头一次见到这么能以假乱真的腿脚呢！

只见这新媳妇又随着白胡子老头和傻小子的推拉左右旋转着舞起来，那老媒婆又咧着大嘴、舞着扇儿扭起来……周围的人们随着他们诙谐的表演鼓着掌笑着、叫着……每个人脸上都洋溢着兴奋、幸福、祈盼、展望、欢乐的……笑容！十年大庆啊！此刻，谁不高兴呢?!

正式游行开始了，裕华路上彩旗飘扬，大喇叭里的歌声嘹亮，马路两边的观众人山人海，马路中间的游行队伍像那彩色的河流，一波又一波流向大旗杆——老辈子的直隶总督府、现在的保定地区专员公署的大门，那里搭有临时的主席台，地区和市里的领导们要在这里检阅游行的队伍。当然，作为市里八大书记之一的父亲也会站在这里，他能看到游行队伍里的我吗？

啊！近了！近了！离主席台越来越近了！带队的老师已经发出了"正步走"的口令！我们整齐划一地把头甩向右边，一边大踏步地、豪迈地走着正步，一边用右手高举着花束有节奏地挥舞着，那震耳欲聋的口号声立刻响彻了天空：

"热烈庆祝中华人民共和国成立十周年！"

"共产党万岁！万岁！万万岁！"

"毛主席万岁！万岁！万万岁！"

……

我的心在嗵嗵地跳，我的血在呼呼地往上涌，我的眼泪已经糊住了我的眼睛……这个时刻是多么的庄严！这个时刻又是多么的亢奋！普天下的中国人在这一时刻都在同庆！都在祝贺我们伟大的民族终于屹立于世界民族之林！都在祝福我们伟大的国家永远繁荣昌盛！

我昂首挺胸地走着，我竭尽全力地喊着，我泪流满面地挥舞着手中的花束……

"齐步走！"领队老师一声令下，让我收回了思绪。怎么这么快就通过了主席台？我还没来得及看一眼我父亲呢！只模模糊糊地见到主席台左边一排排武官穿着天蓝色呢子礼服、头戴大檐帽威武地站着，主席台右边一排排穿着深灰色中山装的文官们整齐地站着。而主席台，那本该认真看、仔细看的主席台，我却真的没看清，因为我只顾激动、流泪了。只依稀记得主席台中间站着的领导在向我们招手，那招手的人中应该有我的父亲吧！

看榜

要考初中了！

自知学习成绩一般，当然不敢考一中、二中了，就是三中、四中也不敢考哇！要考不上怎么办？我们那时考中学，全是孩子自己的事儿，家里的大人们从来不管不问，更别说给你辅导辅导了。姥姥、姥爷是文盲，父母工作忙得“脚丫子朝天”，哪有工夫管管孩子们的学习？再说，父母也没上过学，问他们加减乘除，他们能懂多少？所以，我就自作主张报了个八中。为什么？因为它是一个新建的学校，而且比较偏远，可能要求入学的分数不会太高吧。

发榜那天，我怀着忐忑的心情，拉着我的好朋友阳雨春去看榜，就是那贴在学校门口墙上的、写着录取了的考生名字的、长长的红纸。

那红纸上，那鲜红的、长长的、贴了整整一面墙的红纸上，用漆黑的墨汁书写着、工工整整地书写着考生的名字。红纸下方，人头攒动，而且都是十一二岁的男孩儿、女孩儿。他们伸长脖子，睁大眼睛，在那密密麻麻的名字中寻找着自己的名字。找到了的欢呼雀跃，立刻收到熟悉同学的祝贺声，收到不认识的同学投来的羡慕和赞许的眼神；那还没找到的人，两遍、三遍地细细辨认着榜上的每一个名字，唯恐粗心大意地漏掉自己的名字；那看几遍终于失望的孩子，像泄了气儿的皮球，蔫蔫地挤出人群，拖着沉重的步子走回家……可回到家，父母、邻居问起来怎么说呢？难怪一个没找到自己名字的小女孩儿竟当众号啕大哭了呢！我小舅没考上初中，不也三天没起床、没吃饭吗？但愿老天爷保佑我能考上！

我认真地、仔细地辨认着榜上的每一个名字：张三、李四、王五、赵六、冯

七、杨八……就是没有我柳叶新！半面墙看完了，没有！多半面墙看完了，还是没有！眼看榜上没有几行字了……突然，啊！有了！“柳某新”！赶紧挤过去，定睛一看，“柳青新”！白高兴了一场！继续看，还是没有！还是没有！是写榜的老师写错了吧？没准没看清，把“柳叶新”写成了“柳青新”？……不大可能，他们要对考生负责，不知道要校对几遍呢！恐怕是没考上吧！这可怎么办呢？眼瞅着这大红的榜纸都快被看完了，还是没有我的名字！我这不是成了落榜生了吗？多丢人现眼啊！同学们都高高兴兴地上了初中，只剩下我，可怎么有脸见爹娘、见亲人、见同学呀?！想到这儿，我的眼里不由自主地充满了泪水，榜上最后的几行字，看不清，也不敢看了！

“柳叶新！你的名字在那儿!”阳雨春高兴地抓着我的胳膊大声叫着。

“是吗？在哪儿？在哪儿？……”我急忙睁开模糊的泪眼，伸长了脖子，一边使劲地看那红榜后边的几行字，一边急切地问。

“最后一行，最后一个名字，那不是你吗？柳叶新!”阳雨春指着那红榜最后一个名字一字一顿地说。

“看到了！看到了！……我可考上了！……我怎么是最后一名呢？考得太差了吧?”我虽然惊喜，但还是有点不安。

“什么太差！你看，你看！你和那几个人被分到别的学校了!”

我又向前几行字一看，果然，我被分到了师院附中！

“那可是个好学校呀，人家想去还去不了呢！你呀，你就是个没自信心的人，我说你能考上吧，你这不是考上了！嘿嘿！瞎着急!”阳雨春笑着嗔怪我。

“谢谢你，雨春！谢谢你陪我来看榜！要我自己真不敢来呢!”我破涕为笑地说。

阳雨春学习好，昨天就胸有成竹地跑到二中看了榜，当然考上了！而且被分到了一班呢！今天她是特意陪我来看榜的。

“谢什么谢！你在班里成绩中上等，还能考不上？我看你就是胆儿太小。”阳雨春说。

“你猜我刚才想什么来着？”我笑着问阳雨春。

“想什么？”

“我想，我这不成了范进了！没考上，无颜见父老乡亲，连老丈人都看不起他；考上了，又乐疯了，还是让老丈人一个耳光给打醒了……呵呵呵！这么一会儿，我就经历了两个天地……”

“范进是谁？他考的几中？他怎么有老丈人呢？”阳雨春睁大了那有点斜视的眼睛，盯着我的左边认真地问我。

“哦，范进是明朝人，他考的是举人……他不仅有老丈人，还有老婆孩子呢！他老丈人是个杀猪的……”我在回家的路上边走边给雨春津津有味地讲着《范进中举》的故事。

“你听谁讲的这个故事？”

“我爸爸有本书叫《儒林外史》，那上边写的。”

“哎哟哟！你可小心点……”雨春坏笑着说。

“怎么？”

“你可别疯了，你要真疯了，可没有老丈人打你！我还是赶紧回去请我的秀秀阿姨，让她瞪你两眼吧！嘻嘻！”

“我让你笑我！……”我假装恼怒地去追打跑远了的雨春。

报到那天

终于开学了！

终于来到了我朝思暮想的河北保定师院附中！

没有气派的大门，门也没开在人来人往日渐车水马龙的红卫路上。那连门扇也没有的、只有两个红砖垛表示大门的校门，开在北关外青石桥北的一个拐弯的路旁边。大门对过儿，一个不高的高岗上，就是一个小小的村落。透过高岗上的矮树棵子，能看见里边的房子、菜园，能听见大人的呼喊、孩子的欢笑、猪的哼哼、狗的汪汪，还有鸡鸣鸭叫……现在回想起来，那真是个让世代隐者神往的世外桃源呢！可是，那时因为我年纪小、胆子小、不懂事，竟在初中三年的时间里一次也没敢爬上那土岗，一次也没进那个小村，虽然觉得它很恬静、很自然、很美丽，而且有几分神秘……

进了校门，中间是一条笔直的灰渣马路，路两边都是红砖小平房。那马路一直通向最后边的大操场。大马路的顶头，也就是操场的南边，新种了几棵翠绿的柏树，给整个校园带来一抹新绿和几许生机。左边的平房是老师们的办公室、图书室、宿舍。平房之间的空地上，几株杨柳在微风中柔柔地摇摆着枝条，好像在温和地向我们打着招呼。

马路的右边是一排排高大宽敞的教室、学生宿舍、食堂兼礼堂。食堂前面和教室之间的空地上，种着一丛丛榆叶梅。那带刺的、长着小绿叶的、长长的枝条，从树中心张扬地伸展着，向四周伸展着，向我们这群新生展现着它的勃勃生机。那柔软的枝条托举着翠绿的像榆树叶状的叶片们，向上、向上、再向上！想让那绿叶儿更近更多地迎接、吸纳金色的阳光！当那枝儿终于实在举不动了时，便轻轻地、柔柔地、无可奈何地以美丽自然的弧线垂下来，垂下来……形成一丛丛圆圆的像半个绿色绒球一样倒扣在地上。啊！多么漂亮的榆叶梅！

“这叫漂亮？等到了春天，那才真叫漂亮呢！”带着我们新生报到的一位大姐姐说，“春天来了，它们开出一丛丛金黄、粉红、淡白的花，蜂儿、蝶儿围着它们团团转……那香气，无风香十里呢！”

我听着这位大姐姐自豪地介绍，想象着那一丛丛金黄、粉红……的花，仿佛已经闻到了那甜甜的花香。

“这就是你们的宿舍。”大姐姐领我们走到一排大教室时，指着其中的一间说。

“啊？这是我们的宿舍？”我睁大眼睛看着这间大教室：南北两面各有四个大玻璃窗，窗下是用带木格床头的单人床并起来的两溜儿大通铺。两个单人床横着并起来，睡三个学生。两两相并的床又连着并起来，南北两溜大通铺可以睡二十四个小姑娘呢！

先来报到的同学，特别是郊区和县里的同学，已经打开了自己的行李，在整理自己所占的铺位了。第二天，我从家里背来行李——一条薄褥子，一条薄被子，一个小枕头，两件换洗衣服。真的是我自己背来的！当时，城里的孩子都是自己背行李来报到。好在那时的城市不大，路途不远，行李简单……缺什么还可以随时回家拿呀！这不，下午，我就又跑回家一趟，为什么？忘了拿脸盆和毛巾呀！

那时，郊区和县里的孩子，远的，让村里或县里到市里拉货的大车捎来；近点的，也是自己背行李来报到呢！就是有公交车，有几家舍得花几角钱让孩子坐车呢？家里又没有自行车，能让大马车捎来就很不错了！当时，人们的生活太清苦了，有个顺口溜这样说：“穿皮鞋的高抬脚，戴手表的捋胳膊，镶金牙的咧嘴笑。”谁要是有双皮鞋、戴块手表，就算是富有了！当时，全校上千名学生，没有一个骑自行车的，而我戴第一块手表时，已经是20世纪70年代当了解放军的干部了！

报到的第一天晚上，大宿舍里那叫一个热闹。二十几个来自不同县区、不同学校的小姑娘们叽叽喳喳说个没完没了，问了家里问校里，问了农村问城里……什么都那么新奇，什么都那么陌生。大家互相介绍着，互相询问着，互相关心着，互相鼓励着……彼此好像并不是刚刚认识的新同学，倒好像是很长时间没见的老朋友、亲姐妹，有说不完的话，有诉不完的情。你看，连窗外的大杨树也被玻璃窗中透出的欢笑声感染，忙趁着秋风摇晃那肥肥的树叶儿，哗哗地为我们这群小姑娘助兴呢！

“睡了吗?”随着咚咚咚的敲门声，领着我们报到的那个大姐姐推门走了进来，后边跟着两个女同学，抬着一个半米多高的大木桶，咚的一声放在了宿舍的地上。这大木桶是做什么用的呢?

“这是学校给每个宿舍发的尿桶，从明天早晨起，你们两个人一组轮流值日，抬到围墙边上的厕所倒掉，晚上再抬回来啊！记住了!”

“记住了!”我们七嘴八舌地回答。

“好了，早点睡吧！明天电铃一响就起床啊!”大姐姐嘱咐几句就领着那两个小女孩儿走了。

“唉哟喂！这么大的尿桶，得盛多少尿哇?”我左边的梁金丹趴在被窝里惊讶地说。

“架不住人多呀！咱们二十多个人，一人一泡尿，那该有多少？没准还盛不下呢!”我右边的张杏芬说。

还真让张杏芬说着了，真的有几次那尿桶盛得满满的，两个人一抬，费劲地一抬，那黄黄的尿液顺着桶沿往下流呢！而且，就是有了这大尿桶，也挡不住有人“床上发大水”——尿床！我们毕竟都是第一次离开家的十二三岁的小丫头。虽然那时生活艰苦，但也挡不住在当时的条件下娇生惯养的独生女儿、“老疙瘩”（家里最小的孩子）们，在家睡觉时，夜里不知道要被父母或老奶奶叫醒几次呢！瞧瞧，这淼英，这文花，不又在偷偷地晒褥子吗?

饥饿的1960年

刚上初中就赶上了三年困难时期。

那天，宿舍的同学们议论起如今食物短缺大家都吃不饱的事儿。金丹忧心忡忡地说："今年的庄稼又不好，看来又要挨饿了。"

"怎么会不好呢？我从电影上看，那麦子有半人高呢！"我纳闷地问。

"那是电影！今年的麦子只有一筷子高呢！"杏桃插嘴说。

"是吗？我不信！怎么可能呢？"我疑惑着说。

"不信？你不信，星期日跟我回一趟家，让你见识见识一筷子高的麦子。"杏桃说。

天渐渐地热了起来，麦子眼看就要收割了，怎么会只有一筷子高？！我怀着忐忑的心情往市外郊区走着。我想让那麦子像电影上演的一样，麦浪滚滚，农民伯伯站在齐腰深的麦田里，笑逐颜开地用手测量着那长长的麦穗……只有丰收了，人们才能吃饱哇！可我又不能不相信杏桃和金丹说的话，如果那麦子真的像筷子那么高可怎么办呢？

走出市区不远，就是庄稼地了，远远望去，还是金黄一片，可是走近一瞧，那大片大片的麦田竟像秃子头上的毛，稀稀拉拉不算，果然只有筷子高，有的还不及筷子高呢！那矮矮的细细的杆上，可怜巴巴地顶着、长着几个、十几个麦粒的小穗儿，有气无力地站在那干裂的快透气的土地上，任凭歹毒的烈日蒸烤，任凭无情的热风吹干……

我的心咯噔一下，不知掉到了什么地方。怎么会这样呢？难怪人人都吃不饱呢，地里打不了粮食啊！

昨天，在学校八人一桌的饭堂里，刚刚用转勺的方法分完了几块大小不一的红薯，值日生却拿着空笸箩气囔囔地回来了。怎么回事？那一人一个的、像小孩儿拳头大的、黑红薯面的饼子为什么没领回来？原来炊事员说："你们班已经领过了，看，黑板上写着领饼子的人名——杨国山。"同学们一听，急忙把眼光射向了正在津津有味地大吃红薯的杨国山！

"杨国山！你领的饼子呢?!"男同学怒目而视地问。

"什么饼子？我没领呀！"杨国山一脸无辜地说。

"你没领那黑板上怎么有你的名字?"

"你赔大家的饼子！"

"你吃饱了，让全班人挨饿，太可恨了！"

"打他！打这个自私自利的小人！"

大家七嘴八舌地吵嚷着，特别是那些饥肠辘辘的男生，把因为营养不良、长得瘦小且满面皱纹、像个小老头一样的杨国山逼到墙角，就差拳打脚踢了！

"我真的没领啊！我不是和你们一块儿下的课，一块儿进的饭堂吗？谁见我去领饼子了？全班的饼子，我放哪啊？我吃的了吗？……呜呜！"杨国山委屈地哭了起来。

是呀，杨国山说得有理呀！可哪个混蛋敢冒别人的名领了全班的饼子？该不是个别炊事员捣的鬼吧？那个年头，为了吃的，什么事儿做不出来呢?!

咳！没人过问，没人调查，反正我们全班都饿了一顿。本来就吃不饱，你想，上初中的都是十三四、十五六的孩子，正是长身体的时候，也正是"半大小子，吃死老子"的时候，每顿饭一小块红薯，或者一个小孩儿拳头大的黑饼子，再加上一点咸菜和一碗能照见人影的稀粥，怎么能吃得饱呢？再没了一人一个的饼子，大家的气怎能不打一处来呢?!

因为吃不饱，学校停了下午课，吃完午饭要求学生们都到宿舍睡午觉。下午呢？也睡觉。实在睡不着，可以躺着或坐着在床上说话、看书，但不能做剧烈活动……就这样等着吃晚饭。那吃完晚饭干什么呢？还是睡觉！

因为吃不饱，学校停了一切课外活动，什么参观、郊游、兴趣小组……连想都别想。

为了让同学们能多吃到一点东西，学校确实想了很多办法：把大操场开成田，种麦，种玉米，种各种瓜菜；组织老师和同学们到野外挖野菜，到河里捞牿草；充分发挥生物老师的才能，带领学生生产“人造肉”“人造蘑菇”“连苞霉”……

什么是“人造肉”？就是扫来树叶，让它们在一定的条件下发酵，长出的那层白乎乎的东西。

“人造蘑菇”是怎么回事？就是捡来大堆的马粪，堆在屋中央，用黄泥糊起来，给它一定的温度和湿度，让它长出的蘑菇。当时我就怀疑，这不是老人们常说的“狗尿苔”吧？这能吃吗？可我们真的吃了。

那“连苞霉”又是什么样的呢？“连苞霉”，就是在大实验盘里撒上一层高粱面，也给它一定的温度和湿度，让它长出一层橘黄色的霉菌！

学校东边的两排平房成了“人造肉”“人造蘑菇”“连苞霉”的生产基地。我有幸成了生物老师的几个助手之一。每当我端着据说营养价值极高的这几种产品送到炊事员手里时，就想：“这连盆底都盖不住的白乎乎、黄乎乎的东西，放到那供千把人吃饭的大锅里，每人能沾点味就不错了，能营养到哪儿去？”

下课铃响了，学生们疯了一样跑向饭堂，挤在门口等着炊事员开门。男生们还在你推我挤地往前钻，谁都想挤到头里第一个冲进饭堂。女生们自知没劲挤，则站在男生群外边，也生怕太落后了。不是一人一个饼子吗？不是用转勺的方法分红薯吗？勺把转到谁跟前，谁先挑基本平均的八小块红薯，轮到你拿大块的算你幸运，轮到你拿小块的是你的命运，那还挤什么？挤着先进饭堂抢那粥桶里的大勺子啊！

那六七个排成一排、放在饭堂中间的粥桶有半人高，每个粥桶里有四五把长长的大铁勺，谁能先抢到一个勺子，就能捞桶底那沉淀下去的米粒啊！本来就稀汤寡水的粥里能有几个米粒呢？可在那饥饿的1960年，能多吃上一粒米也是好的啊！

“哎呀！我的帽子！”一个男生突然大叫起来。可是，因为饿，因为挤，因为抢，因为乱……谁还管他掉进粥桶里的帽子?！勺子照样在粥桶里捞着，人们照样在桶前挤着，那黑不溜秋的帽子在那粥桶里上下翻滚着、翻滚着……

咽不下去的河蚌肉

春天来了，草儿慢慢地冒出了地面，迎着风儿迅速地展开嫩叶。哦！好美呀！湛蓝的天，白白的云，清风吹着刚刚睁开眼的柳枝儿，小鸟在树上欢叫……

“快来呀！这儿有野菜……”杏桃伸长脖子向后面兴奋地呼叫着。由于兴奋，使她那黑瘦的脸庞显得更黑了；由于扭头呼叫，使她那细长的脖子显得更细了。头上那两条比鞋带粗不了多少的小辫子像拨浪鼓一样前后甩着。

我们跟在后边的小姑娘拿着脸盆、铅笔刀跑过来，顾不上欣赏那明媚的春色，立刻在杏桃身边蹲下来，在她的指点下，用铅笔刀把那刚刚冒出头来的荠菜、野蒿子……挖下来，扔到脸盆里。那些刚刚冒头的野菜好可怜哟！有的刚长出两三片叶，有的还没有铜钱大，就被我们这群饿疯了的小丫头无情地挖下来，断送了它们本该欣欣向荣的生命！恐怕有的野菜昨天晚上才冒头，还没来得及看看这世界是什么样的呢！我们端着战利品——多半盆各种野菜，兴高采烈地来到水房，先用凉水把野菜洗净，然后放到热水管下反复冲烫，觉得差不多了，端回宿舍。金丹拿来前几天她向炊事员叔叔要的盐，放在那烫得半生不熟的野菜里一拌。

“好香啊!”拌菜的金丹先夹了一口放在嘴里。

“我尝尝!”

“我吃点！我吃点！……”

六七个小丫头围着那多半盆野菜你一口、我一口香甜地吃着。有筷子的用筷子，没筷子的用两根铅笔，身边连铅笔也没有的，就只好用两根手指头夹着吃了。好在没人嫌脏，只顾狼吞虎咽地吃了，谁还管别的呀！

夏天到了，由于干旱，地里的庄稼长得像兔子毛一样稀稀拉拉，那野草却长得比较茂盛，可能野草的生命力比较强吧！于是，学校动员全校师生去挖野菜。

那天，班主任马老师让郊区的男生从生产队借来一辆大马车，几个高大的男生，驾辕的驾辕，拉套的拉套，后边全班同学拿着盆子、篮子、筐子、小刀紧跟着，轰轰烈烈、浩浩荡荡地向市外的田野走去。

虽然天旱，那原野上长得不景气的植被还是用那黄绿色盖住了裸露的土地，小鸟们也还在草窠子里蹦来蹦去的觅食，在被人们几乎捋光了的柳树、杨树叶儿里唱着发愁的歌。

我们四散开来，仨一群、俩一伙地蹲在地上，用铅笔刀挖着我们认识的野菜。

"呀！这儿有马齿苋！"

"快来呀！这儿有扫帚苗！"

"嘿！我这儿银杏菜真不少哎……"

我们兴奋地忙碌着，脸上被太阳晒得又黑又红，淌着汗水，这汗水又被挖野菜的小泥手抹来抹去，个个都成了三花脸儿。

"嘿嘿！玉箫，看你那三花脸儿，快成孙悟空了！"淑英笑着打趣玉箫。

"你才是孙猴子呢！"玉箫回击道。

"我没你瘦哇！我倒想变成孙悟空呢！一个跟斗翻到王母娘娘的蟠桃宴上，吃它个饱……"淑英无限遐想地说。

"我看你变成猪八戒得了，当个净坛使者不比光吃桃子过瘾?"

"哈哈哈！……"玉箫的话让大家都跟着笑起来。

"我让你变成猪八戒！……"淑英一跃而起，笑着去打玉箫，玉箫跳起来连忙躲到杏桃身后。

"收工了！"马老师一声令下，大家停止了吵闹，忙着把手中盆里、篮里、筐里的野菜往大车里扣。嘿！真是人多力量大呀，不到半天的工夫，那大车已经快满了。

“回校了!”马老师招呼着。男生们拉着车在前头走着，后边的同学们无精打采地跟着。只听周围的同学们肚子里好像都长了小蛤蟆，咕咕叫个不停，那肚子里没食儿，哪来的劲儿走路呢?!

“老师，我知道一条近路，咱们可以抄近路回校。”小机灵李运河说。

“好！你在前边带路吧，只要能早点回校……”同样饥肠辘辘的马老师说。

大车拐了弯，前边出现了一片小树林，是那不能吃叶子的槐树林，怪不得长得那么郁郁葱葱呢！穿过这凉爽的树林，哇！一个大水坑哎！只见那有足球场大的水坑静静地躺在旧河道的一个拐弯处，水面上，蓝天、白云、绿树的倒影清晰可见，不时地飞过一只蜻蜓，顽皮地在水面上轻点一下，引出一圈圈涟漪慢慢向四周散开、散开……

但是，没人欣赏那静谧的美景，你听:

“哎呀！这坑里恐怕有鱼吧?”

“早知道带个渔网来多好!”

“哎！马老师，水里有苲草哎!”

先冲到坑边的男生们大惊小怪地嚷着:“可多呢！咱们捞吧!”

马老师看了看手表，犹豫了一下，说:“捞吧，要注意安全啊……”他的话没说完，几个胆大的男生已经脱鞋挽腿地下水了。他们先是在水边捞，一会儿筐就满了，孩子们兴奋地忘了饥饿，使劲地捞着、捞着……多捞一点就能多吃一口哇！虽然前几天的一人一勺的苲草实在不好吃，但也总比没东西吃强呀!

“哎呀!”一个离岸较远的男生突然大叫起来，吓得人们都停了下来。

马老师赶紧问:“怎么啦?”

“我的脚不知道叫什么划了一下，可能是破碗碴子吧。”说着，那个男生弯下腰去，好像在摸他的脚。突然，他高兴地大喊起来:“哎！你们看，这是什么呀?!”

只见他那流着泥水的双手举着一大块圆乎乎、黑乎乎的东西。他咧着大嘴笑着，全然不顾那泥水顺着他的胳膊淌到了他的衣服上。

什么东西呢？原来是大如小帽盔的河蚌！太好了！这么大的河蚌该有多少肉哇！捞！赶快捞！

我们欢呼着、兴奋着、希望着……纷纷下到那不深的坑里捞起来。

“我捞到了一个！”

“我也踩着了一个，快来呀！”

“看我这个有多大！恐怕有二斤多呢！……”

这儿怎么有这么多河蚌呢？恐怕是这个大坑存在的年头太长，而且太偏僻、荒凉，平时人迹罕至，使这些河蚌在这安乐的家园中得以繁衍生息吧！没想到碰到了几乎颗粒无收的1960年，碰到了我们这群饥不择食的孩子们，河蚌，那大大的、圆圆的河蚌，在我们的欢呼声中迎来了它们的末日。

直到再也捞不上来了，马老师才下令收工，带着一群“泥猴儿”和三大筐的战利品——大小不一的黑乎乎、圆乎乎的河蚌回到学校。

第二天中午，每个学生碗里扣上了小半勺河蚌肉炒黄瓜！嘿！那香味，别提了，没进饭堂就远远地闻见了，馋得我们加快了跑向饭堂的脚步，馋得我们肚子里的小蛤蟆更加起劲地咕咕乱叫，馋得我们口水都快流出来了！……可是，可是，这河蚌肉怎么就那么硬呢？怎么嚼也嚼不烂，一口肉在嘴里倒来倒去，嚼了有五分钟，还是嚼不烂！吐了吧？实在可惜，好不容易捞上来的河蚌啊！因为我们班不怕脏，不怕累，捞回来河蚌，为全校师生改善一次伙食，马老师和全班还受到了校长的表扬呢！可这河蚌肉实在是太难吃了，闻着挺香，但嚼不动、咽不下，这让我们难得吃上一次肉的孩子们真如抱了一个浑身长刺的刺猬，扔了可惜，抱着又扎手。其实，还不如刺猬呢，刺猬还有杀死它吃肉的希望，可那河蚌肉就含在嘴里，却没一点儿嚼烂的希望啊！这不生生急死人、馋死人吗?!

怎么回事呢？原来学校的炊事员都是从郊区请来的农民，蒸个窝头、熬个白菜不在话下，可谁做过河蚌肉呢？别说做河蚌肉，连那河蚌都打不开，有的用刀翘，有的用斧子砸，好不容易弄出了河蚌肉，下到油锅里炒来炒去，夹一块尝尝，有点硬；再炒一会，再尝尝，怎么还硬啊；再炒炒，再尝尝，更硬了！等炊事员觉得大事不好，手忙脚乱地盛出锅时，那白白嫩嫩的河蚌肉已经都缩成了一个个硬硬的小球蛋儿！

就这硬硬的、嚼不烂、咽不下去的河蚌肉，谁也舍不得吐掉，嚼来嚼去，都囫囵吞枣地咽到了肚里。可是，那河蚌肉的香味至今还在我的面前诱人地飘来飘去呢！

漂亮的肥皂盒

现如今，肥皂盒大都是用塑料做的，红的、绿的，各种造型的，让人目不暇接，也让人不以为金贵。在五十多年前，我见过一个让我终生难忘的、漂亮的肥皂盒，而且是一个摔碎了的肥皂盒！怎么回事呢？还得从那饥肠辘辘的1960年说起。

天渐地黑了下来，吃完晚饭就躺在大通铺上的女孩儿们谁也没有睡意。是啊，从中午睡到下午，从下午又睡到晚上，人哪有那么多觉呢？可不睡觉又能干什么呢？学校不让出门活动，怕孩子们饿得太快，又不许在宿舍里打闹，同样是为了让孩子们保存那不多的热量！那就说话吧！讲故事，聊闲篇，说说村里、市里、街道邻居的奇闻逸事吧。

“哎！你们听过穷秀才吃芝麻烧饼的故事吗？”平时就爱说笑的王琴爬出被窝，坐在床上说。

“听过！不就是掉到桌子上几粒芝麻，他又捡起来吃了吗？”杏桃不以为然地说。

“我没听过，你讲讲呗！”风英说。

“反正待着也没事，你就再说说呗！”杏桃又说。

“说说吧，我们可爱听了……”大家七嘴八舌地说。

“说说？那你们就好好听着……”王琴不紧不慢地摆开架势，那细长的两只胳膊上下左右地比画着，细长的脖子顶着一个梳着黄毛短发的小脑袋，高高的颧骨上，两只大眼骨碌骨碌地转着，两片薄嘴唇一张一合、有声有色地讲起来：“话说从前有个死要面子的穷秀才，那天，他好不容易下决心，掏出怀里揣了好几天的几文小钱，坐在小茶馆里，要了一杯茶、一个烧饼，边看街景边悠闲地吃着。可吃完那烧饼一看，桌子上掉了几粒芝麻，想捡起来吃，又怕同桌喝茶的人笑话，不捡吧，又实在舍不得。怎么办呢？突然灵机一动，问同桌的那个庄稼汉主人的主怎么写。”

“他问这干啥？”性急的凤英问。

“你听着哇！别打岔！”杏桃推了凤英一把。

“快说呀，问这干吗？”有人催着王琴。

“老辈子有几个人识字呢？何况一个庄稼汉？只见那庄稼汉瞪着大眼摇了摇头。‘我告诉你吧，这么写……’，秀才用食指蘸着口水一笔一画地在桌子上写了一个‘王’字。写一笔，粘一粒芝麻，送到嘴里，写一笔，粘一粒芝麻……”

“哎，刚才不是问‘主’字怎么写吗，怎么变成‘王’字了？”性急的凤英又插嘴问。

“你记错了吧？你肯定记错了！”金丹也多嘴多舌地说。

“你们还听不听？不听，我就不说了！我还没说完，怎么就知道错了？！”王琴假装生气地说。

“听听听！快讲！快讲！……”

在大家的央求下，王琴才又不紧不慢地摆开架势，突然，右手往床上猛地一拍，嘴里同时啪的一声，说：“只见秀才一拍桌子，大喊一声‘哎呀！这王字头上还有一点呢’，就又用手指头蘸着口水在那‘王’字头上狠狠地点了一点，捎带着把因为猛拍桌子从桌缝中蹦出来的那粒芝麻抹到了嘴里……”

“哈哈哈！……”穷秀才那死要面子的酸劲儿，被王琴表演得活灵活现，逗得大家都大笑起来。

“咳！人家穷秀才还能吃上一个芝麻烧饼，可咱们连个净面窝头都吃不上！整天‘增粮法’‘瓜菜代’……那东西都吃得人拉不下屎来。”笑音未断，杏芬就拧着眉头诉开苦了。

“面包会有的，牛奶会有的！老师不是说了吗，这困难是暂时的。”我笑着安慰她。

“对！叶新，你看书多，你给我们讲个故事呗！”金丹冲着我说。

“好啊！讲什么呢？嗯……我就讲个吃饭的故事给你们解解馋吧。”

我就把《红楼梦》里刘姥姥参加的一次宴会中用的什么桌、什么椅、什么盘、什么碗，吃的什么鱼、什么肉、什么山珍、什么海味……给她们一一道来。那时，我的脑子怎么就那么好，只看了一遍就全记住了。特别是讲到凤姐给刘姥姥介绍那道茄子菜时，怎么用鸡丁喂，放什么作料，做多长时间……那茄子又是多么软、多么香、多么绵……到口就化……

“哎哟喂！你快别说了，馋死了！馋死了！”杏桃大声叫着。

“哈！你们看杏桃，哈喇子都流到枕头上了！”躺在杏桃身边的金丹打趣说。

“你的哈喇子才流到枕头上了呢！”杏桃拍了金丹脑袋一下，又接着说，“怎么咱们说了半天总离不开吃呢？”

“咳！现在咱们不是就缺吃的吗?!”亚萍说。

“听我大弟说，他们体校的一个同学，一顿饭喝了八碗粥呢！”我不无羡慕地说。

“喝八碗粥？我的妈呀！他的肚子能有多大？”金丹大惊小怪地说。

“怎么能叫他自己喝八碗？那别的同学还有的吃吗？”凤英不解地问。

“人家是体校，国家保障供应，你知道什么！”杏桃撇着嘴说。

“哎，你们听说了没有？城里一个三级工顶不上一捆葱呢！俺们村翠花她老舅已经辞了邮电局的工作，回家种地去了。”亚萍神神秘秘地说。

“这有什么稀奇的！俺们村回来了好几个了。在农村好歹种点什么都能混口饭吃，最不济捋点树叶、打点草籽，也能填填肚皮，省得在城里干饿着。城里人每月就那么点儿定粮，吃完了就傻了眼，总不能啃电线杆、吃电灯泡吧？”

杏桃的话让大家笑起来，也让我们这以村里没电灯取笑过她的城里人不太自在。

“哎哎哎！那草籽饼可好吃呢！把那野地里的草籽捋回家，上碾子一推，做成饼子可香甜呢！比咱们饭堂的黑山药面饼子好吃一百倍！”金丹平躺在床上，两只大眼死死地盯着天花板咽着唾液说，仿佛那天花板上放着几块刚出锅的香喷喷的草籽饼。

“什么？你们不信？那好，等星期日我回家给你们带几个来，让你们尝尝！”金丹一骨碌从被窝里爬起来，瞪着那本来就大且因为营养不良显得更大的眼睛说。

果然，星期天下午返校回来时，金丹那包有两件换洗衣服的小包袱里，包着三四块草籽饼。她把那饼子掰成小块分给我们。我们把那金贵的草籽饼放在嘴里一嚼，虽然粗糙得有些扎嘴，但确确实实又香又甜，真好吃！

金丹望着我们贪婪的吃相，得意地说：“怎么样？好吃吧？我还能骗你们？看，我还给你们带来了好东西呢！”说着，她掀起了包袱里的衣服。

“啊！枣儿！”大家一声惊呼，一拥而上，就去抢那大大的、红红的枣儿。要知道，在1960年，能吃上一颗枣儿，该是多么不容易、多么奢侈又多么幸福的事儿啊！正当大家嘻嘻哈哈、乱抓一气的时候，不知道是谁，为了找藏在衣服里的枣儿，把那件上衣拎起来一抖，只听咣的一声，一个什么东西掉到地上摔碎了！

“哎呀！我的肥皂盒！”金丹一声惊叫，赶忙蹲下身子，面对她的却是几片白、几片红、几片绿的……碎片。因为那肥皂盒是底儿先着地，所以那缺了一角的盒盖儿还带着那美丽的缠枝儿牡丹花伴着碎片躺在地上。

那白瓷是那么洁白、细腻，那牡丹花是那么鲜艳、美丽，那绿叶、枝蔓又是那么青翠、舒展……这是我从没见过的、用瓷烧成的一个古老的肥皂盒！可惜，如今它已经四分五裂，可怜兮兮地躺在地上，向我们这群吓傻了的小丫头们展现着它的悲哀！

原来，这个白瓷的、四四方方的、有着缠枝红花绿叶的肥皂盒，是金丹老老奶奶留下来的东西，少说也有一百多年了，家里平时都不许小孩子们动它。金丹想让同学们开开眼，在央求妈妈给同学们准备草籽饼和大枣的同时，偷偷地把这个古老的、漂亮的、包含着几代人的念想的肥皂盒塞进了小包袱里，怕路上磕了碰了，还夹在衣服里，没想到……

“啊！啊！叫我回去怎么交代呀！呜呜呜！……”金丹伤心地哭着，同学们都变成了哑巴。咳！能说什么呢？只有我，默默地把手轻轻地抚在她那因为哭而不断抽动的脊背上……

回来了一群狼

可熬到星期六了！下午上两节课就可以回家了！回家就可以吃顿饱饭了！

要知道，我家是市委书记家呀！人们可能都这样想，市委书记家还能缺粮食？还能吃不饱？在饥饿的1960年，市委书记家也和广大群众一样吃不饱！要不老百姓怎么能在那么艰苦的年代照样听党的话，坚决跟党走呢？因为他们看到领导干部在和他们同甘共苦呢！不信吗？不信就跟我回一趟家吧！

星期六下午，我领着二弟志国、三弟志英走进家门，上体校的大弟志中也几乎一同赶回家来。一进家门，我们就向碗橱扑过去，什么剩菜粥、剩红薯、剩菜饼子……甚至咸菜疙瘩，只要是能吃的东西，统统一扫而光！

姥姥看着我们饥不择食地狼吞虎咽，一边摇着满头白发，一边心疼地说："哎呀！真是回来了一群狼啊！真是回来了一群狼啊！慢点吃，别噎着了，一会儿就该吃晚饭了……"

晚饭吃什么呢？高粱面大菜蒸饺、炒白菜帮。这是家里为了给我们解馋特意做的。虽然姥姥蒸的高粱面大菜饺的皮薄得像层纸，从外面就能看得见里边那各种野菜做的馅，可毕竟是净面的啊！白菜帮切成小块用盐水一煮，临出锅用点油在大铁勺里一炝，倒到白菜锅里。嘿！那叫一个香！

六个小脑袋围着炕桌稀里呼噜地吃着，因为饿，因为在学校根本就吃不上净面粮食。我们不怕烫地抢着吃那大菜饺，抢着吃那白菜帮，抢着喝那稀稀的玉米菜粥……好像几辈子都没吃饱过的人在香甜地吃着、嚼着……

姥姥坐在炕沿上，看着我们风卷残云般把一小盆菜帮子、一小笸箩菜饺一扫而光，又捋着她那满头白发心疼地说："哎！真是回来了一群狼啊！真是回来了一群狼啊！……"

第二天晚饭断顿了！因为明天才是11月1号，才能买下月的粮食。父亲被机关食堂收过去，成天在机关食堂吃饭。为什么？说是要保证领导干部的身体健康。在家吃饭，上有老，下有小，有多少东西能到了他们嘴里？王专员、李副专员，还有父亲他们，有的得了肝炎，有的得了胃病，还有的浑身浮肿，那是饿得呀！

母亲下乡了，家里只剩下姥姥、姥爷和临时来看我们的二舅，还有我们这群张着嘴等着吃的小孩子们，怎么办呢？二舅把家里的所有面袋子都翻过来，用扫面的小笤帚在案板上扫了又扫，把那落在案板上的陈面收起来，只有多半碗。姥姥说："行了，够喝一顿疙瘩汤了。"可二舅还不死心，继续翻那碗橱上的小抽屉，找什么呢？找粮票！有粮票就能买吃食啊！这么一大群孩子，一锅疙瘩汤能吃饱？结果，让二舅喜出望外，竟然翻出了八两粮票！那粮票压在抽屉的最下边，和众多的煤票、油票、布票、糖票、肥皂票……混在一起，可能是母亲藏起来以备不时之需的。

二舅对姥姥说："你老俩和两个小不点（小弟和小妹）在家喝疙瘩汤吧，我领这几个孩子出去买点吃的。"

二舅领着我们走出家门，到哪儿去买呢？那时的饭馆少得可怜，而且这八两粮票又能买多少吃的？几个孩子能吃饱吗？二舅边走边琢磨，突然，他兴奋地说："咱们到北关桥头的饭馆去吧，那里是城乡接合部，进城的农民、赶大车的老板儿都在那里落脚，那里东西便宜，给的又多……就是远点。"

"没事！没事！我们走得动。"

"我们不嫌远！"

"走吧，二舅，快走吧！"

我们七嘴八舌地嚷嚷着，催着二舅快走。长这么大，我还没下过馆子呢！小时候跟着大人逛街，看到人家在饭馆里吃那我从没吃过的饭食，真是垂涎欲滴，心想，等我长大了，挣了钱，一定要下一次馆子，美美地吃它一顿！今天，二舅就要领我们下馆子了，我们又新奇又高兴，恨不得一下子飞到北关去，更何况早已经饿得前心贴后背了呢！

等我们来到北关时，天已经擦黑了。一进那饭馆的门，一股热烘烘的夹杂着饭菜味、汗味、旱烟味……的热气迎面扑来，那几盏带着圆圆的铁灯罩的电灯在腾腾的蒸汽中散发着昏黄的光亮，晃得刚进来的人睁不开眼睛。那些进城出城的人们和赶大车的老板儿们，有的坐在桌前稀里哗啦地喝着热粥，有的挤在卖饭的窗口买吃食。二舅让我们占了座位，他挤着去买饭。一会儿，竟用笸箩端回了十几个黑不溜秋的圆圆的大菜团子！

“咳！粮票不多，我没买粥，咱们就喝点热水吧。”二舅不无歉意地说。

这个饭馆真是为人民服务的典范，八两粮票就给了十六个大菜团子！虽然那菜团子的皮儿也像纸儿一样薄，但毕竟是一两两个菜团子啊！而且，他们免费供应热水，你不买粥，可以喝上一碗热气腾腾的水呀！我看见邻桌有一位老大爷，什么也没买，只是从怀中掏出一个菜饼子，就着那碗热水一口一口地吃呢！

这顿饭，我和弟弟们吃得那叫一个香甜，不仅吃饱了，还剩下两个让二舅拿回去给小弟小妹尝尝呢！而我们几个大孩子则唱着歌儿回到了学校。

又一个星期天的下午，父亲去开会，母亲也要去开会。母亲临走前跟姥姥说：“妈，晚饭多给孩子们煮点菜，再乱上两把面。”姥姥把白菜帮、萝卜缨、胡萝卜、白萝卜，甚至白菜疙瘩洗净，让我切碎，整整煮了一大锅，可是她舍不得乱上两把面。我们几个眼巴巴地等着，眼看那菜就要出锅了，可姥姥还是不乱面，反而盛出了一碗菜放在窗台上。

大弟志中忍不住了，说：“姥姥，我妈走时说了，让你给乱点面，你为什么不给乱呀！”

“是啊！我妈都说了让你乱面，你不乱，留着自己吃啊?!”二弟志国气哼哼地说。

我连忙瞪了二弟一眼，我知道，姥姥盛出的那碗菜是给开会的母亲留的。而且，姥姥心疼父母，心疼我们，那么大年纪了，按说早该特殊照顾了，可她老人家什么时候吃过偏食儿?!

只见姥姥犹豫了片刻，边抓了两把玉米面撒在锅里，边叨叨：“你们这群狼崽子啊，光想着自己吃，我给你们乱上这两把面，你妈就得少吃两把面……”

当我们一人端着一碗菜粥狼吞虎咽时，我偶尔回了一下头，看见姥姥正用她那长满大骨节的老手指头，认真地、仔细地刮着那粥锅上残留下的菜粥，往她那没几颗牙的老嘴里送……

快乐的劳动课

当我们吃完了夏天打来的野菜，吃完了堆在墙边的干茄子上的皮，吃完了因为没食儿喂而饿死的、浑身发绿的小猪崽儿后，严冬终于过去了，春天来了！

学校的师生们忙起来了，忙什么呢？忙着开荒种地呀！哪里有荒地呢？大操场啊！人们饿怕了，要学延安精神，自力更生，丰衣足食！一个中学的操场有多大呢？能种几棵庄稼、几棵菜？你们不知道，我们学校因为靠近郊区，那操场及操场西边的空地大得很呢，恐怕有近百亩吧?!

食堂从郊区请来的炊事员成了当然的种地指导。种谷、种麦、种瓜、种菜，他们哪一样不会呢？学生们则成了种地的主力军。所以，那学翻地打畦，学种麦种玉米，学种瓜点豆，就成了我们最高兴、最放松、最有兴趣的事儿！

当春风吹得柳枝儿刚刚泛黄时，我们扛着铁锹，跟着带队的炊事员李师傅来到大操场上。呵！你看那操场，已被先来的学生们翻开了花，操场上的足球门不见了，篮球架没有了，双杠、单杠、高低杠也只剩下了靠操场边上的几个。整个大操场都是新翻开的褐色的泥土块儿，在春天温暖的阳光下，静静地躺在那里，好像是在等着我们去绣花的一块黄褐色的土布，而且散发着一股说不上来的清香！

李师傅，那个瘦长脸、小眼睛、大嘴巴，一说话就带脏字的李师傅，指挥我们先用铁锹把那大土坷垃打散，再把地整平，然后两人一组，从两边一人一锹土，打出直直的畦背儿，再用脚踩实。哦！远远望去，这一畦一畦的土地变得那么整齐，竟像用尺子量着画出来的呢！等到那庄稼苗儿出齐了，在微风下一闪一闪地轻摇微摆时，你不觉得它们就是我们在那土布上绣出来的绿色的花儿吗?!

等到那真正的花儿——淡紫色的茄花、嫩粉色的豆角花，还有那明黄色的黄瓜花开了时，那才好看呢！蝶儿飞着，蜂儿忙着，显出一片生机……

这李师傅虽然嘴不是很干净，可种起庄稼来是一把好手。在他的带领下，我们种的玉米粗壮油亮，杆高穗大；我们种的小麦喜获丰收；我们种的茄子、西红柿、大葱、豆角等蔬菜都长得很好，给全校师生解决了一部分吃菜问题。有时，一顿饭能给你一大勺根达菜，这在三年困难时期是多么难得呀！如果去年就开荒种地，那猪圈里的小猪崽儿也就不会饿死了呀！

最让我们高兴的莫过于浇园的活儿了。我们十几个小姑娘分成两人一组，拧那水车上的摇把儿。那铁摇把儿像辘轳把儿一样，带动着水车上有皮圈的铁链子，从碗口粗细的铁管子里把水带上来，顺着井口的铁槽流出去。那摇把儿摇得快，出水就多，摇得慢，出水就少。两个小女生一前一后相对而立，拉开弓步，四只手抓紧那摇把儿，用力地摇着，嘴里还“一、二、三、四……”地计着数，数到二百下，另一组的小女孩自然去接班，其他人就坐在井台周围的石头上、畦背儿上、草窠子里休息。

风儿多情地抚摸着这群小女孩儿柔软的头发，抚摸着那俊美的像含苞欲放的花骨朵一样的脸庞；艳阳无私地把温暖洒在我们那因为营养不良发育不算丰满的身上，想多给我们一点热量，希望我们能像这菜园中的苗儿，健康而又茁壮的成长。小鸟不时地在这群无忧无虑、喜笑颜开、说说笑笑、打打闹闹的小女孩儿头上掠过，是羡慕我们的欢乐吗？是想参加我们的劳动吗？还是……

那摇把儿一圈一圈地摇着，那清凌凌的井水哗哗地流着，从铁槽子里流出来的水，由于落差较大，形成了一个小瀑布。而那小瀑布下边，因为水的冲力，自然形成了一个小水潭，水潭积满了，那水又快乐地唱着歌儿向远处的菜畦奔去。

我和好朋友金丹一组，刚刚摇完二百下，杏桃和桂花接着去摇。我和金丹背靠背坐在一起，金丹嘴里叼着一片草叶儿，哼着小曲儿，看天上的流云，我则看着从水车里流出来的水出神。

“金丹，你看，这瀑布像不像李白写的‘飞流直下三千尺’的庐山瀑布?”我问身后的金丹。

“像什么呀像？人家庐山的瀑布三千尺呢！这算什么？如果咱们是小人国，看这瀑布还像那么回事。”金丹不以为然地说。

“就是么，咱们要是变成小人国的人，这小潭不就成了柳宗元写的那个幽静、凄美的小石潭了吗？你看，潭边这茂盛的草窠子就是那参天大树，潭里有清晰可见的石子儿……可惜，没有那来无影去无踪的小鱼儿……”我望着那清澈见底的小水潭无限遐想又无不惋惜地说。

“咱们要是能变成小人国的人，那就太好了！”金丹说。

“为什么？”

“咱们就不用为吃的发愁了呀！你想啊，那小人能吃多少粮食？一个菜饼子，一个小人可能要吃上一年呢！”

“哎呀！你这个馋丫头，怎么光惦记着吃啊？真是三句话不离本行……看你，越吃嘴越大，要不人家怎么叫你‘大嘴儿’呢！……”

我的话还没说完，金丹猛地跳起来，一下子把我闪了个仰八叉，逗得周围的同学们都笑起来。只见金丹那两只大眼睛笑得弯成了两个小月亮，那出奇大的嘴巴大张着，弯着腰说：“该！该！该！谁让你说我贪吃、说我大嘴呢！你这小书虫，成天钻进书里啃书，当然不觉得饿了！以后你就别吃饭，光啃书得了！”玉箫把我拉起来，我笑着去追金丹。

正当我们围着井台你追我赶地打转转时，传来了振奋人心的声音：“休息了！”

带队的马老师一声招呼，拔草的男生、改畦的男生都跑了过来，我们也纷纷凑过来，眼睛直直地盯着马老师。干什么呢？等着马老师发命令！可马老师一点也不着急，笑眯眯地看看我们，然后蹲下身子，在小潭里洗了洗手，再站起来，左右看了看，像是巡视军队队列的大将军，把手一挥：“一人一个茄子、一棵大葱！”

“嗷”的一声欢呼，全班人飞快地跑进了菜地，在茄子地里寻找最大最嫩的茄子，在葱垄里拔着最长最粗的大葱！

“看着点，别踩了菜苗！”马老师大声嘱咐着。

我们女生还在那小潭里洗洗那茄子、大葱，可那早已饿得前心贴后背的男生们，顾不得洗那茄子上的白霜、那大葱上的泥土，剥了葱皮就左咬一口茄子、右咬一口葱地大嚼起来！

现在想起来，那生茄子是多么难吃啊！那大葱是多么辣呀！可那时，我们吃得那么香，那茄子除了青涩，竟还有一点点淡淡的甜味，那大葱也是先辣后甜呢！

马老师也一手拿着一个茄子，一手拿着一根葱，和我们坐在一起吃着、说着、笑着……你说，这样的劳动课能不叫我们高兴和盼望吗?!

这年冬天的一个劳动日，我和金丹抬着一个筐，跟着一队出城的马车队拾粪，跟着跟着，竟跟到了城乡接合部的一个马车店里。那个店，前院住人，后院就是停车喂马的地方。那骡马们打着响鼻，香甜地吃着草料，咯吱、咯吱的嚼草声如此响亮，勾引得我们的馋虫都快从嗓子眼里窜出来了。咳！人要是能吃草该有多好，也不至于挨饿了！

“嗨！那俩小丫头！你们来干什么呀？怎么还抬着筐啊？”一个正打扫牲口棚的叔叔问我们。

“学校种地，让我们拾粪。”我说。

“拾粪拾到马车店里来了！你们可真会找地方！”那叔叔打趣地说。

“老师给我们分了任务呢！每天俩人要积一筐的肥。我们紧跟着马车就过来了。叔叔，我们真不是故意的。”金丹怕叔叔误解，急忙解释。

“哈哈！你们这小秀才也要种地？种地不上粪，等于瞎胡混。拾粪是应该，可如今这粪也不好拾啊！看你们这俩小丫头，这么冷的天，还到处跑着拾粪，脸都冻红了。这么着吧，把筐抬过来，我给你们两锹粪，帮你们完成今天的任务！”叔叔笑着说。

我和金丹喜出望外，连忙把筐抬了过去，叔叔用他那大方铁锹扎扎实实地铲了两大锹马粪扣在了我们的筐里，那小小的、圆圆的柳条筐立刻就冒了尖。

我和金丹谢过了好心的叔叔，高兴地抬着粪筐往学校走。虽然那筐粪压得我们肩膀生疼，可我们像捡回来一筐宝贝一样高兴，觉得天也不那么冷了，风也不那么刺骨了，脖子也敢伸开了……金黄的太阳照得我们暖洋洋的。我们知道，寒冬终将过去，春天即将来临，草儿还会绿，花儿还会开，我们还会品尝到那茄子、大葱的香甜……

桃花红了

要说初中三年，让我最有成就感的，就是我的作文了，虽然随着我一天天长大，我的各科成绩也越来越好，说不上名列前茅，也实在是让大部分同学刮目相看。我曾经因为数学考了八十九分而哭鼻子，因为没有上九十分呀！可是，我的作文确确实实是出类拔萃，几乎每篇作文都得到老师的表扬，几乎每篇作文都是范文，有时还在学校的橱窗里展览呢！

所以，每星期，我最盼望的就是那作文课！因为作文课就是让我美好的遐想、幻想，甚至是妄想的时刻，就是让我驾彩云、舒广袖、天马行空地轻歌曼舞的时刻……

瞧瞧，语文王老师，也是我们的班主任老师，又推门进来了，语文课代表把那一大摞作文本接过去，发到每个人的手中。

我怀着期盼而又胸有成竹的心情打开作文本，翻到老师打分的那一页，果然是九十八分！因为错别字减了两分。好可惜呀！都怪我小学基础没打好，总是让错别字拉了后腿！

我为什么喜欢作文呢？这还得从我喜欢看书说起。从上小学开始，我就和故事书结下了不解之缘。为了看一本同学从家里拿来的小人书，我可以替人家做值日，可以用家里给我带的午饭——一个馒头去换，宁肯自己饿一顿。记得有一天，我把姥姥装在我书包里的仅有的一个馒头换了两本小人书看，结果在放学的路上，饿得我两眼冒金星，两腿软软的，一点劲儿都没有，离家又远，在路边的台阶上歇了两三次才勉强走到家。你想，一个正长身体的小孩子，早晨六点多吃了饭，饿到下午四五点，怎能受得了？

站在小人书摊边上，弯着腰在人家背后蹭看人家的小人书，那更是常事儿。记得有一次吃饭时，父亲说："爱爱这么爱看书，咱们每月给她几分钱，叫她租书看吧！"我听了太高兴了，总盼着家里能给我几分钱。可是，盼啊！盼啊！直到我上了中学，也没人给过我一分钱。为了手里有几毛钱租书看，我星期日跟同学一起到石场砸过石头，跟同学一起到化工厂洗过瓶子……

因为回到家就要刷锅、洗碗、背弟妹，根本就没有时间看书，我就在回家的路上看。有一次看书看得入了迷，身旁经过了一个人拉的排子车。那拉车的人高声喊我"靠边"，可我充耳不闻，津津有味地捧着书走走停停地看着，跟着书中的主人公喜怒哀乐，跟着主人公周游世界……突然，左脚一阵剧痛，疼得我蹲在地上大哭起来，原来那排子车的轱辘从我的脚面上轧过去了。

拉车的大叔停下车连忙跑过来："轧坏了吧？我喊了你好几声，叫你靠边……你这孩子，以后走路要看着点呢！幸亏是空车，要拉着东西，非把你的脚轧烂了不可！"看我渐渐地不哭了，又让我前后走了两步，知道没什么大碍，大叔才拉着车离去。六十年前的街上还是比较清静的，最多过个马车、排子车，连自行车都没几辆。如果像现在各色汽车、摩托、电动车满街跑，有几个我也早被轧死了！

俗话说："吃一堑，长一智。"自从被排子车轧了脚，我就捧着书贴在墙边走，有台上台，有洼下洼，走走停停地看着，心随书中的内容转着，或喜或悲，或急或慢，或美或艳，或惊或险……那些引人入胜的情、景、人、事，让我如临其境，让我如醉如痴，让我爱不释手，让我欲罢不能！有时一本厚厚的小说，两三天的路上加上课间休息就能看完。那《青春之歌》《铁道游击队》《董存瑞》《红旗谱》《三家巷》《福尔摩斯探案集》《茶花女》《钢铁是怎样炼成的》等中外小说都是这样看完的。

虽然贴着墙边走，也短不了出点"意外"。一天，我正在看《儿女风尘记》中的惊险章节，一声怒斥把我惊醒："小丫头！到一边看书去！"我慌忙抬头，才知道我竟定定地站在一家店铺的门口看书，这不影响人家的生意吗？

还有一天，我看着、走着，只听当的一声，把脑袋碰得生疼。怎么回事？原来只顾看书，忘了躲避店铺竖挂的让街上两边的人们都能看见的招牌！

当我上了初中，我就自由了！因为住校，大部分业余时间都是我的了！借书、看书、讲故事，就成了我最大的爱好，要不同学们怎么叫我书虫呢?!

因为喜欢看书，所以就崇拜写书的人，那梁斌、杨沫、孙犁、欧阳山、巴金、老舍、巴尔扎克、高尔基等中外作家就是我心中神圣的偶像。我觉得他们是最伟大的人，是他们的慧眼看穿了大千世界中的真、善、美和假、恶、丑，是他们的善良、勇气、机智、才情和以天下为己任的强烈责任感激励他们用自己的笔宣扬、歌颂、揭露、鞭挞……引领人类朝着光明的道路前进！因为崇拜，所以在作文《我的理想》中，我竟不知天高地厚地说自己长大要当像他们那样的作家！所以，我就特别喜欢作文课！特别盼望作文课！

今天，王老师又要让我们写什么作文呢？只见王老师大笔一挥，在黑板上写了两个大字——春天！

写什么呢？我苦苦思索着，眼前出现了花红柳绿、燕子翻飞、麦田青青……突然，我的思绪定格在了一片桃林上。那是我们学校南北两片教室之间空地上的一大片桃林。如果说在满福盈小学上学时，给我留下最美印象的是那两棵高大的海棠树，那么在初中时代，留给我最美印象的就是这片粉红色的桃林了。

在那乍暖还寒的初春，在那“柳破金梢眼未开”的初春，在那“草色遥看近却无”的初春，操场坡下那棵孤独的老杏树早已繁花似锦了，光光的枝干托举着粉白色的小碎花，高傲而自豪地站在蓝天白云之下，一扫往日的孤独寂寞，在冰雪还未消尽、满目还是枯枝败叶的空地上，张扬地开着，独树一帜地展现着它的早、它的美、它的香……

可是，我和小伙伴杏桃、金丹总是往桃林里跑。做什么呢？去看那片桃林，看那桃树开没开花！

我们一天去三回，看着它的芽儿冒，看着它的苞儿红……我们盼着它的花儿俏。怎么还不开花呢？操场边上的那棵杏树的花儿已经落了，树下都是落英如雪满地白了，可那桃花还没动静！桃树枝上的绿叶已经开始冒芽了，可那桃花还没动静！……好急人哪！

去年，在阳春三月桃花正艳时，我们三个小姑娘在一个午休的时间结伴钻进了桃林。迎面扑来的是浓烈的甜香、粉红的花海、蝶儿的欢舞、蜂儿的繁忙……春风轻轻地吹着，爱抚着这片娇嫩的花儿，也爱抚着我们这三个豆蔻年华的小姑娘。

我们时而手拉手、时而肩并肩、时而你追我赶地在桃林中转着、看着、嗅着……看着哪一树繁花都美不胜收，看着哪一朵花儿都艳丽无比，走到林子的哪个角落都觉得香味四溢、沁人心脾！

“哎！快来看呀！瞧，这枝花儿繁得都看不见枝儿了！”金丹大惊小怪地叫着。我和杏桃连忙跑过去，果然，那枝儿上的花儿开得一疙瘩一疙瘩的，朵朵粉红的花儿脸挨脸、背靠背地挤着、开着，好像是刚刚睡醒睁开双眸的小女孩儿们，争先恐后地挤着、闹着，要在这满眼春色里展现自己的青春、自己的亮丽……完全开的五个由红到粉又到浅粉的花瓣儿，信心十足地、笑逐颜开地迎接着风儿的爱抚，迎接着蜂儿、蝶儿的挑逗，为孕育新的生命做着最美的准备；那半开半合的花儿，羞羞答答闪在全开花儿的身后，一边偷偷地观望着它的春风得意，一边不动声色地努力，努力让自己那五个花瓣尽早完全张开，好挣得一席占尽春光之地；最可爱的是那完全没有张开或只张开了一瓣、两瓣的花骨朵儿，它们好像是那因为贪睡而姗姗来迟的小妹妹，红着圆圆胖胖的小脸儿，睁着毛茸茸的睡眼儿，拼命地在全开半开的花朵儿中间挤着、钻着，想方设法让自己钻出去，像大姐姐们一样，沐浴那温暖的春光，逗引那多情的蜂儿、蝶儿……可是，繁花缀满的枝头上，哪里还有它们的立足之地？它们只好歪着小嘴在姐姐们的缝隙中干生气！咳！谁让你们起晚了呢?!

“我觉得桃花比梅花、杏花好看，因为它有翠绿的叶儿点缀，你们说呢?”

我手拉过一枝花儿，指着在繁花中冒出的尖尖的绿叶儿说：“你们看，这绿色多么鲜亮，鹅黄、嫩绿，再配上这粉红的花儿、青棕色的枝儿、古铜色的树干，多美呀！说它是桃花仙子也不为过。”

“就是呢！那梅花、杏花干巴巴的都是花儿，真不如有绿叶配的桃花好看呢！”杏桃笑着说。

“哎！杏桃，你为什么叫杏桃呢？是不是你爸妈想让你长得像桃花、杏花一样好看呢？”金丹问杏桃说。

“杏桃本来就长得好看，看那红红的脸儿、亮晶晶的眼儿，比那桃花、杏花都好看呢！”我笑着打趣着。

“什么呀！听我妈说，我刚生下来脸儿红红的、鼓鼓的，我爸说我像长熟了的杏儿、桃儿，所以就给我起了这么个俗气的名字。”

“嘿！你叫杏桃，又姓李，你们家有桃儿，有杏儿，还有李子，真不用买水果了，成天吃你就得了。嘻嘻！嘻嘻……”金丹咧着大嘴开起了玩笑。

“你们家才不用买水果了呢！我让你贫嘴！”杏桃一边说，一边笑着追打金丹，金丹边笑边往我身后躲，我笑着招架着杏桃高高扬起的手，金丹趁机跑到一棵树后，杏桃又去追金丹，我赶紧又去追杏桃……我们就这样在桃花海里，笑着、叫着、追着……那片粉红色的花海湮没了我们三个小姑娘，只有那清脆悦耳的笑声伴随着桃花那浓浓的甜香，飘向很远、很远……

又一阵风儿吹来，它也分不清哪是桃花儿，哪是小姑娘了，因为我们的脸儿已经和桃花一样红了！

这次的作文，又被展览到了橱窗里。

莫尼克小衫

在三年困难时期，不仅粮食短缺，其他物资也十分匮乏。比如糖、煤、油、肥皂、布等，都要凭票定量供应。记得当时在东北主持工作的陈锡联同志有个外号叫“陈三两”，因为当时东北地区每人每月只供应三两油。但是，在什么山上唱什么歌，人们在那么艰苦的日子里，也学会了苦中求乐、苦中求美呢！

粮食少吗？咱们“瓜菜代”，咱们“增量法”。多吃瓜菜，把现有的一点粮食用水泡了、煮了、蒸了……使它看上去比原来多了许多，心里就觉得吃饱了！

油少吗？用那有限的肉票抢着买肥肉，回家可以炼大油哇！所以，当时人们争着抢着买的不是现在人们要的瘦肉、精肉，而是越肥越好，有三指四指的肥肉那就太好了！可是因为天大旱，地里不长庄稼，还能长瓜菜吗？人都吃不饱，那猪能吃得饱？所以，肥肉是少之又少的。人们为了能买到肥点的肉，就得起大早到肉店排队。去晚了，不仅买不到肥肉，恐怕连那瘦肉都买不到了呢！

布票少？咱们新三年、旧三年，缝缝补补又三年，一件衣服可以穿九年呢！孩子多怕什么，大人穿了孩子穿，老大穿了老二穿……所以谁也不嫌谁穷，谁也不笑话谁穿补丁衣服。到了1966年，我的一件棉裤里子还打着二十多个补丁呢！帮我拆洗棉衣的张姨感叹地说：“我还没见过这么破的棉衣里子呢！你还是大干部家的孩子，还不如我们一般家庭……”

大概是1960年吧，国家可能是太困难了，每人只发了一尺八寸的布票。这一尺八寸布能干什么呢？

爱美，是人的天性。在什么条件下，就有什么爱美的方法。你看原始人类，就知道用骨头磨成珠子，穿起来挂在脖子上，把贝壳穿起来也挂在脖子上……美呀！我们那时的青春少女也和现在的女孩儿一样，非常爱美，爱穿个样式新颖的衣服。可这一尺八寸布做什么衣服好呢？当然，让人漂亮、美丽的裙子、旗袍，连想都不敢想了，就是做个小短袖褂、半截裤也不够哇！

可是，真如一夜春风来，满街满巷鲜花开！那上班的、上学的大姑娘小媳妇们，几乎同时都穿上了各色花布做的无领、无袖、紧身的小花衫！

在夏日的清晨，花衫们陆陆续续地从各家各户的大门里飘了出来，红的、绿的、粉的、黄的、天蓝的、花儿的、格子的……让你目不暇接。那赶着上班的花衫们，骑着车子在街上飘着，形成一道亮丽的风景。在这飞快的车流中的花衫们，匆忙中还不忘前后打量，打量着身边的花衫有什么别致的地方，如领口开得多大，镶了什么花边，袖口有没有别样的泡泡纱……也许明天早晨再出来，她那小小的窄窄的花衫就又变了模样呢！

夏日的傍晚，上班的、上学的花衫们都回来了，太阳迟迟不愿回家休息，它是想多看几眼那些轻盈地飘动在街头巷尾的花衫们哪！赤橙黄绿青蓝紫，谁持彩练当街舞？各色花衫裹着一个个苗条、清瘦、活泼、散发着青春气息的身子，展现着她们的美丽和朝气，给这饥饿的年代增添了无限生机！

是谁发明了这种小衫，让大姑娘小媳妇们趋之若鹜，纷纷效仿，终成气候，终成风景呢？

是西哈努克的夫人——莫尼克公主！难道是莫尼克公主来中国传授的做衣方法？是，也不是！

那是人们从电影屏幕上的纪录片中看到莫尼克公主陪西哈努克亲王来中国访问，见她在炎热的夏天穿着一件无领、无袖、小巧的、窄窄的、带花边的花衫……有人，当然是那爱美又手巧的人，灵机一动：那一尺八寸布不正好派上用场吗？少几寸不够用，多几寸不好看，就是它了！好在那时因为饥饿，几乎没有身材丰满者，更不用说胖子了！于是，那花衫就风靡了整个保定，传遍了大街小巷！所以，人们就把这花衫称为莫尼克小衫。

我多想让母亲也给我做一件莫尼克小衫啊！我们班好几个女生都穿上了呢！如果母亲给我做，我就要那纯天蓝的布，再配上那白色的花边、袖纱……这样的莫尼克小衫肯定洋气、别致、淡雅、美丽！我要能穿上它该有多好啊！可是我不敢对母亲说，我知道说了也没用。因为母亲正为四个淘气鬼弟弟的衣服发愁呢！我那一尺八寸布，不知道又为哪个弟弟凑起来做了衣服。

咳！让我心仪的莫尼克小衫，你就永远留在我心里做个纪念吧！

玉梅和国山

说起我们班学习最好的同学，那就是玉梅和国山了。玉梅是农村来的同学，国山也是从农村考上来的，不同的是玉梅来自县里，国山来自郊区。他们学习的出色正应了那句老话："穷人的孩子早当家。"

玉梅是一个清瘦、苗条、美丽的小姑娘，鹅蛋脸上长着一对安静、温和、善良的大眼睛，周正的小鼻子下边是那因为营养不良略缺血色的薄嘴唇。如果不是那细长的脖子和那稀疏的黄头发，她绝对是个美人胚子！可那细长的脖子和稀疏的黄头发不正说明她家困难吗？

从认识玉梅那天起，就很少听见她说话，同学们在教室里、宿舍里吵着、闹着、说着、笑着，玉梅却安安静静地躲在自己的桌旁或铺上看书，最多睁着大眼和善地随着人们笑笑，就又低下头看书。要不人家学习好呢？人家自制能力强，分秒必争啊！

玉梅不傲气。她从不像有的孩子那样，自己学习好就看不起其他同学。她从没说过伤人自尊心的话，更别说做伤人自尊心的事儿了！在争执面前，她总是不言不语，默默地听着大家的意见。然而，她选择的行动永远是正确的，是让大家佩服的。比如，不少同学因为语文老师的傲气和严厉，纷纷要以不交作业的方法表示自己的气愤。在议论这件事时，同学们形成了两种态度，一种是多数人的意见：

"张老师对我们总是横眉冷对，好像我们上辈子就欠他二百吊钱一样。"

"就是！你看他今天是什么态度？说我们都是劈不开的榆木疙瘩，好像他教的学生是一群傻子！哼！"

“刘可背不过那首唐诗，就罚他站一节课呀?！太过分了！”

“不交作业了！就不交语文作业了！看他怎么着！”

“对！不交作业了！”

……

可是，连我在内的少数同学不同意这种做法，虽然老师态度不好，可他也是为我们好哇！况且，这作业不是为我们自己写的吗?

教室里吵翻了天，几乎人人都在争着发表自己的意见，只有玉梅安静地、若有所思地坐在桌旁，一会儿，她又低下头在作业本上写着什么。当然，今天语文课代表交给张老师的十几本作业中有玉梅那一本了！

第二天，又到了语文课时间，我们忐忑不安地坐着，直直地坐着，等着张老师大发脾气，等着张老师连批带损，等着张老师拍桌子扔粉笔……可是，谁也没想到，张老师竟一改常态。只见他严肃而庄重地登上讲台，严肃而庄重地给我们还了礼，然后用从来没有过的和蔼可亲又有几分愧疚的眼光扫视了一下全班同学，干咳了两声，说：“同学们，我先给你们道歉……我的态度不好，伤了同学们的心……特别该给刘可同学道歉，我，我不知道你们家那么困难，不知道你放学后还要拉小车挣钱养家……”

我们听着张老师那满含歉意的话语，竟像一股暖流温暖了我们的心。只见同学们那直直的身子柔软下来，那绷紧了的神经松弛下来，觉得张老师并不可恶了，反而有几分可爱可敬。他那平时经常引起同学们反感的大背头，好像也不那么油光水滑了，随着他一句一点头，竟有一绺头发滑落到脑门上，在眼眉上一颤一颤的，好像在遮掩他那不好意思的脸色。有几个老师能这样低下头来给学生道歉呢?！

“我要特别感谢那位用作业的形式提醒我的同学。”张老师真诚地说。虽然他没点明那位同学的名字，但我和不少同学都知道，肯定是玉梅！不知玉梅在作业本里写了什么，因为她对大家好奇的问话像往常一样笑而不答，最后问急了只是说：“没写什么，真的没写什么。”

这就是那个沉默、善良、机智而大胆的玉梅呀！

元旦到了，学校的新年晚会就要开始了。我们班准备的《拔萝卜》节目就要演出了！充当大红萝卜的亚萍已经化好装，钻进了一个用红裙子罩着的大筐里，只露着抹着红脸蛋的头，两只手还在筐沿上暗暗地抓住几片用来假装萝卜叶的芭蕉叶，生怕它们没扎好，演出中途掉下来出了洋相。可是，我们拔萝卜的几个小姑娘急得团团转。怎么回事？因为到市歌舞团借衣服的玉箫和王琴还没回来。眼看就要开演了，我们没演出服装怎么上台？

“来了！来了！”有人嚷着。

只见玉箫挎着一个包袱，王琴在后边紧跟着跑进礼堂后台。

“哎呀！到歌舞团借衣服的人太多了，我和王琴好说歹说才借来这几件上衣……没有裤子，就穿自己的吧！咳！元旦哪个单位不演节目呢？”玉箫喘着粗气说。

“没晚吧？我们一溜小跑呢！”王琴问。

“没晚！没晚！快换装，马上就要开演了！”

玉箫解开包袱，几个小姑娘一哄而上，各自拣了自己喜欢的、新鲜的上衣穿在身上。当然，最后一个伸手的又是玉梅。只见她拿起最后一件半旧的杏黄色的上衣打开一看，不但颜色旧，而且又瘦又小……怎么穿呢？玉梅皱了皱眉，犹豫了片刻，一声没吭，赶紧穿在身上。

“这褂子太小了，要不咱俩换换？”我一边系着我抢到的那件粉红色的褂子，一边试探着问玉梅。

“这褂子谁穿都小，还是我穿吧！我比你还瘦点。”玉梅边说边系扣，那褂子瘦得都快系不上扣了！

“下一个节目，《拔萝卜》，由二一班演出！”报幕员一声令下，我们在欢快的乐曲中蹦跳着冲向舞台，边舞边唱，最后团结友爱、齐心合力拔下了那大大的“红萝卜”！

那天，我觉得玉梅是我们几个中最美的演员！

说起男生中学习最好的，就数那天食堂炊事员说他冒领了全班的饼子，差一点被让全班男生揍一顿的杨国山了。因为营养不良，国山的个子没长起来，十四岁的他竟长得像十一二岁的小弟弟。也是因为营养不良，那本该包裹着丰满肌肉的脸皮，因为无肉可包，松松垮垮地、一层挨一层地挂在脸上。如果不是那双经常流露出聪明而又顽皮神态的小眼睛，他活脱脱像个小老头。

没见他多么用功，没见他加班学习，可是他考试的成绩永远是一百分，从没考过九十九分！语文一百分、数学一百分、英语一百分，就连地理、历史、生物等副科，也都是一百分！

国山最珍惜的是他那大考、中考、小考，甚至包括每次测验的卷子；他最喜欢做的事儿，就是一遍一遍地翻看、整理他那厚厚的一摞用红笔大大地写着一百分的卷子们。每当这时，他那没长坚实的后背就会变得异常挺直，他那布满皱纹的脸上就会显出自豪、自信而又满足的光彩，好像他翻看的不是一张张卷子，而是农民亲手种出来的果实，是工人亲自生产出来的机器，是科学家亲自发现的一个个自然规律……

因为他学习好，免不了有那么一点点傲气。有同学向他请教实在解不出来的难题，他不说什么，可那双半眯着的小眼睛里泄露出几丝睿智、几丝坏笑又有几丝轻视——让人十分不自在的光，好像在说："你怎么连这题都不会做呀！"虽然他也会耐心地讲解那道难题，但同学们渐渐地不再向他请教。更有男生在他身后忌恨地叫他"小老头"，而且说："杨国山为什么长不高？他吃的那点饭都长了心眼儿了！"

现在想起来，国山真是个天才，如果不是1960年——饥饿的1960年，如果不是国家实在太困难，把农村的学生都"下放"回家，国山很可能会成为一个科学家、外交官、文学家……甚至生物学家！

学校召开大会了，校长做动员了，老师公布名单了，农村来的孩子们哭了，城里的孩子们也哭了。我们手拉手，背着农村同学的简单行李，依依不舍地送到校门口，从农村来的金丹走了，杏桃走了，桂花走了……当然，离校的同学中也有那门门一百分的小天才国山。他在离校前，把那一大摞被他视为珍宝的百分卷子全都烧掉了！而那品学兼优的玉梅则被学校报教育局特批，转到了离她家较近的中学，但每月要背粮食给学校。

两年后，我考上了保定一中。一个星期天的下午，我从家返回学校，走在南关大街上，迎面来了一辆由好几个人拉着的大车，车上装满了从各个垃圾箱收来的炉灰等垃圾，这是郊区的农民进城来积肥。他们驾辕的驾辕，拉套的拉套，还有几个人在后边扛着铁锹跟着，说说笑笑地从我身边经过。

突然，一声“柳叶新”，让我吃了一惊。是谁？谁在叫我？这时，只见那驾辕的壮汉叫一声“停！——”，那大车在我身后几步的地方停了下来。“看见同学了？赶紧放下套去说说话吧！”那壮汉说。这时，只见一根套绳丢到地上，一个高高壮壮的年轻人向我跑过来。

“你是……”我疑惑地问。

“我是杨国山啊！”

“国山?!”我疑惑地仰起头来看着他：那么高，那么壮！竟有一米八还多！这是国山？可是，在那红润光滑、不见了皱纹的年轻的脸上，依然是那双聪明、睿智而又有几分顽皮的小眼睛好像在说：“看你，怎么连老同学也认不出来了呢?”可那眼睛里流露出的更多的是见到老同学后那种兴奋、关心……的眼神!

“国山，你，你，你怎么突然长这么高了？原来我们都叫你小弟弟呢!”我惊喜地问。

“嘿嘿！还不是这两年收成好了，吃得饱了……”国山用大手不好意思地摸着脑袋笑着说。

我们站在街上简要地问候了几句就匆匆分开了，因为他们的大车已经走远了。我看着他那去追车的充满青春活力的背影，心中不知道是什么滋味，因为我好像又看见他那珍贵的一大摞百分卷子在那无情的火焰中燃烧着、燃烧着……

疏星朗月下的舞蹈

饥饿的1960年终于过去了，1959、1960、1961年，三年困难时期终于过去了！我们又可以全天上课了！我们又可以上体育课了！我们又可以参加各种课外活动了！

我们这群十四五岁的少男少女，像蛰伏了整个寒冬的蜂儿、蝶儿，在春光明媚的日子里，兴致勃勃地迎着春风上下翻飞，伴着白云轻歌曼舞，随意留下我们青春的气息，恣意展现我们成长的热情，到处留下我们轻盈的脚步！

哦！青春多美好！

正如少女的烦恼往往没有什么原因一样，少女的快乐也一样不需要任何原因。因为她纯洁而敏感，因为她善良而多愁，更因为她涉世太浅而把世界看得如此的美好！她可以为一片小叶的美丽而感动；她可以为一朵红霞的绚丽而凝神；她还可以为一颗星星的坠落而伤心……她以为柳枝儿是为她而柔软；她以为百花是为她而竞放……她就是那百花园中自由自在的蜂儿、蝶儿，趁着春风得意，览尽人间美色！

周六了，放学了，老师和同学们都回家了。可我和玉箫、王琴、凤英、亚萍等七八个小姑娘没有急着回家，而是坐在大通铺上谈天说地，越说越高兴。说的什么呢？如今全不记得了，只记得说到高兴处，竟在大通铺上手舞足蹈起来。大通铺再大，中间还有床栏杆隔着呀！于是，跳到地上闹腾。而那南北大通铺的中间窄窄的通道，又怎么能容得下七八个小姑娘的蹦跳、旋转？不知是谁提议："咱们到桃林边上的空地上去呀！"于是，我们嘴里唱着、脚下跳着、身子扭着，你拉着我，我随着你，来到了桃林边。

此时，太阳已经坠下了地平线，暮色像那薄薄的轻纱笼罩了整个校园。四周静悄悄的，只有那知了不时地发出“知了！知了！……”的叫声。那桃林显出一片黛青色，在吸收了一整天的阳光雨露后，心满意足地、安安静静地休养生息，为枝头那尚在襁褓中的小桃婴儿们输送着甜美的乳汁。

夏日的微风吹拂着我们的头发，草地上飘荡着一股股沁人肺腑的清香。我们扑向草地中间那块空地，或坐，或卧，或半躺着，像恣意撒欢的小猫、小狗，恨不得在那平平的土地上打滚。说笑声、打闹声、唱歌声……随着那软软的风儿飘得很远很远……

“你们看，看那月亮有多大！”玉箫一声欢叫，席地而坐的我们不约而同地抬起头来。

“在哪儿？在哪儿？月亮在哪儿？”性急的凤英头摇得像拨浪鼓，一边东张西望，一边嚷嚷。

“向东看！在东边！”王琴大声说。

“呀！好美呀！这月亮恐怕比磨盘还大呢！”

“咱们成天钻在家里、宿舍里、教室里，失去了多少赏月的机会呀！”

“古人为什么为月亮写了那么多的诗词呢？就是因为它太美了呀！”

“明月几时有，把酒问青天……”

“你们说嫦娥姐姐现在在月亮上干什么呢？”玉箫打断了我的抒情诗，笑着问大家。

“那还用说！正在月亮窗下喝着吴刚酿的桂花酒，低头欣赏人间美景呢呗！”凤英抢着说。

“什么欣赏人间美景啊，她在月亮上连个说话的人都没有，多寂寞啊！愁还愁不过来呢！”我想着嫦娥落落寡欢的样子说。

“她可以和吴刚说话呀？”亚萍不解地问。

“那吴刚光想着早一天砍倒桂花树，早一天回到人间，哪有时间陪嫦娥姐姐说话!”不知谁又插了一句。

“哎，我有个好主意，可以让牛郎织女带着孩子住到月亮上去呀！省得他们一年才相会一次，多可怜！这样嫦娥也就不闷得慌了，岂不一举两得?”我兴奋地说。

“那可太好了！嫦娥姐姐肯定会高兴得晴空舒广袖，欢迎他们呢!”玉箫望着大月亮无限遐想地说。

“我们要能飞上月亮就好了，我们可以天天和嫦娥姐姐一起跳舞……多美呀!”

我们七嘴八舌地赞美着、感叹着、议论着，一个个坐在空地上，双手在身后支地，头儿高高扬起，目不转睛地望着空中那渐高渐小的冰轮。那月儿似乎也懂得了我们这群小姑娘对它的深情厚谊，似乎停止了轻移的脚步，用它那柔情似水的光辉凉凉地、爽爽地、轻轻地抚摸着我们这群豆蔻年华的小姑娘们。一会儿，它又悄悄地用天上的流云遮住了半个脸儿，为什么呢？是我们的盛情赞美让它害羞了吧?!

这时，因为月朗而稀的星星们趁着月儿的害羞赶紧钻出黑黝黝的天空，多情地闪现一下它们的身影，它们也想给这群可爱的小姑娘们一点光明啊!

在这天高云淡的夜晚，这群妙龄少女怎能辜负了这良辰美景?!于是，我们唱之、舞之、扭之。一会儿，七仙女长舒广袖飘飘然下凡；一会儿，嫦娥怀抱玉兔悄悄奔月；一会儿，五朵金花在蝴蝶泉边脉脉含情地约会情郎；……还有那青年集体舞、俄罗斯集体舞，甚至芭蕾舞……我们兴致勃勃、随心所欲、淋漓尽致地演着、美着。无人编排、无人指挥，更无人导演，七八个小姑娘在那朗朗的月光下跳着、扭着、转着、飞着、飘着……随着嘴里的曲儿，天衣无缝地配合着，天人合一、物我两忘地唱着、笑着、舞着……

啊！那疏星朗月的夜晚，那婀娜多姿的身影，那美如天籁的歌声、笑声……五十多年过去了，却像昨天才发生的事情!

淼英

农村的同学“下放”了，剩下城里的同学们则被合班了。两班合成一班，相应地，宿舍也进行了调整。淼英，这个本来不是我们班的同学，这次不仅合进了我们班，也合进了我们宿舍。

虽然我们和淼英不熟悉，但大家都知道她，因为她很出名，一是她长得好，二是她尿床。

先说她长得好。老天爷真是太偏爱她了，给了她高挑苗条的身材，给了她白皙细嫩的皮肤，给了她两条油黑光亮的大辫子，特别是给了她那张人见人爱的瓜子脸，因为在那柳叶眉下边，有一对儿虽不是很大但很“媚”的眼睛，很会说话的眼睛。那眼睛只要认真看你一下，就让你不由得信她、亲她，甚至喜欢她……听说她在县剧团待过两年，因为嗓子倒了，才转到我们学校上学。难怪她有这样的本事，也难怪她看着比我们大得多，也成熟得多呢！

在她那挺直的小鼻子下边，就是古书上描写的樱桃小口一点点了，那一点点可不是一般的一点点，光洁、圆润、不涂自红，张着闭着都好看，都让那些情窦初开的少男们想入非非的。

淼英有这样的身材，又有这样的美貌，无论走到哪里，都是引人瞩目的角色，何况她还很会打扮。同样的衣服，让她穿出来却是出众得得体、好看，再加上每天梳得溜光的大辫子，和她那好像永远擦着香粉的脸，以及她那清风拂柳般的轻盈步态……真是万里挑一的美人！要不当年县剧团怎么能收她当演员呢?!

再说她的尿床。可能是天妒红颜吧，也可能是老天爷在搞平衡，偏偏给这么个美人安排了这样一个让人尴尬、让人痛心又让人恶心的毛病，那就是天天晚上尿床！晚上，她从不铺褥子，而是睡在一堆麦秸草里。每天晚上睡觉前，把昨晚尿湿的麦秸草往床边上拨拨，把边上的干草往里堆堆，胡乱一躺，盖上被子就呼呼大睡起来。你就听吧，半夜里她的身下就发起大水来，那尿液顺着麦秸草流到床上，又从木板床缝里流到地上……天天如此，夜夜如此，她那床、床上的麦秸草，包括床下的砖地面，就成了难闻的“臊气窝”。

所以，那本该睡三个小姑娘的床，只有她一个人孤零零地睡着。谁敢跟她一个铺位呀？弄不好，半夜就让“大水”冲跑了呢！再说，那尿臊味也让人受不了哇！别说和她邻床的人受不了，就是整个宿舍的人也受不了哇！一进我们宿舍，就有一股浓烈的尿臊味迎面扑来，不知道的人还以为进了厕所呢！咳！真倒霉，遇到个这样的同学！她家的人怎么不管她呢?!

说起她的家庭，也是个谜。刚合班时，她对宿舍的人们说她父亲在省委工作，并且眉飞色舞地说她父亲天天和省委书记、省长们打交道，熟得像一家人，好像她父亲俨然是个副省长或什么局长一样。后来，听她原来班里知道她底细的同学说，她父亲就是郊区的一个农民，前两年经亲戚介绍到省委大院当了锅炉工，当然是经常见到省里的领导了！

“你为什么叫淼英啊？那么多水，一般人还不认识这个字呢！”一天，王琴好奇地问。

“嗯！听我妈说，刚生下我时，成天发烧，我爸找人算了一卦，说我命里缺水，就给我起了这么个名字。”淼英笑着回答。

“哟！你爸是省里的大干部，还讲迷信哪！还找人算卦？”湘珍存心不良地问着，那双像锥子一样的眼不错眼珠地盯着淼英。

只见淼英的脸腾的一下红了，紧接着又白了。只见那媚眼冲着湘珍嫣然一笑，眼珠一转，说：“我爸是不信迷信呀，可架不住我奶奶非要请算卦的先生啊！为这点小事，我爸能让奶奶生气吗？你说呢？”淼英得意地反问湘珍，这回该轮到湘珍张口结舌了！

“哎、哎、哎！你爸给你起了这个名字，你就开始尿炕了吧？就一直尿到现在吧？我看这个名字起得不好，水太多了！想当初，叫个水英就行了，也不至于尿到现在，臭你不算，还熏我们大家……”王琴几句尖刻的话，不但给湘珍解了围，也给成天闻尿味的同学们出了气，弄得淼英半天没说话。

可是，这尿床能怨淼英吗？这是病呀！怪就怪她的父母为什么让她这样受罪？领她去看医生啊？让她在家住呀？学校也有责任，对这样特殊的学生就应该特殊照顾，给她弄个单间不就行了?！咳！在那个时代，这都是不可能的，我们也只好忍受着。

可是，有人不愿忍了，找老师反映无果后，有些同学就开始自己行动了。做什么呢？先是爱答不理，后是冷嘲热讽、指桑骂槐，什么难听说什么，就差指着鼻子谩骂了！目的只有一个——把淼英赶走！

“来了，来了，尿炕精回来了!”湘珍风风火火地跳进门来大声招呼着。后边，只见淼英哼着歌儿一脸阳光地踏上台阶，走进宿舍。

“哟！哪儿吹来这么臊的臭气儿呀!”王琴大惊小怪地嚷开了。

“你没看见小美人进来了吗？人美，事儿可不美呢……”湘珍接着话茬儿说。

“就是，别看她长得像个人儿，可臭不可闻呢!”刘娟帮着腔。

“她自己臭也就算了，可还害得大家和她一块闻她的臭味！也不害羞，那么大人了还和孩子一样尿炕!”

“尿就尿呗，你回家尿，谁也管不着你，干吗非到学校来尿哇，这不害人吗?!”

“什么倒了嗓，离开了县剧团，肯定是人家受不了她那尿臊味，把她开除了。”

“开除了就回家呗，干吗来我们学校呀!”

“人家老爹是省里的大干部，谁能管得了?”

“人家长得好看，老师喜欢，你又怎么样?”

“要是我，早就卷铺盖回家了，省得在这儿丢人现眼。”

大家你一言我一语地讽刺着、挖苦着，这些话像刀子一样在这个大宿舍里扔过来、扔过去。我想，这些刻毒的刀子都已经深深地扎进了淼英的心里。因为她的脸已经从一片阳光变得多云，变得阴郁，变得黑暗，简直就是“黑云压城城欲摧”“山雨欲来风满楼”了。我看见淼英那漂亮的眼里已经含满了泪水，马上就要流出来了。我心一软，连忙向王琴递了个眼色。

“干吗！干吗！你可怜她！你心疼她！感情你没挨着她睡！你挨着她睡试试……要不咱俩换换，也让你尝尝那臭气熏天的滋味！”王琴摇着小脑袋，瞪着大眼不依不饶地叫嚷着。

是啊，自从合班、合宿舍，王琴就挨着淼英睡，虽然不在一个小床上，但她是最近的一个。那黑夜白天的尿臊味，实在让她受不了了！难怪她气大，难怪她说话尖刻、难听呢！这时，只见淼英从她床上拿了点什么东西，低着头走出宿舍，后边又传来王琴恨恨的声音：“快走吧！走吧！走吧！永远也别回来才好呢！”

从此，淼英除了回来睡觉，白天很少回宿舍，可只要她一回来，得到的就是劈头盖脸的讽刺挖苦……王琴、湘珍她们恨不得把她的行李和她一起扔得远远的，再也见不到、闻不到……

那天中午，我一个人漫无目的地在校园里瞎转悠，不知不觉又转到了那片桃林边，又想起了我们七八个小姑娘的月下曼舞，想起了和金丹、杏桃在桃林里追逐说笑……唉！都走了，不知金丹、杏桃怎么样？是在地里干活，还是围着锅台做饭？……

突然，呜呜的哭声从桃林里传了出来。谁呢？谁大中午的在这儿哭呢？我寻声走进桃林，见一个女孩儿坐在一棵大桃树下捂着脸啼哭，是淼英！

“淼英，你怎么了？怎么一个人在这儿哭呢？”我连忙跑过去，抚着她的肩问。

淼英抬起头来，用那泪眼，因为饱含泪水变得更加妩媚的双眼看了我一下，又低下头去，抽泣着说：“叶新，我怎么这么命苦呢？啊！……”说着，她又放声哭起来。

我蹲下身子，说：“别哭！别哭！有话好好说，啊！”说着，我坐在淼英身边，把手臂搭在她的背上。淼英的抽泣颤抖像一股心酸的热流，由我的胳膊传到了我的心里，使本来就心软的我也禁不住一阵酸楚而热泪盈眶了。

“叶新，我知道你的心眼儿好……现在宿舍里，只有你能给我一个笑脸……尿床，能怪我吗？我两岁上妈妈病死，三岁上爸爸娶了后妈……那后妈进门就当妈，能有好气?！所以，只要我一尿床，她就下死里打我，半夜里经常打得我鬼哭狼嚎。我姑实在看不下去，把我抱到她家抚养，可是我落下了尿床的毛病……姑姑也找医生给我看过，可看不好。其实，我也不愿臭大家，也不愿整天在尿窝里睡觉哇，可我怎么办呢？呜呜……”淼英说着就又哭起来。

“知道！知道！这是病……”我边安慰她，边用手抚摸她的肩头，想减轻一点她的痛苦。

“可王琴她们不依不饶，成天讽刺挖苦我……我爸是省政府的锅炉工，我不说他的具体工作，是怕同学们看不起我呀！我本来就尿床……呜呜！你看，我爸来信，说到天津看病的姑姑已经去世了，唯一疼我爱我的人也没了，我怎么这么命苦哇！呜呜……”淼英颤抖的手捏着一封已经被泪水打湿的信，哭得喘不过气来。

我听着淼英悲痛欲绝的诉说，心里一阵阵的难过，为淼英的不幸，为我们对淼英的误解和过分，为自己的同情心还不够……为什么不早和淼英交流一下呢？为什么不想方设法帮帮她呢？为什么那么尖刻地对待她呢？……不知不觉，我和淼英抱在了一起，哭在了一起……

淼英请假回家了，因为要参加她最亲爱的姑姑的葬礼。

我回到宿舍，和大家说了淼英的事儿。宿舍里出奇的安静，特别是王琴和湘珍，好像自己犯了多大的错误，红着脸、低着头，王琴嘴里还不住地念叨：“怎么是这样呢？怎么是这样呢？……”我分明看见湘珍平时那像刀子一样的两只大眼里充满了泪水。

“咱们得想个办法帮帮淼英啊！”我提议说。

“是啊！是啊！看她多可怜哪！”湘珍急忙帮腔。

“咱们轮流值班不睡觉，每晚叫她两次?”王琴赶紧出主意。

“不行，咱们第二天还要上课呢！”有人否定。

“我看这样吧，咱们夜里起来解手，顺便就叫她一下不就行了？”有人又出主意。

“不行！不行！咱们宿舍二十来个人，每人都叫她，还让她睡不睡觉?!”又有人反对。

“那怎么办？”

“我看咱们轮班叫她，一晚上只有两人起夜解手时叫她，不就行了？既不耽误咱们睡觉，又不影响她睡觉，这不一举两得？”我兴奋地诉说着自己的想法。

“好！好！好！这个办法好！”大家一致同意。

因为找到了帮助淼英的办法，大家都很兴奋，特别是王琴和湘珍，恨不得让淼英立刻回来，好尽快实施帮助她的计划，以弥补她们对她的过错。

淼英终于回来了！她一踏进宿舍门，同学们呼啦一下子围了上去，着实吓了淼英一大跳。

“淼英，你可回来了！我们一直盼着你回来呢！”王琴拉着淼英的手说。

“淼英，我们商量好了帮助你的计划，从今夜起，我们轮流着叫你起来解手呢！”湘珍快人快语地告诉淼英。

“就是，从今夜开始，你就别再担心尿床了。”亚萍插嘴说。

“你看，我们已经把你那又臭又湿的麦秸草扔了，今天你可以睡褥子了。”

大家你一言我一语地说着，淼英睁着那美丽的眼睛听着，惊诧、不解、感动、激动……的表情在她那漂亮的脸庞上变换着。最后，她把眼光定格在我的脸上。我知道她想问什么，笑着对她点了点头。突然，淼英抱着我大哭起来，嘴里断断续续地说：“谢谢！谢谢！……同学们，我真心地感谢你们……可我，我，我就要离开……你们了。我，我转学了……”

原来，淼英那住在保定郊区的姑姑去世了，淼英的父亲决定把她带到当时的省会天津去上学，今天是来办手续、拿行李的。

我们的计划终于没能实行！但愿淼英到天津后，她父亲能给她找一位好医生，看好她的病。

自造的塑料凉鞋

那天星期天下午返校，王琴穿来了一双白色的塑料凉鞋，几乎全宿舍的人都围过来了。

“哎呀！这就是那塑料凉鞋呀?!”

“哟！我还是头回看见呢！”

“样儿多好看！又是那么洁白……”

“肯定很贵吧？多少钱一双?”

“你妈真舍得为你花钱……”

大家在王琴身边你一言我一语地惊诧着、羡慕着、赞叹着……王琴昂着她那因为头发稀少而显得更加瘦小的脑袋笑着，有一句没一句地回答着同学们的问题。

王琴是独生女儿，平时在家娇惯得没样。她说要天上的星星，父母不敢给她月亮。父母都是国家干部，家里经济条件好，什么新潮的衣服、鞋子，都是她先上身，要不同学们都说她领导学校服装的新潮流呢！这不，大家还没见过的塑料凉鞋已经被她穿在脚上了，怎能不叫她得意，怎能不叫同学们眼气呢?!

“叶新，看你脚上的鞋，前后都打了补丁，叫你妈也给你买双塑料凉鞋呗！”玉箫看着我那双钉了前后掌又包了大脚趾头和后脚跟的偏带黑布鞋悄悄地说。

“不敢！我可不敢和我妈要东西！我受不了她那像刀子一样的眼，我宁愿不穿……”我说着这话，仿佛又看见母亲拿着一双熬夜赶做出来的新鞋，正没好气地往小弟的脚上使劲地套，边使劲，边气气囔囔地说：“六个孩子，一人一双，我得做多长时间，加多少班！孩子就是讨债鬼，上辈子我欠了你们的……”说着，新鞋穿在了小弟的脚上，只见母亲啪的一声，拍了小弟的后脑勺一下：“装裹去吧！”被母亲吓得惊魂未定的小弟如同遇上了大赦，三蹿两蹦地逃出了家门。不知小弟穿上这新鞋心中是什么滋味，如果是我，我宁愿不穿这新鞋……

我不愿，也不敢和母亲要新鞋，也不敢和姥姥、姥爷要，他们没钱给我买。我从进城后，就没穿过买来的鞋，都是穿姥姥打夹纸、父亲帮着纳鞋底、母亲做成的布鞋。所以，就是我和姥姥说我想要双塑料凉鞋，家里也不会给我买。

可是，我实在是喜欢那白白的、光光的、印着好看的花纹的、前露脚趾头、后露脚后跟的凉鞋呀！这样的凉鞋，别说穿在脚上，就是看着心里也凉快呀！时间不长，亚萍也穿来了一双白色的塑料凉鞋。过了两天，凤英又穿来了一双粉色的塑料凉鞋。下了晚自习，我们都爬上了床，钻进了被窝，可凤英不急着上床，只见她坐在床沿上，故意把一只脚抬得高高的，又得意又气人地说：“瞧瞧！多漂亮！比王琴、亚萍的好看多了！她们那鞋是上市的第一批，都是纯白色，哪有这粉色的好看？听我妈说，还有黄色的、绿色的、棕色的呢！可我喜欢这粉色的，我妈也正好给我挑了个粉色的……嘻嘻！你们还不赶快叫家里人给你们买去，过了这个村可就没这个店儿了！”

唉！其实宿舍里大多数同学只有看的份儿，那时人们生活困难，能吃饱穿暖就不错了，哪有闲钱买这么贵的凉鞋穿?！那些新颖的、好看的、人见人爱的东西，只属于王琴、凤英她们这种家庭条件好的人罢了！我只好“望鞋兴叹”了！

可是，我多想穿一双洁白的塑料凉鞋呀！白得多么干净、亮丽、纯正。凤英喜欢的粉色，总显得有那么一点俗气。

正想着，老舅推门走进来，手里竟拿着一双崭新的白塑料凉鞋！

“老舅，你给谁买的塑料凉鞋呀？”我惊讶地问。

“还给谁买呢？给你呀！”老舅一边笑着说，一边把那凉鞋递到我手中。

我高兴地一把抓过那凉鞋，像生怕别人抢去一样抱在胸前，心在突突地跳着，张着大嘴笑着，我终于有了白塑料凉鞋了！

“傻笑什么呢？还不赶快试试大小，我要的三十五号的，如果不合适，我再去换……”老舅催着我。

还是在老家时经常背我、抱我的老舅心疼我呀，知道我最喜欢什么。我急忙把那鞋穿在脚上，正好！不大也不小，好像是给我定做的，穿着怎么就那么可脚、舒服、轻盈……虽然家里没有大穿衣镜，但我知道，这洁白的凉鞋穿在我的脚上，配上我那学生蓝的裤子、小碎花的褂子、两条大辫子、苗条的身子，还有那清秀、纯洁、柔美的脸庞……肯定特别好看！因为我从老舅、姥姥、姥爷欣赏、赞许、惊艳的眼神中已经读懂了。想到这儿，我的脸不由得腾的一下红了……

正在这时，只见母亲和姨姐推门走进来。母亲发着愁说：“你姨姐要回山里老家了，送给她点什么好呢?”说着，一低头，看见了我脚上的新凉鞋，眼睛一亮，说：“就把这双新凉鞋送给她吧！爱爱，快脱下来，给你姨姐。”母亲命令着。

这突如其来的变故，使刚刚还沉浸在欢欣、幸福之中的我不知所措。惊讶、委屈、失落、失望、无助、痛苦……的情绪像山洪暴发一样立刻倾泻而出：“你不给我买也就算了，老舅给我买了，刚穿上，你又要我脱下来给别人……”随着流出的满脸泪水，一向对母亲唯唯诺诺、唯命是从的我，一反常态地、气急败坏地大吼一声：“不！不给！这是老舅给我买的！”

“叶新！叶新！你醒醒！快醒醒！……你怎么啦？又哭又喊的。”挨着我睡的玉箫边推我边说。

哦，原来是梦啊！

可惜是梦，手中的白塑料凉鞋不翼而飞！

幸亏是梦，否则这样放肆地顶撞母亲，后果将不堪设想！

可是，我想穿凉鞋的心还是不死！怎么办呢？自己做！怎么做？我苦思冥想，突然灵机一动，找来我把帮儿穿烂了的白球鞋。这鞋还是我们运动会上统一要求穿，家里才给我买的。因为喜欢它，在运动会上做完了团体操后，我就成天穿着它，结果那鞋帮儿的四周几乎全穿烂了，让钉鞋的父亲摇着头，可惜地扔到了烂鞋筐里。我把那穿烂了的鞋帮全剪下来，把那尚没穿破但前后掌已经很薄的鞋底四周剪整齐，又找来当时流行的小姑娘扎辫子用的一指宽的塑料带子，比着脚剪下几条，用线缝在鞋上。脚面上两条塑料带子，脚脖子两边和脚后跟各缝上一条双起来的塑料带子，然后用一条长些的塑料带子从三条双起来的塑料带子中穿过去，在脚腕外侧打上一个漂亮的蝴蝶结……哎呀！真是好看啊！那瘦小、白皙、光润的脚面上两条淡绿色的塑料带子，脚腕处是一朵淡绿色的塑料花，而且那鞋紧紧地贴在脚上，走起路来异常轻快……上哪儿能买来这么好看、这么轻便的鞋呀！

“姥姥！看我做的鞋好看吗？”我高兴地穿着这凉鞋在姥姥面前转着，一会儿抬起脚来看看，一会儿扭过头向后看看，一会儿又学着跳舞的样子把脚伸得高高的让姥姥看看，那得意、那兴奋、那心满意足……

“唉！好是好，就怕不结实啊！”姥姥的一句话扫了我的兴。

“怎么会不结实呢？每条带子上我都缝了十几针呢！”我嘴上这样说着，可也觉得这鞋可能有点问题，那带子毕竟是薄薄的塑料啊！管它呢，先穿穿再说！

我穿着这双自造的塑料凉鞋，背着小妹走出家门。呀！院子里怎么一个人也没有哇？胖大娘没在，胖墩儿他妈没在，心仪阿姨没在，就连刘伯伯、郭叔叔……马大爷都不在！哪怕有一个人也好哇，肯定能看见我脚上穿的这漂亮的凉鞋呀！平时院子里总短不了人来人往，经常几个人凑到一起张家长李家短地说个没完，可今天怎么就连一个人都没有呢？唉，没有就没有吧，等回来再让他们看也不迟。我这样想着，背着小妹快步走出院门。

我轻快地走在大街上，觉得碰到我的每一个人都在好奇地、新奇地、欣赏地、不解地、嘲笑地……看着我的脚。我自豪地背着小妹走着，要到哪儿去？不知道，反正我就想穿上我自造的凉鞋在大街上走走，想让更多的人看看我脚上这独一无二的漂亮的新凉鞋！我觉得天是那么蓝，云是那么白，冲我笑的人是那么美，露出不解和有点嘲笑的人也是那么善……就连平时觉得格外沉重的胖小妹，今天也乖乖地趴在我的肩上，显得轻了许多。“你们不知道吧？这凉鞋是我自己做的呢！”我真想告诉路人，可没人问我，我怎么张口呢？我就这样美着、想着、走着……

突然，嗤的一声，右脚跟的带子断了。怎么这么快就断了呢？我才走了几步路哇？真是的！我急忙蹲下身子，放下背上的小妹，一边扶她站着，一边查看断了的鞋带，那塑料带子从针脚处齐齐地断开了！没办法，我只好又背上小妹趿拉着右脚上的鞋往回走。这回我可不敢抬头了，因为我觉得街上所有的人都在笑我，都在看我的洋相……好不容易挨到了院门口，一迈门槛，嗤的一声，左脚后跟的带子也断了。唉！怎么那么寸！左脚早不断带儿晚不断带儿，偏偏进院门时断带儿，因为我分明看见胖大娘和明珠阿姨站在院子里说话，东屋的马大爷在廊下拾掇什么东西……我低着头，溜着边，趿拉着那两只不争气的、自造的凉鞋往家走，生怕别人看我的脚。

"哟，爱爱回来了？背着小妹到哪儿玩儿去啦？"明珠阿姨像往常一样热情地打招呼。

"我……"没等我说话，胖大娘那双大眼一下子就定在了我的脚上。

"哟！看爱爱穿了双什么鞋呀?！这脚腕子上怎么这么热闹哇？又是花儿又是叶儿的……嘻嘻！"

"是你自己鼓捣的假凉鞋吧？你这小丫头子可真能，还真能想办法……"马大爷笑着说。

"这个不结实，回家让你妈给你买一双新时兴的塑料凉鞋吧，要不就让你妈给你做一双布凉鞋，又好看，又凉快，还耐穿……"明珠阿姨好心地给我出主意。

"爱爱姐自造了什么新凉鞋？我看看，我看看……"桂兰风风火火地从屋里跑出来，后边跟着还拿着毛笔的桂馨。

我红着脸，低着头，急忙逃进家门，多丢人现眼呀！

后来，我在姥姥的指点下，自己用碎布打了夹纸，自己纳鞋底、缝鞋帮，做了一双布凉鞋。虽然没有那塑料凉鞋好看，但那紫红条绒面的带子，前露脚趾头、后露脚后跟的样式，在绝大部分人都穿家做的布鞋的时代，也算很前卫、很时髦了。

那年我十三岁。

至于白塑料凉鞋，那让我梦寐以求的白塑料凉鞋，是我上高二时才穿上的，而且穿着它高中毕业，穿着它走进考大学的考场，穿着它走进了军营……

小放牛

元旦快到了，学校要开迎新晚会，要求各班准备节目。

班里那么多同学，谁不跃跃欲试？可班主任王老师偏偏挑上了我和玉箫。演什么节目？《小放牛》。

谁都知道我胆子小，上课回答老师的提问都面红耳赤蚊子声，让我演《小放牛》中的村姑，能行？

可是，大部分同学，特别是女同学，都知道我能歌善舞，而且会编排，私下里都听我的指挥疯玩儿呢！可那是我们在宿舍里、教室里无拘无束地瞎玩啊，真的上台表演能行？又不是像《拔萝卜》那样的群舞，演砸了怎么办？

"你肯定行，不但行，而且会演得很好。"王老师露出他那很少露出的大门牙，笑着鼓励我。

我忐忑不安地接受了任务，去找我的好朋友，也是《小放牛》中的牧童——玉箫。自从金丹、杏桃被"下放"后，我落落寡欢了一阵子，很快就和玉箫玩到了一起。因为我们有共同的爱好——看书、讲故事、跳舞、唱歌……所以，我们有共同的话题，玩起来往往一拍即合。玉箫可比我看的书多，知道的事儿也多。要知道，她父亲是个了不起的人物——保定师院的头牌中文教师呀！据说，当她父亲上课时，连窗台上都坐满了人呢！有这样满腹经纶的父亲，那女儿还能错的了？你听听她的名字——玉箫，多么美丽！何况她还姓东方，东方玉箫，别说叫起来悦耳，就是看到这几个字，也会让人从心眼儿里觉得美若天仙呢！只有这样有文化的父亲，才能给女儿起这么好听的名字啊！

我喜欢玉箫，不仅因为她比我有学问，还因为她正如她的名字一样长得好，说她是古典小美人一点也不为过。你看她那皮肤，那么细腻，白嫩，特别是那脸蛋儿，白里透红，让人看了立刻联想到清晨刚刚绽放的还带着露珠儿的白里带粉的月季花儿。唐朝白居易的《长恨歌》里写杨贵妃“温泉水滑洗凝脂”，那凝脂与玉箫的肌肤比起来，就显得有点冰冷而无活力了。洋书上写的洋美人洋脂球，与玉箫比起来，更显得甜腻而臃肿，哪有玉箫的清爽和飘逸?!

玉箫的眉毛漆黑而细长，在长长的美眉下边，是一双黑白分明的大眼睛。什么“顾盼生情”，什么“眼含秋水”，都不能形容那眼睛的美丽。因为只要你一看见那双会说话的眼睛，立刻让你觉得赏心悦目，好像大夏天吃了一颗薄荷糖，从嘴里一直爽到心上。那端庄挺直的鼻子下边，是不厚不薄、不点自红的嘴唇，再配上那油黑发亮的短发、苗条挺拔的身材……怎能不人见人爱呢?！而且，老天爷给了她一个甜美高亢的歌喉，只要她放声高歌，那脆而甜、高而远的声音，不说绕梁三日，也着实是振奋人心!

然而，老天爷是公道的，也是吝啬的，更是可恨的！因为它竟然给了这么个小美人在当时的条件下，谁也无法挽回的缺点：两颗较长的门牙！只要玉箫一张嘴，那两颗长长的兔牙就立刻蹿出来，生怕别人看不见。唉！已经懂得爱美的玉箫只好终日紧闭小嘴，尽量少说话，可那不安分的小兔牙还是时不时地从上嘴唇边上偷偷地露出小白脸向外张望。

玉箫在我面前无拘无束，从不掩饰她那小兔牙。每当玉箫在我面前兴高采烈地高谈阔论时，我看着她那美丽的脸庞、信任的眼神，不由得就从心底升腾起一股莫名的感动，觉得玉箫哪儿都好，包括那对长长的小兔牙，觉得它们是如此的洁白、可爱……它们是玉箫与生俱来的缺点，也是玉箫终生的标签，天下美人多得很，而长有一对儿可爱的小兔牙的美人能有几个?!

当我找到玉箫时，没想到她正在桃林边上暗自垂泪，怎么回事?

“叶新，怎么办啊？我爸妈又吵架了……”玉箫像见到了亲人一样拉着我的手说。

“又吵架了？还是为那个女学生？”我问。

“嗯，她又给我爸写了一首诗，被我妈看见了，两人又吵起来，妈妈气得几天都没和爸爸说话了。刚才小弟玉笙跑来找我，可我有什么办法？……我怎么这么倒霉，碰到一个这样的爸爸！”说着，玉箫又哭起来。

原来，师院的学生都是保定市及各县来进修的老师，其中不乏年轻漂亮的女老师。当她们看到身材高大挺拔、皮肤白皙、浓眉大眼的东方老师时，本来就为这人到中年还如此英俊潇洒的老师倾倒，更何况他学富五车、口若悬河，讲起课来旁征博引，古今中外融会贯通……你看，那英雄壮士的慷慨就义、那才子佳人的风花雪月，被他演绎得淋漓尽致。这让那些来进修的老师们，特别是那些年轻的女老师们如醉如痴，如身临其境：时而热血沸腾，跟着英雄壮士的慷慨而慷慨；时而泪流满面，跟着才子佳人的悲欢而悲欢……难怪窗台上都坐满了人！难怪不少女学生由佩服到崇拜、由崇拜进而爱慕呢！但是，当时的社会是理智而沉稳的，当时的姑娘们是含蓄而道德的，“己所不欲，勿施于人”的道理是深入人心的。所以，虽然她们爱慕自己的东方老师，但当她们看到东方老师幸福而美满的家庭，看到他美丽而贤惠的妻子，便按捺住自己想入非非的心思，那爱慕之情也就淡了许多，转而变成了尊敬和崇敬。可是，就没有万一吗？万一有个别的姑娘像现在社会上的张狂女孩儿，为了自己所谓的爱情，不顾一切地去争、去抢呢？还真有这样的人，白嫔就是一个。

白嫔长得不算俊，可有点文才，经常在报刊上发表豆腐块大的小诗。她自知配不上东方老师，但不死心：“他妻子是比我漂亮，可她老了啊！况且，她是农村人，我是城里干部家庭的女儿，她只是个小学教员，而我是中学老师……我文采好，我能歌善舞……我，我就不信东风唤不回！”

于是，情诗一首接一首地飞到了东方老师的桌子上、教案里、书本里，甚至家里。起初，东方老师并没有把这个张狂的小女生当成一回事儿，可能有时还会冒出“癞蛤蟆想吃天鹅肉”的念头，一笑而过。可架不住白嫔的锲而不舍呀！终于，东方老师对她的诗从嗤之以鼻到随意浏览，到用心体会，到有时怦然心动，继而对她这个人有了观察，有了好感。是啊，有几个男人不愿听赞扬呢？况且是火辣辣的吹捧、疯狂的追求呢?！其实，东方老师对白嫔的态度，充其量也就是一个名人对崇拜者的善意微笑而已。因为他毕竟是受过传统教育的人，是一个对爱情专一的人，是一个对家庭负责的人。他早就警告过白嫔，再要胡闹，就要找她的团支部了……可这白嫔还是我行我素，这不，又写来了一首肉麻的情诗，闹得玉箫家鸡犬不宁。

“叶新，你知道是谁建议演《小放牛》的吗?”玉箫突然问我，我茫然地摇摇头。

“是我呀！你演村姑也是我推荐的。”玉箫看着我说：“我在三四岁时，父母就经常教我唱《小放牛》，大点了，才听姥姥说，这父母都朗朗上口，经常一边干着家务活一边对唱的《小放牛》，竟是他们上同仁中学时一块儿演的节目。”

当然，那是新中国成立前的事儿了。那时，十六岁的东方老师演牧童，十五岁的云湘，也就是后来的玉箫的妈妈演村姑，两人配合得天衣无缝、惟妙惟肖、活泼可爱。演出结束，轰动了全校，也轰动了保定市，因为这节目代表同仁中学到市里参加了会演。当时，东方老师和云湘被誉为保定的金童玉女呢！玉箫姥姥经常津津乐道地、翻来覆去地对玉箫说起这段让她十分自豪的故事，而且至今保留着他们当时的剧照，虽然是黑白的，但看起来美得很……后来，云湘和东方老师订了婚，因为家贫，供不起两个大学生，学习成绩很好的云湘主动弃学当了小学教师，和家里一起供东方老师大学毕了业。

“如果爸爸变了心，那就太没良心了！比陈世美还坏……”玉箫说着又哭了起来。

“别哭，别哭！玉箫，别哭……你爸爸不会变心，不会……”我抱着玉箫的肩头安慰着，可我的心里也五味杂陈，不知不觉地流下了眼泪。

我们这两个十四五岁的小女孩儿，面对这么大的家庭问题，能有什么好办法？只有伤心落泪的份儿了。我看着玉箫痛哭流涕的样子，想安慰，可不知说什么好。

“叶新，我看这《小放牛》咱们是演不成了，我爸妈都闹成这个样子，我还有什么心思演节目？”玉箫满含歉意又有点不舍地说。

不演就不演呗，我又能说什么呢？

我就在瑟瑟的寒风中陪着玉箫傻站着、难过着……突然，我闪过一个念头。

“玉箫，你爸妈不是不说话吗？”我问。

“是啊，我妈说我爸被那狐狸精给迷住了，我爸说我妈冤枉他。自从他们吵了架，已经好几天不说话了，有什么事都靠玉笙传来传去，你说多别扭！这日子还怎么过……”

“我有办法让你爸妈说话！”我兴奋地望着玉箫说。

“真的？”玉箫惊喜地望了我一眼，又黯然地垂下了眼皮：“你比我还小一岁，一个小女孩儿能有什么好办法？”

“你听我说呀，你爸妈不是因为演《小放牛》走到一起的吗？平时他们不是最爱唱《小放牛》吗？咱们，咱们可以上门请教，请他们当导演啊！”

“哎呀！我怎么没想到呢？这是个好办法……可是，他们现在正怄气，能给咱导演吗？”玉箫不无担心地说。

“肯定行！不信咱们试试。”

接下来，几乎每天放学后，我们都到一路之隔的师院家属院练节目，当然是请玉箫的爸妈当导演了。而且，“陪”我们练节目的还有不知就里的班长、文艺委员及班里的文艺爱好者。古语说：“家丑不可外扬。”况且也真没什么家丑，不就是有个不知天高地厚、不知羞耻的小女子对别人的丈夫想入非非吗？人家愿意大白天做美梦，谁能管得了？所以，玉箫爸妈乐得顺水推舟，热情地给我们当起了导演，一板一眼认真地指导，并且从师院找了几个会弹琴拉弦的学生给我们伴奏。

正式演出时，人还没出场，玉箫一声高调：“下的坡来我向前走，那呀依呀嗨，那呀依呀呼嗨！——”震得整个礼堂异常安静，人人都精神一振，连忙挺腰抬头，两眼直直地盯着幕布，想看看是哪个美少年发出如此天籁般的唱腔……

“……什么人骑驴桥上走，什么人推车轧了一道沟……呀么依呼嗨！”

“……张果老骑驴桥上走，柴王爷推车轧了一道沟……呀么依呼嗨！”

当我和玉箫在台上身着鲜艳的彩衣、头带花帽、手拿马鞭一问一答地载歌载舞时，礼堂中的掌声一浪接一浪地响起。我分明看见坐在校长、主任身后嘉宾席上的玉箫爸——东方老师亲切地和玉箫妈边鼓掌边悄声说什么，有时还会相互看一眼，发出会心的微笑……

他们笑什么呢？该不是触景生情，想起了从前吧?!

市长们的“特殊化”

农村的同学被下放后，我新交的好朋友，除了玉箫就是亚萍了。

亚萍胖胖的身材，两条短而粗的小辫儿搭在她那圆乎乎、肉嘟嘟的肩膀上。小圆脸一边嘟噜着一疙瘩肉，眉毛粗而黑，眼睛大而有神。特别是在那厚厚的嘴唇上边，竟长着一层密密的细而黄的绒毛，让人看了，绝对会联想到刚刚出壳被风干了绒毛的小鸡、小鸭。总之，和她的长相一样，亚萍天真朴实、纯洁善良、性格憨厚，而且是个没心没肺、大大咧咧，对什么事儿都满不在乎，说话无遮无拦、无密可保的人，更是个热心肠的人。这也是我这个胆小懦弱的孩子能和她玩到一起的原因。

“亚萍，经过三年困难时期，大家都饿得皮包骨了，你怎么还这么胖乎乎的呢?”王琴好奇地问。

“我的消化吸收功能好呗，我妈说我喝口凉水都长肉！其实呀，是我爸妈心疼我，什么都紧着我吃。你看我姐，多苗条，现在都生了孩子，还是那么单薄……”

亚萍停顿了一下，又弯下身子，把头凑过来悄声说：“我告诉你们一个秘密吧!”

我们一听说有秘密，连忙围过来，好奇地洗耳恭听。

“我爸不是在油脂化工厂工作吗?”亚萍说。

“是呀，难道你爸经常往家偷油?”性急的凤英插嘴说。

“你爸才经常偷油呢！哪能干那种没道德的事儿！那时虽然困难，可工人们绝不动国家的一两油呢!”亚萍急着分辩。

“凤英，就你话多！听亚萍的！”王琴顺手拍了凤英一巴掌。

凤英吐了吐舌头，连忙对亚萍说：“我说着玩儿呢！亚萍，快说！快说！”

亚萍抬起头：“唉，其实现在也算不上什么秘密了……我们厂当时为了让工人们多吃上点东西，每个月偷偷地给工人们分点做油剩下的渣滓——麻渣。那都是花生、芝麻榨完油剩下的下脚料，以前都卖给生产队当饲料。前两年不是没粮食吃吗，就分给了工人。那麻渣看着难看，黑不溜秋，硬得硌牙，可吃起来真香。爸妈一块儿都舍不得吃，也很少给姐姐吃，因为姐姐比我大五六岁呢！所以，我就独享了麻渣的福，你们说，我能不胖吗？”

亚萍得意地笑了一下，又不无担心地看看王琴、凤英和我，小声说：“你们可不要对别人说啊，厂领导是偷着分的呢，让人知道了可了不得！”

其实，那麻渣我也吃过。那是1960年冬天的一天晚上，市政府的小马叔叔突然送来一包黑乎乎、硬邦邦的像黑土块一样的东西，神神秘秘地对母亲小声说了几句什么，母亲认真地点了点头，感激地送走了小马叔叔。母亲回来就给我们一人分了一块那又黑又硬但嚼起来很香的东西——麻渣。但只许我们在家吃，不许到别的地方吃，更不许让别人看见。为什么？因为这麻渣是油脂化工厂送给市领导的，让大多数得了浮肿、肝炎的市领导增加点营养。

当时，我和弟弟们坐在炕沿上，一人啃着一块麻渣，满屋子都是咯吱、咯吱的咀嚼声。姥姥、姥爷还有母亲看着我们贪婪的吃相，咽着口水心满意足地微笑着，好像看见他们的孩子在吃久违了的大饼卷肉、火烧夹肉！而我们，觉得这东西太好吃了，又酥又香，和野菜饼子、白菜根比起来要香千百倍，是眼前最好吃的东西了！因为我们大概早就忘了大饼卷肉、火烧夹肉是什么滋味了！

“姥姥，你尝尝。”狼吞虎咽的我突然看见坐在炕上一边做针线，一边笑眯眯地看着我的姥姥，连忙把麻渣举到姥姥嘴边。

“姥姥不吃，你吃吧！姥姥看着你们吃，吃吧！吃吧！”姥姥边摇头边说。

“姥姥，你吃一口呗！你吃一口呗！……”在我的坚持下，姥姥就着我的手象征性地咬了一小口，用她那没剩几颗的老牙慢慢地嚼着、细细地品着，笑着说："真香！好吃！好吃！"

弟弟们见状，这个给姥爷尝，那个给母亲尝。刚刚三岁的小妹，也摇摇摆摆地从炕上跑向母亲，一头扑到母亲怀里，把她那小牙咬不动的麻渣硬塞到母亲嘴里："吃我的！吃我的！我的香……"

"你的当然香了，你的麻渣上哈喇子多呀！"母亲的话逗得大家都哈哈大笑起来。

虽然这事儿十分保密，但还是透出了消息。于是，市领导们只得大会小会的检讨，说是吃了这点麻渣就是多吃多占，就是资产阶级思想。当然，作为市领导之一的父亲也得深刻检讨了。当父亲检查完自己的"资产阶级思想"后，只听第一书记舒峰同志嘿嘿一笑，说："其实，资产阶级是从来不吃这种东西的。"大家听了这话一怔，觉得这话实在是大实话，可是，当时谁敢说呢！？大家你看我、我看你地愣着，谁也不敢答言。舒书记自觉失言，笑着打着哈哈说："好了！好了！大家检查得都很深刻，散会吧！"

麻渣风波终于渐渐地平息下来，可我并没完全听母亲的话，而是偷偷地带了两块麻渣到学校，把当时的好朋友金丹、杏桃叫到桃林里一起分享。每周日返校，她们都偷偷地塞给我一块从家里带来的草籽饼或煮熟了的白菜根，现在我有了好吃的东西，怎么能忘了她们呢？！我们坐在桃树下，就着寒风，咯吱咯吱地、香甜地大嚼麻渣的样子，至今还让我记忆犹新呢！

亚萍的俏姐姐

1962年元旦就要到了，各班又要准备节目。

我们班要准备一个扇子舞，我理所当然又被选上了。亚萍多想和我们一起演节目哇！可班主任王老师看都不看她一眼，因为她太胖了啊！但是，这也挡不住她喜欢文艺的热情，像前两次排练节目一样，每次练节目她都是忠实的“跟班”，清场、找人、拿道具……忙得不亦乐乎。看到我们学会了歌词，她比我们还高兴，唱得声音比我们还大；看到我们的舞步不齐，扇子甩得不到位，她比我们还着急。

“我姐姐会跳这个舞，要不让她给你们指导一下？”亚萍热情地试探着问。

“你姐姐会跳舞？你这么胖……你姐姐？……”有人疑惑地反问。

“哎呀！我姐姐可苗条了，又能歌善舞，那年部队文工团都差点要了她呢！不信？不信到她家去看看！”亚萍脸红脖子粗地分辩着，好像有人不信她姐姐苗条就是侮辱了她姐姐一样。

“那好吧，就请你姐姐指点一下吧。”文艺委员不无担心地说。

我们一群小姑娘跟着胖胖的亚萍往她姐姐家走。

“部队文工团怎么没把你姐姐带走哇？”有人边走边问。

“唉！别提了，都怪我姐夫！他俩是同学，都喜欢文艺，一块儿考的文工团。可是，姐姐考上了，姐夫落选了……又当兵，又搞文艺工作，多好哇！可我姐夫就是死活不让她去……哦，那时他们还没结婚。”

原来，亚萍的姐姐玉萍是学校有名的“校花”，不但人长得好，而且能歌善舞。学校里开晚会，节假日各学校会演，甚至市里的大型文艺会演，都少不了她，真可以说是一个出类拔萃的人物。眼看高中就要毕业了，父母、老师、亲朋好友都对她抱有厚望，希望她能考上大学或到文艺团体工作，将来能做出成绩，干出一番事业。

玉萍的父母更是乐得合不上嘴，和邻居们拉家常，总是玉萍长玉萍短地挂在嘴上，好像她家玉萍早就考上了名牌大学，或者早就成了电影明星，像王晓棠、王丹凤那样！

可是，他们哪里知道，他们的玉萍，他们的心肝宝贝，已经恋上了一个男同学。当然，那个叫金栋的男生也是文艺爱好者，也是一表人才。两人经常一起唱歌跳舞演节目，日久生情也是情理之中的事儿。谁叫十九岁的玉萍漂亮、灵气、善良而又温柔呢？谁叫二十岁的金栋高大英俊、阳刚挺拔、多才多艺而又善解人意呢？每次，演他们那拿手的双人舞——《花儿与少年》，只要一出场，立刻就在礼堂里掀起旋风，掀起热浪。少年与花儿，金栋与玉萍，在台上翩翩起舞，热情、奔放、优美、飘逸……特别是那真情实意，感染着每一位观众。只要他们四目相对，金栋那火辣辣的眼神就像滚烫的钢水，烧得玉萍脸红心跳。这样的眼神，就是一块冰也会融化呀！何况玉萍早就在众多对她示好的男孩儿中悄悄地选中了他！脸儿红过，心儿跳过，随着节目中欢快的舞步，玉萍的心定下来，也静下来，渴望地、大胆地、柔情似水地迎接着那团烈火。

“山里，高不过凤凰山，凤凰山站在白云端；人中间，英俊的是少年，少年是人间的春天……”

“……花儿里为王的是牡丹，红牡丹是人间的春天……”

他们随着这优美的旋律旋转着、旋转着，冰和火交融着、交融着……别说他们俩觉得两人配合得天衣无缝、快乐无比，真想永远这样转下去、转下去……就是台下的观众，也一致认为这两人真是金童玉女，天生的一对儿，随着舞曲有节奏地为她们鼓掌喝彩！

在那个年代，社会是洁净的，纪律是严格的，老师和家长是严肃而严厉的，特别是对待在校生的恋爱问题，是绝对不允许的，大人们要为孩子们的前途着想啊！所以，在这样的社会、学校、家庭环境下，金栋和玉萍的恋情是很难公开的。但是，什么能挡得住汹涌澎湃的爱情呢?！结果可想而知，两人慌了心，费了时，耽误了学习，双双名落孙山，与大学擦肩而过。那就走文艺路线吧，正巧一个部队文工团来保定选苗子，金栋和玉萍赶紧去报考。可是，歌舞双全的玉萍被选上了，金栋又落选了。

“我不去!”玉萍斩钉截铁地对父母说。

“你为了那个臭小子耽误了考大学，如今又要为了他放弃这么好的工作，你，你，你想气死我啊!”玉萍的爸爸暴跳如雷地拍着桌子大喊。

“我愿意！您也不用生气，我跟了他是福是祸，我认了。您，您就当没生我这个女儿吧!”

“气死我了！气死我了！今天你去也得去，不去也得去！我就不信治不了你这个黄毛丫头!”

玉萍的爸爸一把拖过女儿，连扇了两个大嘴巴！眼见玉萍的嘴角冒出了鲜血，要不是玉萍的妈妈和亚萍死命地拉着，没准真像玉萍她爸爸说的打断了她的腿呢!

后来，在玉萍的爸爸以死相逼的情况下，玉萍才满含泪水跟随部队文工团登上了火车。可谁也没想到，两个月后，玉萍被部队文工团退了回来。她怀孕了，孩子是金栋的。

在金栋和玉萍草草的婚礼上，没有玉萍爸妈的身影；在金栋和玉萍的孩子满月时，没有姥姥、姥爷的祝福。玉萍的爸爸，甚至从不和玉萍说话，更别说搭理金栋了。只有亚萍，姐夫长姐夫短地叫着，把那可爱的小外甥亲亲热热地抱着，时不时地偷偷地把妈妈不好亲自送来的小衣小帽、小鞋小袜带给不太会做针线活儿的姐姐……

我们就这样一路走着，一路听着亚萍沉重地、竹筒倒豆子一样地诉说，直听得我们几个小姑娘目瞪口呆：亚萍的姐姐是个多么漂亮的人儿呢，能让部队文工团看中？能让亚萍的姐夫如此痴心？亚萍的姐夫又是什么样的人，能让亚萍的姐姐义无反顾的献身？这事儿怎么听起来竟像牛郎织女的故事一样美丽而凄惨呢?!

我们听着这凄美的故事，走过了几条街，串了几条胡同，终于来到了亚萍的姐姐家——新中国成立前的贫民区小集儿胡同的一个大杂院。院子不小，但四周的房屋破败不堪，有原来的高房大屋，有临时搭建的低矮平房。为了多住几家，那高大一些的房子都隔成了一间间不到10平方米的小间。那些小平房的屋顶上，盖着用破砖烂瓦压着的防雨油毡，豆腐块大的窗子糊着发黄的有破洞的旧报纸，里边黑咕隆咚什么也看不清。

"姐，在家吗?"一进院儿，亚萍就高声大嗓地叫开了。只见北房的一扇门的门帘一挑，是玉萍姐吗?我们都睁大了眼睛等着，等着看那凄美故事的女主人公——美丽的玉萍姐。但是，走出来的是一位中年大婶。她一出门，就把两个手指头放在嘴上"嘘"的一声，示意亚萍小声点，又悄悄地说："你小外甥才睡着，你姐叫我替她看着，她赶紧抽空去买点菜。"

"我姐夫呢?"亚萍问。

"到火车站打零工，还没回来。"

"张婶儿，麻烦你了！你忙去吧，我们看着他。"亚萍一边说，一边撩开门帘领我们走进屋。呀！这是什么家呀！用家徒四壁形容，一点也不为过。在用木板墙隔成的小屋里，一张木板搭成的床几乎占了大半间屋子。床上是凌乱的被褥、衣物，好不容易在那衣被堆里找到睡得香甜的孩子。那孩子不胖，可以说有点黑瘦，他一边睡，小嘴还一边拼命吸吮着，是没吃饱吧?黑乎乎的墙上光光的，只有迎面墙上贴着一个落满尘土且耷拉着一个角的红纸剪成的"囍"字。"囍"字两边各挂着一个镜框，镜框里镶着两块红绿彩纸，上边写着"新婚志喜"。屋里没有桌子，没有凳子，更没有衣橱碗柜之类的家具，只是窗台下边用烂砖头支着一块木板，上边散乱地放着一些锅碗瓢盆。木板下边塞着一个纸箱，可能是放衣物的吧！除了墙上那尘土四扬的"囍"字和"志喜"的两个镜框，这屋里哪点像新房呢?！床上那半新不旧的被褥，可能也是临时从婆家抱过来的呢！未婚先孕，在那个时代，可是件再丢人不过的事情，别说婆家条件不好，就是条件好，也不会像别人家一样为他们大操大办哪！唉，不知玉萍姐后悔不?

我正在东瞅瞅西望望地胡思乱想，一声“姐，你回来啦”，打断了我的思路。一抬头，门口立着一位一手提着萝卜白菜，一手拿着几枝干树枝的年轻女子。好一个亭亭玉立！虽然穿着非常普通，蓝棉裤、小碎花对襟褂罩着短小的棉袄，可从那捉襟见肘的衣服里，透出一股让人精神为之一振的气质。不只是因为她那苗条挺直的身姿，不只是因为她那因为喂奶而更加丰满的胸脯，更不只是因为她那漂亮的眉眼和漆黑的短发，而是让人觉得从她身上流淌，不，是折射，是散发出一股让人少见的俊气、英气、灵气……再加上她对我们温和柔美的一笑……天哪！让我说什么好呢?！我从没见过这么美、这么有气质的人！如果华丽的长袍加身，如果长发飘飘，如果再穿上高跟鞋……整个一个电影明星！就是不当电影明星，考上大学，有了体面的好工作，还愁找不到乘龙快婿？就是不找别的乘龙快婿，如果他们两人互相鼓励、刻苦学习，双双考上大学，还能没好前途？还能住在这种地方？过这种靠捡树枝点火做饭的苦日子?！唉！可惜了！可惜了！怪不得她爸爸生气呢！

“姐，前两天我不是跟你说过，请你给我们班指导一下节目吗？你看，她们来了。”亚萍说。

“好、好、好！等我把东西放下。”玉萍姐说着把手中的萝卜白菜放在木板上，把干树枝放在墙角，趁着孩子熟睡的时候，把我们带到天井里，手把手教起来。

“一呀么一字一趟街呀，

“吕蒙正挎篮要去赶街呀，

“张飞提刀卖过肉哇，

“刘备四川卖过草鞋呀，

……”

随着这欢快的曲调，玉萍姐舞动着手中的彩扇和手绢给我们做着示范。只见她的舞姿是那么优美、轻盈，又是那么飘逸。那跟着扇子、手绢上下翻飞、左右流转的眼神，更是顾盼生情、神采奕奕……虽然那俊美的脸庞上已经显露出了几分憔悴……

渴望的零花钱

上小学时，每当从校门口经过，我看到小贩们在学校门口摆的各种花花绿绿的小食品和玩具，脚步不知不觉地就慢下来，眼睛不离不弃地盯着那糖豆、绿豆糕、花生蘸、桔瓣糖……还有那红红绿绿的头绳、发卡和各色扎辫子用的绸条……

“那绿豆糕一定很甜，那粉红色的绸条扎到小辫上一定好看……”我走着、看着、想着，嘴里早已口水满满，几乎要流出来了。

既然那么想吃、想要，就买一块绿豆糕尝尝，买一条彩绸扎到头上呗！可是，我不能买，只有看的份，因为我没有钱！

家里为了让我们养成不乱花钱的好习惯，从不给我们零花钱。过年过节，父母买回一些糖果分给我们解解馋，平时是一分钱也不给的。这种情况一直持续到我上了初三，因为来了女孩儿不可避免的例假，才每月破例给我几角钱买草纸，而弟弟们的零花钱则是上了高中或参加了工作才有的。

那天，学校要交什么费，我跑到机关找母亲，可母亲没在，外出办事去了。母亲的同事月楼阿姨借给我两元钱，到学校缴费后还剩下两角钱。

哎呀！我手里终于有钱了！可以买点我喜欢的东西了！可是，这钱是月楼阿姨的呀，我花了行吗？管它呢！反正我回家告诉姥姥，我借了月楼阿姨两元钱交了学费，让姥姥告诉母亲还月楼阿姨就行了。

两角钱呀！我手中从来没有拿过这么多的钱呀！当时，一根油条才二分钱，一个油饼才三分钱，一角钱可以买回一大篮子菜呢！这钱可不能乱花，要买我平时最想买而没钱买的东西。那买什么呢？放学后，我在学校门口磨蹭着、观望着、犹豫着……在这个小摊前站站，在那个小摊前看看，卖东西的大爷、叔叔、伯伯们使劲地吆喝着，吸引着孩子们买他们的东西。

“要不，买一把花生蘸？肯定又香又甜……算了吧，谁没吃过炒花生呢？蘸上糖也是花生啊！买一把脆枣尝尝？那天同桌吃这没有枣核且烤得焦焦的脆枣，那股特殊的焦煳而香甜的味，直钻到我的鼻子里，馋得我恨不得抢过一个脆枣放到嘴里……唉，真没出息！……其实，烤得再焦，它也是枣儿啊！谁没吃过枣儿呢？还是买点我没吃过的东西吧！……”我胡思乱想着，脚步不知不觉地停在了卖绿豆糕的小摊前。

“买一块绿豆糕吧，到口就化，又香又甜。不信你尝尝，保你吃了一块还想吃第二块！……怎么样？来一块，小丫头？”卖绿豆糕的老大爷笑容可掬地说。

“多少钱一块呀？大爷。”我问。

“不贵，才二分钱！买一块尝尝吧？可好吃呢！你不是经常来我这儿看绿豆糕吗？光看不尝可解不了馋，买它一块尝尝？”大爷笑着说。

听了大爷的话，我不好意思了。是啊，光看不买，大爷挣不了钱，我也解不了馋。不是才二分钱吗？买它一块！我这样想着，掏出那本不该花的钱……

那小小的、四四方方的、淡绿色的绿豆糕终于躺在了我的手心，用舌头舔舔，甜丝丝的，咬上一小口，还没等我认真地咀嚼，它已经化得无影无踪，嘴里只剩下了甜、绵，还有那么一点点凉，那么一点点爽……哎呀！太好吃了！我再也忍不住，三口两口就把它吞了下去。

有零花钱真好，可以让我买到梦寐以求的东西。人家的父母每月总能给孩子几分甚至几角零花钱，可我们家……唉，谁让我生在这么个家庭呢?!……我走着、想着，不知不觉又定在了小人书摊前。

出租小人书的大哥哥把一张油布铺在地上，油布上密密麻麻摆满了小人书，恐怕有一百多本呢！什么《三国演义》《孙悟空大闹天宫》《茶花女》《董存瑞》《黄继光》《刘文学》《红楼梦》《钢铁是怎样炼成的》……真是眼花缭乱啊！看哪本呢？今天，我不必小心翼翼地躲在别的同学身后“蹭”小人书看了，因为我口袋里有钱了呀！有钱真好，可以理直气壮地租上一本小人书，安安稳稳地坐在马路牙子上认真地、仔细地看，想看多长时间就看多长时间，再也不用因为“蹭”人家的小人书看而遭别人的白眼，再也用不着为人家翻得慢而着急，为人家翻得快自己没看清内容而遗憾。

可是看什么呢？凡是没看过的，我都想看！

我太想知道孙悟空是怎么出世，怎么战胜各种妖魔鬼怪，保着唐僧上西天取经了。那经取回来了没有呢？那经是什么宝贝，值得他们这样不怕千难万险地去取呢？

我太想知道小英雄刘文学是被谁害死的，最后那凶手被抓住了吗？

我太想知道敌后武工队、铁道游击队英勇杀敌的故事了。

我太想知道外国人是怎样生活的了，他们穿什么，吃什么，住什么样的房子？……茶花女是谁？是种茶人的女儿吗？

……

我如饥似渴地、津津有味地、旁若无人地、目不转睛地看着、看着，一分钱一本，一分钱一本，一分钱一本……我忘记了回家，忘记了家里人在等我吃午饭……

“爱爱！”母亲一声厉喊，吓了我一哆嗦，一抬头，母亲正站在我身边，怒气冲冲地盯着我。

“什么时候了，还不回家?！走！等我回家再收拾你！”母亲扔下这句话，又狠狠地瞪了我一眼，扭头向家的方向走去。她并不回头看我，知道我这个胆小懦弱的孩子绝不会逃跑，肯定会乖乖地跟她回去。我忐忑不安地跟在母亲身后，一步一磨蹭地走着。

“怎么办呢？母亲肯定要问我的钱是哪儿来的？我，我怎么说呢？……我怎么这么一小会儿竟看了十几本小人书呢？要知道，现在我手里只剩下了六分钱呀！……怎么办呀？怎么办呀？这顿暴打恐怕是躲不过去了……”

此时，我仿佛又看到父母正在用鸡毛掸子抽打大弟，因为他竟为了换点零花钱，偷着卖了父亲用来给我们补鞋的旧车带！想到这儿，我不寒而栗，那脚步沉重得几乎一点也挪不动了。如果此时地下有条缝，我会一头钻进去，就用不着挨打，用不着丢人现眼了！

“快进来呀！”母亲在厉声呵斥我，我倚着门框慢腾腾地把一只脚伸进了门槛。

“磨蹭什么呢？快进来！你让全家着急还有理了？我问你，你租小人书的钱是哪儿来的？”

果然，母亲单刀直入地提出了这个最要命的问题。

“是，是……”我迟疑着说。

“是从哪儿来的？快说！”母亲厉声问，连平时和蔼可亲的姥姥、姥爷也一反常态，没有像以前一样地护着我，替我说解脱的话，而是表情严肃地、目光审视地看着我。显然，先回家的母亲对他们说了我的事儿。

“是，是月楼阿姨的……”我如实地交代了。

“交了学费剩下多少？”

“两毛。”

“你现在手里还有多少？”

“六分。”

“那一毛四你都干了什么？”

“……买绿豆糕花了两分，剩下的都看了小人书……”我蚊子声儿地回答。

“多少钱一本？”母亲的语气明显地缓和了下来。

“一分一本……哦，厚的二分一本……”我小心地低着头，边回答边偷偷地留意母亲的脸色，留意着母亲的大巴掌什么时候扇到我头上。那悔恨、愧疚、委屈……的泪水已经滔滔不绝地淌了下来。挨打是应该的，谁让我花了本不应该花的钱呢？挨打也是委屈的，凭什么人家的小孩可以有零花钱，而我们家就偏不给呢?!

我想着、哭着、等着，等着母亲大发雷霆，等着母亲的大巴掌……可是，我等来的是一阵沉默，母亲好像是在沉思什么。接着，我等来了一通严厉的教训，什么不该自作主张花不该花的钱，什么不能养成乱花钱的习惯，等等。最终，母亲的大巴掌也没扇下来。

晚饭时，我听见母亲和端着碗吃饭的父亲商量："爱爱那么爱看书，要不咱们经常给她几分钱租书看?"

我没听见父亲的回答是行还是不行，反正我期盼的那几分零花钱从来没有给过我。初二时，我和玉箫、亚萍一起照的那张一寸的黑白照片，还是我们三个人在机关大院捡废品卖了凑的钱。看来，当时大多数家庭对孩子的要求都一样，亚萍的工人爸爸不给她零花钱，玉箫的教师爸爸不给她零花钱，我那贫农出身的领导干部爸爸也不给我零花钱，这又有什么奇怪呢?!

母亲给我的列宁服

小时候，除了过年，我们是很少穿新衣服的，一件衣服“新三年、旧三年、缝缝补补又三年”是常有的事儿。可孩子正长，怎么办？那就老大穿了老二穿，老二穿了老三穿……实在破得不能穿了，打了夹纸做鞋穿，反正不能糟蹋东西。

全家老少十口人，又舍不得买衣服、买鞋穿，姥姥的手又做不了针线活，只能苦母亲，除了上班就是做衣服做鞋，夜里加班加点是经常的，难怪她没好气呢！“装裹去吧！”这是母亲给孩子试完新衣、新鞋后的口头禅。我是宁愿不穿新衣、新鞋，也不愿看母亲那张因劳累、烦躁、无奈……而板得冷硬的像杨白劳不得不给地主交租子时的极不情愿的脸色，更不愿听她那句像呵斥将死之人的“装裹去吧”。

所以，我从没向母亲要过什么衣服、鞋子，给就穿，不给就穿旧的、破的，也没觉得丢人，也没觉得难看，因为当时大家都这样。我从没因为自己是个高干子女而自豪、特殊；我周围的人也从没想到身边这个经常穿补丁衣服、补丁鞋的瘦小女生竟是副专员的女儿。

现在想起来，我小时候很少穿花衣服，就是因为我下边是四个弟弟。如果总给我做花衣服，我的弟弟们怎么捡我的衣服穿呢？

四个弟弟正值“三天不打，上房揭瓦”的年龄，成天登高爬低，那衣服、鞋能不破？那天，串遍了街上房顶的小弟，在母亲一声“装裹去吧”的呵斥声中，美滋滋地穿着母亲熬夜给他赶做出来的新裤子，一蹦三跳地跑出了大门，可转眼又跑了回来。怎么回事？原来他一出家门，就看见大院的一棵树上有个鸟窝，于是就身手不凡地蹿上了树……结果，鸟窝没够着，新裤子却挂了个巴掌大的大口子，露出了半拉屁股……

母亲见状，怎能不气得七窍生烟?！怎能不抡起大巴掌?！可怜我那十分聪明又百般淘气的小弟，又受了一顿皮肉之苦。

有一天，我带小弟去莲池玩儿，他用小手磨湖心九曲桥上的磨砂石，我无意地说："别磨了，磨得时间长了，手上该长茧子了。"

"什么是茧子呀?"小弟好奇地问。

"茧子啊，茧子就是硬皮。你看农民伯伯成天干活，手心里就长出了一层厚厚的硬皮，那就是茧子。"

"长茧子疼吗?"

"不疼，不仅不疼，而且硬硬的，针扎都不觉得疼呢！"

"是啊？那太好了！姐，我磨屁股呀！"小弟高兴地说。

"你干吗要磨屁股呢?"我不解地问。

"磨得屁股上长了茧子，妈打我就不疼了呀！"小弟一脸认真地望着我说。

我心里一阵难过，一把把小弟搂在怀里："你不会少淘点气，别叫妈生气呀?"我哽咽着把脸贴在小弟头上说。

咳！气归气，打归打，但六个孩子的衣服还得缝，六个孩子的鞋还得做，家里的被褥、棉衣还得拆洗……直到我长大会做针线活儿，利用节假日帮母亲忙，才让她有了喘气的机会。

记得我上高中那年，不知是因为见我长大了，还是因为我考上了一中奖励我，母亲从箱子底翻出来一件她年轻时穿过的、半新的、双排扣的列宁服叫我穿。我高兴地立刻把它穿在身上，用窗台上那块小镜子左照照、右照照，前照照、后照照，怎么都觉得不过瘾，因为镜子太小，照不见全身呀！怎么办呢？我灵机一动，撒腿跑到大街上，干什么？找商店的大玻璃窗啊！

呀！玻璃窗里那个朝气蓬勃的少女是我吗？苗条的身子恰到好处地裹在那土黄色的、卡腰的、双排扣的列宁服里，显得那么精神、洋气、干练……再配上那鹅蛋脸、丹凤眼、高鼻梁、红嘴唇，还有那乌黑的、翘得高高的两个羊角辫儿，特别是那尖尖的下巴颏儿，微微上扬着，更增添了几分俊美、俏皮、自信……这是我吗？这不是那飒爽英姿的电影明星吗?！哟！羞死了！想什么呢！看，有人来了。我赶紧走前两步，假装看那玻璃窗里的商品。人过去了，我又后退两步，前、后、左、右地照着，怎么照怎么美，怎么看怎么好看。你看，旁边的奶奶在笑着看我，刚过去的叔叔又回过头来欣赏我，那个抱孩子的阿姨甚至停下脚步在上上下下地打量我："真美，真合身……"羞得我红了脸。只是，只是那穿了好几年，接了裤脚、膝盖上打着两块椭圆形的大补丁的学生蓝裤子，太煞风景了！俗话说："好马配好鞍。"这么漂亮的列宁服怎能配这么条破裤子呢？可我那条最好的条绒裤子穿小了，已经给了大弟。虽然我的裤子是女式的，但那时有衣服穿就不错了，谁还管是男式女式呢！

其实，还有一句俗话说的是"脚上没好鞋，一看穷半截"呢！看看我脚上那双偏带的黑布鞋，前边虽然父亲亲手给我补了两块像大眼睛一样的圆皮子，堵住了那总想钻出来看看风景的大脚趾头，可后脚跟处的鞋底各开了一个圆圆的后门呢！这后门一开，砂石土块就不断地闯进鞋里与脚亲热，疼得不能走路。没法子，为了能赶回家让父亲钉上后掌，只好找两块硬纸箱壳垫在后脚跟处。

"你没别的鞋换吗？穿双运动鞋、休闲鞋或塑料拖鞋也行啊?！"现在的孩子们肯定这样问。

真的没鞋换！真的就只有干什么都穿它的那双布鞋，实在不能穿了，母亲才加班给你做双新鞋。

周日下午，我就穿着母亲给我的这件列宁服，配着打着像瓶底一样一圈圈针脚补丁的裤子，和被父亲钉上后掌的黑布鞋，高高兴兴地走回学校。一路上，觉得人人都在盯着我看，人人都在羡慕我……那风儿格外的清凉，那树叶格外的翠绿，就连那树上的小鸟也在冲着我欢叫呢！

两位王老师

初中三年，对老师的印象都不错。但是，印象最深的是两位王老师。一位叫王文，一位叫王武。

说起这“文”、“武”两位老师，确实叫同学们打心眼儿里觉得又佩服又新奇……还有那么一点好笑。怎么回事呢？

咱们先说说这王文老师。

王文老师是教我们数学课的，也是我们的班主任。他高个子、大块头、大手大脚大脑袋，当然，那大脸盘上也长着大眼睛、大嘴巴。那高高的颧骨扯着那两边宽而厚的腮帮子，只要他一笑，立刻从那大嘴里露出长而黄的大门牙。只不过他很少笑，所以他那长而黄的大门牙也就很少抛头露面地展现在大家面前了。这样魁梧的身量，这样严肃的面容，怎能不让人望而生畏？！他无论是站着，还是坐着，都不怒自威呀！

所以，刚一开学报到，同学们都很怕他，生怕自己哪点没做好，让他揪住狠批一顿……谁想到，他一开口讲话，立刻让同学们大跌眼镜：“同学们，我叫王文，周文王的王，文天祥的文……”那细声细气，简直就是一副娘娘腔！有同学偷偷地笑出了声。

“笑什么笑？！谁再笑，我就请谁站起来笑，让你笑个够！”王老师威严地、细声细气地看着发笑的同学说，教室里立刻静了下来。原来这娘娘腔从如此高大魁梧的人嘴里发出来，也极具震撼力呢！况且，还有他那如火炬般的眼光，扫到谁的身上，谁都禁不住要打个寒战！

其实，王老师是个对工作极端负责的人。他当班主任十分认真，教课十分认真，判作业十分认真。每天都检查自习，而且利用晚自习和其他业余时间给跟不上的同学补课。哪怕有一个同学有一道题不明白，他也要耐心地、详细地给他讲解，直到他弄懂为止。那时的补课可不像现在一小时交多少钱，那时不但学生不交钱，而且是老师主动找学生补课。不管耽误老师多少时间，只要学生会了，王老师的脸上就会像打了一个大胜仗一样，现出少有的笑容。当然，那几颗又长又黄的大门牙也就有了出头之日，趁机蹿出门外看看风景。而同学们看到那几颗可笑的大门牙，不但不笑，反而觉得可爱，谁让它们长在可亲、可敬又可畏的王老师嘴上呢?!

特别值得一提的是每次考完试，王老师随着下课铃声收齐了卷子，眼睛扫着或胸有成竹或忐忑不安的同学们的脸，不慌不忙地拿着卷好的卷子，踱出教室，走向他那小小的宿舍兼办公室。他的身后呼啦啦地跟着一大群人，谁呢？刚刚交完卷子的同学们。

只见王老师昂首挺胸、气宇轩昂、目不斜视、一脸威严地在前面走着，俨然一个得胜回朝的大将军。在他那紧抿着的大嘴角上，已经泄露了掩饰不住的得意之情——同学们考得好呀！

后边跟着的同学，男生们簇拥在前，女生们紧跟在后，好像是欢迎大将军的仪仗，又像祝贺大将军得胜的人群。我们或叽叽喳喳地讨论对错，或急不可待地对着每一道题的得数，但都没放松脚步，一个劲儿地往前赶，我们都想早一点知道自己的分数哇！

一进老师的宿舍，男同学立刻呼啦一下子把坐在桌旁的王老师围了个水泄不通。那些因动作慢没挤到桌前的男生，只好猴急地站在王老师身后，抓耳挠腮地从王老师肩膀处挤着往桌上看；我们女生不好和男生扎堆儿挤，只好在外围团团转……

“张金仓，第一题，对！第二题，对！第三题……第四题，错！减三分！第五题，对！第……共减七分，得九十三分！”王老师在男同学的拥挤下，大声念着。

“王改荣，第一题，对！第二题，错，减五分……得八十六分。”

“宋巧珍，第一题，对！第二题……”

“错!”男同学们异口同声地喊。

“第三题……”

“对!”男同学们又异口同声地喊。

“最后得分九十五!”王老师大声宣布。

就这样，在同学们急切、兴奋、认真的喊声中，一张张卷子判完了。考得好的同学兴高采烈，考得差些的难免失落，但总起来考得都不错。我就是在这独特的判卷氛围中，听着“柳叶新，对！对！对！……错！对！错……得八十九分”的近似于呼喊的声中，知道了自己差一分没到优秀，心中一难过，眼泪立刻涌出了眼眶。怎么能得八十九分呢？我满怀信心地争取一百分来着呀！怎么能考这么少呢？这能对得起王老师吗?!

这样的判卷方法你见过吗？这样的判卷能作弊？能偏心？能有差错?!……众目睽睽呀!

所以，我们对王老师更加亲近、佩服、服从……不是因为他表面的威严！因为我们班的数学成绩总是在学校里名列前茅，班里的风气、文体活动在学校也是数一数二的，这样的老师能不叫同学们爱戴吗?

再说说另一位王老师——王武老师。这位王老师是我们的体育老师。他名叫王武，但并不高大勇猛，而是长得干干瘦瘦、斯斯文文，而且个子不高，在男同志中充其量也就是中等偏下的个子。他的口头语是“不似（是）这个样子的，似（是）这个样子的……”，真是一个典型的南方小男人！确实，他是上海人，而且是北京某名牌大学体育系毕业的呢!

北京某名牌大学体育系怎能收这么瘦小精干的学生呢？他肯定有他的特长吧？果不其然，除了他在单双杠、高低杠、吊环上身轻如燕上下翻飞以外，最绝的就是他那篮球技艺了。你看他在篮球场上运球、传球、投球，如鱼得水，那么转腾灵活、收放自如、得心应手，如孙悟空大闹天宫，指哪儿打哪儿，手到擒来，那球就好像粘在了他的手上，随着他满场流动，别人休想从他手中抢走，而且一投一个准，赢得对方心慌意乱，赢得满场观众疯狂喝彩！要不，我校篮球队怎能在保定总拿第一呢?!

其实，这些都不足以让全校师生对王武老师刮目相看，体育老师嘛，就应该有体育特长呀！那他又有什么才能让全校师生刮目相看呢？跳舞！他和他爱人——我们的音乐老师张玉婷联手，把《青年圆舞曲》《欢乐颂》《莫斯科郊外的晚上》《喀秋莎》等歌舞曲编成简单、优美、欢快的集体舞，向全校推广，甚至连“三头黄牛，一呀么一匹马，不由得我赶车的人儿笑呀么笑哈哈……”这样的中国民歌，也编成了诙谐、热闹的舞蹈教我们跳。那时，每到课间，在大操场上，在礼堂周围，在桃林边的空地上，到处都是跳集体舞的师生。大家或围成圆圈，或排成方队，或手拉着手，或肩并着肩，来回穿插着、扭动着，随着广播室的大喇叭里放出的音乐，舞之、扭之、转之……一扫课堂中那严肃而沉闷的气氛，吸收着蓝天白云下那流动的、新鲜的、令人神清气爽的空气……

特别是我们这群十四五岁的少男少女们，刚开始还有点拘谨，放不开手脚，等一跳开，那舞步、身姿、表情……整个一群小鹿在草原上恣意撒欢，从心底到脸上只体现出一个字——美！

这样的王武老师又怎能不受到同学们的追捧、爱戴呢?

按说，两位王老师教不同的课，不在一个教研组，应该相安无事、相敬如宾。原先也确实如此，问题就出在他们是一墙之隔的邻居，住同排小平房相邻的两间屋。

俗话说得好：“远亲不如近邻。”那是说邻居处得好，可要处不好呢？正如我班调皮的男生胡侃所总结的：

“王文不文，五大三粗；

“王武不武，瘦眉窄骨；

“文武不和，全怪媳妇!”

先说王文老师的媳妇。王文老师的媳妇叫杨花，是个胖胖乎乎、大大咧咧、风风火火、泼泼辣辣的人。先前，因为孩子小，很少来探亲，现在孩子会走了，省点事儿了，就经常来学校看望王老师。这一经常来，就来出了问题。

王文老师是郊区县的农民子弟，免不了有点农民习气。比如，不太讲卫生。其实，并不是不太讲卫生，而是十分地不讲卫生！他十天半月不换衣服是常事，几天洗一次脚，只有他自己知道。就是身上的衣服太脏了，换下来，他也不洗，往床下的破柳条筐里一扔就算了事。反正媳妇杨花几乎每月都来探亲，到时候打总儿洗就行了。碰上家里有事儿，杨花不能按时来探亲，身上的衣服又太脏了，怎么办？好办！拉出床下的破筐，挑件比身上这件干净点的衣服穿上就是了。

可那媳妇杨花，卫生习惯比王文老师也好不到哪儿去，世代都在杂乱无章的河北农村生活，哪儿像东北的大嫂、山西的婆姨们那么干净利索，把家收拾得一尘不染?

你看王文老师的屋里，长凳支的床上，被褥衣物堆了一床，桌上地上摆满了锅碗瓢盆，连个插脚的地方都没有。他媳妇做起饭来真是风风火火，弄得满院子浓烟，有时候还点不着火。杨花在家里用惯了拉风箱的柴火灶，哪儿对付得了城里这该死的煤球炉子?！这儿饭还没做熟，那儿孩子又拉了一裤子屎。杨花又忙跑过去连吵带叫地收拾。这大人喊、孩子哭的热闹，当然影响了邻居的安宁。她的邻居是谁？就是王武老师和他的爱人张老师呀！

这王武老师是上海人，本来就爱干净，又娶了个印尼归国华侨张老师，更是干净得不得了。你看人家那小屋收拾得多么整洁、漂亮，不仅窗明几净，而且很有品位。

首先，床上铺着素花床单，被子整齐地靠墙放着，被子上边放着一对儿长方形的带荷叶边的枕头。窗子上挂着素花窗帘，不像王文老师的窗子，不但没有窗帘，而且下半截窗玻璃还用旧报纸糊着，显得屋里更加黑咕隆咚。

其次，在和王文老师一样的办公桌上，没有锅碗瓢盆等杂物，而是整齐地放着一摞书，一个刻着山水画儿的竹子笔筒，还有一个可以两面翻的镜框——这边是可以照人的镜子，那边是王武老师和张老师的结婚合影。照片上的张老师头戴白色的婚纱，王老师穿着西装，打着领带，两人头碰头地在甜蜜的微笑……这在当时可是少见呢！不只是两面翻的镜子少见，这戴着婚纱的照片也更少见呀！看看周围的人，结婚时穿件新衣服照个合影也就算了，谁见过戴婚纱照相的？那不是电影里的事儿吗？听说这是他们结婚后回上海补照的呢！

再看看墙边，立着一个竹制的小巧玲珑的书架。书架上除了书，顶层摆着几个异国风情的小摆设，什么铜质的小佛像、木质的小玩偶、镶着假玉的小弯刀……可能是张老师从印尼带回来的。书架边上放着两只箱子，一个大白柳条箱在地上放着，一个大皮箱在上边摞着，皮箱上铺着一块漂亮的、镂空的白色纱花罩，上边放着一架半新的手风琴。

特别是窗台上那古香古色的花瓶，我只在电影里见过呢！还有那花瓶中插着的那枝绢做的淡粉色的梅花，好像散发着一屋子的清香……

哎呀！多么整洁、漂亮、洋气而又温馨的小家呀！屋里各个物件都透出那么一股与众不同的清新、文静、书香……的文明之气。这个家和王文老师的家只一墙之隔，却有天壤之别！

王武老师两口新婚，喜静，受不了王文老师一家的烟熏火燎、吵吵闹闹；可王文老师，特别是那媳妇杨花，也受不了王武老师一家的“文明”呀！怎么呢？

原来每天晚饭后，王武老师两口儿经常在院子里拉着手风琴唱歌。在夕阳余晖地照耀下，在院中大柳树旁，王武老师坐在那里，怀抱手风琴，全神贯注地拉着，那一首首美妙的曲子随着他那灵动的手指流淌出来，感染着听到它的每一个人。每天傍晚，在大柳树周围往往聚集一小群人，当然，我也是经常光顾的一员。你看王武老师那拉琴时陶醉的样子，半眯着眼，脸上挂着和曲子内容相符的微笑，身子随着那曲调摇晃着、摇晃着……仿佛忘了身在何处、身在何时，也忘了身边的人群……他的整个身心已和这曲子一起飞上了天空，在那无垠的瀚海中自由自在地飞翔……

那张老师呢？她在做什么？她呀，倚着门框，手里摆弄着她那独特的一条大辫子，深情地、笑眯眯地看着她那多才多艺的丈夫，时不时地和着那快乐的乐曲，唱上两首我们很少听到过的歌儿，比如“宝贝，你爸爸正在过着动荡的生活……”

这是多么美妙浪漫的事儿啊?！可是，随着杨花的探亲，一切都变了。除了烟熏火燎、孩子哭大人吵，冲得那浪漫气氛烟消云散以外，杨花竟说那琴声、歌声是“狼哭鬼嚎”！真是无知啊！真是亵渎文明啊！可杨花自有杨花的道理。因为王武老师小两口在食堂吃饭，回来早，而此时正是杨花哄孩子睡觉自己腾出手来做饭、洗衣服的时候。王武老师小两口一“狼哭鬼嚎”，那孩子还能睡得着？杨花还能做饭？那王文老师呢？他不能帮着照看一下孩子吗？王文老师自从杨花来探亲，就不在宿舍办公了，在教研室里备课、批改作业，不到吃饭时间是从不回家的。而且，他认为看孩子做家务是老娘儿们的事儿，自己一个大老爷们儿，干那种事儿，丢不起那个人！谁像王武一样，还给老婆洗衣裳，真，真……唉！

就这样，两家人越来越不对眼。杨花背后说张老师留着大辫子，还与众不同地编成一根，身穿花褂、绿裙子、，脚蹬高跟鞋，像个妖精；张老师背后说杨花虎背熊腰像个水桶；杨花背后说张老师娇滴滴不洗衣不做饭，整个一个资产阶级大小姐；张老师背后说杨花大字不识几个，无知、无识、无情趣……结果，弄得本来相敬如宾、相安无事的两家男人王文、王武两位老师见面不自在起来，先是不好意思，后是横眉冷对，而且渐渐出现了微词。王文老师在教研组上说王武老师整个一个“资产阶级臭做派”；王武老师在小组会讨论时说王文老师“典型的落后农民的旧意识”……眼瞅着随着事态的发展，没准就要省去好事者的传闲话，两家人就要撕破脸皮、剑拔弩张了……可事情来了一个出人意料的转机！

可能是老天爷也十分不愿意让这两家好人、这两位好老师闹翻，竟十分巧妙地为他们安排一个重归于好的机会。

那是一个星期六的半夜，天下起了瓢泼大雨，雷鸣闪电好像要劈开那黑黑的夜空。正在此时，王文老师那一整天都无精打采的儿子发起了高烧，而且呕吐得一塌糊涂。王文老师急着去请校医，没拿手电就冲进了大雨中，没跑几步，一脚踏进了一个坑里，崴了脚，寸步难移。而此时，孩子竟烧得抽起风来，口吐白沫，不省人事。杨花除了号啕大哭，顾不得平时的芥蒂，风风火火地敲响了近邻王武老师的门。王武老师两口急忙过来，请校医、送医院、办手续、陪床、送饭……忙得不亦乐乎。孩子出院那天，医生说："幸亏你们送得及时，再晚一点，恐怕……"

那天，杨花非要王武老师两口过去吃饺子，说有重要的事情和他们商量。王武老师他们刚一进屋，王文老师立刻拄着拐杖站起来，指着摆在屋中央的办公桌说："你们看，杨花，你们的嫂子，专门给你们包了一个肉丸的饺子……坐，坐，快坐！咱们喝口饺子酒……饺子就酒，越喝越有……哈哈哈！"要知道，那是1962年哪！刚刚过了困难时期，能吃一个肉丸的饺子，实属不易啊！

王武老师两口刚一坐定，杨花顺手扯过正在床上活蹦乱跳的男孩儿抱在怀里，指着王武两口对孩子说："儿子，你看，他们就是你的救命恩人哪！也是你的干爹干妈，快叫干爹干妈！"

那孩子瞪着小眼看看母亲，又看看王武老师，好像明白了什么，扬起了小脸，冲着王武老师他们甜甜地、大声地叫着："干爹！干妈！"

王武老师两口还没闹清怎么回事儿，就已经当上了干爹干妈，心头一热，热血立刻涌上了那两张年轻俊美的脸庞……

我为什么要加入共青团

我入团了!

我加入中国共产主义青年团了!

那年我刚刚十四岁!

在那懵懵懂懂的少年时代，大部分孩子哪里知道在政治上“要求进步”呢?整个一个一脚踏进少年的门槛，一脚还在儿童区逛游的小孩子!

可是，我早就写了《入团申请书》!

我入团了!在全班同学羡慕的眼神中，我和另外两名同学一起，激动地、自豪地、欣喜地填写了《入团志愿书》!要知道，我们班还没有人入团呢!

在我入团前，找我谈话、教我如何填写《入团志愿书》的是班主席、学校团支部副书记于森同学。那天，他把我叫到教室外边问:“你愿意入团吗?”

“愿意啊!”我回答。

“为什么想入团呢?”

“因为，因为……”

猛地让他一问，我真不知道该怎么回答了。停了片刻，我说:“因为不入团就不能入党啊!”

“哈!还没入团就想入党!……可你为什么要入党呢?”

我被于森说得羞红了脸，低下头，可立刻抬起头来说:“因为共产党是咱们的大救星，没有共产党就没有新中国!就没有我们今天的幸福生活!”

这句话确实是发自我的内心，因为不仅是老师这样教育，而且从我记事儿起，姥姥、姥爷、爸爸、妈妈都这么说。当我端起碗喝那香喷喷的小米粥、吃那雪白的大馒头时，姥姥摇着她那满头白发，无限感慨地说："唉！你们算是赶上好时候了，要在旧社会，过年能吃上一顿白面馒头就不错了……光喝粥，粮食也不够吃啊！哪年不腌几大缸酸菜呢?！什么柳树芽儿、杨树叶儿……都是吃的东西呀！要不是解放，你爸爸这会儿还在山沟里放羊呢……你老舅没准早就饿死了！"

所以，在我幼小的心灵里，党和毛主席就是全国人民的大救星！而那些党员们是跟着党和毛主席，不怕苦，不怕死，一心一意为国为民奋斗的人，是世界上最最优秀的人！我每当想到他们，心中就不由得升腾起一股莫名的神圣感，觉得自己也必须像他们一样，献身革命事业！

所以，我梦寐以求地想入团、入党，想使自己也成为最最优秀的人！

所以，我早早地写了《入团申请书》！

我写《入团申请书》的事儿，家里人谁也不知道，在家人的眼里，我还是个不懂事的小孩子，知道什么入团、入党呢？他们哪里知道，在我这个小孩子的心里，早已经被深深地打上了无产阶级烙印！

记得那年夏天的傍晚，全家人在院子里乘凉。从山里老家来看望我们的二舅，拿出带来的核桃、酸枣让我们吃。看着孩子们欢呼雀跃地抢着吃那山货，大人们都露出欣慰的笑容。这时，只见爸爸拿着两个核桃沉思，自言自语地说："唉！为了一沟核桃树，丢了几条命啊！"

二舅问："怎么回事？怎么为了一沟核桃树丢了几条命呢？"

"你年轻，不知道过去的事儿。"姥爷打断了二舅的问话，又转过头对爸爸说，"你说的是你老爷爷带着哥儿八个和地主'母老虎'打官司的事儿吧？那'八虎闯县衙'在当时可是轰动全县的大事啊！"

那是很久很久以前的事儿了，那时恐怕是清朝末期。

涞水县苇子沟村有一个叫柳存的人，三里五乡的老百姓都亲切地称呼他"大将军"。为什么？因为这个柳存，不仅个子高出众人一大截，虎背熊腰，声如洪钟，更可贵的是他仗义，爱打抱不平、急人所难、帮人所困。而且，他生有八个小老虎一样的儿子，号称“八虎”！八个大小伙子啊，站在一起就是一堵墙，出门就虎虎生风，谁家有个大事小情，八个儿子一块儿上，还有什么困难解决不了？所以，柳存的人缘特别好，老乡们都说柳存是响当当的硬汉子！还有人传说，这大个子柳存一定是哪个镇边将军的后代，要不他怎么能长得出奇的高大，又怎么能一口气生了八个身材魁梧、让人望而生畏的儿子?！你看柳存指挥儿子们干活时那劲头，不俨然是大将军的做派?！

今天，大个子柳存带着他那分别叫“福”、“禄”、“祯”、“祥”、“顺”、“庆”、“同”、“寿”的八个儿子，正在他们的核桃树底下忙活着。八个儿子八张嘴，在那个地无一垄、草房三间的穷家，怎么养活呢？主要靠的就是这一沟核桃树，再加上平时给富人打打短工、放放牛羊，也能混个温饱。

自从老祖宗挑着担子，背着孩子，从山西洪洞县大槐树底下逃到这里，就在这苇子沟旁安了家。

在那连绵不断的大山里，沟壑纵横，柳存的先辈不辞辛苦，在向阳的一条山沟里种下了核桃树。经过一辈又一辈的栽培、嫁接、管理，那沟里的核桃树长得郁郁葱葱，远远望去，好像一条碧绿的山泉，顺着山沟奔涌而下。走进沟里，浓绿遮天蔽日，凉爽至极。脚下是随坡就势欢腾跳跃、时隐时现的涓涓小溪，溪边是大大小小、高高低低、或圆或扁、或明或暗的山石。那些石上影影绰绰的随风跳跃摇曳的明光亮点，是那好不容易从浓密的树叶中透过来的阳光。鸟儿们在树上欢唱，虫儿们在随着鸟儿们争鸣……它们在欢歌曼舞，歌唱它们世代居住的天堂，感谢为它们营造这片天堂的主人！

现在，正是丰收的季节，全家老小都出动，八个儿子中，年纪大点的各拿着长杆，攀枝爬树地敲打，小点的站在树下，和全家人及请来的亲戚们忙着拢堆装袋，整个山沟里一片欢声笑语。因为他们收获的不仅仅是一个个裹着一层绿皮，圆滚滚、油乎乎，像珠圆玉润的翡翠球一样的核桃，还是一年的口粮、衣被、婚丧嫁娶的用度……要知道，因为穷，八个儿子还没有一个娶上媳妇呢！虽然他们很劳累，虽然他们还得把这些丰收的果实肩挑背扛地送下山，虽然他们还得晾、晒……还得送到集市上卖……可此时，他们是满脸的笑容，因为他们心中充满了喜悦、庆幸、满足和幸福！

可是，他们哪里知道，这祖传的一沟核桃树，这养家糊口的核桃树，早就被村里的“母老虎”看上了！

那天，“母老虎”的丈夫“老红眼”找到了村里的教书先生任义，说：“你写一个假文书，咱们把老柳存那沟核桃树弄到手，咱们俩三七分，怎么样？”

任义听了这话，吃了一惊，但他闷着头耷拉着眼不说话。

“哎！怎么样啊？说话呀！”“老红眼”急着问。

“叫我写这个假文书，我得商量商量！”

“和谁商量？”

“和我的良心商量！我有四个儿子，如果我写了这个假文书，我怕我那四个儿子不得好死！”

“得！得！得！你不写就算了，我是看得起你才叫你写，既然……但是，这件事你不要说出去，要露了风声，我叫你吃不了兜着走！”两人不欢而散，“老红眼”气哼哼地回家给他那全县有名的媳妇——“母老虎”回话去了。

这“母老虎”是何许人也？她是涞水县有名的“中和堂”堂主、前清的武秀才、大地主张贵池的独生女儿。张贵池本来就把这个五大三粗、满脸横肉的丫头当儿子养，以后招个上门女婿继承他那万贯家产。所以，对这丫头百般娇惯，在家说一不二，稍不如她意，那大蒲扇一样的大巴掌就会抡圆了扇过来。更可怕的是她那对儿像锥子一样的小眼睛，只要她一发怒，就从那两道粗眉下射出两道寒光，像两把杀人的利刃，直直地戳进人的心里，再配上那张黑而长的驴脸，还有从那血盆大口里发出的“河东狮吼”……谁敢娶这样的女人当媳妇?！所以，高不成低不就地养到了二十三岁，也没招到个合适的上门女婿。可巧，这年张贵池老树开花，他新娶的八姨太给他生了个宝贝儿子。于是，这张贵池也就改弦更张，把那混横不讲理的丑八怪女儿用丰厚的嫁妆嫁到了柳存的村里，给一个破落地主当了儿媳妇。

要说这个破落地主原先也是村里首屈一指的富户，附近十里八乡的土地，有几块不姓他家的汪？可传到汪辉财的手里，败了家。谁让他吃喝嫖赌抽呢?！生生地把那么大的家业败了。听老人们说，他败家的那年过年的时候，他老爹让家里的长工用牲口从县城驮来整整一驮子鞭炮，大年三十晚上，让长工把这鞭炮缠绕着挂在他家那棵大柳树上，点燃后，整整响了半宿。老爷子哪里知道，他的家早让他的儿子输得只剩了个空壳儿呢？还领着汪辉财站在院子里哈哈笑呢！全村的老百姓都幸灾乐祸地看着、听着……

前街算卦的刘半仙捋着胡子说："乐极生悲，不祥之兆啊！辉财，灰财，这回可真的要毁财了……"

果然，第二天天亮了一看，那两个人都抱不过来的大柳树，细树枝杈全都给崩没了，只剩下几个光秃秃的大树杈悲愤地直指天空……

果然，没过初八，讨债的人就挤着封了门。老爷子一急，一口气没上来，蹬腿归了西。

"柳树，柳树，顺顺溜溜……如今不顺溜了，能有好日子过？……"后街的老寿星九爷拄着棍子叹着气说。

如今，这丑丫头带着丰厚的嫁妆嫁到这个破落地主家，无疑是给这个破家注射了一针强心剂，听说光县城的商铺就带来了俩三个，更别说金银珠宝了。是啊，当初是想叫她继承家业的，如今不给她家业了，还不多多地陪送？再说，给少了，那"母老虎"能答应？

这个丑媳妇一进被公公糟得只剩下一个空空的大宅院的家门，就先用大巴掌扇得丈夫"老红眼"汪绅半夜嗥叫，第二天又用大嗓门把公婆从正房赶到了厢房。紧接着就雇长工，买丫头，吃香的，喝辣的，在村里欺男霸女，在集市上欺行霸市，真是天不怕地不怕，无恶不作，村里人敢怒不敢言，只能在背后恨恨地叫她"母老虎"。为什么？因为她的父亲是武举人，她堂哥是县衙门里的师爷，她的叔叔在保定府当差……谁能惹得起？

于是，不几年，村庄周围的地就又回到了她手里。怎么回？这样回：你的地不是块大、土质肥吗？好了，你这地就别想种了，因为它已经被“母老虎”看上了！给你仨瓜俩枣的钱，这地就改了姓，又姓了汪。你不服？你就告去吧！县太爷的板子正等着你呢！“衙门口，冲南开，有理无钱别进来”，更何况她堂哥在县衙呢？老实巴交的农民只得忍气吞声地沦为佃户，沦为长工。据说，当时真有一个叫吴老耿的硬主，就是不卖自己的地。“母老虎”设计，让她的一个打手勾引吴老耿的媳妇，害死了吴老耿，卖了人家的孩子，弄得人家家破人亡，最后霸占了人家的土地！“母老虎”就是这样的蛇蝎心肠！

那年，大个子柳存的光棍老哥哥柳仁去世了，全家人正在哭天抹泪地发送老人，只见“母老虎”带着几个人闯进家门，拿出一纸文书，说是老人生前借过她的高利贷，无力偿还，已经把那一沟核桃树典当给了她。

“瞧瞧，这上边还有老柳仁的手印……瞧瞧！你们大家都瞧瞧！”“母老虎”趾高气扬地高举着那张“文书”，大声嚷嚷着！

这不是明目张胆地想霸占柳存家的命根子——那养家糊口的一沟核桃树吗?！别说柳仁生前不可能借过“母老虎”的钱，就是真的借了钱，为什么“母老虎”不在他活着的时候要，偏偏等他死了要?！

“胡说！”大个子柳存大吼一声拍案而起！

“我老哥哥没儿没女，他不置房子不买地，不抽烟，不喝酒，更不要钱，成年和我们在一起过活，他凭什么要借你的钱?！你这不是在光天化日底下点明火吗?！……咱这乡里有多少人被你害得家破人亡?！今天你又欺负到我的头上！别人怕你，我可不怕你！”说着，柳存大手一挥，大喝一声，“孩儿们，上！”

说时迟，那时快，八个儿子各抄起铁锨、镐头、扁担、铡刀等农具一拥而上……“母老虎”一看柳存和八个儿子怒目圆睁，像猛虎一样扑过来，周围还有不少来帮忙治丧的村民也摩拳擦掌地助威，吓得连连后退，落荒而逃！一边逃，一边还回过头来狠狠地嚷叫：“老柳存！我就不信治不了你！你等着，我跟你没完……”

果然没完，不几天，柳存就接到了县衙门的传票。柳存理直气壮地带着八个儿子和村里的亲戚、朋友、乡亲百十来人直奔县衙，想为自己、为乡亲们讨个公道！这就是清末民初轰动全县的“八虎闯县衙”！

当时，正处在已清朝末、民国未兴，天下大乱的年代，有谁能为一群老百姓做主申冤呢?！面对如此黑暗的社会，老百姓又怎能讨得到公道?！结果可想而知，大个子柳存不但输了官司，而且因为“八虎闹公堂”罪加三等，大儿、三儿坐了大牢；四儿被抓了壮丁，后来死在了军营；五儿拉着六儿远走他乡，下落不明。只剩下二儿和小七、小八守着老柳存艰难度日，没了养家糊口的核桃树，一家子只得给人家打短工、扛长活。真是叫天天不灵，叫地地不应啊！老柳存气得口吐鲜血而亡！

更叫人想不到的是，老柳存死时，一口鲜血喷上了房梁，瞪着两只大眼直挺挺地倒在了炕上。人们都说，他是死不瞑目啊！儿子们哭着、叫着，用手去合他的双眼，可怎么也合不上。没想到，第二天上午，老柳存突然坐了起来，瞪着双眼大吼一声：“报仇啊——”着实把满屋子吊唁的人们吓了一大跳，有些胆小的人往门口夺路而逃！前街算卦的刘半仙和后街的老寿星九爷连忙跑过来，一人拉着柳存的一个胳膊不让他动，一边给跪在地上的孩子们使眼色。孩子们连忙一边磕头，一边大喊：“爹！我们一定报仇啊！您老人家就放心吧！”这时，老柳存身子才慢慢地、慢慢地倒下去，也慢慢地合上了那双愤怒的双眼。

这大个子柳存就是我父亲的太爷爷，那个二儿子就是父亲的爷爷柳禄。老太爷去世后，我家就靠扛长工、给人家放羊过活，一直到我父亲这一辈。

谁能为穷人报仇呢?！只有毛主席、共产党！没有共产党就没有新中国！没有新中国就没有老百姓的翻身解放！我生在苦大仇深的雇农家庭，能不从心眼儿里感谢毛主席，感谢共产党吗？能不积极争取入团、入党吗?！

所以，我梦寐以求地想入团、入党，献身革命，使自己成为一个永远为穷人、为国家奋斗的人！一个永远把邪恶势力踩在脚下，让劳苦大众开心欢乐、过着幸福生活的人！

我怀着万分激动的心情，一笔一画地、认认真真地填写着《入团志愿书》！

善荫子孙

常言道："善有善报，恶有恶报，不是不报，时候没到，时候一到，一切都报！"

大千世界，宇宙万物，好似杂乱无章，好似混混沌沌，其实冥冥之中，有一只无形的大手在掌握着每一件事情的发展方向，掌握着每一个人的命运前程。这是迷信吗？不！这是事物发展的自然规律！

老祖宗柳存被害得家破人亡，含恨而死，他能想到几十年后，共产党、毛主席能为他报仇吗？

"母老虎"仗势欺人，无恶不作，她能想到几十年后，共产党和毛主席让穷人翻了身，把她的子孙扫地出门，分光了她的家产吗？

事物发展到了顶点，就要向着相反的方向发展，这就是那双掌握大千世界的巨手的力量！这不就是"善有善报，恶有恶报"吗?!

父亲经过的两件事，让我更加相信了"善有善报，恶有恶报"的说法。

大概是1943年，正是抗日战争最艰苦的时候，任区治安员的父亲因为居无定所、食无着落得了大病，高烧不退。区里派了两个村民抬着他往几十里地外的八路军医院送。送到一个村，就应该由这个村出村民再抬到下个村，这样一直传递着送到医院。那时，老百姓都非常支持抗日，为抗日送粮食、物资，没有人跟着，都是自觉地背着东西送到指定的地点，分毫不差。所以，区里也没派战友跟着送父亲到医院。当两个村民把父亲送到岗南村时，送他的村民回去了，可岗南村的村干部下地还没回来，所以没人抬着他继续走。时至中午，父亲发着高烧，又渴又饿，叫人没人应。父亲想，不能这样等死。于是，他就艰难地从担架上爬下来，一步一喘气地拄着棍子挪到了离村公所最近的一个门口，这家人正在吃午饭。父亲靠在门框上，有气无力地叫了一声“大伯”。

“咦！你是谁呢？怎么到我家来了？”那位白胡子老伯问。

“我是区上的柳治安员……病了……正往军队医院抬……”父亲断断续续地说了自己的情况。

“哦，是工作同志啊！还没吃饭吧？赶紧给他盛饭。”老伯对一个年轻人说。

“你是哪个村的啊？”老伯又问。

“苇子沟。”

“哦，不远。那村里有个叫柳禄的，你认识吗？”

“柳禄是我爷爷。”

“啊?！是你的亲爷爷吗?”

“是。”

“哎呀！你是大英雄的后代呀！快！快！快上炕！快上炕……”说着，老伯跳下炕来，连拉带扶地把父亲架到炕上，又端来一碗热乎乎的杂面条儿，拿了两个菜饼子，说：“快趁热乎吃吧！你爷爷他们‘八虎闯县衙’的事儿，你知道不?”

“听我爷爷说过……”

“那可是轰动全县的大事啊！虽然你们输了官司，但也给咱们穷人出了口气，也让官府和‘母老虎’知道知道咱们穷人不是好惹的！……你爷爷是那个二虎吧？听说要不是他到集上卖核桃，也早就被官府抓走了！唉！你太爷爷老柳存死得惨哪……”老伯一边摇头，一边叹着气说。

那时，老百姓被日本鬼子的“三光政策”搞得谁家也吃不饱，更别说吃面条了！可老伯把他家给老奶奶做的唯一的一碗面条端给了我父亲，因为他敬重我父亲的先人，敬重我父亲这个献身抗日斗争的人！

这是“八虎闯县衙”几十年以后的事情，谁能想到先人的作为至今还在老百姓之间传颂？谁能想到先人的善举几十年后报答在自己的身上？这不正是“善有善报”吗?!

又是一个二十多年过去了，大概是20世纪50年代末，一天，当了市委书记的父亲迎来了一位不速之客。在咚咚咚的敲门声后，闯进一个彪形大汉，身穿一件没挂面儿的白板老羊皮袄，一条黑棉裤还扎着裤脚，脚上蹬着一双踢死牛的山杠子鞋。一进门，他就高声大嗓地问：“哪位是柳海?”

我父亲说：“我就是，找我有什么事吗?”

只见那大汉从肩上卸下了什么东西放在一边，扑通一声，跪在父亲面前就磕头。他一边磕头，一边说：“大恩人啊，我可找到你了!”

“请起，请起！有话好好说！这是怎么回事?”吓了一跳的父亲连忙弯下腰去扶那大汉。

“我老爹去世前，再三嘱咐我，一定要找到当年那个县公安局副局长柳海，是他救了我们全家啊！今天，我可找到你了！我特意来谢恩，给你背来一只杀好的羊……”

原来，在1946年土改时，父亲到坎下村检查工作。那时，在暴风骤雨式的、轰轰烈烈的群众运动中，难免出现“左”倾的思潮和举动。有不少村子，不仅分了地主的土地和其他财产，把地主扫地出门，还把一些平时罪大恶极的地主枪毙或拉到河套里用大石头砸死，甚至绑在马的身后拖死。那时，杀个地主，根本不用上报，农委会主任和工作组的人一商量，就决定了他的生死。当然，后来党中央及时发现和纠正了这个错误。

坎下村也要拉出一个地主分子砸死，否则就要落后了呀！坎下村不大，也就百十来户人家，地主当然也不大，按土改政策划分，只有一户刚刚比富农强了点尖儿，刚刚够上小地主的边——那个叫张荣的户主，才四十多岁，上有六七十岁的老父老母，下有五个半大不小的孩子，而且他的大小子两年前就参加八路军，如今正在前线打仗。是不是砸死他，农委会和工作组的人拿不定主意，争论得很激烈。最后，主张砸死他的人占了上风，捆上他就往河套里拉。就在这个关键时刻，父亲检查工作来到坎下村，立刻“刀下留人”，做通了农会的工作，制止了这次行动。父亲救了张荣，也救了他的一家，否则他家的老老少少怎么活命？父亲救了张荣，也安定了军心，否则张荣的大儿子怎能全心杀敌立功？

哦！“善有善报”！十多年后，那个当过八路军复员的大儿子终于找到了父亲，替他去世的父亲还了愿！

又是一个十年过去了，到了1967年，正是“文化大革命”初期，父亲成了“走资本主义的当权派”，成天挨斗。家里的孩子们理所当然地成了“狗崽子”！

在一个寒风刺骨、雪花纷飞的傍晚，一个年轻人穿着一件单薄的棉衣，痛苦地蜷缩在一棵大树下，围着他的几个年轻人不知所措地看着他，旁边一个戴红袖章的男青年趾高气扬地大声喊叫着：“装什么洋蒜！赶快起来上路！天都快黑了……让我押送你们这群‘狗崽子’，真是倒了八辈子血霉！快点！快点！给老子起来！不起来，老子可要打了！”说着，他就抡起了手中的皮带。

“怎么回事?!”一个浑厚的声音好像从天而降，吓得那个“红袖章”手中的皮带停在了半空，惊得弯腰低头躲皮带的“狗崽子们”挺直了腰，抬起了头。

人们转过头去，发现一位身穿羊皮大袄的山里汉子立在身后，只见他头上冒着热气，雪白的山羊胡子被冻得翘翘着，两只大眼瞪得溜圆，一看就是一位赶路的老乡。

“他说肚子疼，不能走了……”一个拿着行李卷的年轻人说。

“什么肚子疼！纯粹是装的！就是不想下乡接受贫下中农再教育！一个‘狗崽子’，有什么了不起！还以为自己是市委书记的大公子呢！哼！”那个戴“红卫兵”袖章的青年说。

“我看看！”那大汉蹲在地上，用手摸了摸蜷缩在地上的年轻人的头。

“哎呀！好烫啊！这孩子发着烧呢！烧得很厉害……他真的不能走了，再走……”那汉子伸出手去抱地上的年轻人。

“他是‘狗崽子’！”那个“红袖章”大声喊道。

一听这话，大汉的手不由地停了一下，但很快就坚决地把那小青年揽在怀里，说："什么'狗崽子'不'狗崽子'！救人要紧，你看他的脸，惨白惨白的，拖下去，就危险了！"

就这样，那个"狗崽子"被大汉背到了乡卫生院……又接到他家……这个大汉不是别人，就是那个张荣的大儿子！那个发高烧的年轻人不是别人，正是我的大弟柳志中！

哦！冥冥之中，那只无形的大手又发挥了作用！

"善有善报，恶有恶报，不是不报，时候不到，时候一到，一切都报！"

愿天下的人都行善，都做好事，不做坏事。这样，天下将无事，世人可永得安宁。

那些做坏事的人，你们想想，你们今天的恶，不知道在哪里等着还给你或你的子孙呢！

永远也刷不干净的药瓶子

大概是在初中二年级吧，正赶上三年困难时期，人们都吃不饱，都饿得面黄肌瘦。当时粮食定量供给，有钱也买不到。现在想起来，那真是政府的明智之举，用现有的那点粮食平均分配到每一个人，使大家都能活命，防止了有人囤积居奇，有人被饿死……

为了解决人们的饥饿问题，上级允许定点开一些自由市场，让有多余的吃食又需要钱的人到市场上卖那金贵的食品，让那有点闲钱而需要食品充饥的人高价买一些食品。那市场上卖什么呢？当然有多年前存下的玉米、麦粒等粮食，也有干菜、薯干等东西，但更多的是一些食品的替代品，比如一角钱一个的绿绿的有小瓶盖大小的麦苗饼！

麦苗能做饼子？那不青草味？那能咽下去？

饥不择食——那时，我真真体会到了这个成语的含义！

可是，麦苗饼子再难吃，我也只有看的份儿，只有看着那绿绿的、扁圆的，想象着它有多么香甜的饼子……咽口水的份儿！因为我口袋里没有钱！我们家从来不给孩子们零花钱，更何况是困难时期！

怎么办呢？

勤工俭学！自己有双手，可以利用星期天和同学们一起去做工挣钱呀！人家桂枝，每个星期天都去干活呢！这不，不仅用挣来的钱买过麦苗饼，还买了一杆金贵的钢笔！要知道，我们全班就只有一两个人用钢笔，绝大多数用的是蘸水笔。为什么？蘸水笔便宜呀！一角钱买四五个笔尖，蘸着钢笔水可以用一个学期呢！

对！干活去！勤工俭学，用自己的双手填饱自己的肚子！

于是，星期天的早晨，当别的同学还在香甜地睡一周一次的懒觉时，我和桂枝、金丹、杏桃、刘娟等六七个小姑娘，早早地爬起来，草草地吃了几口东西，就冒着寒风，跟着桂枝向劳动的地方跑去。因为桂枝的爸爸在医药公司工作，所以给我们找了一个洗刷药瓶子的工作。

桂枝，留着齐耳短发，精瘦的身子，走起路来像找不着重心的，轻飘飘的麻秆一样左右摇摆的小丫头，显得比我们大许多。她平时话不多，可那双眼很厉害。怎么个厉害法？她的眼睛会说话！虽然那双眼不大，眼泡还是肿的。比如，她用自己星期天劳动挣来的钱买了一杆人见人爱的钢笔，同学们都抢着拿过来看看，有的还在纸上划拉着试试，可有的同学不大自觉，试起来没完。像小机灵刘娟，一边大大咧咧地在纸上乱画，一边赞不绝口地夸："好笔！好笔！这写起来多顺溜哇！比咱们的蘸水笔强多了……"一抬头，猛地看见了桂枝那双死盯着她的眼，立刻放下那钢笔，傻笑着躲到了一边。桂枝什么也没说呀？可有这眼睛，还用说话吗？

桂枝大步流星地在前边晃着，我们像众星捧月一样，紧紧跟在她的身后，伴在她的左右，还不时兴奋地问这问那，因为我们都是第一次来干这种活儿。

"哎！桂枝，这活儿累不累呀？"

"不累！"桂枝头也不回地回答着。

"哎！桂枝，这刷一天瓶子能挣多少钱呀？"

"两毛五！"桂枝干脆地回答。

"哎呀！两毛五哇！真不少……"杏桃大惊小怪地叫起来。

"就是呀！可以买两个半麦苗饼呢！"金丹停住脚步，瞪着大眼，张着大嘴嚷起来，仿佛那钱已经挣到了手。不！是仿佛手中已经拿着用挣来的钱买的麦苗饼，就要吃到嘴里了！

"呀！我说'大嘴儿'，你能不能快点走哇？迟到了人家可要扣钱的！"桂枝转过头来，瞪着那双不大但会说话的眼睛盯着金丹说。

一听说要扣钱，大家都不由地加快了脚步，但是脚上赶路，也挡不住大家兴奋的、七嘴八舌的议论。

“两毛五，两毛五哇！我可不舍得买麦苗饼，我得买本，我那作业本背面都用完了……”刘娟说。

“就是！就是！……我也不买麦苗饼，我要攒着，攒够了一块五，买一支桂枝那样的钢笔，插在上衣兜里，多神气……”亚萍快人快语地抢着说。

“你们猜我想买什么？我想买王琴那样的天蓝色的纱巾！春天刮风的时候戴上它，连头都蒙起来，多漂亮！多洋气！……从纱巾里往外看，整个世界都是淡蓝色的呢！”翠花无限向往地说。

“你怎么知道？你戴过？”亚萍不服气地问。

“当然戴过！那天王琴在宿舍里显摆，还真让我蒙了蒙头呢！”

“那纱巾得多贵，你得攒多少日子啊？”有人说。

“也是啊！就说两块五，我也得干十个星期日啊！……唉！十个星期日就十个星期日吧！反正待着也是待着，自己挣钱买个纱巾，多美！我妈要知道了，还不知道怎么夸我呢！”翠花笑着说。

大家都知道，翠花妈特别心疼翠花，翠花都七八岁了，还在吃她妈的奶，都小学毕业了，还跟着她妈一个被窝儿睡觉，要不怎么刚一住校时还尿炕呢？谁让她是老丫头呢?！她要是能挣钱了，还不把她妈乐死?！我们就这样说着、笑着、向往着，一路小跑，出了小汗儿，才来到一个叫什么“药品仓库”的大院儿里。

这个院儿，四面都是平房，还有一些比平房高大的仓库。灰白的墙上写着“总路线、大跃进、人民公社万岁”“十五年超英赶美……”等标语。看来，这些标语是前几年写的，因为有些字已经斑驳不清了。迎面一排平房的门上挂着棉门帘，那些门帘因为用得久了，也许是药品的汤汤水水沾染得久了，显得黑不溜秋、油脂麻花，有的地方还打着补丁。

桂枝停下脚步，示意我们在院子里等着，她一个人撩开一个脏门帘进了屋。一会儿，她和一个四十多岁的人出来了。一看那个人，就是一个管事的干部，因为他穿着当时干部才穿的四个兜的干部服。那人没有招呼，没有笑容，直接就说："看见这一堆脏药瓶了吗？你们今天必须把它们刷干净！干不完、刷不净、打破瓶子……都要扣钱！桂枝干过，你们跟着她干吧！"说完，扭身撩开那脏门帘进了屋。是啊！外边这么冷，人们都穿上棉衣了，谁没事愿意在外边冻着呢？

我们看着那人指的墙根下堆得像小山一样的脏药瓶，傻了眼，这么多呀！一天能刷完？我们不约而同地把头转向了桂枝。

"都看着我干吗？赶紧着呀！你们几个去拿铁桶到那边的锅炉房接热水，你们俩跟我去拿毛刷、碱面儿，你们俩到那个仓库里拿两个大铁盆……还愣着干吗？赶紧着呀！刷不完可别怪我！"

桂枝瞪着那双会说话的小眼睛，神气兮兮地指挥着，俨然是个工头，弄得我们几个同学心里特别不舒服。

"就算你爸给介绍的活儿，就算你会干这活儿，也不应该这样不客气吧？好像我们是你雇来的短工，吆五喝六的，至于吗？"

想法归想法，大家还是麻利地按着桂枝的分工，赶紧打水、拿盆、拿毛刷……蹲在大院儿的空地上，按照桂枝的吩咐，兑水、放碱面、刷瓶子……

刷呀！刷呀！……

大盆里的水由热变凉，由清变浑，渐渐地变成了泥汤儿……赶紧换盆清水，又渐渐地变成了泥汤……

刷呀！刷呀！……

那清冷的、吝啬的太阳，从东边转到了头顶，又从头顶转到了西边……

当大盆里的水换了四五次，当我们那从没在碱水里泡过的双手被泡得像脱了皮还没完全张开的粉红色、皱巴巴、一碰就疼的蝾螈时，那像小山一样的脏药瓶子终于让我们刷完了。看着架子上一排排刷得干干净净的药瓶子，在从门口射过来的斜阳的照耀下，亮晶晶地闪着银光，好像是一排排干净整齐的士兵，在等着我们检阅。

"可刷完了！"不知是谁叹了一口长气说。

桂枝冲着那脏门帘喊了一声："张叔，我们刷完了！"

那张叔也就是那个四十多岁、穿着干部服，一整天都窝在有煤火的屋里抽烟、打扑克的人，撩开门帘钻出来，嘴里还叼着半只着火的香烟，手里还攥着一把扑克牌。只见他看了看架子上的瓶子，什么话也没说，扭头又钻进了屋里。一会儿，一个声音传出来："桂枝，你进来一下。"

桂枝赶紧撩开那脏门帘进了屋。那张叔叫桂枝进屋干什么呢？小机灵鬼刘娟蹑手蹑脚地走到窗根底下……过了一会儿，门帘响了，刘娟立刻飞快地跑过来站在我的身边，像无事人一样拉着我的手，比着，看谁的皱纹多……

"哎！我说……"桂枝拿着一把零钱，有点不自然地和大家打着招呼，那双会说话的眼睛这会儿却耷拉着眼皮，让人看不清里面藏着什么东西。

我们呼啦一下子围过来，是要发工资吗？这可是我有生以来，也是我们这几个小姑娘有生以来第一次领工资呀！

我们兴奋、激动地盯着桂枝手里的零钱，好像她手里拿的不是零钱，而是麦苗饼、作业本、钢笔……甚至是那淡蓝色的美丽的纱巾……

"快发吧！还等什么呢？"大家急切地说。

只有小机灵鬼刘娟，不兴奋，不激动，只是不动声色地、异样地看着桂枝。

桂枝张了张嘴，想说又怕什么的闭上嘴，又好像下了下狠心，终于小声说："张叔说……虽然咱们刷完了瓶子，可是，可是……有不少瓶子没刷干净……所以，所以……要扣钱……"

没等桂枝把话说完，我们几个小姑娘就立刻炸了窝：

"啊?！要扣钱？凭什么！"

"哪个瓶子没刷干净，叫他挑出来！"

"就是！我们好不容易才刷完了那么一大堆瓶子，又没打碎一个，凭什么说我们没刷干净啊？那不是变着法儿找碴儿扣钱吗?"

"干吗呀！我们辛辛苦苦干了一整天，太不讲理了！"

……

大家七嘴八舌地叫嚷着，为的是让屋里的那个人听见。可是，嚷归嚷，没有一个小姑娘敢撩开那脏门帘找那个人评理。

结果是，因为“瓶子没刷干净”，我们只拿到了一毛五分钱，每个人整整被扣了一毛钱！当我们气哼哼地往学校走时，刘娟拉着我的手慢了下来，看大家走远了，她才对着我的耳朵说：“你猜，桂枝今天挣了多少？”

“多少？不都是一毛五吗？”

“小声点！告诉你吧，她拿了三毛钱！我亲耳听到的！”

“啊？！”

“那个姓张的说，让桂枝下礼拜日还领七八个人来……哼！反正我是坚决不来了！这是什么事儿啊！”刘娟愤愤地说。

果然，下周，下下周，以至每个周日，再也没有人跟着桂枝刷瓶子了。我们宁可冒着寒风砸石子、搬果品，利用晚上给商店数布票……也不去受那份儿气了！

这就是我人生的第一次打工经历——刷药瓶子。

我们刷得很干净、很干净。但是，这次经历像一个永远也刷不干净的药瓶子，在我幼小的心灵上留下了一辈子也抹不掉的阴影！

未见开花的藤萝

人们都说，藤萝花是淡紫色的，雅得很，但我上高中前没见过，只见过过了花期的藤萝，而且是好大的一株。

大概是1962年夏天吧，我初中毕业。为了找个清静的地方复习功课考高中，我跟父亲来到当时市政府后边的一个无人居住的小院儿。进了市政府的大红门，穿过三层同是青砖红柱的高大庭院，向左一拐，顺着走廊，绕过一座四面都镶有刻花玻璃的花厅，就看到了那座小巧的、古典园林式的院落。

院中心是一个用洋灰抹成的、呈五瓣荷花叶形的花池，池里种着一些不知名的花草。花儿开得不多，枝枝叶叶懒散地互相偎依着，好像多少天没喝上水，无精打采地在池子里打盹儿，任凭火辣辣的太阳过于热情地爱抚着。北面的三间正房庄重地矗立着，红的柱，青的瓦，雕花的门窗，都不声不响地、神神秘秘地展现在那里，好像想和你诉说这个小院儿的深远过去。最让我高兴的是，靠西墙竟有一个小小的假山，拾级而上，不几步则是一处放了石桌、石凳的小平台，一棵大榆树茂密的树冠把这个小小的平台遮得清凉四溢。好一个静心读书的去处！

我站在平台上，环顾这小小的院落，心想，这恐怕是旧社会市长老爷的太太小姐们住的宅院吧，如今人去楼空，只剩下这屋、这树、这假山石……任凭它们思绪万千空幽幽。

我一边遐想，一边捡靠北的一个石凳坐下，拿出课本，准备复习功课。一抬头，哦，这是什么树？只见一片浓绿，铺天盖地从南花厅的房顶泄下来，像一个绿色的瀑布，又像一座绿色的天桥，把假山和南花厅的房顶连在了一起。根呢？

根在哪儿？我好奇而又小心翼翼地走到假山旁，用手轻轻地撩开那茂密的青枝绿叶。啊！好一个“盘根错节”，好一个“龙腾虎跃”！只见十几根粗如碗口、状如蟒蛇的蔓，互相缠绕着、牵扯着，你拥着我，我抱着你，你从我身下钻出来，我从你腰间挤出去，这里几股粗蔓团成团儿，另几股就从这团儿中间、团儿下面冒出；那里一股粗蔓儿腾空而飞，直插云霄，其余几股则不甘落后，一跃而起，奋力追上去，抓住山石，勾住主蔓，扯着偏枝，连着翠叶，一个心眼儿地向上，向上，直到房顶。

你说它是树，枝缠叶绕，自自然然地卷曲，随心所欲地舒展；你说它是藤，枝粗叶茂，如石如铁的躯干，如诗如画的浓绿。果然，问了父亲，得知它们是百年的藤萝。此院是百年来市府衙所在地，有这百岁的藤萝也就不足为奇了。

我想，府衙初建、藤萝初栽时，它不过是一株细枝嫩叶、小蔓儿玲珑的苗苗；然而，随着时间的流淌，它渐渐地粗了，壮了，形成了顺着假山石爬上屋顶的遮天盖日的“大树”！万物的发展不都是这样的规律吗？一粒种子，一颗小苗，一个婴儿，一个青年……都是希望之所在，都可能发展到人们意想不到的境地，除了那合适的外部环境，最关键的不就在于自己锲而不舍地向上努力吗？

哦！我没见过那紫色的藤萝花，也没有闻过那淡雅的藤萝花香，但这互相扶持，互相拉扯，利用一切可攀缘的机会、条件，奋力拼搏、积极向上的藤萝躯干；这迎着烈日，欢腾着、跳跃着，争先恐后地吐翠展新的藤萝枝叶，不是给了我更深更浓的启迪吗？

那年，我终于以优异的成绩考上了高中。

我与直隶总督署

坐落在河北省保定市老城区中心的直隶总督署——一座建于明朝洪武初年，大修于清朝雍正年间，历经八帝一百二十八年，驻过七十四任九十九位总督，晚清权臣曾国藩、李鸿章、袁世凯曾经前呼后拥经常出入的府衙，如今是游人如织的全国文物重点保护单位。可谁能想到，我这个山沟沟里出来的放羊娃的后代，竟能有幸与它有着几段不寻常的关系呢？

1. 初识

1959年国庆节。

上小学的我，身穿鲜艳的花衫、花裙，手捧着鲜花，随着庆祝建国十年大庆的游行队伍，穿过人山人海的裕华路，来到了市中心的一个小广场。

在一座巍峨的青砖灰瓦红柱红大门的建筑前，用木板搭着临时的主席台。主席台左右两侧，分别是文武官员的观礼台。左边的武官身着统一的藏蓝色礼服，威武庄重，气宇轩昂，胸前那一排排勋章在阳光下闪烁着耀眼的光芒；右边的文官们穿着清一色的灰色中山装，个个神采奕奕、喜气洋洋……空中回旋着欢乐的乐曲，路上涌动着欢呼的人群。气球飞上天空，与炸响的花炮共同飞舞；彩旗迎风招展，与震天的锣鼓汇成欢腾的海洋……我高举着鲜花，尽情地高呼：

“毛主席万岁！”

“共产党万岁！”

“热烈庆祝中华人民共和国成立十周年!”

那声音是颤颤的，因为我的热血已经冲上了头顶，心儿都要从嘴中蹦出来了；那脚步是慢慢的，因为我只想多看看主席台，上边有各级领导，还有我那从放羊娃成长为领导干部的父亲……

然而，我什么也没看清。激动的泪水遮住了我的眼睛，欢腾的人群推着我不由自主地前进。留在我脑海里的，只有那雄伟的大红门，灰色中山装的列阵，还有那藏蓝色“坚墙”上那一排排斜挂着的闪闪发光的勋章……

那座大红门是什么地方？人们告诉我，那就是原河北省委省政府——老辈子的直隶总督署。

“你没见大红门广场上的那对儿大旗杆吗？有多高？比天主教堂的尖顶还要高几尺呢!”人们自豪地这样说着。

那座大红门里边又是什么样子呢？多想进去看看啊!

2. 小住

真是无巧不成书！省委省政府搬到天津去了，保定专员公署搬进了那“神秘”的大红门，我们家也随着机关搬进了西跨院。

我兴高采烈地跟着父母踏上高高的台阶，顾不上欣赏台阶两侧那两尊石刻的威风凛凛的蹲狮，顾不上回过头看看台阶下小广场上来往的行人，一溜儿小跑地穿过大门，穿过十几米的柏油甬路，在一排三座大红门的建筑前停下了脚步。我抬头看看正中敞开的大红门，扭头再看看左右两边紧闭的两座同样的大红门，心想，一条路上怎么设三座门呢？后来才知道，旧时节，“凡人”走两边的门，有一定级别的达官贵人来了，才打开中间的“仪门”迎接。新社会了，大家都是“贵人”了，不论工农兵学商，一律平等，大家都走中间的正门，两边的门自然就关闭了。

再往前走，又是甬路，这甬路高出地面三四尺。甬路两旁的空地上，长着十几株参天的古柏，每一棵都是巨干虬枝，树皮斑驳铁青，枝叶苍劲凝重。它们不就是这府衙的见证人吗？在它们身边，或车水马龙迎来送往，或饥民申怨步履重重，或兴农治水决大策，或军阀混战乱纷纷……保定地区以至整个河北省近二三百年来的风云世事，不都被这些苍老的古柏尽收眼底吗？

甬路的尽头是坐北朝南的大堂，青瓦飞檐，兽头蹲脊，红柱红门，花格窗子，过厅里还吊着一盏画着彩色山水画儿的竖形八角带有长流苏的宫灯。穿过过厅，是一所四四方方的院子，由十字形的小路连接着前边的二堂和东西厢房。院子里栽着盛开的刺梅，微风拂来，繁花摇曳，一股股清香直扑人面。往里远望，里边还有院子，还有过厅，还有宫灯……看着这肃穆庄严、窗明几净的厅堂，听着议事厅中叔叔阿姨们严肃认真的话语，我不由得从心底升腾起一股神圣的感觉……

还没容我再往里走，就被父母派来的小弟拉了回去。是啊，办公重地，怎能让小孩子乱串呢？但因为家住西跨院，终于有机会满足自己的好奇心，知道了二堂后边还有官邸、上房等院落。每处院儿都是庑廊相抱，宫灯辉影，花木扶疏，静密清幽……

在西跨院儿还有一个圆楼尖顶、水泥镶花的西式小建筑群。院里几堆假山，几棵花树，一座古凉亭，形成了一个小巧、精致的花园。长大后，我才知道，这儿原来就是全国有名的贿选总统曹锟住过的光园。

在这光园的东边，有一个废弃的食堂，食堂后边有两排小平房，一边三间。南边三间是原来食堂的操作间，还保留着洗菜池和水管，但因房子过于破旧，没人收拾利用。而北边的三间可能是原来食堂的大师傅们住的地方，简单地打扫了一下，就成了我们的新家。在这个窄房窄院里，我由一个初中生变成了高中生；在这个窄房窄院里，我跟姥姥学会了烙饼、擀面条、包饺子；在这个窄房窄院里，我学会了补袜子、拆洗被褥、缝棉衣……而让我最愉快的是每个星期天唱着歌儿在水管前洗衣服！

父亲是副专员呀，就住在这样的窄房窄院里，不觉得丢人吗？真没觉得！你看专员杨伯伯，不也住在四出四进的高大厅房后边那排阴暗潮湿的小平房里吗？

这就是毛泽东时代领导干部的作风啊！

为了不影响机关工作，1963年洪水后，机关在大红门对过儿的胡同——省府前街倒塌房子的地基上盖了家属院儿，我们和大红门里的家属们都搬了出来。所以，我称在大红门里是“小住”。虽然是小住，但经历了一件“惊天动地”的大事。

3. 救灾

如果1963年你在保定生活过，恐怕忘不了那次百年不遇的大水灾。几天几夜的瓢泼大雨，冲开了水库，使保定成了一片汪洋，裕华路成了滔滔的“黄河”，滚滚的黄水飘着西瓜、酒瓶、书本等杂物，汹涌澎湃地顺着大街从西向东滚滚流去。在大红门前的小广场上停放着一辆大卡车，眼瞅着那黄水一寸一寸地上涨，一会儿就淹没了卡车的轮子。人们都说，南关公园的水涨到了两房多高。那没淹死的狮子、老虎、猕猴、老鹰……都蹲在假山的尖上、树梢上惊恐地嚎叫！小胡同里灌满了水，四处传来房倒屋塌的哗啦声！

专员公署的干部们，除留下老弱病残在家值班外，其余的人都冲到抗洪前线，冒着倾盆大雨抢救灾民。白发老人背过来了，幼小孩童抱过来了，胡同里被洪水包围，抱着电线杆子求生的市民被腰缠粗麻绳的干部们冒着生命危险救出来了……地势较高的大红门里，办公室打开了，食堂腾出来了……凡是能安置灾民的地方都住上了拖儿带女的人们。

高高的大红门的台阶上挤满了被救出来的灾民。人们严肃而沉重地看着眼前东流的洪水，有人惊恐地小声议论着，有人在摇着头叹气，还有的人在打捞洪水飘过来的杂物……一位白胡子老大爷用拐杖指指身后那鲜红的大红门，又顿顿脚下的高台阶，老泪纵横地说：“老年间，这儿是咱们能随便来的吗？这是老辈子的直隶总督衙门啊！是李鸿章、袁世凯他们住的地方啊！……还是新社会呀！共产党是人民的大救星啊！要不是共产党，我这把老骨头早就不知道冲到哪里去了……”

当时，当市委副书记的父亲已经好几天没回家了。母亲不放心，烙了几张饼，叫我送到机关，请叔叔转交给父亲。就在那时，我听到了一个非常不幸的消息：水利局的一位叔叔在抗洪抢险时被水冲走，洪水无情地夺走了他年轻的生命，留下了痛不欲生的妻子和嗷嗷待哺的幼儿……

4．起点

1965年7月，骄阳似火。

刚刚考完大学，在家满怀信心地等着大学录取通知书的我却听到了总参招收特种兵学员的消息，而且保定一中推荐的唯一一个学生竟然是我！更让我没想到的是，我们保定这批学员集合的地点竟然是大红门里的议事厅！

我和三十多位应征的学子们一起，跟着选调学员的孙兴旺指导员，小心翼翼地穿过大红门内的甬路、仪门，进入了宽敞明亮的小会议室，坐在古香古色干干净净的椅子上，睁大眼睛看着眼前这既熟悉又陌生的一切。房子是熟悉的，但室内是陌生的——我从没有进来过。讲话的叔叔阿姨面容是熟悉的，可他们的话语是陌生的——亲切的召唤，随意的问候，变成了郑重的嘱托，殷切的希望。怎么我一下子就变成大人了呢？

也许，曾国藩坐在这儿和幕僚们研究过军队的训练方案；也许，李鸿章在这张桌子上草拟过丧权辱国的条约；也许，袁世凯在这个房间里做过当皇帝的美梦……谁能想到几十年后的今天，放羊娃的后代，竟能昂首挺胸地登堂入室，作为燕赵优秀儿女，即将被输送到千里之外的军营去建功立业呢？抚今追昔，真是感慨万千……我就这样胡思乱想地告别了大红门，告别了家乡的父老乡亲，风风火火地奔向火车站，奔向了自己人生新的征程……

弹指一挥间，五十年过去，回过头细想，那座大红门——老辈子的直隶总督署，不就是我事业的起点吗？

5. 观光

日月如梭，流年似水。当年朝气蓬勃、意气风发的青年，如今早已满头华发、满脸风霜了。

当我带着十几岁的孙女们故地重游时，已经是回乡省亲的观光客了。当年的大红门——老辈子的直隶总督署，早已修饰一新，作为国家文物重点保护单位，已经向国内外游客开放多年了。

我随着熙熙攘攘的人群来到署前的小广场，发现叫卖纪念品、冷饮、玩具……甚至老玉米的摊位，挤得藏在铁皮房后边的石狮子失去了昔日的威严，呆头呆脑地蹲在那里无可奈何地注视着眼花缭乱的街景，极不情愿地听着那杂乱高昂的流行歌曲、逗人的相声、孩子们的欢笑、大人们的议论……是在追忆往昔那庄重肃穆的气氛吗？是在惋惜那使人望而却步的威风吗？抬头望去，鲜艳的“大红门”已变成凝重的铁青色。随着人流拾级而上，只见门洞里没有了立姿笔挺、严肃认真的军警，多了拦截游人排队验票的栏杆。仪门内外，旌旗飘飘，条幅翻飞；大堂之上，伞扇排列，刀枪林立。房前的廊柱上，多了几副楹联，柱旁多了几块儿说明……几朝几代的权臣们的议事厅堂，如今已经改为署衙沿革、燕赵名人事迹的展室。房前屋后的古柏，秃枝枯叶，如同苍老垂暮的老人，用混浊朦胧的双眼，看着这世间沧桑巨变。唯独院中新栽种的那些不知名目的花草，一蓬蓬一片片地吐翠展红，显出无限的勃勃生机……

俱往矣！世道沧桑，宦海沉浮，是非纷争……都随着时间的流逝，或载入史册，或流传民间。功与过，对与错，历史将一一给予公正客观的评说。但是，陈旧的事物只属于过去，新时代的人们不正在开辟新的天地吗？

直隶总督署，给保定的人们带来了往日的自豪和骄傲，但抬头望去，它和周围那些漂亮的高楼大厦比起来，不也显出了几分陈旧和灰暗吗?!

（未完待续）

后　记

我的散文集《清溪梦兰》的第一部《小荷初露》终于完成了。

这些散文，如同小溪一样，从我的心底流淌出来，滋润着我的灵魂，清凉着我的身心，鼓舞着我的精神……几次想挂笔歇息，几次欲罢不能，只得让它继续欢快地流淌，流淌……

原来，这些散文是我大病重生后，为了打发无聊的养病时日，在自学画画的同时，信笔写来。完成一篇，利用饭后时间给全家读一篇，没想到受到全家人的好评。特别是我那小孙女，不但叫好，而且催着我写，说还想听下一篇，下一篇……甚至说："奶奶，你把它们印成书吧，我永远替你保存……"

老伴儿李瑞林，为了让我安心养病，为了让我有更多的时间写写画画，主动承担了做饭、拖地、采购等家务。

老战友仇春香，不仅每篇都读，都赞，都收藏，还热情地鼓励我写作，鼓励我出书……

老战友霍新英，替我的每一篇散文都做了精美的装帧，并且教我发到QQ的战友群里……我的散文进了战友群，没想到受到这么多战友的关注、支持和鼓励：

老首长崔国常同志，不顾八十多岁的高龄，以其深厚的国学功底，进行了热情、深刻、画龙点睛般的点评、推荐……

当代大诗人、大作家、山西省文联原书记、老战友张不代同志，不顾身体多病，认真地审阅、修改我的散文，并且满腔热忱地为我的散文集作序……

老战友、书画家刘玉芳，热情地为我的散文集书写精美的书名……

还有，一口气读完散文集的老战友马改荣，仔细阅读、收藏并点评、点赞的高荣英、茹银凤、乔党玉、王良岩、周淑琴、范淑英、康润滋、魏爱莲、侯新梅、赵翠云、李彦玲、罗保太、侯汉瑜、王之仓、李铁岭、祁润华、张根有、张荣斌、王大婵、郎淑萍、尚允波、杜花团、刘和平、郜全子、周素云、马石榴等老战友，是他们的热情关注和鼓励使我鼓起勇气坚持写下去。

在这本散文集成功之日，让我对大力支持我写作的家人、战友、朋友表示最衷心、最诚挚的感谢！

这原本随笔而写的散文，这原本想给孩子们读读，让他们知道父辈生活的散文，真的要印成书了，我的心却非常忐忑。为什么？

因为我的文化程度不高，充其量是一个自学大专的文凭，没有文学创作的知识；因为我的理论基础不深，不能洞察事物的本质和规律；因为我的阅历很浅，在山沟里埋头苦干，在“无名英雄”的行列奋斗得时间太长，对日新月异的外界变化不敏感。特别是在文学创作方面，年近七十才“小试牛刀”，不知深浅地写了这些散文，这些对身边小事小情有所感悟的散文。希望它们能给社会带来正能量，如果有什么不妥的地方，敬请读者给予批评指正。

是的，我给写了《清溪梦兰》的第一部——《小荷初露》，我还想写第二部，第三部……

“呀！你不是马上就七十岁了吗？”

是的，再过几个月我就七十岁了！可是，谁说七十岁的人就不能做梦了？能否实现梦想，得看身体情况，但是这梦得先做起来呀！

哦！就让我心中那条美丽的小溪、欢快的小溪、顽强的小溪继续流淌吧！

也许，它还要在崇山峻岭里艰苦跋涉；也许，它会在一马平川的大草原上恣意徜徉……它是否经过了鲜花盛开的地方？它是否流到了悬崖边上？它被摔得粉身碎骨了吗？它在雷霆万钧的撞击中又重生了吗？……

好，等几天或等几年，咱们一起去看看！

王建新

2016年6月22日于北京